MAIS UMA VEZ

Obras do autor publicadas pela Editora Record

Mais uma vez
Um jeito de família

TONY PARSONS

MAIS UMA VEZ

Tradução de
MARCELO MENDES

EDITORA RECORD
RIO DE JANEIRO • SÃO PAULO
2008

CIP-Brasil. Catalogação-na-fonte
Sindicato Nacional dos Editores de Livros, RJ.

P275m   Parsons, Tony, 1953-
         Mais uma vez / Tony Parsons; tradução de Marcelo
         Mendes. – Rio de Janeiro: Record, 2008.

         Tradução de: One for my baby
         ISBN 978-85-01-07739-4

         1. Romance inglês. I. Mendes, Marcelo. II. Título.

                          CDD – 823
08-2646   CDU – 821.111-3

Título original inglês:
ONE FOR MY BABY

Copyright © 2001 by Tony Parsons

Foto do autor © Jerry Bauer

Todos os direitos reservados. Proibida a reprodução, no todo ou em parte, através de quaisquer meios.

Direitos exclusivos de publicação em língua portuguesa somente para o Brasil adquiridos pela
EDITORA RECORD LTDA.
Rua Argentina 171 – Rio de Janeiro, RJ – 20921-380 – Tel.: 2585-2000
que se reserva a propriedade literária desta tradução

Impresso no Brasil

ISBN 978-85-01-07739-4

PEDIDOS PELO REEMBOLSO POSTAL
Caixa Postal 23.052
Rio de Janeiro, RJ – 20922-970

EDITORA AFILIADA

Para meu filho.

parte um

Gosto de você. Você é legal.

COMA O MINGAU FRIO

"*Você tem de comer o mingau frio*", ele me disse certa vez.

É uma expressão chinesa. Cantonesa, eu acho, porque embora ele portasse um bom e velho passaporte britânico e gostasse de se dizer inglês, havia nascido em Hong Kong e muitas vezes a gente podia notar que todas as idéias importantes nas quais acreditava haviam sido concebidas num tempo e num lugar muito distantes. Como, por exemplo, a importância de se comer o mingau frio.

Parei o que estava fazendo e olhei para ele. Que história era essa agora?

"Coma o mingau frio."

Segundo ele explicou, comer o mingau frio significa se dedicar a uma coisa por tanto tempo que, quando você chega em casa, não encontra nada mais para comer além de mingau frio.

E eu pensei: com quem será que ele dividia apartamento lá? Cachinhos Dourados e os Três Ursinhos?

É assim que a gente se torna bom em alguma coisa, ele me disse. A gente tem de comer o mingau frio.

Trabalhar enquanto os outros estão se divertindo. Trabalhar enquanto os outros estão assistindo a televisão. Trabalhar enquanto os outros estão dormindo.

Para se tornar mestre em alguma coisa, é preciso comer o mingau frio, Gafanhoto.

Na verdade, ele nunca me chamou de Gafanhoto.

Mas sempre achei que de uma hora para outra ele faria isso.

E eu fazia um esforço danado para compreender. Além de amigo, ele era meu professor, e eu sempre tentei ser bom aluno. Até hoje tento. Mas às vezes não consigo. No caso do mingau, por exemplo, em algum momento do caminho meti na cabeça que comer o mingau frio significa outra coisa. Algo totalmente diferente do significado chinês original.

De algum modo, enfiei nessa minha cabeça dura que comer o mingau frio significa estar numa fase de sofrimento Atravessar dias, meses e anos difíceis, por absoluta falta de opção.

Acabei misturando o mingau frio do Oriente com as marés brabas do Ocidente. E hoje já não faço mais nenhuma distinção entre uma coisa e outra.

Mas isso não é o que ele havia me dito, de forma alguma. O que ele queria dizer é que a gente precisa abrir mão de certo conforto em prol de um objetivo maior. Abrir mão das gratificações imediatas em nome de outra mais distante.

Comer o mingau frio hoje, de modo que a gente tenha algo melhor para comer amanhã. Ou depois de amanhã. Ou depois de depois de amanhã. Nada a ver com Cachinhos Dourados e os Três Ursinhos.

Mas suponho que o conceito de auto-sacrifício seja mais fácil de compreender para alguém nascido nas partes mais pobres de Kowloon. Na minha terra, ninguém engole essa história muito bem.

Comer o mingau frio: para mim isso significa suportar algo simplesmente porque não tem outro jeito. Mais do que isso, significa sentir a falta de alguém. Uma falta enorme.

Como a falta que eu sinto dela.

Mas ela foi embora e não volta mais.

Hoje sei disso.

Nunca mais vou beijá-la outra vez. Nunca mais vou poder observá-la dormir.

Aquele momento perfeito em que ela abria os olhos e dava aquele sorriso meio esquisito — um sorriso que parecia revelar na mesma proporção gengivas e dentes, um sorriso que invariavelmente me fazia sentir como se algo se derretesse dentro de mim —, isso, com certeza, nunca mais vou ver de novo. Há um milhão de outras coisas que jamais faremos juntos outra vez.

"Você vai encontrar outra pessoa", ele me diz, com toda a paciência que meu próprio pai nunca conseguiu reunir. "Dê tempo ao tempo. Vai encontrar outra mulher. Vai se casar de novo. Pode ter tudo que quiser. Filhos e tudo mais."

Ele está tentando ser gentil. É um cara legal. Talvez acredite mesmo nisso tudo.

Mas não acredito numa única palavra.

Acho que a gente pode esgotar a nossa capacidade de amar. Gastar tudo numa pessoa só. A gente ama tanto, e tão profundamente, que não sobra nada para mais ninguém.

Nem que tivesse todo o tempo do mundo, eu jamais encontraria alguém capaz de preencher o buraco que ela deixou.

Afinal, como encontrar alguém que substitua o grande amor das nossas vidas?

E por que é que a gente ia querer uma coisa dessas?

Rose nunca mais vai voltar.

Não para mim.

Nem para qualquer outro.

E talvez eu pudesse conviver com isso se não tivesse esse impulso ridículo de querer telefonar para ela. As coisas seriam bem mais fáceis de suportar se eu pudesse me lembrar, e nunca mais esquecer, de que ela se foi.

Mas é maior do que eu.

Pelo menos uma vez por dia levo a mão ao telefone para ligar pra ela. Nunca chego a discar, claro, mas já cheguei muito perto disso. O número nem está na minha cabeça: está na ponta dos dedos.

Meu medo é que um dia eu acabe ligando para o antigo número dela e outra pessoa atenda. Um estranho. E depois, o que vai ser de mim? O que é que eu vou fazer?

Pode atacar a qualquer momento, essa vontade de ligar para ela. Se estou alegre, se estou triste ou preocupado, sinto uma necessidade repentina de dividir meus sentimentos com ela. Como sempre costumávamos fazer quando éramos... eu já ia dizendo amantes, mas nossa relação ia muito além disso.

Juntos. Nós estávamos juntos.

Ela se foi, e eu sei que ela se foi.

É que às vezes me esqueço.

Só isso.

Então agora eu sei o que devo fazer.

Comer o mingau frio e combater esse terrível desejo de ligar para ela.

um

Tem algo de errado com o meu coração.

Não devia estar batendo assim. Devia estar fazendo outra coisa. Alguma coisa normal. Batendo normalmente feito o coração de todo mundo.

Não entendo. Faz só dez minutos que estou correndo no parque, e meus tênis são novinhos em folha, de ótima qualidade. Mas os músculos da perna já estão queimando, a respiração já começa a ratear, e meu coração... bem, melhor nem falar do coração. Meu coração arde no peito como se fosse um gigantesco naco de carne mal digerido.

Está me apunhalando pelas costas.

Pronto para atacar.

Estamos numa manhã de domingo, num dia de céu muito azul de setembro, e o parque está vazio. Praticamente vazio.

Na parte do gramado onde é proibido jogar bola está um velhinho chinês de cabelos grisalhos e muito curtos, pele dourada e lustrosa. Deve ter mais ou menos a idade do meu pai, lá pela casa dos sessenta, mas parece em forma e estranhamente jovial.

Veste calças pretas muito largas, como se ainda estivesse de pijamas, e lentamente move os braços e as pernas ao som de uma música que só ele parece ouvir.

Eu costumava ver cenas parecidas todos os dias quando morava em Hong Kong. Os velhinhos no parque, fazendo seu Tai Chi, movimentando-se como se dispusessem de todo o tempo do mundo.

Aquele velho menino sequer olha para mim enquanto, arfando e bufando, vou correndo na direção dele. Apenas olha fixamente para o nada, perdido na sua dança em câmera lenta. Tenho a repentina sensação de que já vi este rosto em algum lugar. Não o rosto dele, mas uns dez mil rostos parecidos.

Em Hong Kong, via esse mesmo rosto ora trabalhando no Star Ferry, ora dirigindo um táxi em Kowloon, ora acompanhando aflito as corridas no hipódromo de Happy Valley. Também via esse rosto ajudando a netinha de olhos de Bambi a fazer os deveres de casa nos fundos de uma pequena loja, comendo macarrão numa barraquinha de rua, suando em bicas na construção de mais um arranha-céu num pedacinho preparado de terra.

Conheço muito bem esse rosto. Um rosto impassível, autossuficiente e completamente alheio à minha existência. Um rosto que olha para mim e não me vê. Ao qual pouco importa se estou vivo ou morto.

Via esse rosto por toda parte quando vivia em Hong Kong.

E ficava louco da vida por causa dele.

Quando finalmente passo pelo velhinho no parque, ele devolve rapidamente o meu olhar. Depois diz alguma coisa. Uma única palavra. Sei lá, algo parecido com *procriação*.

E sinto uma pontada de tristeza ao pensar com meus botões: "Sem chance, meu amigo."

Sou o último da minha linhagem.

Hong Kong fazia com que nós, ingleses, nos sentíssemos especiais.

Olhando para o coração cintilante do Distrito Central, nos sentíamos herdeiros de algo épico, heróico, grandioso.

Aquelas luzes todas, aquele dinheiro, tanta gente vivendo naquele pequeno território britânico no mar da China, tudo isso nos fazia sentir especiais de um modo que jamais havíamos sentido antes, fosse em Londres, Liverpool ou Edimburgo.

E no entanto não tínhamos nenhum direito de nos sentirmos assim. Não havíamos contribuído em nada para a construção de Hong Kong. Aliás, a maioria havia chegado pouco antes do lugar ser devolvido para os chineses. Mas era impossível nos sentirmos de outra forma em meio a tantas luzes.

Alguns dos ingleses residentes eram de fato especiais, figurões de terno Armani que trabalhavam no distrito financeiro e que um dia voltariam para casa cobertos de glória e com um saldo bancário de sete dígitos. Mas eu não era um desses. Sequer chegava perto.

Dava aulas de inglês na escola de línguas Double Fortune, para senhoras chinesas ricas e perfumadas que desejavam poder se dirigir aos garçons de olhos arredondados na língua materna deles. *Garçom, tem uma mosca na minha sopa de barbatanas de tubarão. Isso é inadmissível. A massa está fria. Onde está o gerente? Vocês aceitam American Express?* Conjugávamos muitos verbos relacionados à prestação de serviços porque, em

1996, quando cheguei ao arquipélago, muitos garotos brancos trabalhavam como garçons.

Eu era um pouquinho diferente dos meus colegas. Tinha a impressão de que os outros professores da Double Fortune — nosso lema era: "Inglês sem lágrimas em apenas dois anos — estavam em Hong Kong por algum motivo qualquer, que não tinha nada a ver com a sensação de sermos especiais.

Havia uma mulher de Brighton que era budista praticante. Um sujeito caladão de Wilmslow que aproveitava todos os intervalos para estudar os fundamentos do Wing Chun Kung Fu. E também havia um BBC — *British-born Chinese*, ou chinês de origem britânica — que desejava conhecer melhor suas raízes antes de abrir um negócio qualquer na Gerrard Street, na Chinatown de Londres.

Todos os professores tinham um bom motivo para estar ali. Bem como os ingleses que trabalhavam nos bancos e escritórios de advocacia do Distrito Central. E os outros, que construíam o novo aeroporto de Lantau.

Todos tinham um motivo para estar ali. Menos eu.

Estava em Hong Kong porque já não agüentava mais Londres. Fazia cinco anos que dava aulas de literatura inglesa numa escola no norte da cidade. Barra pesada. É bem possível que você já tenha ouvido falar da gente, ou melhor, da escola de ensino médio para meninos Princesa Diana. O nome não lhe diz nada? Era aquela escola em que o professor de carpintaria havia morrido devido ao seu próprio vício. Todos os jornais deram a notícia.

De qualquer modo, os pais dos alunos eram ainda mais intimidadores que os meninos. Nos dias de visita, eu me deparava com aqueles armários enormes e mal-encarados, tatuados da cabeça aos pés.

E esses armários eram apenas as mães.

Eu já estava cheio daquilo, exausto. Cheio de corrigir trabalhos que começavam assim: "Alguns podem achar que o tal de Mercutio não passa de um cuzão." Exausto de ensinar Romeu e Julieta a garotos que caíam na gargalhada quando um dos shakespearianos no fundo da sala estouravam uma camisinha enquanto os outros liam a cena do balcão. Cheio e exausto de tentar demonstrar toda a glória da língua inglesa a garotos que despejavam "caralhos" e "porras" em suas frases com a mesma displicência com que derramavam ketchup em seus hambúrgueres.

Foi então que descobri que um cidadão inglês ainda podia ir para Hong Kong e automaticamente conseguir um visto de trabalho com validade de um ano. Um ano e nada mais.

Também foi mais ou menos nessa época que percebi a tatuagem no braço do pai de um dos meus alunos — um daqueles bem metidos a paizão, engraçadinho em excesso, que mesmo no inverno se vestia como se estivesse indo à praia. Ele ostentava o nome do país tatuado no braço *com um erro de ortografia*.

"Gran-Bretanha", estava escrito logo abaixo de um furioso buldogue metido numa camiseta justíssima, estampada com a bandeira do Reino Unido.

Gran-Bretanha.

Meu Deus.

Então caí fora. Na verdade, tomar a decisão foi a parte mais difícil. O resto foi relativamente fácil. Depois de doze horas de vôo, quatro filmes, três refeições e duas crises de câimbra na última fileira de um 747, aterrissei no antigo aeroporto de Kai Tak, em Hong Kong, aquele em que os aviões pousavam em meio a uma floresta de arranha-céus, tão próximos que a gente podia ver as roupas secando nos varais de cada uma das varandas. E lá fiquei porque Hong Kong provocava em mim aquela sensação de que eu era especial.

Ali eu estava a milhares de quilômetros da "Gran-Bretanha". Em outro mundo, e no momento certo, no momento em que um mundo diferente era tudo que eu mais queria na vida. Por outro lado, esse mundo diferente fez com que eu passasse a amar meu próprio país de um modo que jamais havia amado antes.

Hong Kong me levava a acreditar que meu país havia construído algo importante e único. Algo mágico, arrojado. E aquelas luzes todas me davam a sensação de que cabia a mim algum mérito nisso.

Mas eu não tinha nenhuma razão especial para estar ali, como o BBC em busca de suas raízes ou os outros em busca de Buda ou de Bruce Lee.

Depois conheci a Rose.

E ela se tornou meu motivo.

O velhinho chinês não é o único sinal de vida no parque. Mais adiante vejo um grupinho de adolescentes que decerto ainda não voltou para casa depois da balada da noite de sábado.

Todas as cores do arco-íris humano parecem estar representadas ali, e embora eu seja totalmente a favor de uma sociedade multicultural, há algo na maneira com que esses garotos cospem nos pombos que não me deixa lá muito otimista quanto à capacidade da raça humana de viver em paz.

Tão logo me aproximo, eles começam a trocar olhares e sorrisinhos irônicos. Vou logo me perguntando: "De que diabos eles estão rindo?"

E imediatamente me vem a resposta.

Estão rindo do gorducho vermelho com um reluzente par de tênis novos e meio palmo de língua para fora, que evidentemente não tinha nenhum lugar especial para ir no sábado à noite e menos ainda alguém para ir com ele. Um gorducho de muitos sábados diante da televisão. Um gorducho nada especial.

Ou será que estou sendo duro demais comigo mesmo?

— Olha só o pudim — diz um deles.

"Pudim"? Que será que isso quer dizer? Será que estão falando de mim? Serei eu o pudim? Gíria nova no pedaço?

— Mó gordão, o mané, igual duas vagabas se pegando debaixo dum cobertor.

— Tão gordo que a foto do passaporte dele tem que ser tirada, sei lá, de um *satélite*!

— Tão gordo que até o capitão Ahab deve tá andando atrás dele, aí.

Na qualidade de ex-professor de literatura, não posso deixar de ficar pelo menos um pouco impressionado com a referência a *Moby Dick*. Esses garotos não são de todo maus. Embora estejam a ponto de perder o fôlego de tanto rir de mim, aceno para eles com um sorriso, espero, simpático. Minha intenção é mostrar que o pudim também sabe levar as coisas na esportiva, que sabe ser alvo de uma boa piada. Mas eles não fazem mais que se entreolhar e continuar a rir. Risos, risos e mais risos, demonstrações equivalentes de juventude e estupidez.

Viro o rosto rapidamente e, ao passar por eles, lembro que havia colocado uma barra de Snickers no bolso do moletom para o caso de uma emergência. Observado por um esquilinho cinzento e chinfrim, saboreio meu chocolate num dos bancos molhados do parque.

E depois fico ali por um bom tempo, sem fazer nada, apenas revirando a aliança na mão esquerda e me sentindo mais sozinho do que nunca.

Eu a conheci no Star Ferry, numa daquelas barcas de dois andares, verdes e brancas, que fazem o traslado entre Kowloon, na pontinha da península chinesa, e a ilha de Hong Kong.

Bem, isso não é inteiramente verdade — eu não a *conheci* no Star Ferry. Não nos apresentamos nem trocamos números de telefone. Não fizemos planos para nos encontrarmos outra vez. Nunca fui lá muito hábil na arte da sedução, e com Rose não foi diferente. Mas foi ainda no porto que pela primeira vez eu a vi, lutando para atravessar a catraca com uma enorme caixa de papelão entre os braços, equilibrando-a na cintura enquanto despejava as moedas na fenda.

Ela se juntou à multidão à espera das barcas, uma ocidental cercada por toda espécie de tipos locais: jovens executivos cantoneses rumo aos escritórios do Distrito; mocinhas muito chiques com seus telefones celulares, saias curtas e cabelos pretos que oscilavam de um lado para outro; comerciantes de rua em mangas de camisa, cuspindo petardos do tamanho de um dólar de Hong Kong; jovens mamães com seus lindos bebês de rosto rechonchudo e impressionantes topetes de Elvis Presley; velhinhas muito miúdas com dentes de ouro e cabelos brancos presos em coque; domésticas filipinas a caminho do trabalho e até mesmo um ou outro turista, ou *qweilo* (fantasma branco), se aquecendo sob o sol.

Os cabelos dela eram negros, tão negros quanto os das chinesas, mas a pele era muito pálida, como se ela tivesse acabado de chegar de uma terra onde só fizesse chover. Vestia um terninho simples, mas a caixa de papelão dava a impressão de que ela estava indo trabalhar num dos pequenos mercados de rua na Sheung Wan, a oeste do Distrito. Mas eu sabia que isso não era possível.

A rampa desceu, e a multidão embarcou numa massa compacta de gente, bem ao estilo cantonês. Observando Rose lutar com a caixa, notei que ela tinha um rosto redondo, sério, muito jovem.

Os olhos eram muito distantes um do outro, e a boca, pequena demais. Mas ela poderia passar por uma mulher bonita, desde que não sorrisse. Quando a vi sorrindo, enquanto se desculpava por atropelar um executivo chinês com a tal caixa de papelão, o encanto imediatamente se quebrou. Era um sorriso de dentes salientes, que não se encaixava em nenhum padrão de beleza convencional. No entanto, algo naquele sorriso cheio de gengivas calou meu coração de um modo que a mera beleza jamais calaria. Ela era mais e melhor do que simplesmente bonita.

Encontrei um assento. O que se tornava cada vez mais difícil. Dali a pouco ela parou ao meu lado, sorrindo timidamente para si mesma, agarrada à caixa, cercada por uma multidão de cabelos negros, tão negros quanto as penas de um corvo.

O trajeto entre Kowloon e Hong Kong não leva mais do que sete minutos, a menor viagem marítima do mundo, um reles quilômetro em meio a balsas, sampanas, rebocadores, juncos chineses e navios de cruzeiro. Mas sete minutos podem parecer uma eternidade a quem está carregando uma caixa quase maior que o próprio corpo.

Fiquei de pé.

— Pode sentar aqui, se quiser.

Ela simplesmente me encarou. Eu ainda era bem magrinho nessa época. Não que eu fosse um Brad Pitt, nunca fui um Brad Pitt nem mesmo na minha fase de magro, mas também não era nenhum Homem Elefante. Não esperava que ela desmaiasse por minha causa, fosse por desejo ou repulsa. Mas esperava que fizesse algo. E ela continuou ali, olhando para mim.

Eu havia suposto que ela era inglesa ou americana. Mas agora, vendo aqueles cabelos, aqueles olhos, aquelas maçãs, constatei que ela podia muito bem ser de algum lugar do Mediterrâneo.

— Fala inglês?

Ela fez que sim com a cabeça.

— Quer se sentar aqui?

— Não, obrigada — ela disse. — A viagem é bem curta.

— Mas a caixa é grande.

— Já carreguei maiores.

O mesmo sorriso de antes. Mas agora lento, e um tanto a contragosto. Quem era esse sujeito estranho, vestindo uma camiseta do Frank Sinatra (Frank sorrindo sob o chapéu diplomata, numa foto promocional da EMI de 1958, um dos anos de ouro da carreira dele) e um surrado par de calças de sarja? Quem era esse homem misterioso? Esse garoto magrinho que, feitas todas as contas, estava mais para Brad Pitt do que para Homem Elefante?

Na caixa se viam pastas, envelopes pardos e documentos com selos vermelhos de aspecto muito importante. Então ela era advogada. Senti uma pontinha de arrependimento. Decerto ela só falava com homens de terno e salários anuais de seis dígitos. E eu não passava de um pé-rapado, metido numa camiseta desbotada do Sinatra e cuja renda anual, quando convertida para libras esterlinas, mal chegava aos cinco dígitos.

— Estranho, alguém oferecer o assento a uma mulher no Star Ferry — ela disse. — Pelo menos nos dias de hoje.

— Nos dias de hoje é estranho alguém oferecer o assento em qualquer lugar — eu disse.

— De qualquer forma, obrigada.

— Tudo bem.

Eu estava prestes a me sentar de novo quando um chinês mais velho, de camisa de náilon, brandiu um jornal enrolado e me tirou do caminho, esborrachando-se no meu lugar. Pigarreou sonoramente e arremessou uma cusparada bem no meio das minhas botas Timberland. Olhei para o sujeito, perplexo, mas ele já havia aberto o jornal e agora estudava as prováveis barbadas de Happy Valley.

— Está vendo? — ela disse, rindo. — Se você tem um assento, melhor se agarrar a ele.

Ela ainda estampava aquele seu sorriso bizarro quando nos aproximamos da ilha de Hong Kong. Prédios enormes surgiam diante de nós. O Banco da China. O Hong Kong and Shanghai Bank. O hotel Mandarim. Todos os prédios de vidro, prata e ouro do Distrito Central, e do outro lado de tudo isso, os verdes exuberantes do monte Victoria, quase inteiramente coberto por um manto de névoas tropicais.

Senti um medo repentino de jamais voltar a ver aquela mulher.

— Quer tomar um café comigo? — disse, corando da cabeça aos pés. Fiquei com raiva de mim mesmo. Sei que as mulheres nunca aceitam o convite de um homem que se deixava corar.

— Café?

— É, café. *Espresso. Cappuccino. Latte.* Café.

— Olha... — ela disse. — Oferecer o assento foi bacana. Mas o café... sei não. Meio previsível. E, além do mais, preciso entregar essa tralha.

A barca atracou no cais. A rampa desceu. A manada se preparou para estourar.

— Isso não é uma cantada — eu disse.

— Ah, não? — ela retrucou, séria. Fiquei confuso: não sabia se ela estava brincando ou não. — Que pena.

E então ela se foi, levada pela enxurrada de cantoneses, carregando sua caixa de documentos pelo porto, rumo ao Distrito Central.

No dia seguinte voltei ao porto à procura dela, e no outro dia também, esperando encontrá-la de repente, sorrindo ao atropelar alguém com uma enorme caixa de papelão cheia de documentos importantes. Ou, se a sorte estivesse do meu lado, atropelando *a mim* com a caixa de papelão. Mas ela não estava lá.

Não que eu tivesse providenciado um novo estoque de cantadas infalíveis.

Só queria ver aquele sorriso outra vez.

Era uma noite de sexta-feira, e o bar na cobertura do hotel Mandarim estava lotado e barulhento.

Na verdade, com o que ganhava na Double Fortune eu não tinha a menor condição de esbanjar no Mandarim. Mas vez ou outra gostava de tomar o elevador até o último andar do famoso hotel e ver o sol se pôr, tomando uma geladíssima Tsingtao, a melhor cerveja da China. Um presente que dava a mim mesmo.

Mas, naquela sexta-feira, enquanto eu tomava minha cervejinha junto ao balcão, um conterrâneo pateta achou por bem estragar a noite.

— É só o Exército de Libertação Popular dar as caras por aqui — ele disse —, e o Distrito inteiro vai direto pro aeroporto. E bem feito pra essa gente. Hong Kong era uma vila de pescadores antes de chegarmos aqui, e é isso que vai voltar a ser depois que sairmos.

Percebia-se na voz dele uma vida inteira de escolas privadas, privilégios e palavras vazias proferidas com toda a certeza do mundo. Imediatamente me dei conta de que nem tudo que eu odiava na Inglaterra tinha um buldogue tatuado no braço.

— É só devolver essa terra pros descamisados — ele continuou —, e na mesma hora eles matam a galinha dos ovos de ouro. Afinal, essa gente esfomeada é capaz de comer qualquer coisa.

Virei o rosto e olhei para o sujeito.

Ele se sentava a uma mesa junto da janela, na companhia de uma moça a quem tentava impressionar. A moça estava de costas para mim. De início sequer percebi a presença dela. Só tive olhos para o homem, um sujeito bem-apessoado, exibindo um terno de risca-de-giz e um porte atlético conquistado à base de muita carne vermelha, rúgbi e hinos litúrgicos da igreja anglicana. Um belo exemplar de bife inglês, talvez com uma pontinha de doença da vaca louca.

O Bife não fazia a menor questão de falar baixo. O barman cantonês e eu trocamos olhares de cumplicidade quando ele se aproximou para me servir uma segunda cerveja. Era apenas um garoto, que estampava no rosto um sorriso tristonho e balançava a cabeça quase imperceptivelmente. A doçura na expressão dele foi o que bastou para me tirar do sério.

Não, isso é demais, pensei, largando o copo de cerveja sobre o balcão. O discurso do Bife não só era um insulto aos residentes de Hong Kong como também representava uma afronta direta à sensação que tive ao ver aquelas luzes pela primeira vez, a sensação de que eu era especial. O barman tentou me dissuadir com o olhar.

Tarde demais.

— Com licença. Ei!

O Bife olhou para mim. E a moça também. Era ela. Resplandecente de tão linda.

Na verdade, ela resplandecia mesmo, pois a luz do crepúsculo, ainda mais exuberante quando somada à fumaça tóxica das fábricas do sul da China, se refletia em tecnicolor no rosto dela.

Linda.

O Bife era tão louro quanto ela era morena. Aparentemente eles formavam um casal, talvez nos primórdios de um romance entre colegas de escritório. Pelo menos na cabecinha do Bife.

— O quê? — ele disse. Irritado.

— Olha só pra você — eu comecei. — Quer dizer, só porque sua empresa te deu um apartamento equipado com uma empregada filipina, você vai logo achando que construiu um império. Quem você acha que é afinal? Stamford Raffles? Cecil Rhodes? Robert Scott, o explorador da Antártica?

— Sinto muito, mas... você ficou maluco? — ele não sabia ao certo se devia rir ou me nocautear ali mesmo. Ficou de pé. Um gigantesco babaca. Adepto dos esportes de contato. Muitos pêlos no peito. Provavelmente.

— Fica frio, Josh — ela puxou-o pelo braço.

Engano seu, se imaginou que o sujeito não tinha queixo nenhum. Pois ele era um queixo só. É sempre assim, já estou quase acostumado. Muito queixo e muito nariz. O nariz de aspecto nobre e o queixo protuberante pareciam comprimir a boca do infeliz num risquinho fino, autoritário e feroz.

Pois bem, o que lhe sobrava de queixo faltava em boca.

— Somos hóspedes deste lugar — continuei, a voz tremendo por um motivo que eu não podia identificar ao certo. — A Britânia não é mais a rainha dos mares. Um pouquinho de etiqueta não faz mal a ninguém.

O sujeito ficou boquiaberto. Depois disse:

— E que tal eu ensinar *a você* um pouquinho de etiqueta, hein, seu tampinha desagradável?

— Por que não tenta?

— Talvez eu tente.

— Pois devia tentar.

— Ah, calados, vocês dois — ela interveio. — Ambos vão voltar pra Inglaterra, mais dia, menos dia.

Voltar para casa? Mais dia, menos dia? Ainda não havia pensado nisso. Olhei para a garota e pensei: *esta* é a minha casa.

Então olhei para Josh. E depois de nos encararmos por um tempo, tanto ele quanto eu nos sentimos dois perfeitos idiotas, cientes de que ninguém ia bater em ninguém. Ou melhor, que ele não ia bater em mim. Por fim, ela o puxou de volta à cadeira. Depois sorriu para mim daquele seu jeito bizarro.

— Você tem razão — disse. — Um pouquinho de etiqueta não faz mal a ninguém. — Ela estendeu a mão. — Meu nome é Rose.

Eu apertei a mão dela.

— Alfie Budd.

Cheguei ao ponto de apertar a mão de Josh. Juntos, os três, tomamos mais uma rodada de drinques. Evitando olhar para Josh, contei a eles sobre meu trabalho na Double Fortune. E Rose falou sobre o trabalho deles no escritório de advocacia. Josh consultava o relógio a toda hora. Com certo exagero, pensei. Com o claro intuito de mostrar, tanto para mim quanto para Rose, que faltava pouco para que ele caísse no sono de tanto tédio.

Mas ela sorria para mim — aquele sorriso, aqueles dentes, aquelas gengivas tão rosadas quanto às de um bebê —, tomando posse do meu coração, lentamente e sem o menor esforço.

Ali mesmo tive a certeza de que havia uma casa para a qual eu poderia voltar.

É assim que as coisas começam. Você olha para uma pessoa que nunca viu na vida e tem a impressão de que a conhece desde a infância. Você a *reconhece*. Só isso. E depois vem o resto.

— Ei, espera aí — disse Rose de repente, rindo. — Acho que me lembro de *você*.

Tinha tudo para dar errado. As amigas dela diziam que ela era boa demais para mim, e com toda razão. Rose se encaixava feito uma luva na ilha de Hong Kong. E eu, bem, eu estava mais para Kowloon do que qualquer outra coisa.

Ela tinha uma carreira, eu tinha um emprego. Ela jantava no China Club, cercada de figurões. Eu tomava cerveja em Lan Kwai Fong, cercado da boa e velha ralé. Ela tinha vindo para Hong Kong de classe executiva, assento de janela. Eu, de econômica, assento de corredor.

Aos vinte e cinco anos, Rose já era um sucesso. Sete anos mais velho do que ela — e começando a mostrar todos os sinais disso, sabe como é, a umidade, a cerveja... —, eu ainda estava esperando pelo começo da vida.

Ela morava num apartamento pequeno, mas muito bonito, na Conduit Road, numa parte da cidade conhecida como Upper Mid-Levels, à sombra do monte Victoria: um reduto de ingleses. A segurança do prédio era feita por um *gurkha*, a postos vinte e quatro horas por dia. Eu dividia um apartamento em Sai Ying Pun com dois colegas da escola de línguas: o BBC de Chinatown, e o cara do Wing Chun, de Wilmslow.

Nosso apartamento ficava num daqueles pulgueiros de papelão, altamente inflamáveis e de paredes tão finas que era possível ouvir a televisão a que uma família assistia lá no fim do corredor. Nosso segurança era um *sikh* que aparecia apenas quando lhe dava na telha.

Rose não tinha vindo para Hong Kong ao sabor de um capricho, como eu. Era uma advogada corporativa, enviada por um ano pelo escritório de Londres — que ela chamava de *boteco* — para tirar partido de um mercado que, no último ano de domínio inglês, fervilhava mais do que nunca.

Enquanto eu ralava para pagar o aluguel, verdadeiras fortunas eram amealhadas nos escritórios do Distrito Central. Hong Kong gritava por advogados, que diariamente chegavam à ilha pela via rápida do aeroporto de Kai Tak.

Rose fazia parte desse time.

— Em Londres eu ainda estaria preparando o chazinho do escritório — ela me disse naquela primeira noite depois que Josh e eu decidimos beber juntos em vez de lutar. — Com um velho gordo beliscando a minha bunda. Aqui, não. Aqui, eu faço uma diferença.

— E o que você faz exatamente, Rose?

— Finanças corporativas — ela explicou. — Ajudo empresas a levantar capital via emissão de ações. Oferta pública inicial. Operações tipo apaga-incêndio, como a gente costuma dizer.

— Uau — eu disse. — Muito interessante.

Embora não fizesse a menor idéia do que ela tinha falado, fiquei genuinamente impressionado. Rose parecia mais madura do que eu jamais conseguiria ser.

A maioria dos colegas dela — aquela turba de homens e mulheres que se reunia todas as noites no bar do Mandarim, sem prestar qualquer atenção ao pôr-do-sol na baía — adorava se divertir à custa de Hong Kong.

Quando liam Wan King Road numa placa de rua, dobravam-se de tanto rir e repetiam o trocadilho ["wan king" também pode ser lido como "rei incompetente"] durante todo o período de sua estada, como se Hong Kong existisse simplesmente para diverti-los. Babavam de prazer sempre que encontravam mais uma evidência da loucura de Hong Kong. E as evidências eram muitas.

O papel higiênico local se chamava My Fanny (Minha Bunda). Numa loja de departamentos em Causeway Bay — tudo bem, a loja era japonesa — trufas eram vendidas com o nome de Chocolate Negro Balls. Um conhecido *spray* anticongelante tinha o nome de My Piss (Meu Mijo).

Eu também não pude conter o riso quando vi pela primeira vez a propaganda do My Piss. Não vou negar. Mas os Joshs da vida simplesmente não falavam de outra coisa. O mais natural num lugar feito o bar do Mandarim era que, cedo ou tarde, as pessoas deixassem de lado as piadinhas e admirassem o pôr-do-sol, as luzes da cidade. Mas por algum motivo Josh e sua turma não eram capazes disso.

Rose não era como eles. Adorava o lugar.

Não quero pintá-la aqui como uma Madre Teresa de pastinha 007 na mão. Os cantoneses podem ser bastante agressivos também. Quando obrigada a lidar com um motorista de táxi mal-humorado, um garçom grosseiro ou um pedinte mais insistente, Rose era bem capaz de sentir a mesma irritação de qualquer outro inglês destemperado. Mas o rancor nunca durava por muito tempo.

Ela adorava Hong Kong. Adorava as pessoas e — algo incomum para uma mulher com a posição, o salário e a cor de pele dela — achava correto que elas recebessem seu território de volta.

— Ah, sem essa, Alfie — ela disse certa noite depois de ouvir falar sobre como eu me sentia especial em Hong Kong e desejava que esse sentimento durasse para sempre. — Hong Kong é uma invenção dos ingleses, concordo. Mas o coração desta cidade é chinês.

O desejo de Rose era encontrar a verdadeira Hong Kong. Quanto a mim, teria facilmente me contentado com uma cervejinha ocasional nos bares de Lang Kwai Fong, com o extraordinário festival de luzes da ilha. Abandonado a meus próprios recursos, teria vegetado alegremente numa Hong Kong imaginária, convencido de que era um ser humano especial.

Rose me levou mais fundo. Para além das luzes. Fazendo isso, transformou em algo mais a afeição que eu tinha por Hong Kong. E por ela também.

Certo dia me levou a um templo na vizinhança do Distrito Central, onde tudo era vermelho e dourado, e o ambiente se carregava com a fumaça dos incensos e das cédulas falsas que as senhorinhas cantonesas queimavam em enormes tanques de pedra. Em meio à névoa perfumada, vislumbravam-se dois veados de bronze empoleirados num altar.

— Para a longevidade — explicou Rose, e quando penso em Rose falando de longevidade, imediatamente sinto vontade de chorar.

Naqueles dias que acreditávamos sem fim, ela me levou a lugares aos quais eu jamais teria ido sozinho. Comíamos nosso *dim sum* num pequeno restaurante perto do meu apartamento, onde éramos os únicos *gweilo*. Passeávamos pelas ruazinhas estreitas do bairro, ladeadas por prédios apinhados de antenas de televisão, vasos de plantas e varais. Tomando-me pela mão, ela me conduzia por ruelas onde o sol não entrava, onde velhinhos desdentados, sempre de sandálias, faziam suas apostas enquanto dois grilos lutavam numa caixinha de madeira.

Costumávamos nos encontrar depois do trabalho dela, tomar o *ferry* para Kowloon e assistir a um filme num cinema em que aparentemente todos os celulares do lugar tocavam ao mesmo tempo. Qualquer pessoa que conheço arrancaria os cabelos por causa disso. Mas Rose simplesmente ria, sacudindo o corpo na cadeira.

— *Esta* é a verdadeira Hong Kong — Rose me disse um dia. — Quer conhecer Hong Kong? Pois Hong Kong é *isto aqui*, meu amigo — ela apontou para a sinfonia de celulares.

Por outro lado, Rose também adorava cultivar certos hábitos ingleses. Todo sábado à tarde, depois de deixar o trabalho — o boteco exigia que ela trabalhasse meio período nos sábados —, nós tomávamos chá no hotel Península, admirando a vista para o Distrito Central do outro lado do porto, lentamente bebericando nosso Earl Grey, saboreando os *scones* com geléia, os sanduichezinhos de pão sem casca. Vez ou outra, até assistíamos a uma partida de críquete ou rúgbi em que participavam Josh e seus amiguinhos de peito cabeludo.

Era divertido cumprir esses rituais ingleses, não porque eles nos lembravam de casa, mas porque não fazíamos nada disso quando ainda vivíamos em Londres.

Críquete, rúgbi, sanduíches de pão sem casca... Quem queria saber dessas coisas? Eu não. Nem a Rose, cujo sotaque acintosamente neutro traía uma infância vivida numa casinha modesta nos subúrbios de Londres. Nada lhe havia chegado de graça. Tudo havia sido conquistado à custa de uma boa educação e muito esforço.

— E onde exatamente foi que você perdeu o sotaque de Essex? — perguntei a ela certa vez. — Na universidade?

— Na estação Liverpool.

Foi na Ásia que encontramos, eu e ela, não só a verdadeira Hong Kong como também a verdadeira Inglaterra, uma Inglaterra que não conhecíamos até então.

Rose adorava tudo isso.

E eu adorava Rose.

O que não era lá muito difícil. A única dificuldade foi criar coragem para ligar depois que ela me deu seu cartão no bar do Mandarim. Levei sete dias. Desde o início, percebi que ela seria uma pessoa importante na minha vida. Desde o início, não fui mais capaz de imaginar minha vida sem a presença dela.

Porque Rose era linda, inteligente, gentil. Era curiosa, destemida. Tinha um coração maior do que o de qualquer outra pessoa que jamais conheci. Era ótima no que fazia, mas sua auto-estima não dependia exclusivamente do trabalho. Eu adorava Rose por todos esses motivos. E também porque ela estava do meu lado. Incondicionalmente, sem nenhuma cláusula de quebra de contrato. É muito fácil amar alguém que está do seu lado.

Certa vez, quando estávamos todos na cobertura do China Club, Josh disse uma coisa interessante — provavelmente pela primeira vez na vida — depois de umas Tsingtaos a mais:

— Se Rose se encontrasse com Deus, ela ia dizer: *por que você é tão malvado com o Alfie?*

Ele disse isso com uma voz estridente, de mulherzinha, e todos caíram na gargalhada. Mas meu coração bateu um pouco mais forte. Porque eu sabia que era verdade.

Rose estava do meu lado de um jeito que nenhuma outra pessoa jamais esteve. À exceção dos meus pais. E dos meus avós. Mas, de certa forma, eles tinham a obrigação de estar do meu lado. Rose, não. Rose era uma voluntária. Gostava de mim. Aqueles garotos do parque, a turma do pudim, rolariam no chão de tanto rir se soubessem que uma mulher como Rose gostava de um homem como eu. E gostava mesmo. Não estou inventando nada.

E gostando de mim, ela me deixava livre. Livre para ser quem eu de fato era.

Ainda em Londres eu acalentava um sonho que julgava impossível realizar, por absoluta falta de coragem. Mas Rose acabou me convencendo de que, se empenhasse as horas necessárias, eu chegaria aonde queria chegar: ser escritor. Rose enxergava não só a pessoa que eu verdadeiramente era, mas também a pessoa que eu poderia ser. Seu amor fazia com que eu me sentisse capaz de transformar todos os meus sonhos em realidade.

É por isso que tudo é tão difícil agora.

É por isso que hoje preciso fazer um esforço imenso para seguir em frente.

Pois, por um breve instante no meu passado, conheci a perfeição.

O velhinho chinês já havia terminado sua dança em câmera lenta.

Ao passar correndo por ele outra vez — bem, "correndo" talvez não seja a palavra exata, pois a essa altura eu já me arrastava pelo parque —, percebo que ele olha para mim como se já tivesse visto meu rosto um milhão de vezes. Como se também me reconhecesse.

Diz alguma coisa outra vez, mas agora entendo perfeitamente o que é. Não tem nada a ver com procriação.

— Respiração.

— O quê? — pergunto ofegante.

— Não está respirando como deve.

— Quem não está respirando?

— Quem? — ele devolve com ironia. — Você, claro. Não respira direito. Muito ruim sua respiração. Não respira direito, não vive.

Fico olhando para ele sem dizer nada.

Quem não respira direito não vive? Quem esse velhinho metido pensa que é? Yoda?

— Como assim? — pergunto afinal, mas sem grande demonstração de simpatia. — O que é isso? Um velho ditado chinês?

— Não. Nem velho ditado, nem chinês. Senso comum, só isso. — E ele me dá as costas como se quisesse me despachar.

Continuo minha corrida, agora caprichando na respiração. Inalando profundamente, sentindo a expansão dos pulmões, exalando sem pressa. Repetindo o procedimento. Inalando, exalando. Lenta e regularmente.

Atropelando as folhas caídas no chão, concentrando-me no ar que entra e que sai.

Não é fácil.

Como não é difícil perceber, ela era o meu motivo.

dois

Onde começam os sonhos? O sonho de me tornar escritor nasceu ainda na infância. E só começou a morrer quando eu já era rapaz, o que não é mau. Durou muito mais que a maioria dos sonhos.

Meu pai era colunista esportivo de um jornal de grande circulação. Sua rotina incluía as corridas de cavalo, o futebol e o boxe, esportes que acompanha desde a infância no East End. Também escrevia sobre atletismo durante as Olimpíadas, sobre tênis durante o torneio de Wimbledon, sobre o que quer que fosse, sempre que preciso. Já no final da carreira, chegou a escrever até sobre as modalidades mais recentes de luta livre, aquelas em que homens furiosos se atracam vestidos com malhas de látex, parecendo ter tomado anabolizantes quando, na verdade, deveriam ter tomado aulas de interpretação.

O velho não era um jornalista famoso. Na maioria das vezes sua fotografia sequer aparecia ao lado dos cabeçalhos. Mas sempre me pareceu uma figura importante. Outros pais, os pais dos meus amigos, invariavelmente tinham de estar no mesmo lugar, na mesma hora, todos os dias. Meu pai, por sua vez, viajava o país inteiro, entrevistando ídolos nacionais, e embora muitas vezes mamãe e eu passássemos uma semana inteira sem vê-lo, sempre gostei da idéia de que ele não se deixava limitar pelos horários fixos de um trabalho qualquer.

No entanto, mesmo quando criança eu sabia que a vida de jornalista não era exatamente um mar de rosas. Tinha consciência da tirania dos prazos de entrega e de como subeditores têm o poder de modificar à revelia qualquer matéria. Também sabia que o jornal de hoje embrulha o peixe de amanhã. Ainda assim, meu pai parecia ser a pessoa mais livre do mundo.

Papai nunca gostou da estiva do jornalismo, coisas como ficar sentado na cabina da imprensa em Upton Park ou passar matérias por telefone da arena do NEC Birmingham. Mas quando tinha a oportunidade de escrever sobre os homens e mulheres por detrás dos resultados e das estatísticas esportivas, de contar a história do jovem astro do futebol que teve a carreira encerrada por conta de uma contusão no tornozelo, ou da atleta com chances de medalha de ouro nas Olimpíadas que acabou de descobrir um caroço no seio, ele era capaz de derreter o mais arrefecido dos corações. Não precisava de mais que um artigo de meia página. E um coração derretido por papai permanecia derretido por um bom tempo.

Papai nunca foi um excelente colunista esportivo porque, na verdade, nunca foi louco pelos esportes. Teria tido uma carreira bem mais feliz, e longa, se tivesse escrito para as primeiras páginas, em vez dos últimos cadernos.

Mas o velho era meu herói. E por anos tive vontade de seguir os passos dele.

A certa altura ele escreveu um livro. Do qual você provavelmente já ouviu falar. Talvez até o tenha *lido*. Pois *Laranjas de Natal: memórias da minha infância* foi um daqueles livros que começam a vender e não param nunca mais. E depois disso, o sonho de me tornar escritor ficou um tanto ridículo. Como é que eu poderia competir com meu próprio pai? Na qualidade de jornalista medíocre, ele me deixava inspirado. Como autor de best seller, metia medo.

Eu fazia faculdade de pedagogia quando o livro foi publicado; portanto, acompanhei com certo distanciamento sua ascensão às listas dos mais vendidos. Ora tinha a impressão de que meu pai era o mesmo homem de sempre — um jornalista que rondava os campos de treinamento à espera de uma entrevista exclusiva com um figurão qualquer do futebol —, ora me via diante de um autor de grande sucesso, que embolsava cheques milionários de direitos autorais, que aparecia regularmente nos talk shows mais badalados, que assinava autógrafos em restaurantes.

Sei que escrever esse livro foi difícil, resultado de um esforço de sete anos. Mas o sucesso sempre parece que caiu do céu, a despeito de todo o suor derramado. Assim sendo, parecia que meu pai de um dia para o outro havia deixado de ser um jornalista desconhecido para se transformar num escritor respeitado, fazendo leituras, respondendo perguntas e autografando exemplares nas mais diversas livrarias. Hoje, os exemplares assinados têm até certo valor comercial, como os autógrafos daqueles figurões do futebol que papai costumava entrevistar.

Laranjas é um ótimo livro. Merece todo o sucesso que obteve. Não tive nenhuma espécie de ressentimento pela enorme sombra que ele projetou nos meus sonhos mal resolvidos de um dia sobreviver da literatura.

São as memórias de infância do meu pai em East End. Falam de como ele era pobre mas feliz, de como ele e seu exército de irmãos quase morriam de felicidade quando ganhavam uma laranja de presente de Natal.

Laranjas está repleto de moleques imundos que se divertem perseguindo ratos nos locais bombardeados durante a guerra enquanto os vizinhos são reduzidos a pó pela Luftwaffe. Há muita morte, doença e racionamento na história, mas a razão de tanto sucesso está no fato de que *Laranjas* é tão reconfortante quanto uma boa xícara de chá com biscoitos de chocolate. Apesar de todas as passagens mais pesadas sobre piolhos, nazistas e poliomielite, o livro do velho é uma história descaradamente sentimental sobre um tipo de família que, ao que parece, não existe mais.

O que é irônico, pois *Laranjas* caiu feito uma bomba voadora de Hitler na cabeça dos parentes do meu pai. Tanto os irmãos quanto as irmãs já gozavam da paz e do respeito adquiridos com a meia-idade quando o livro apareceu. De uma hora para outra, suas aventuras de meio século de idade foram expostas ao escrutínio público.

A irmã mais velha de papai, tia Janet, não gostou nem um pouquinho de ver publicada a história de quando vovô a surpreendeu masturbando um soldado raso durante um apagão. No livro, o episódio é relatado como uma adorável anedota do tipo "onde foram parar as minhas calças?", mas a revelação causou furor na filial do Women's Institute, onde até hoje tia Janet é a principal fabricante de geléias.

Meu tio Reg também subiu pelas paredes na ocasião. Gerente por muitos anos de um banco localizado nos subúrbios de Londres, achou que papai tinha ido longe demais ao relatar aquele dia durante a Blitz em que ele, tio Reg, à época com quatro anos, chegou ao abrigo antiaéreo no quintal dos Andersons com as calças arreadas e o peruzinho encolhido de tanto medo. Na opinião do tio Reg, essa não era exatamente a imagem que um respeitável gerente de banco devia passar a seus clientes.

O livro também fala do tio Pete, ainda adolescente na época, que mediante suas negociatas no mercado negro acabava por convencer uma ou outra recém-casada desprovida de meias de náilon, e de marido também, a "colocar a chaleira no fogo", como ele mesmo costumava dizer. Tio Pete, ou reverendo Peter como ele hoje é conhecido, viu-se obrigado a dar muitas explicações à sua comunidade de fiéis.

Tia Janet aliviando um jovem soldado americano em vias de embarcar para as praias da Normandia, tio Reg molhando as calças enquanto caíam as bombas, tio Pete negociando a própria virgindade em troca de um par de meias... ah, o público leitor não tinha como não adorar tudo isso. E graças ao *Laranjas*, todo mundo adorava meu velho. Exceto meus tios e tias, bem como boa parte da vizinhança que o viu crescer em East End.

Ninguém fala mais com ele hoje em dia.

Quem volta para casa depois de um tempo morando fora vê seu país com os olhos de alguém que viaja no tempo.

Fiquei fora por pouco mais de dois anos, da primavera de 1996 ao verão de 1998. Não é muito, mas hoje o tempo parece de alguma forma deslocado. Muito disso tem a ver com Rose, claro. Quando saí da Inglaterra, não sabia que ela existia, e agora que voltei, não sei como viver sem ela.

Mas Rose não é a única causa dessa sensação de deslocamento temporal.

A mesma sensação se repete quando rodo pela cidade no carro do meu pai, quando leio os jornais, quando almoço ou janto na casa dos velhos. Tudo parece meio fora de lugar.

Para início de conversa, refugiados podem ser vistos a qualquer momento na Euston Road. O que é uma novidade. Estão sempre lá quando passo com o Mercedes SLK do papai. E eles me vêem também, pois o *roadster* vermelhinho do velho é um carro concebido para chamar a atenção das pessoas, mas, provavelmente, não daquelas que ainda há pouco tiveram de fugir da pobreza e da perseguição.

Não havia refugiados na Euston Road quando fui embora. Via-se um ou outro pedinte bêbado, chacoalhando esperançoso seu copinho de moedas, mas ninguém dos Bálcãs. Hoje, esses homens e meninos magrinhos invadem o trânsito engarrafado nas imediações da estação de King's Cross, esguichando água no pára-brisa dos carros e limpando a sujeira mesmo quando a gente agradece e diz que não. Os refugiados apontam para a própria boca, num gesto que parece vagamente obsceno. Mas eles apenas querem dizer que estão com fome.

Tudo isso é novidade.

E não se trata apenas dos refugiados na Euston Road.

Terry Wogan agora toca REM na Radio 2. A princesa Diana raramente é mencionada. E talvez o mais impressionante de tudo: papai começou a freqüentar uma academia.

Todas essas coisas me parecem inacreditáveis. Eu achava que Wogan só tocava música de elevador — mas é possível que o REM tenha se tornado música de elevador enquanto eu olhava para o Oriente. Eu achava que a princesa Diana seria tão onipresente depois da morte quanto foi em vida. E achava que papai seria a última pessoa no mundo a um dia começar a se preocupar com os pneuzinhos na cintura.

A cidade parece a mesma de sempre — na verdade, de um modo quase assustador —, mas em toda parte encontro pistas de que as coisas furtivamente foram mudando.

Michael Stipe de uma hora para a outra foi jogado no balaio do pop pasteurizado. Diana virou uma página virada da história. E meu velho abriu mão do fast-food entregue em domicílio e agora não pára de falar sobre as vantagens de um maravilhoso programa de exercícios cardiovasculares.

Às vezes tenho a impressão de que voltei para outro país.

Atualmente estou morando com os velhos. Trinta e quatro anos, e ainda não tenho meu próprio apartamento: isso não é nada bom. Mas a casa deles não é a mesma em que cresci, o que seria terrível, e portanto não tenho a impressão de que regredi à infância. Pelo menos enquanto minha mãe não aparece com meus pijamas nas mãos, perfeitamente lavados e passados.

Mas é só um arranjo temporário. Assim que conseguir colocar a vida de volta nos trilhos, assim que arrumar um emprego, vou procurar por um apartamento. Em algum lugar perto do trabalho. Quero que seja um apartamento igualzinho ao que eu e Rose tínhamos em Hong Kong. Tínhamos um ótimo apartamento. Onde fui muito feliz.

E agora preciso tocar o bonde da vida. Sei que preciso enterrar meu passado com a Rose. Sei de tudo isso.

Mas se você acredita que pode reconhecer alguém que nunca viu antes, se acredita que no mundo há apenas uma pessoa para você, se acredita que há apenas um único ser humano por aí que você pode amar, de verdade, pela vida inteira — e eu acredito nessas coisas todas —, então não pode fingir que acredita nessas baboseiras do tipo "nada como um dia após o outro".

Porque eu tive a minha chance.

Agora eles têm uma casa enorme, os velhos. Uma daquelas casas altas e brancas de Islington, que só pela fachada já parecem imensas e são intermináveis por dentro. Tem até uma piscina. Mas não foi sempre assim.

Nos velhos tempos, quando papai ainda era colunista esportivo, vivíamos numa daquelas casinhas geminadas de estilo vitoriano, numa parte da cidade à qual nunca chegaram os projetos de reurbanização. Depois que *Laranjas* virou best seller, tudo mudou.

O dinheiro também é novidade.

Agora papai está tentando escrever uma continuação do livro, sobre os anos de terrível pobreza mas delirante felicidade logo após a Segunda Guerra. Será um olhar terno sobre os velhos tempos de bombardeios, racionamento de bananas e proliferação das favelas. Não sei em que pé está o novo livro. Papai passa a maior parte do tempo na academia.

Sei que o velho se preocupa comigo. Mamãe também. E é por isso que preciso sair da casa linda e enorme deles o mais rápido possível.

Meus pais só querem o melhor para o filho, mas insistem em me alugar com essa história de que preciso esquecer a Rose, tirá-la da cabeça, tocar a vida adiante.

Adoro meus pais, mas eles me deixam maluco. Ficam exasperados quando lhes digo que não tenho a menor pressa de tocar adiante uma vida que me parece menor. Às vezes papai diz: "Faça como quiser, meu camarada", e sai de casa batendo a porta. Às vezes mamãe chora e diz: "Ah, Alfie."

Os velhos acham que sou um doido varrido só porque não consigo esquecer a Rose.

Minha vontade é perguntar a eles: mas e se eu não for nem um pouquinho doido?

E se for assim, desse jeitinho mesmo, que tenho de me sentir agora?

Um homem estranho entra no nosso quintal.

Está usando um capacete pontudo, como aquele das forças imperiais no *Retorno de Jedi*. E para completar o look futurista, usa um daqueles óculos de ciclismo pretos e uma malha de lycra bem apertada, amarelo-vivo em cima e preta em baixo, que aperta a bunda dele sem nenhum medo de ser feliz. Sob o capacete pontudo, um discman da Sony plugado nas orelhas. Ele arrasta uma bicicleta pelo caminhozinho do jardim e se agacha diante da caixa de correio, deixando ver os músculos que se flexionam nas parte de trás das coxas.

Parece um inseto em excelente forma física.

— Pai?

— Alfie. Esqueci as minhas chaves de novo. Me dá uma ajuda com essa bicicleta, pode ser?

E quando papai tira o capacete pontudo e o discman, escuto um pedacinho de música: uma voz metálica e exuberante, esparramando-se sobre uma sinuosa linha de baixo, que imediatamente reconheço ser "Signed, sealed, delivered" do Stevie Wonder.

Com sua bike incrementada e seu aspecto de inseto gigante, papai pode dar a impressão de que só escuta as últimas novidades musicais. Na verdade, ele ainda adora um som das antigas. Especialmente o da Motown. Stevie. Smokey. Marvin. Diana. The Four Tops e Temptations. Uma espécie de *Sound of Young America* dos tempos em que tanto ele quanto os Estados Unidos ainda eram jovens.

Quanto a mim, estou mais para Frank Sinatra do que qualquer outra coisa. Herança do meu avô. Faz anos que vovô morreu, mas, quando eu era garoto, ele costumava me sentar no colo, na sala da enorme casa pré-fabricada em que ele morava em Dagenham e que serviu de cenário para a história do *Laranjas*, e eu sentia o cheiro forte dos cigarros Old Holborn que ele mesmo enrolava, bem como o da loção de barba Old Spice, enquanto Frank Sinatra derramava sua voz de mel no aparelho de som. Levei anos para perceber que todas aquelas canções falavam de mulheres. Mulheres desejadas, mulheres amadas, mulheres perdidas.

Sempre achei que elas, as canções, falavam de dias agradáveis passados na companhia do avô.

Às vezes, vovô e eu localizávamos Frank Sinatra num dos filmes antigos que passavam na televisão. *A um passo da eternidade, Tony Rome, Deus sabe quanto amei.* Todos aqueles caras durões de coração partido, complementos perfeitos para a música dele.

— Ei, vô! — eu dizia. — É o Frank!

— Isso mesmo — ele respondia, descansando o braço tatuado nos meus ombros enquanto assistíamos a televisão em preto-e-branco. — É o Frank.

Cresci ouvindo e adorando Frank Sinatra, mas, quando ouço a música dele hoje em dia, não fico sonhando com Las Vegas, Palm Springs ou Nova York. Não vou logo me lembrando do Rat Pack, de Ava Gardner, Dino ou Sammy. Tudo aquilo que, em tese, Sinatra faz lembrar.

Sinatra me faz lembrar do colo do meu avô, da casa pré-fabricada num banjo do East End — banjo era como chamávamos a rua sem saída em que ele morava, com formato igual ao do instrumento. Sinatra me faz lembrar do cheiro de cigarros Old Holborn e de loção Old Spice. Sinatra me faz lembrar de um tempo em que eu me sentia cercado de um amor descomplicado, incondicional e supostamente eterno.

Papai sempre tentava me converter ao som da Motown. Não vou negar: gosto de ouvir um *ooh-baby-baby* de vez em quando, quem não gosta? Mas, na infância, via uma enorme diferença entre a música de que meu avô gostava e aquela que meu pai ouvia.

As canções que papai me fazia ouvir falavam da juventude. As que meu avô me fazia ouvir falavam da vida.

Abro a porta de casa e ajudo o velho a entrar no hall com a bicicleta. Deve ser algum tipo de modelo de corrida, com guidão baixo e selim tão pequeno quanto um *samosa* de legumes. Nunca vi nada igual.

— Bike nova, é?

— Decidi ir pedalando pra academia — ele explica. — Não faz sentido ir de carro. Assim é melhor. Vai esquentando a bateria velha.

Balanço a cabeça, sorrindo, ao mesmo tempo perplexo e comovido com essa transformação do meu pai. Antes ele era o jornalista típico, que engordava aos pouquinhos com uma dieta de refeições irregulares e biritas muito regulares. Agora, já perto dos sessenta, ele se transformou numa espécie de clone do Jean-Claude Van Damme.

— Entrou mesmo nessa onda, né? De entrar em forma e tal.

— Você devia vir malhar comigo um dia. Poxa, Alfie. Devia tomar mais cuidado com essa barriguinha. Já está ficando meio rechonchudo.

Às vezes acho que papai sofre um pouquinho da síndrome de Tourette.

Não sou eu quem vai contar a Jean-Claude sobre meu fiasco no parque. Não estou com vontade de discutir com ele. Acho que é assim que a gente sabe que cresceu: quando não sente mais a necessidade de contradizer os pais sempre que a oportunidade se apresenta. Mas enquanto ele empurra a bicicleta casa adentro, dou uma espiada no espelho do hall e penso: que diferença isso faz agora? Não vou sair por aí rodando bolsinha.

Ao entrarmos na sala de estar, papai e eu nos deparamos com minha avó, sentada na poltrona preferida dela com o jornal no colo. Aparentemente ela está lendo um artigo com o título UMA DANÇARINA DE BOATE ROUBOU MEU GARANHÃO DA TV.

— Mamãe — papai beija a testa dela. — Sempre de olho nos escândalos, não é?

— E aí, vó? — eu digo, dando um beijinho nela também. Somos uma família de beijoqueiros. A pele da minha avó é macia e seca, feito uma folha de papel abandonada ao sol. Ela vira os olhos azuis e aquosos na minha direção e lentamente balança a cabeça.

Tomo a mão dela nas minhas. Eu adoro minha avó.

— Ainda não foi dessa vez — ela diz. — Ainda não, Alfie.

Vejo que ela segura o bilhete da loteria depois de ter conferido o resultado no jornal. Esse é um dos rituais que toda semana se repete com vovó, que invariavelmente fica surpresa por não ter ganhado dez milhões de libras. Todos os domingos ela vem almoçar e chorar as mágoas porque não conseguiu acertar as seis bolinhas. E eu tento consolá-la.

— Ah, vó, não esquenta. Qualquer dia a senhora ganha.

— Só me resta voltar ao trabalho na segunda... — ela diz sorrindo, muito embora nem ela nem eu tenhamos de ir trabalhar amanhã de manhã. E então vovó rasga o bilhete, o que aparentemente lhe consome todas as forças.

Pelo janelão nos fundos da sala, vejo mamãe varrendo as folhas secas do jardim com um ancinho. Embora muitas vezes pareça um peixe fora d'água no casarão comprado com o sucesso editorial do papai, ela sempre amou esse jardim.

Mamãe levanta os olhos e vê que estou olhando para ela. Imediatamente começa a correr sem sair do lugar e a soltar baforadas pela boca. Levo um tempo para perceber que ela está imitando uma corrida no parque. Faço um sinal de OK, e ela volta ao ancinho, sorrindo pacificamente para si mesma. Sei que gostou de me ver sair de casa para o que ela chama de "um pouquinho de ar fresco".

A porta da frente bate e segundos depois uma moça sorridente dá as caras na sala. Parece uma segunda tentativa divina de criar uma Cameron Diaz: um amálgama quase caricatural de cabelos louros, olhos azuis e pele bronzeada. Lena é nossa empregada tcheca. Muito inteligente. Parece meio pancada apenas quando ouve rádio, porque fica dançando ao som da música, mesmo quando está sentada, batendo um prato de cereal.

Mas Lena não tem nada de pancada. É jovem, só isso. Para falar a verdade, acho que ela arrasta certa asa para o meu lado. Uma daquelas paixonites irracionais que acometem os muito jovens. Acho que preciso dizer a ela, com o máximo de cuidado possível, que não estou à procura de um novo relacionamento. É uma moça bonita, quanto a isso não há dúvida, a ponto de, certa vez, fazer o entregador de jornal se esborrachar de bicicleta, dando de cara num poste. Cadernos e encartes jogados para todo lado. Muito estranho, eu não sentir nenhum interesse por ela. Ou talvez não haja nada de estranho nisso.

Acordando de um cochilo com o barulho da porta, vovó olha radiante para Lena, talvez pensando tratar-se de uma parente distante.

— Desculpem o atraso — diz Lena, num inglês tão perfeito que parece ser a língua materna dela. — O metrô fica lotado nos domingos. Vou começar a preparar o almoço.

— Não tem IMPORTÂNCIA — diz vovó lentamente. Vovó parece achar que Lena é surda, burra, incapaz de entender uma única palavra em inglês, ou possivelmente tudo isso junto. Apontando para mim, ela emenda: — ALFIE SEM FOME.

— Que bonitinho... — diz a sorridente Lena, que fala cinco línguas e faz um curso de MBA na UCL.

— Eu te dou uma ajuda — papai se oferece.

— Não precisa.

— Mas eu quero.

Eles saem para a cozinha, e vovó e eu começamos a assistir a um programa em que um casal troca tapas porque o namorado descobriu que a namorada na verdade é homem. Nunca tinha visto nada parecido. Até o lixo televisivo é novidade para mim.

Da cozinha vêm as risadas de papai e de Lena, que tiram a louça da máquina.

Jamais vi papai ajudar com o que quer que fosse no serviço doméstico.

Isso também é novidade.

três

Andar sem rumo por Chinatown.

Desde que voltei a Londres, isso é o que faço quase todos os dias. Tomo o metrô para o West End e sigo na direção daquele minúsculo retalho de Londres onde as ruas são nomeadas tanto em inglês quanto em chinês. E ando, sem rumo.

Depois de cruzar um dos três portões que dão acesso a Chinatown — Wardour Street, a oeste; Macclesfield Street, a norte; Newport Court, a leste —, vou me acotovelando aos passantes por aquelas ruazinhas barulhentas e movimentadas até o lugar me arrebatar os sentidos, até me fazer lembrar daquele rincão do outro lado do mundo.

Numa questão de minutos estou de volta a Hong Kong. Sem porto, nem monte, nem vistas espetaculares. Mas muito do que vejo é exatamente igual ao que costumava encontrar em Kowloon ou Wanchai.

Fileiras de patinhos laminados nas janelas, moças lindas de cabelos brilhantes falando em celulares de cores muito vivas; velhinhos com dentes de ouro empurrando bebês de olhinhos que mais parecem duas pedras preciosas cor de castanha;

jovens mamães com os filhos vestidos nas melhores roupas; adolescentes com pinta de gângster vadiando na porta dos fliperamas; garçonetes seguindo para o trabalho em seus uniformes monocromáticos ou varrendo a calçada dos restaurantes; vapor escapando de uma minúscula cozinha do outro lado das vidraças embaçadas; homens em macacões imundos entregando caixas de peixe congelado.

Chinatown é o único lugar em que me sinto feliz. Faz mais do que me lembrar de Hong Kong. Faz me lembrar de quando Rose e eu estávamos juntos.

Aqui há lojas, supermercados e, claro, uma infinidade de restaurantes, mas não há muitos lugares onde a gente possa sentar e ficar observando o mundo desfilar à nossa volta. Apesar de vizinha à urbanidade afetadamente mediterrânea do Soho, Chinatown não tem pequenos bistrôs, cafés ou bares. Está no lugar errado quem busca meia horinha de sossego diante de uma xícara de cappuccino. Isso não faz parte da tradição cantonesa. Mas não me importo.

Seguindo pela Gerrard Street, artéria principal do lugar, entro na Wardour, onde a borda oeste de Chinatown convive pacificamente com pizzarias e boates; depois vou andando pela estreita e escura Lisle, com seu cheirinho de pato assado e gás de cozinha, ou às vezes pela Little Newport, onde, numa loja de artes marciais chamada Shaolin Way, um dragão chinês em papel machê parece estar ali para proteger os sacos de pancada, as luvas de foco e as caixas de papelão repletas de uniformes pretos de Kung Fu. E por fim, depois de alcançar as livrarias e teatros da Charing Cross Road, dou meia-volta e entro na Newport Court, onde é possível comprar revistas chinesas, CDs chineses, o que quer que seja chinês.

Enquanto perambulo pelas ruas de Chinatown, um poema me vem à cabeça, um poema de Kipling que eu costumava estudar com meus alunos quando dava aulas de literatura inglesa na escola de ensino médio para meninos Princesa Diana.

"Mandalay" fala de um soldado britânico reformado que vagueia por Londres depois de servir "em algum lugar a leste do Suez", e enquanto segue sem rumo pelas cercanias do Bank of England — será que o ex-soldado agora trabalha como office-boy na City? Será que ganha a vida como leva-e-traz dos ancestrais de Josh? —, ele fica pensando no vento, nas palmeiras, nos elefantes empilhando teca, na mulher que deixou para trás. Nosso ex-soldado decerto não se sente sozinho: em meio ao chuvisco inglês, caminha "de Chelsea ao Strand" na companhia de cinqüenta empregadas domésticas. Mesmo assim deseja ardentemente voltar para onde "a aurora, feito trovão, irrompe na China e cruza a Baía", voltar aos dias em que tinha a mulher a seu lado.

"Então é sobre a cachorra dele?", perguntaria um dos meus alunos mais inteligentes e ferinos, desencadeando uma onda de risadas nas filas do fundo. "Sobre... como é que fala? Excitamento do turismo sexual? Não, excitamento não. Como é que é, professor? Excitamento ou incitamento?"

"Mandalay" não significava grande coisa para aquela turba de adolescentes magricelas, pálidos e quase sempre maliciosos. Na verdade, também não significava grande coisa para mim à época. Mas agora que voltei para Londres, o poema de Kipling me assombra permanentemente, um lembrete da vida que perdi, da mulher que perdi.

Pois os sinos do templo chamam, lá onde agora eu sonho estar...
No velho Pagode de Moulmein, olhando com pachorra para o
mar.

Gosto de chegar cedo em Chinatown, antes das hordas de turistas que estorvam as ruas com suas câmeras penduradas ao pescoço, olhares vazios no rosto, mochilas paranoicamente encaixadas ao peito. Gosto de chegar quando as hortaliças ainda estão sendo descarregadas dos caminhões; as velhinhas estão montando as barracas de rua; grupos de homens fofocam em cantonês nas calçadas, antes de pegar no trabalho nos restaurantes ou desaparecer num porão qualquer para jogar mahjong.

Essa é a melhor hora, quando se vêem apenas os chineses se preparando para o dia que está por vir. Quando Chinatown mais se parece com Hong Kong.

Sempre almoço aqui. Às vezes como cedo, geralmente um *dim sum* no New World ou no Gerrard Place, restaurantes tradicionais, já em vias de extinção, onde ainda se vêem as garçonetes empurrando carrinhos com pratos de pão cozido no vapor, costeletas de porco grelhadas e berinjelas fritas, percorrendo sem pressa o enorme salão vermelho e dourado, deixando que as pessoas escolham o que vão comer diretamente em vez de lhes entregar um cardápio como se faz na maioria dos restaurantes de *dim sum*.

Outras vezes como mais tarde, quase sempre uma tigela de sopa de macarrão num dos restaurantes menores da Gerrard

Street, onde ninguém se importa se você pede uma mesa às quatro da tarde.

Em Chinatown é possível comer praticamente a qualquer hora do dia. Essa é uma das coisas que sempre admirei nos cantoneses. Eles deixam que você administre a própria vida. Não estabelecem regras. Simplesmente não se importam.

Há muito que se dizer sobre o não se importar.

Trata-se, na minha opinião, de uma virtude mal compreendida.

Desde os tempos de Hong Kong que me tornei um grande fã do chá da tarde, daquela ritualística injeção de açúcar e cafeína justo no momento em que nossa energia já começa a falhar. Rose também gostava. Dizia que o chá da tarde era a mais indulgente das refeições, pois era a única que se dava em pleno horário de trabalho.

Rose sempre dizia coisas assim, coisas que fazem a gente compreender melhor o que está sentindo. Eu achava que simplesmente gostava de me empanturrar com bolinhos e geléia no meio da tarde. Rose me fez ver que, na verdade, o que eu gostava mesmo era de escapar da Double Fortune Language School.

Perto da Bond Street há um hotel muito chique onde se serve o chá da tarde. A clientela consiste sobretudo em turistas à procura da verdadeira alma inglesa num bule de Earl Grey. Exceto eu.

— Chá, senhor? Quantas pessoas?

— Uma só.

O garçom me traz um bule de chá e uma bandeja de prata em forma de bolo de noiva. As camadas da bandeja estão apinhadas de *scones*, potes com creme e geléia escarlate, sanduíches minúsculos e delicados.

O garçom é bastante simpático. Os turistas nem são tão barulhentos assim. Os *scones* ainda estão quentes. Os sanduíches de salmão e pepino estão todos sem casca. O chá foi preparado com folhas, e não com saquinhos de infusão.

Tudo está do jeito que devia estar.

Mas aqui o gosto simplesmente não é o mesmo.

Caminhando de volta ao metrô, passo pela algazarra estridente da Oxford Street.

O comércio local — bares, cafés, butiques, lojas de discos — cospe nas calçadas uma música tão alta que minhas obturações tremem dentro da boca. Houve um tempo em que o glamour vibrante desta rua parecia ser a quintessência de Londres. Hoje me sinto totalmente fora de lugar em meio à música nova, aos modismos desgastados, às hordas de adolescentes. Oxford Street permaneceu a mesma; fui eu quem mudou. Tento apressar o passo através da multidão, mas o rush já começou, e é difícil atropelá-lo.

Próximo à estação do metrô vejo dois jovens estrangeiros recostados à parede como se estivessem profundamente entediados: uma garota asiática de cabelos descoloridos e um garoto de algum lugar ensolarado do Mediterrâneo, com um bigodinho fino e costeletas pontudas. São daqueles estrangeiros cheios de atitude, de olhar *blasé* e botas de plataformas.

Ambos seguram um maço de folhetos que apaticamente distribuem aos passantes enquanto conversam entre si num inglês capenga. Dão a impressão de que não ligam a mínima se alguém vai ler o que está escrito ali ou jogar o papel na primeira lata de lixo que se apresentar.

A asiática me entrega um folheto.

Aprenda inglês
@ Churchill's International Language School.
A primeira e a melhor.
Comece em qualquer segunda-feira.
Preços baixíssimos.
Próximo à Virgin Megastore.
Orientações sobre vistos, permissões de trabalho,
acomodações.
Excelência garantida!

O panfleto tem uma borda externa estampada com a bandeira britânica e outra, interna, com as bandeiras de diversos países: Itália, Japão, China, Brasil e muitas outras que não sei de onde são.

Junto das palavras "Churchill's International Language School" encontra-se a silhueta de um homem gordo e careca que tanto pode ser Winston Churchill como Alfred Hitchcock. O homem ergue dois dedos num "V" de vitória que também pode ser interpretado de maneira bem diferente. Na boca, um charuto ou uma enorme salsicha.

A tal silhueta foi desenhada por alguém com os dons artísticos de uma galinha. Detesto a suposta modernidade do símbolo "@". Para mim é um absurdo que uma escola de línguas chegue tão baixo a ponto de surrupiar o nome de

Winston Churchill em busca de um falso ar de autoridade. De certa forma, este cinismo barato me ajuda a entender por que me sinto assim, tão perdido na boa e velha Oxford Street.

Acontece que não consigo jogar o panfleto fora. Há algo na diversidade das bandeirinhas, na generosidade das promessas de ajuda, na alegria do ponto de exclamação depois da garantia de excelência, que me deixa mais animado.

Sei lá. Tudo isso tem um quê de esperança.

Nunca ficávamos muito longe da água em Hong Kong.

Desde o pequeno café no Monte Victoria até o salão de chá do hotel Península, todas as vistas espetaculares que admirávamos de mãos dadas incluíam o mar. Sempre estávamos no Star Ferry, indo e vindo dos nossos apartamentos em lados opostos da baía. E a firma de Rose tinha um barco que eles chamavam de junco.

O nome junco evocava a imagem de um daqueles barcos chineses estranhamente curvos, de velas alaranjadas, que balançam no porto de Hong Kong e figuram numa boa centena de cartões-postais. Talvez fosse esse o espírito da coisa.

Mas na verdade o junco era uma moderníssima lancha de cromo e madeira envernizada, tripulada por um sorridente casal cantonês impecavelmente uniformizado de branco. Mesmo na primavera de 1997, a bordo daquele junco tínhamos a impressão de que a devolução de Hong Kong para a China jamais aconteceria, de que nada iria mudar, de que a vida seria para sempre tão boa quanto então.

O junco era um instrumento de hospitalidade corporativa, mas, quando não era usado para entreter clientes de Londres,

Xangai ou Tóquio, podia ser usado pelos funcionários do "boteco", que muitas vezes passavam um dia inteiro passeando pelas centenas de ilhotas que compõem Hong Kong.

Geralmente era solicitado por grupinhos de advogados *gweilo* ocupados em cortejar as asiáticas que trabalhavam como comissárias de bordo para a Cathay Pacific. Rose e eu, já no estágio em que um casal acredita bastar a si mesmo, sempre tomávamos a lancha acompanhados somente da dupla de cantoneses.

Da última vez que fizemos isso, fomos até uma ilha sem nome onde um velhinho de sandálias nos serviu cerveja gelada e camarões apimentados numa cabana que fazia as vezes de restaurante. Ainda hoje me lembro do ancoradouro de madeira, dos cachorros semi-selvagens que vagavam pela praia, do silêncio quebrado apenas pelo sussurrar das nossas vozes e o barulho do mar.

No caminho de volta adormeci no convés da lancha, já farto de tantas cervejas e tantos frutos do mar, provavelmente os melhores do planeta.

Não sei quanto tempo dormi, mas o sol já havia mudado de lugar quando enfim acordei. Fazia muito calor. Eu podia sentir a madeira do convés queimando sob a toalha de praia em que me encontrava deitado. Ouvia o canto distante das gaivotas, o chiado das ondas quebrando na costa, os estalos do barco acalentado pelo mar da China.

E, de repente, Rose despontou acima de mim, sorrindo, as feições escondidas pela contraluz do sol ainda fortíssimo da tarde.

Apertei as pálpebras para enxergar melhor, sombreando os olhos com a mão. Mesmo assim, só pude ver o vulto escuro que ora velava ora desvelava o sol ofuscante. Sem despregar os olhos de Rose, fiz menção de me levantar.

Ela me deteve com um gesto.

— Não se mexa — disse.

Flanqueando minhas pernas com as suas, ela foi ajustando a posição do corpo até eclipsar o sol com a cabeça e me cobrir inteiramente com a própria sombra. Só então voltei a enxergar. Descobri os olhos e pisquei até enxugar as lágrimas. Agora podia ver o rosto dela.

Rose sorria, preenchendo todo o espaço do céu.

— Está me vendo agora? — ela disse.

— Estou.

— Tem certeza?

— Tenho.

— Ótimo.

Ficamos imóveis por um bom tempo. Era como se Rose quisesse imprimir o rosto dela na minha memória, me fazer guardar aquele momento para sempre, garantir um lugar no interior dos meus ossos.

Então ela se afastou e disse:

— Melhor você vestir alguma coisa. Vai ficar ardendo depois.

Passo pela porta da Churchill's International Language School umas três vezes antes de localizá-la.

A entrada fica entre uma velha loja de jeans e um café novinho em folha, na parte da Oxford Street onde o trânsito de pedestres é mais intenso, tão discreta que sequer parece estar ali. Tomo duas xícaras de um cappuccino exageradamente doce e quase compro um par de Levi's — por azar eles não têm o meu tamanho — antes de finalmente avistar a porta aberta.

A porta era guardada por dois alunos da escola, tão apáticos quanto os da estação de metrô. Ambos brincam com seus respectivos piercings — no umbigo da moça, no nariz e na sobrancelha do rapaz — enquanto oferecem folhetos aos transeuntes. Nenhum dos dois olha para mim quando passo por eles e subo um íngreme lance de escadas.

A Churchill's International Language School ocupa um andar inteiro de um prédio que, à medida que a gente vai entrando, parece expandir-se como uma caverna secreta ou o armário mágico de Nárnia. Nos corredores se ouvem uma miríade de sotaques estrangeiros, risadas distantes, a voz de um professor pacientemente explicando o significado da expressão idiomática "ver a luz".

O lugar parece infinitamente mais animado que a Princesa Diana ou a Double Fortune. Sinto um cheirinho de café solúvel e frango *teriaki* entregue em domicílio. As paredes amarelas estão descascando, mas são quase inteiramente cobertas de quadros de aviso e pôsteres espalhafatosos. Alguém vende um jogo de panelas porque está voltando para casa. Há avisos em inglês, francês, italiano e algo que parece japonês. Quartos para alugar, utensílios domésticos à venda, aulas oferecidas e requisitadas — todas as necessidades da vida estudantil, seja na Inglaterra ou em qualquer outro lugar, anunciadas em quase todas as línguas do planeta.

Esta escola não tem o clima de ameaça da Princesa Diana, nem a seriedade da Double Fortune. É um lugar jovem, movimentado, simpático. Fico tão à vontade que pergunto à recepcionista se eles têm alguma vaga para professor. Depois de preencher um formulário e esperar por vinte minutos, sou recebido pela diretora Lisa Smith. Com os cabelos pintados de vermelho, ela usa botas militares e um par daqueles brincos vagamente étnicos, que parecem pesados demais para lóbulos humanos. Apesar de se vestir como uma de suas alunas, certamente já está beirando os sessenta. Fala comigo de maneira profissional, sem sorrir, apenas com a cordialidade necessária, e avalia meu formulário.

— O mundo precisa do inglês — informa. — Nossos alunos um dia vão procurar por empregos no turismo, nos negócios, na tecnologia da informação. Onde quer que forem trabalhar, vão precisar de um bom conhecimento da língua inglesa, que hoje é uma língua internacional. A língua do próximo século.

— Engraçado — eu digo. — Eu estava em Hong Kong na noite em que o território foi devolvido aos chineses. Todo mundo dizia que era o fim do império, o fim do colonialismo, o fim da hegemonia ocidental. Mas o inglês continua mais forte do que nunca.

Um sorriso frouxo da diretora Smith.

— Mas nossos alunos não sonham em se tornar cidadãos ingleses, Sr. Budd. Não têm nenhuma ambição nesse sentido. Sonham, sim, em se tornar cidadãos do mundo.

Cidadãos do mundo. Gosto disso. Quando fui para Hong Kong, meu sonho era me tornar parte integrante de algo maior do que eu mesmo. E foi isso que aconteceu durante um tempo. Consegui me tornar uma pessoa melhor e maior. Não por causa das luzes cintilantes de uma ilha, mas por causa de uma mulher.

Rose me transformou. Fez com que eu trocasse a pessoa que eu era pela pessoa que sempre havia sonhado ser. Graças a ela, eu estava a caminho de me tornar eu mesmo. Já havia até começado a rabiscar umas coisinhas. E de repente tudo veio abaixo, tudo vazou entre meus próprios dedos.

Não digo a Lisa Smith que lecionar muitas vezes me deixava enojado. Não digo a ela que sentia tédio ao dar aulas para senhoras grã-finas na Double Fortune, que sentia medo ao dar aulas para mauricinhos delinqüentes na escola de ensino médio para meninos Princesa Diana.

Procuro me comportar da melhor forma possível, fazendo algumas perguntas sobre a remuneração e sobre as condições de trabalho, mas por mera formalidade.

Pois já estou convencido de que preciso fazer parte da Churchill's International Language School. Quero me cercar de pessoas que ainda acalentam seus sonhos, quero fazer parte de todas aquelas risadas distantes.

quatro

São seis horas e pouquinho quando Josh, exibindo sua lourice e seus músculos sob o terno risca-de-giz, sai do elevador na companhia de uma secretária embevecida que sequer pisca ao observá-lo sorrir, cintilar, fingir ser um cara gentil. Josh espera a moça sumir na multidão pós-expediente e vem ao meu encontro, sorrindo menos do que antes.

— Você está com um aspecto horrível — ele diz. — Quer beber alguma coisa? Que tal a gente dar uma passada no Mother Murphy's Water?

— Eles têm Tsingtao?

— Claro que não. É um pub irlandês, Alfie. Não tem cerveja chinesa em pub irlandês. Puxa, só você mesmo pra procurar rolinho de primavera em terra de *leprechaun*.

Josh é meu melhor amigo. Às vezes tenho a impressão de que ele não gosta muito de mim. Outras vezes acho que ele preferia nunca ter me conhecido. Sempre que saímos para beber alguma coisa, Josh passa boa parte do tempo me cobrindo de insultos, muito embora, na cabeça dele, essa saraivada inconseqüente não passe de crítica construtiva.

Enquanto caminhamos para o pub, ele diz com toda displicência que joguei minha vida no lixo. Diz que mulher nenhuma jamais vai querer ficar comigo. E quando ouve a novidade sobre a Churchill's International, deixa bem claro que não aprova meu novo emprego da mesma forma que não aprovava o antigo.

No entanto, Josh é o que tenho de mais parecido com um amigo de verdade. Mantivemos contato desde que voltei de Hong Kong, quando teria sido a coisa mais fácil do mundo sairmos um da vida do outro, ele com seu retumbante sucesso na City, e eu com meus dias de vadiagem em Chinatown. Mas hoje somos ainda mais próximos do que éramos em Hong Kong.

Outras pessoas me conhecem por muito mais tempo e gostam muito mais de mim. Pessoas que conheci na faculdade, com as quais trabalhei na Princesa Diana. Mas não são amigas de verdade.

A culpa não é delas. É minha. De algum modo permiti que elas se afastassem. Não ligo de volta quando telefonam. Dou desculpas esfarrapadas quando me convidam para jantar. Não faço o esforço, o interminável esforço, necessário à manutenção de uma amizade. São pessoas boas. Mas a verdade é que não consigo cultivar o contato permanente que uma amizade exige.

Desde que voltei a Londres estive com alguns desses conhecidos para uma cervejinha ou um café, e invariavelmente saí com a impressão de que o encontro não havia valido a pena. A única pessoa que realmente procuro é Josh. Ele é meu último vínculo com Hong Kong, o único caminho de volta para a vida que eu compartilhava com Rose. Deixar Josh escapar seria o mesmo que virar a página de Hong Kong. E eu não quero virar a página de Hong Kong.

— Você sempre foi um turista — Josh me diz no pub irlandês, repleto de ingleses engravatados. — Tratava os locais com sentimentalismo. Ficava deslumbrado com a paisagem. Via o mundo como se ele fosse uma enorme Disneylândia. Comprava aquelas bugigangas pra botar na lareira quando voltasse pra casa. Você e Rose. Um belo par de turistas, todos dois.

Por que será que Josh me telefona e convida para sair? Por que não passa seu tempo com outros advogados tão jovens e bem-sucedidos quanto ele? Porque a via é de mão dupla. Porque *eu* sou o último vínculo de Josh com seu próprio passado de felicidade.

Josh agora trabalha na City. Ganha muito dinheiro, está prestes a se tornar sócio da firma. Diz que não tem saudades da vida em Hong Kong. Mas acho que, no fundo, sente uma falta terrível daquela sensação de possibilidades ilimitadas que todo inglês experimenta em Hong Kong, a sensação de que a vida se abriu, de que você finalmente está livre para ser exatamente o que deseja ser. Perdemos tudo isso quando voltamos para casa. De repente descobrimos que somos os mesmos de antes.

Acho que Josh se sente roubado. Em Hong Kong, ele era visto como o homem que hoje ele insiste em encarnar para as pessoas: um sujeito cool, filho do privilégio, educado nas melhores escolas, arrogante e elitista.

Mas a verdade não é essa. E em Londres algumas pessoas são capazes de enxergar além da fachada.

De fato houve algum dinheiro no passado distante de Josh. Com o pai trabalhando no setor de investimentos do

Lloyd's, ele pôde se beneficiar, na infância, de escolas particulares, aulas de tênis e um belo casarão nos subúrbios. Mas esse padrão começou a retroceder quando o pai teve um derrame.

A partir dos doze anos Josh passou a freqüentar uma escola pública onde era atormentado pelos colegas porque falava igual ao príncipe Charles. O pai perdeu o emprego. Josh perdeu o futuro. E nem todas as apólices de seguro do mundo são capazes de devolver a alguém o futuro perdido. Na adolescência, tudo que restava a Josh era o sobrenome, o sotaque e a capacidade de encenar. No que ele é muito bom. Até hoje consegue me enganar — e a muitas outras pessoas também.

Mas na firma de Josh há pessoas que de fato estudaram em Eton, Harrow ou Westminster, freqüentadoras assíduas de Barbados e Gstaad, oriundas de famílias que nunca perderam o dinheiro, filhas de pais que não tiveram um derrame aos quarenta anos de idade.

Essas pessoas olham para Josh e sorriem. Não se deixam enganar nem por um segundo.

É estranho. Josh finge que tudo que tem — o diploma de direito, o loft minimalista em Clerkenwell, o cupê BMW novinho em folha — chegou fácil às suas mãos. A verdade é muito mais impressionante. Sei que nada lhe veio fácil, e acho que ele se ressente disso, talvez seja essa a explicação para a interminável implicância. Mas há algo que nos une e que os outros jamais serão capazes de compreender.

— Hong Kong — ele diz. — Como é que você pode ter saudades de Hong Kong? As obras intermináveis. Os celulares que não paravam de tocar no cinema. O medo constante de pegar hepatite B nos frutos do mar. Nenhuma mulher sorri para você naquela terra, a não ser que seja filipina. Os casamentos e funerais naquela língua incompreensível deles. A obsessão com dinheiro, sexo e compras, nessa ordem. E as outras obsessões também, com os furacões, o pop cantonês, as bolsas Louis Vuitton. Pessoas jogando lixo do décimo oitavo andar dos prédios, inclusive frigideiras. O clima era tão úmido que chegava a nascer musgo nos sapatos da gente. E o ar-condicionado nos supermercados? Tão frio que dava até para morrer de hipotermia.

— Você também tem saudades, não tem?

Josh faz que sim com a cabeça.

— É de partir o coração. Lembro da primeira vez que trepei em Hong Kong. Acho que ainda tenho o recibo em algum lugar.

Josh gosta de mim. Tenta disfarçar, mas sei que gosta. Às vezes acho que me inveja. Tudo bem: não tenho uma carreira, não tenho dinheiro, não tenho um carro bacana, nada dessas coisas que a gente deveria querer na vida. Mas também não tenho patrão, não tenho de usar gravata, não tenho uma posição para defender. Não quero ser sócio de nada. E não há nada que alguém possa roubar de mim. Não mais.

No entanto, sempre houve uma aresta mal aparada em minha relação com Josh. A hostilidade dele não é só uma fachada para esconder o fato de que me adora. Desconfio que Josh acredita ter perdido a Rose para mim justo no momento em que ia fisgá-la.

Honestamente acho que não é possível roubar uma pessoa de outra. Não é possível roubar um ser humano, a despeito do que Josh possa pensar. Seres humanos são engraçados.

Simplesmente escapam dos nossos dedos.

Já saturados de bebida, saímos à rua e caminhamos toda a extensão da City Road, e da Upper Street também, à procura de um táxi.

Já estamos do outro lado da Highbury Corner, onde a afluência e a moda repentinamente dão lugar à pobreza e à praticidade, e até agora nada de táxi. Uma luz amarelada e suja envolve uma seqüência de lojas decadentes.

— Você chama um táxi pelo telefone — sugiro a Josh. — Posso ir a pé pra casa.

— Preciso comer alguma coisa antes — ele diz. — Forrar o estômago.

Embora já tenhamos deixado o glamour da City para trás, conheço alguns lugares muito bons para se comer por aqui. De um dos lados da Holloway Road, por exemplo, tem o Trevi, um pequeno bistrô anglo-italiano, e do outro lado tem o Bu-San, um dos restaurante coreanos mais antigos da cidade. Mas o Trevi está fechado, e o Bu-San, cheio.

— Que tal ali? — sugere Josh, apontando para um restaurante chinês espremido entre uma lavanderia e uma lanchonete que vende *kebabs*. — Parece uma espelunca, mas estou faminto.

O restaurante se chama Shanghai Dragon e de fato não parece grande coisa. As janelas de vidro fumê são decoradas com cardápios de entrega a domicílio já amarelados, além de recortes de jornais e revistas locais, bem amassados, com críticas positivas à cozinha deles. Caracteres chineses, enormes e vermelhos, provavelmente informam o nome do lugar. Uma placa minúscula onde se lê: PROIBIDA A ENTRADA DE CACHORROS.

A porta principal, uma única chapa retangular também de vidro fumê, é estampada com um dragão dourado de olhar malicioso, que decerto já conheceu dias melhores. Mas do outro lado das janelas escuras e dos cardápios amarelados vêem-se cabeças andando de um lado a outro. O lugar é movimentado. Bom sinal. Entramos.

O Shanghai Dragon está longe de ser um restaurante sofisticado. O interior tem o charme e a graça minimalista de uma delegacia de polícia à meia-noite. É um salão em forma de L, com uma grande seção com mesas para os clientes que desejam comer no local, e outra para os que vão comprar sua comida e levar para casa. A essa hora, na seção com mesas vêem-se apenas alguns poucos casais enamorados que espicham as refeições diante das xícaras de café e dos chocolates mentolados. A outra está bem mais movimentada, repleta de pessoas que acabaram de sair dos pubs vizinhos. Nesta seção também há uma ou outra mesa com cadeiras, mas todas estão ocupadas. Pendurado ao teto, um enorme aparelho de televisão exibe um filme qualquer sobre Charles e Diana.

No ângulo do L, dentro de um cubículo do tamanho de uma cabine telefônica, uma velha senhora chinesa recebe os pedidos, anotando-os em chinês num pequeno bloco de papel. Diante dela, uma xícara de chá verde.

Os cheiros da cozinha escapam de uma portinha nos fundos do salão. Alho e cebolinha, carnes fritas, molhos à base de feijão preto, macarrão, arroz. Olhando para Josh, vejo que ele pensa a mesma coisa que eu: os cheiros são ótimos. Estudamos o cardápio.

— Próximo! — grita a senhora.

Um homem de cabeça raspada e bermuda de sarja se arrasta até o balcão. Veste-se como um adolescente, embora não seja nem um pouco jovem. Parece um *skinhead* quarentão em férias, um estilo bastante popular nesta parte da cidade. A barriga lembra um balde de água suja prestes a ser derramado na sarjeta. Ele fede a bebida.

— Um saco de batata frita — pede o sujeito.

— Batata só com refeição — retruca a senhora.

O homem fecha a cara.

— Mas eu só quero a batata, porra.

Nenhum sinal de medo nos olhos escuros da senhora.

— Língua suja aqui não! Batata só com refeição! — ela repete, batendo a esferográfica no cardápio. — Está escrito aqui. Quer batata, pede refeição. Tenha santa paciência. Não nasci amanhã.

— Não quero porra de refeição nenhuma.

— Língua suja, não!

— Só quero a porcaria da batata.

— Batata só com refeição — arremata a senhora, já olhando por sobre os ombros do sujeito. — Culpa não é minha se acordou com pé errado. — Próximo!

Todos os outros clientes já estão esperando seus respectivos pedidos. Isso significa que somos os próximos. Vou até o balcão e começo a pedir nossos pratos. O *skinhead* aterrissa uma mão parruda no meu peito e me empurra para trás.

— Me dá essa batata logo, sua vaca velha — ele diz.

— Quem você pensa que é afinal? — intervém Josh.

Sem pensar duas vezes, o *skinhead* de meia-idade se vira para trás e dá uma testada violenta no nariz de Josh. Perplexo e machucado, ele se afasta tropegamente, já exibindo na camisa branca uma mancha de sangue ao estilo de Jackson Pollock.

— Espera a sua vez, playboy.

O *skinhead* puxa a velha senhora pelo uniforme. Ela parece bem pequena. E pela primeira vez demonstra sinais de medo.

Tento deter o sujeito colocando a mão no ombro dele. Mas o *skinhead* se vira para trás e, com muita rapidez e força maior ainda, acerta três socos nas minhas costelas. Não sou capaz de esboçar nenhuma reação além de arfar e apertar o tronco com os braços. Suponho que ele já tenha praticado um pouco de boxe ou assistido a muitas lutas pela TV a cabo. E penso com os meus botões: ai! AI!!!

— Não quero nenhuma porcaria gordurosa dessa espelunca. O tom de voz do *skinhead* combina fúria com uma total falta de noção. — Não quero nada dessa merda agridoce. Só... quero... um... saco... de... batata... frita!

— Batata só com refeição! — berra a senhora, ainda presa ao punho do brutamontes.

Nesse instante, a porta da cozinha é aberta por um senhor de mais ou menos sessenta anos, usando um avental imundo e puído. Ele também tem a cabeça raspada. Tenho a impressão de que já o vi em algum lugar.

E segundos depois eu me lembro: é o velhinho que vi dançando em câmara lenta no parque. O que me disse para respirar. O cara do Tai Chi.

O *skinhead* solta a senhora quando vê o velhinho se aproximar. Os dois homens trocam olhares. O *skinhead* se prepara para a luta, erguendo os braços com as mãos fechadas em punho, mas o velhinho simplesmente o encara calado, sem fazer nada além de esperar.

75

O *skinhead* parece que vai explodir de tanta fúria. O velhinho, por sua vez, está perfeitamente calmo, os braços relaxados ao lado da cintura. Vê-se claramente que não tem nenhum medo do outro, apesar de ser muito menor. A senhora brada alguma coisa em cantonês enquanto gesticula na direção do encrenqueiro.

— Batata só com refeição — diz o velhinho, sem se alterar.

E depois fica calado.

Os dois homens se encaram por um bom tempo, até que o *skinhead* desvia o olhar e dá uma risadinha de desprezo. Engrolando algo sobre os chinas e sua porcaria de comida gordurosa, ele deixa o Shanghai Dragon e bate a porta de vidro. O clima de alívio é evidente no restaurante. Todos olham para o velhinho, sem entender o que tinham acabado de presenciar.

E da cozinha sai outro chinês, bem mais jovem e rechonchudo que o primeiro, carregando uma pilha de embalagens prateadas no interior de um saco plástico. Fica boquiaberto quando se depara comigo e com Josh.

Estou quase chorando de tanta dor. Josh esparrama-se numa das cadeiras de plástico, a cabeça jogada para trás, um lenço ensangüentado sobre o nariz.

A senhora diz alguma coisa em cantonês, agora mais calma. O velhinho nos olha pela primeira vez.

— Venham.

Ele nos conduz através de uma porta de correr, próxima à da cozinha minúscula e barulhenta, e subimos um lance de escadas até chegarmos a um apartamento onde uma família de chineses, grandes e pequenos, também assistem ao tal filme sobre Charles e Diana.

Eles nos olham com moderada curiosidade enquanto o velhinho nos leva até o banheiro e nos examina com dedos frios e precisos. Minhas costelas já estão ficando roxas, mas, segundo o homem, não estão quebradas. O nariz de Josh, por sua vez, parece crescer para um dos lados.

— Nariz quebrado — conclui o velhinho. — Precisa ir pra hospital. Mas antes tem que pôr no lugar.

— Pôr o quê no lugar? — pergunta Josh. — Não está falando do meu nariz, está?

— Facilita depois — diz o velhinho. — Pra médicos. No hospital.

Gemendo e choramingando, um puta-merda aqui outro acolá, Josh cuidadosamente endireita o nariz. E de repente a senhora chinesa vem ao nosso encontro, quase chorando de emoção, soltando xingamentos nervosos em inglês e cantonês.

— O que essa gente sabe fazer? — ela diz. — Tomar cerveja. Brigar. Falar palavrão. Só isso que sabe fazer. Ingleses. Tenha santa paciência. Não agüenta mais. Carne de porco com molho agridoce. Batata frita. Tudo precisa ter batata frita. Palavrão também.

— Nem todo inglês — rebate o velhinho.

A senhora nos olha sem o menor sinal de constrangimento.

— Marido não entende. Estou falando de inglês ruim. — Só então ela sorri. — Aceita xícara de chá? — oferece. — Chá inglês?

Ela se chama Joyce, e ele, George. A família Chang. George não diz muita coisa, mas Joyce é uma metralhadora, uma força da natureza capaz de atropelar qualquer idioma que encontra pelo caminho, sem deixar de dar um toque todo pessoal às expressões regionais. Fulano faz tempestade em xícara de chá. Beltrano é lobo em pele de carneiro. Sicrano é burro feito uma porca.

Joyce e George. Nomes tipicamente ingleses que os cantoneses adoram tomar emprestado. Nomes de reis e tias solteironas. Nomes que já saíram de circulação décadas atrás, tão fora de moda que correm o risco de voltar à cena a qualquer momento.

George faz os devidos remendos, esfregando Tiger Balm nas minhas costelas doloridas e cautelosamente limpando o sangue seco do rosto de Josh. Terminado o trabalho, Joyce, falando sem parar, nos serve chá com biscoitos na sala.

A família se espalha por toda parte. Além de George e Joyce, há também o filho deles, Harold, o rapaz gordinho da cozinha, e a mulher de Harold, Doris, mais um daqueles nomes tirados de um antiqüíssimo baú inglês. A jovem Doris, de óculos, sistematicamente evita o nosso olhar. E além deles há os dois filhos de Doris e Harold, um menino de cinco anos e uma menina pouco mais velha. Não somos apresentados às crianças, muito embora os adultos não falem de outra coisa senão deles, a menina sentada ao colo de George, e o menino abraçado por Joyce. Tomando nosso chá — verde para os chineses, inglês para nós —, assistimos ao filme sobre Charles e Diana durante um tempo até que o silêncio é quebrado por Joyce.

— Que foi com você? — ela pergunta de repente, esquadrinhando minha figura sobre a xícara de chá. — Gato comeu sua boca?

Uma mulher singular, essa Joyce. Por outro lado, o apartamento apinhado de cantoneses me parece estranhamente familiar. Será a presença dominante da televisão? O perfeito entrosamento entre as três gerações? Ou apenas o delicioso chá com biscoitos saboreado num sofá puído e superpopuloso?

Algo nesta sala me faz lembrar de uma família do passado, uma família que conheci na infância, uma família que, por algum motivo, não existe mais.

cinco

Uma das coisas de que mais gosto no meu trabalho na Churchill International é o fato de que meus alunos definitivamente não são crianças. Em grande parte são jovens entre dezoito e vinte e poucos anos, mas também há aqueles mais velhos que só conseguiram fazer a jornada até Londres depois de constatarem a falência do casamento, de criar coragem para dar um basta na rotina entediante de um escritório em Tóquio, ou de ter o visto negado durante anos por um burocrata ressentido na embaixada britânica de Pequim, Lagos ou Varsóvia.

Gosto do otimismo deles, da juventude, do desprendimento com que encaram a vida. Admiro a coragem de atravessar o mundo com o objetivo de aprender uma nova língua.

Então por que será que eles não gostam de mim?

Às vezes chegam atrasado. Outras vezes simplesmente não dão as caras. E quando por fim aparecem, não param de bocejar, espreguiçar e lutar contra o sono.

Minha paciência chega ao limite quando um deles, um garoto chinês de óculos quebrados chamado Zeng, é irremediavelmente vencido pelo sono e apaga no meio de uma das minhas brilhantes exposições sobre o mais-que-perfeito.

— Qual é o problema com vocês, afinal? — pergunto. — Vivem matando aula e, quando finalmente aparecem, agem como se tivessem tomado um sedativo ou coisa parecida. Olhem só pra esse aí. Ferrado no sono. Por acaso as minhas aulas são tão monótonas assim? Puxa vida. Ânimo, pessoal.

Eles olham para mim estupefatos. Um ou outro esfrega os olhos para despertar. Zeng começa a roncar.

— Não é nada disso — diz uma aluna das primeiras filas. É uma dessas japonesas modernas, de cabelos louros, maquiagem pesada e botas de plataforma. Parece vocalista de uma banda de rock. — A gente *gosta* das aulas. — Ela olha para os colegas. Dois ou três sacodem a cabeça em sinal de concordância. — *Present perfect? Present perfect continuous?* — Ela sorri para mim, e eu me lembro do seu nome. Yumi. — Muito interessante.

— Então por que vocês vivem faltando? Por que esse aí já está até roncando? Por que todo mundo parece à beira de um colapso?

— Professor — diz um polonês alto e magro, aparentemente da mesma idade que eu. Witold. Levou dez anos para conseguir um visto na embaixada de Varsóvia. — Zeng é muito... como diz? Exausto.

— Trabalha toda noite — acrescenta um paquistanês boa-pinta, sentado ao lado de Zeng. Imran. Ele sacode o colega para acordá-lo. — Ei, o professor está falando com você.

Zeng resmunga alguma coisa e abre os olhos sem saber ao certo em que planeta está.

— Você trabalha, não trabalha, Zeng? — pergunta Yumi. Zeng faz que sim com a cabeça.

— No General Lee's Tasty Tennessee Kitchen. O da Leicester Square. Movimentado. Sempre cheio.

— Isso não é desculpa — retruco. — Não me interessa que vocês tenham um empreguinho de meio-turno. Não quero ver ninguém dormindo nas minhas aulas. Dormir enquanto alguém está falando é muito indelicado.

— Não é empreguinho — argumenta Imran.

— Trabalho até três da manhã — diz Zeng. — "Quer batatas fritas pra acompanhar? Alguma coisa pra beber? Já conhece o especial da casa? Banheiro só pra clientes." — Ele balança a cabeça. — *Argh...* — resmunga.

— Não é pra insultar senhor — explica Imran. — Londres muito caro. Ele tem de trabalhar duro. Todos nós.

— Eu não trabalho — comenta uma francesinha. Não se vêem muitos franceses na Churchill's International. Vanessa empina o nariz e arremata: — Mas os outros têm de trabalhar, eu acho.

— Eu trabalho no Pampas Steak Bar — diz Witold. — Lugar péssimo. Tem sempre um monte de bêbados. Só me chamam de argentino. "Como é perder uma guerra, hein, argentino? Ei, argentino, vê se aprende: não é Malvinas, é Falklands! É verdade que vocês gostam de trepar com ovelhas? Fica longe das ovelhas inglesas, está ouvindo, argentino imundo?" Quando falo que sou polonês, eles dizem que vão quebrar a minha cara de qualquer maneira.

— Bem inglês isso, *non*? — comenta Vanessa, rindo. — Brigar com os outros e comer comida ruim. É isso que inglês faz pra se divertir.

— Eu trabalho no Funky Sushi — diz um garoto japonês chamado Gen. É muito tímido e ainda não havia falado nada a respeito de si mesmo. — Conhece o Funky Sushi? Não? Mesmo? É daqueles que têm... — Ele pergunta algo em japonês para Yumi.

— Esteira rolante — ela responde, fazendo um gesto circular com a mão. — A comida fica rodando, rodando, rodando.

— É, esteira rolante — concorda Gen. — Considerado porcaria no Japão. Só tem em restaurante ruim, pra operário. Motorista do caminhão, essas coisas. Porque sushi rodando, rodando, rodando... estraga. Fica velho. Mas aqui... muito *fashion*. Funky Sushi sempre cheio. Cozinha sempre... como diz? Pegando fogo.

— Todo mundo trabalha — informa Yumi. — Eu trabalho no bar. O Michael Collins.

— Pub irlandês — diz Zeng. — Ambiente muito bom. Tem Guinness, toca The Corrs. Gosto muito de ir no pub irlandês.

— Preciso trabalhar — emenda Yumi, sacudindo os ombros. — Londres, muito dinheiro. Pior que Tóquio, até. Por isso todo mundo cansado. Menos Vanessa.

— Eu fico cansada do meu namorado — retruca a francesinha.

— Mas nós gostamos da aula do professor — conclui Yumi com convicção. Sorri para mim, e só então me dou conta de como ela é bonita por trás de toda aquela pintura de guerra. — Como é mesmo que fala? Não é nada pessoal.

Ela baixa os olhos e depois volta a me encarar, ainda sorrindo. Agora sou eu quem se vê obrigado a desviar o olhar.

Quando chego em casa, encontro Lena aos prantos na cozinha.

Não deveria ter ficado tão surpreso quanto fiquei. Desde que o *Laranjas* decolou e meus pais se mudaram para este casarão, tivemos uma sucessão de *au pairs* ajudando nos trabalhos domésticos, e não é a primeira vez que vejo uma delas chorando na cozinha. Teve a italiana da Sardenha que sentia saudades da comida da mãe. A finlandesa que tinha saudades do namorado. A alemã que descobriu que não gostava de sair da cama antes do meio-dia.

Tanto mamãe quanto papai sempre trataram essas moças muito bem. Nunca haviam contado com nenhum tipo de ajuda doméstica na vida e portanto eram bem mais do que simpáticos com as nossas *au pairs*. Por pouco não pediam desculpas quando lhes solicitavam algo. Mesmo assim, as moças sempre tinham um motivo para se debulhar em lágrimas enquanto comiam os seus iogurtes desnatados.

Achei que Lena fosse diferente das outras. Ela tem aquele ar de intocável que só as pessoas verdadeiramente bonitas possuem. Para os medianamente apessoados — ou, no meu caso, um pouco menos que medianamente —, a beleza funciona como uma espécie de escudo mágico. Impossível imaginar a vida maltratando alguém com um escudo desses à mão.

Mas os medianamente bonitos sempre dão um valor excessivo à beleza. Vejam só o caso de Lena. Do que lhe adiantou tanta beleza se está chorando assim?

Envergonhada ao me ver, ela começa a secar as lágrimas com uma toalha de papel. Também fico envergonhado ao fazer a mais estúpida das perguntas:

— Tudo bem, Lena?

— Tudo — ela mente, enxugando o narizinho perfeito com o dorso da mão.

— Quer um café, alguma coisa?

Lena levanta os olhos injetados na minha direção.

— Só um pouquinho de leite. Tem um resto de orgânico na geladeira. Obrigada.

Busco o leite orgânico de Lena e sento diante dela à mesa da cozinha. Não quero muita proximidade. Na presença da beleza, sempre acho prudente manter certa distância. Mesmo numa situação como esta.

Fico vendo Lena beber o leite a goles de passarinho, o rosto vermelho de emoção, os olhos azuis inchados de tanto chorar. Certas mechas dos cabelos dourados, de anjo, estão ensopadas de lágrimas. Ela amassa a toalha de papel entre os dedos.

— Que foi que houve? — pergunto, muito embora seja capaz de adivinhar a resposta. Uma intercambista não chora de maneira tão desesperada porque tem saudades do *strudel* da mamãe.

Problemas do coração, aposto.

Lena fica calada por um tempo. Depois olha para o teto, a boca e o queixo trêmulos, os olhos novamente marejados.

— Só quero encontrar alguém que me ame pra sempre — ela diz baixinho. E de repente fico triste por Lena, triste e apreensivo pelo que ela ainda poderá sofrer.

Amar para sempre? Só tem um problema: o "para sempre" anda cada vez mais curto nos dias de hoje. Esse é o problema com o "para sempre".

Piscou, e ele passou.

Na manhã seguinte, mamãe espera papai sair rumo à academia e diz que deseja organizar uma festa de aniversário para ele.

Ri de orelha a orelha, entusiasmadíssima com a idéia apesar dos meus protestos.

— Papai detesta festas — eu digo. — Especialmente festas de aniversário. Especialmente se o aniversário for dele.

— Ele vai fazer cinqüenta e oito anos — ela informa, como se isso fizesse alguma diferença. — E tem muitos amigos.

Às vezes acho que mamãe e eu falamos línguas diferentes. Digo a ela que papai não quer ser lembrado da idade. E ela me diz que papai vai fazer cinqüenta e oito anos e tem muitos amigos. Sempre fico com a impressão de que perdi algum pedaço da conversa.

— Mãe, que importância tem fazer cinqüenta e oito anos? Por acaso a senhora acha que ele quer se lembrar disso? E papai nem tem tantos amigos assim. Quem são os amigos dele?

— Ah, sei lá. Os ex-colegas de jornal. Toda aquela gente dos esportes que ele conhece. O pessoal da editora.

— Não são amigos, mamãe. Conhecidos, só isso. E ele nem gosta da maioria deles.

Mamãe sequer está me ouvindo. Já tomou sua decisão e agora se prepara para ir trabalhar. Já está de uniforme: um vestido de náilon ou qualquer outro tecido sintético, com mangas curtas e um falso avental costurado à frente. Mais tarde irá repuxar os cabelos — ainda viçosos e escuros, talvez tingidos já faz algum tempo — e colocar um chapeuzinho *pillbox*.

Mamãe cuida da cozinha de uma escola local. Não é a Escola Princesa Diana de ensino médio para meninos onde eu trabalhava, mas o Colégio Nelson Mandela para meninos e meninas, onde a barra é ainda mais pesada. "Hoje em dia as meninas são tão atrevidas quanto os meninos", ela costuma dizer. "Até piores." Mas mamãe nunca quis abrir mão do que ela chama de "meu empreguinho", nem mesmo quando o dinheiro começou a entrar de verdade em função do livro de papai. É por isso que precisamos de ajuda doméstica no casarão. É por isso que Lena está aqui. Porque mamãe se recusa a parar de trabalhar.

Ela adora a escola. De verdade. Gosta de falar bobagens com as colegas de cozinha. Gosta de sair de casa e dar algum propósito a seus dias. Sobretudo, gosta da criançada.

Digo "criançada" muito embora boa parte dos alunos seja de grandalhões com voz de barítono, garotos que venderiam a própria mãe por uma trouxinha de maconha. Pelo menos é assim que os vejo. Mas, para mamãe, são crianças e ponto final.

"Meus meninos", ela diz. Morre de amores pelos alunos que alimenta, apesar de já ter visto o lado escuro deles, de conhecer a truculência de que são capazes. Mas, ainda que não mereçam nenhuma espécie de sentimentalismo, esses são "os meninos" de mamãe.

Ela não permite nenhuma espécie de grosseria quando eles se enfileiram para pegar seus hambúrgueres e batatas. Não tolera palavrões no salão da cantina. Tampouco permite brigas, muito embora, na minha opinião, é melhor que eles se cubram mutuamente de pancadas do que partam para os pobres e mal pagos professores que estão ali para ajudá-los.

Por mais de uma vez, mamãe se viu obrigada a largar a colher, ou qualquer outro utensílio que estivesse usando para servir o rango da escola, e correr para o playground para separar uma briga. Já disse a ela um milhão de vezes que isso é pura insanidade, que qualquer dia desses ela ainda vai se machucar. Mas mamãe não me dá ouvidos. Tem menos de um metro e sessenta de altura, mas é muito corajosa. E teimosa também.

Faz quase vinte anos que ela trabalha no Nelson Mandela, desde os dias em que a escola ainda se chamava Escola Clement Attlee. Isso significa que por aí há homens e mulheres já nas vésperas da meia-idade que ainda se lembram de mamãe dos tempos de escola. Vez ou outra a gente está caminhando na rua e é abordado por um brutamontes com uma lata de cerveja na mão, dizendo: "E aí, Mrs. Budd, está lembrada de mim?"

"Era um dos meus meninos", mamãe diz em seguida.

Para mim é difícil entender como ela consegue ter essa relação com os garotos. Talvez mamãe tenha amor demais para compartilhar. Muito mais do que papai e eu de fato precisamos.

Ela teve uma série de abortos espontâneos quando eu ainda era pequeno. Não era um assunto sobre o qual conversávamos à época. Nem à época nem depois. Mas ainda tenho a clara lembrança de ser o espectador da perda dos meus pais.

Não sei ao certo quantas vezes isso aconteceu. Mais de uma vez. Lembro de uma fase da infância em que se falava constantemente de um irmãozinho ou irmãzinha para mim. Não eram meus pais que falavam sobre isso — acho que, depois do primeiro aborto, os pais ficam cautelosos demais para acreditar em uma nova gravidez —, mas eu me lembro de tias e vizinhas sorrindo para mim, dizendo que logo, logo eu teria um irmãozinho para tomar conta.

Eu não entendia nada do que eles diziam. Não entendia os sorrisos açucarados nem as alusões melindrosas. Não era capaz de imaginar uma pessoa de tal modo desesperada que precisasse que eu tomasse conta dela. Simplesmente não entendia.

Mais tarde, no entanto, ao ver mamãe chorando sem nenhum motivo aparente nas escadas da pequena casa onde morávamos, ao vê-la se desesperar enquanto papai tentava consolá-la, aos poucos fui começando a entender. As conversinhas simpáticas dos vizinhos haviam parado de uma hora para outra. Eu não teria nem irmãozinho nem irmãzinha. Meus pais não teriam outro filho. Não dessa vez. Não agora. E como quis o destino, nunca mais.

Eu ficava pensando onde estariam eles, meus irmãos e irmãs não-nascidos. No céu, talvez? Fazia o maior esforço para imaginar o rosto deles, mas, para mim, esses irmãos e irmãs nunca foram crianças de verdade, não eram como as outras que eu via na escola ou no parque, e muito menos como os irmãos e irmãs dos meus amigos.

Mais pareciam uma idéia que alguém havia tido no passado, uma idéia cogitada e rapidamente descartada. Mas me lembro de mamãe chorando nas escadas, de coração partido, como se aquelas crianças perdidas tivessem alguma materialidade para mim.

Mamãe me amava. Amava papai. Era muito boa nisso. Nos tempos difíceis, quando papai escrevia seu livro ao mesmo tempo que trabalhava no jornal, ou quando perdi a Rose, mamãe foi o nosso sustentáculo.

No entanto, por mais amor que ela nos desse, sempre me restava a sensação de que ela ainda tinha mais um pouquinho a dar. Não estou dizendo que seja por isso que mamãe foi trabalhar na cantina de uma escola. Mas esse inesgotável estoque de amor é o que lhe permite olhar para aquelas criaturinhas nada adoráveis e sentir por elas uma genuína afeição.

— Vamos fazer uma festinha — ela diz, vestindo o casaco.

— Não conta nada pra sua avó. Nem pra Lena. Muito menos pro seu pai.

— Sei lá, mãe.

— Vai fazer bem pra ele, comemorar o aniversário — por um rápido segundo, vejo ali a mulher que, aos cinqüenta e quatro anos de idade, ainda é capaz de separar brigas no playground do Colégio Nelson Mandela.

O trabalho não está indo bem para o velho.

Pois quando o trabalho vai bem, a porta do porão fica fechada, a casa inteira ouve a música que vem lá de baixo. Sempre a *soul music* das antigas, uma música cheia de melancolia e exuberância, trilha sonora da jovem América de uns trinta anos atrás.

Quando o trabalho vai bem, papai toca todos as "canções de acasalamento" dos seus vinte anos de idade: Four Tops, Diana Ross and the Supremes, Temptations, Smokey Robinson and the Miracles, Stevie Wonder. Mas agora o trabalho vai mal, parece não estar levando a lugar nenhum, e do porão não vem sequer uma única nota musical.

Às vezes vejo papai sentado à escrivaninha, olhos grudados no computador, uma pilha de cartas de fãs ao lado dele. As pessoas sempre escrevem à editora para dizer quanto gostaram do *Laranjas*, quanto riram e choraram, quanto se lembraram de suas próprias famílias ao ler o livro. Essas cartas, encaminhadas pela editora, deviam deixar papai feliz, mas todo esse carinho parece pesar nos ombros dele, dificultar ainda mais o início do novo livro.

Nesses últimos dias ele pouco tem parado em casa. De manhã vai para a academia e malha peitorais, abdominais, glúteos, seja lá o que for, até se deixar cegar pelo suor. À noite, sempre tem um compromisso qualquer: coquetéis, jantares, lançamentos, cerimônias de premiação, além de eventuais participações, sempre inteligentes e inspiradas, em programas de televisão ou rádio de conteúdo mais artístico. São as tardes intermináveis que representam um problema. Durante um tempo ele fica lá, olhando para o computador (Smokey, Stevie e Diana caladinhos nas caixas de CD); depois chama um táxi e vai para o West End.

É assim que papai preenche suas tardes. Vai passando pelas livrarias de Covent Garden, da Charing Cross Road, da Oxford Street, e autografa exemplares do *Laranjas*, o que facilita a venda dos livros. Portanto, embora tenham lá seus afazeres, os livreiros sempre ficam felizes ao vê-lo chegar assim, de repente, sem nenhum telefonema prévio. Algum vendedor vai logo providenciando uma xícara de café, uma pilha de livros para assinar, e papai se senta para trabalhar.

Certa vez o vi numa dessas livrarias em que se vendem discos, revistas e todo tipo de café, dessas livrarias modernas em que os livros são apenas um detalhe. Papai não me viu, e eu não quis ir lá falar com ele. Ficaria com a impressão de estar invadindo alguma espécie de dor particular.

Ele parecia muito sozinho.

É possível que papai faça outras coisas quando escapa de casa, do trabalho e da família e vai para o West End. Mas é assim que o vejo hoje, é esta a imagem que tenho fixada na mente: papai sentado sozinho no canto de uma livraria lotada, ao lado de uma xícara de *caffè latte* já frio, matando o tempo e espantando a solidão ao escrever o próprio nome uma centena, muitas centenas de vezes.

Na sexta-feira à noite, alguns de meus alunos me chamam para ir com eles a um pub.

Tento me esquivar do convite, dizendo que não sou muito de beber, que não costumo freqüentar pubs etc., mas eles, além de decepcionados, parecem não acreditar numa só palavra do que ouvem.

O quê? Um inglês que não gosta de pubs?

De que planeta saiu esse sujeito?

Então acabo dizendo que sim, OK, tudo bem, mas só para uma cervejinha rápida, o que para eles está ótimo, pois a maioria ainda tem de trabalhar logo mais.

O lugar que eles costumam freqüentar é um pub irlandês próximo à Tottenham Court Road, chamado Eamon de Valera, e embora ainda seja muito cedo, já está apinhado de homens e mulheres do mundo inteiro, e até de alguns ingleses, revirando seus copos escuros de Guinness, Murphy's e Coca-Cola.

— Pub irlandês — Zeng me informa. — Ambiente muito bom.

Encontramos um canto vazio e juntamos duas mesas para nos sentar. Tão logo vejo os alunos começarem a contar seu dinheiro, digo a eles que a bebida hoje é por conta do professor. Peço uma rodada de *stout* e Coca-Cola.

Somos cinco: eu, Zeng, Witold, Gen e a cubana Astrud, casada com um inglês. Mas Yumi e Imran já estão no pub, conversando ao balcão, e logo se juntam a nós. Vanessa chega pouco depois, acompanhada de outra francesa da Churchill's e de um jovem negro de dreads. Astrud agradece pela Coca e diz que precisa ir ao encontro do marido. São tantas pessoas chegando e saindo que agora já não faço a menor idéia de onde começa ou termina nosso grupinho.

Há algo de extremamente democrático e comovente nessa turma. Não só porque as pessoas vêm de todos os cantos do mundo, mas sobretudo porque dificilmente seriam amigas, ou sequer tomariam uma cervejinha juntas, em seus respectivos países de origem. Witold tem quase quarenta anos, e Yumi acabou de completar vinte. Wit está constantemente sem dinheiro, manda para casa todo trocado que sobra, enquanto Vanessa parece ter alguma fonte de renda particular, sempre aparece carregando uma sacola da Tiffany's ou da Cartier. E de um lado temos o bonitão Imran, sempre embrulhadinho em Emporio Armani, e de outro, Zeng, sempre de meias trocadas e óculos remendados com fita adesiva. Essas pessoas não têm nada em comum a não ser a Churchill's International Language School. Mas o fato de serem colegas criou um vínculo forte entre elas, e de repente me vejo fazendo algo que há muito não fazia.

Estou me divertindo,

Mais uma rodada de drinques. A conversa prossegue aos berros num inglês fraturado enquanto os Corrs nos perguntam o que podem fazer para nos deixar felizes. Zeng começa a cochilar ao meu lado, e preciso tomar a cerveja da mão dele antes que o pior aconteça.

— Sempre dormindo — brinca Yumi.

— O quê? — diz Zeng, subitamente recobrando os sentidos. Dá um sorriso encabulado e pega a cerveja de volta. — Desculpa, desculpa. Ontem à noite não dormiu. Família hospedeira discutia muito. Agora eu estou... eu estou muito... fudido.

As pessoas se assustam na mesa. Algumas abafam o riso.

— Nada de palavrão! — diz Yumi.

Zeng fica sem graça.

— Desculpa — ele evita olhar para mim.

— Tudo bem — eu digo. — Essas palavras fazem parte da língua que você está estudando. Excelentes autores fazem uso do vernáculo chulo. Isso é interessante. O que você está querendo dizer? Que está muito cansado?

— Sim — responde Zeng, suspirando. — Ontem à noite família hospedeira discutia sobre uma coisa dessas. Bebido muito, todos dois.

— Ele aluga um quarto de uma família que aluga o quarto de outra pessoa — explica Yumi. — Ilegal. Pessoas muito estranhas. Sem educação.

— Elas não são más — diz Zeng. — Mas agora eu estou muito... muito.... *fucking*.

— Não — corrige Wit. — Você está *fucked off*.

— Isso quer dizer que ele está com raiva — explico.

— Então ele está... *fucked up*? — arrisca Wit mais uma vez.

— Pode ser. Mas isso implica outra coisa que não é cansaço. Ele poderia dizer simplesmente: *I am fucked*.

Zeng dá um risinho:

— Verdade. *I am fucked*.

— São tantos palavrões em inglês — comenta Wit. — Em alemão, tem muitas palavras para *você*. *Du, dich, dir, Sie, Ihnen, ihr* e *euch*. Em inglês só tem uma: *you*. Mas muitos palavrões.

— Nem tantos assim — eu digo. — Mas muitos significados diferentes para a mesma palavra.

— É mesmo — concorda Gen. — Por exemplo: *I do not give a fuck*.

Yumi quase cai da cadeira. Vanessa sufoca o riso. Wit coça o queixo contemplativamente.

— Significa: eu não me importo — arremata Gen com orgulho.

— Ou você poderia dizer que alguém é um *useless fuck*.

— Significa que ele não é muito bom na cama? — pergunta Yumi.

— Não, não — eu digo, vermelho da cabeça aos pés. — Significa apenas que é uma pessoa inútil.

— Os esquimós têm cinqüenta palavras diferentes para neve — observa Wit. — Os ingleses têm cinqüenta palavras diferentes para *fuck*.

— *Fuck my old boots* — exemplifico.

Ninguém parece saber do que se trata.

— O que é... *fuck old boots*? — pergunta Wit.

— É uma expressão de surpresa — explico. — A mesma coisa que *fuck a duck*.

— Sexo com... pato? — diz Zeng. — Como em filme amarelo? Fazer amor com pato?

— Aqui não falamos "filme amarelo", que é uma expressão chinesa. A gente diz: filme pornográfico, ou filme pornô.

— O quê?

— *Fuck a duck* é apenas mais uma expressão de surpresa.

— Como... *fuck all*? — pergunta Wit.

— Não. Isso significa... nada.

— *Fuck all* significa... nada?

— Isso mesmo. Você deve estar pensando em *fuck me*.

— No restaurante onde eu trabalho — diz Wit —, tinha esses homens ruim, muito bêbados.

— Mmm... — diz Vanessa. — Bem inglês, *non*?

— Falaram que conta estava errada e chamam gerente — continua Wit. — Falam que vão *kick the fuck out of him*. Depois chamam ele de *fuck face*.

— Isso é muito feio — eu digo.

— E o que significa... *fuck someone's ass off*? — pergunta Gen, como se quisesse desvendar uma misteriosa questão etimológica. — É sexo... como diz? Por trás? Sexo... pela via anal? Quer dizer que pessoa... engole espada?

— Não. Não tem nada a ver com isso. Significa apenas fazer sexo com certo grau de entusiasmo. Estão vendo? — eu digo a eles. — Uma das coisas mais legais sobre a língua inglesa, o motivo pelo qual vocês não estão estudando chinês, espanhol ou francês, é que se trata de uma língua extraordinariamente flexível.

— Mas inglês é língua estranha — insiste Wit. — Como é mesmo o nome daquele livro engraçado? *Roger's Thesaurus?*

— *Roget's Thesaurus* — corrijo.

— Esse mesmo. Não é dicionário. É livro de sinônimos, não? Nenhum livro igual tem lá no meu país.

— Tenho a impressão de que um livro feito o *Roget's Thesaurus* só existe na língua inglesa. É por isso que tantas palavras inglesas acabam se instalando em outras línguas. É possível fazer qualquer coisa com elas.

— Desculpa, pessoal — diz Zeng, levantando-se para sair. — Eu precisa *fuck off.*

— Ele precisa ir embora! — traduz Gen com visível alegria. — Zeng precisa ir embora para o General Lee's Tasty Tennessee Kitchen!

— Ele precisa *fuck off* para o trabalho — enfatiza Wit, feito um professor de fonética em vias de concluir uma lição particularmente difícil. — Ou os *fuckers* vão dar um *fucking* chute no traseiro dele.

E aos poucos os outros vão saindo também. Gen, para o *sushi bar* com esteira rolante na Brewer Street; Wit, para a churrascaria decadente na Shaftsbury Avenue, antro de homens ruins; Vanessa, de volta ao balcão onde algum inglesinho encantado a convidará para dançar.

Por fim chega o momento em que Yumi e eu ficamos sozinhos à mesa. Sob o efeito de duas cervejas e do olhar cintilante de Yumi, já não consigo mais encontrar as palavras necessárias.

— Gosto de você — ela diz. — Você legal.

Fucking hell.

seis

Vovó conversa com um figurão da BBC, dizendo a ele que aos oitenta e sete anos ainda tem todos os dentes na boca. Mamãe está linda num vestido vermelho comprido, os cabelos presos no alto da cabeça; parece feliz da vida, sorrindo e recebendo os convidados, certificando-se de que todos estão bem.

Quanto a mim, contorno a festa sorrateiramente, tentando superar o pânico que quase sempre sinto nesse tipo de situação, o medo de que não vou encontrar ninguém com quem conversar. Mas, depois de um tempo, até eu começo a relaxar. A noite promete ser especial.

É verdade que os convidados são uma mixórdia de tipos diferentes. Os ruidosos colunistas esportivos — com seus variados sotaques: de Liverpool, do Estuário, da Irlanda — parecem estar numa festa bem diferente daquela em que estão as apresentadoras falantes e articuladas da televisão. Os escritores com suas indefectíveis calças jeans e paletós de veludo cotelê parecem estranhamente casuais se comparados aos radialistas noturnos com seus sorrisos irônicos e charutos cravados no canto da boca. Vovó, miúda como um passarinho no seu vestido de estampa floral, parece viver num século diferente daquele em que vive o figurão da BBC, de terno Armani.

Mas é espantoso como pessoas de mundos tão diferentes podem se dar bem quando há boa vontade no ar e bebidas caras na corrente sanguínea. O sushi de excelente qualidade também ajuda. E sinto um afeto genuíno de todos com relação a papai. Disse a mamãe que ele não tinha amigos, mas estava errado. Tenho a impressão de que essas pessoas todas realmente se orgulham de conhecer papai. Acho que o admiram e gostam dele. Estão todas honradas de estar aqui, ansiosas por surpreendê-lo no dia do aniversário. Fico feliz de ter o pai que tenho.

São pessoas que vieram de todos os cantos da cidade para festejar papai. Homens simples e parrudos que o conheceram na época do jornal. Quarentões de óculos coloridos e moças de botas masculinas que o conheceram nas entrevistas de rádio e televisão. Editores, críticos literários, livreiros importantes, apresentadores de talk shows, colegas escritores, pessoas que apoiaram e incentivaram papai durante todo o percurso de sua brilhante carreira.

A festa se dá em torno da nossa piscina coberta, o único cômodo da casa capaz de alojar quase uma centena de pessoas. Os convidados circulam displicentemente em torno da piscina, bebendo champanhe, comendo *satays* e *temakis*, ameaçando dar um mergulho a qualquer momento. Ótimo lugar para uma celebração.

As luzes fluorescentes dão a sensação de que a festa está sendo realizada sob um enorme holofote. A piscina brilha em tons de turquesa e dourado, as luzes refletem nas bandejas de prata e nos paletós brancos dos garçons. Uma noite especial para um homem especial.

— Ele está chegando! — mamãe anuncia. As luzes principais se apagam, mas o lugar não fica totalmente escuro graças às luzes da piscina, que bruxuleiam sob a água como fantasmas amarelos. Alguém aperta um interruptor e subitamente o breu se instala.

Os convidados riem baixinho, ouvindo o carro de papai se aproximar na rua. Depois de um tempo, ele desliga o motor e abre a porta da frente. As últimas risadas se calam de súbito. Esperamos por papai na mais completa escuridão e no mais completo silêncio. Nada acontece. Esperamos mais um pouco. Nada ainda. Ninguém dá um pio. E finalmente a porta da piscina se abre.

Vemos vultos, ouvimos um farfalhar de roupas, além de algo parecido com um suspiro. Papai entra no cômodo escuro. Esperamos que ele acenda as luzes. Mas isso não acontece. Ouvimos um rangido de madeira. Ele está no trampolim! Vai dar um mergulho! Mais risos abafados. A tensão é cada vez maior

E de repente as luzes se acendem, ofuscantes, revelando a pequena multidão de convidados.

— Surpresa! — grita alguém, e as risadas morrem na nossa garganta.

Papai está nu no trampolim, os olhos incrédulos absorvendo lentamente a presença dos amigos. Por um terrível instante ele cruza olhares com mamãe, e depois vira o rosto, envergonhado.

Lena está ajoelhada diante dele, ainda vestida, a loiríssima cabeça indo e vindo ao ritmo de uma música que só ela ouve, fazendo o trampolim ranger.

"Mas é de mim que ela gosta!", penso. "Era eu quem devia estar ali! Isso não é justo!" E então papai pousa uma das mãos na cabeça dela. Lena interrompe o que vinha fazendo, lentamente abre e levanta os olhos na direção de papai.

O que ouvimos de mamãe não é exatamente um grito, nada de tão definido assim, nem de significado tão claro. O que ouvimos é algo parecido com um uivo que de alguma forma comunica descrença, humilhação, vergonha desmerecida.

A festa se paralisa por alguns segundos. Em seguida, mamãe dá as costas para a piscina e sai correndo entre os convidados, atropelando um garçom pelo caminho. O homem perde o equilíbrio, dá a impressão de que vai recuperá-lo, mas lentamente vai tombando para o lado, deixando uma bandeja de taças de champanhe se espatifar no chão antes de finalmente se esborrachar na água.

— Isso significa que a festa acabou? — pergunta vovó.

Meus pais sempre foram chamados de Mike e Sandy. Nunca de Sandy e Mike. Mike e Sandy, desde sempre e para sempre. Papai encabeçava a dupla.

Para mim são nomes obsoletos, nomes de uma Inglaterra que não existe mais, da Inglaterra que estava aqui quando meus pais, tios e tias, os vizinhos e amigos deles, ainda eram jovens.

A Inglaterra dos pubs rurais, das festinhas dançantes, das viagens à praia nos feriados prolongados. Uma terra de pequenos prazeres saboreados sem pressa: jogos de baralho (homens e mulheres) na noite de Natal, partidas de futebol (homens e meninos) no *Boxing Day*, campeonatos de dardos no pub local e alguns *pints* (homens apenas) quando recebíamos "visitas".

Uma ilha de invernos severos, em que uma viagem de férias para a Grécia ou para a Espanha parecia a realização de um sonho. Os Beatles já haviam aparecido e sumido, deixando na esteira um reino em que adultos suburbanos fumavam pelo mesmo motivo que usavam camisas psicodélicas e minissaias, pelo mesmo motivo que freqüentavam restaurantezinhos italianos ou indianos: a necessidade de aparentar juventude e sofisticação. A Inglaterra da minha infância, aquele lugar pueril com anseios de maturidade. O país de Mike e Sandy.

Mike e Sandy. Nomes simpáticos, afáveis, socialmente abreviados, nomes de um respeitável casal que sabia se divertir. Dentro de certos limites.

Mike e Sandy. Não são nomes de batismo, claro. Meu pai se chama Michael, e minha mãe, Sandra. Mas em algum momento das décadas de 1960 e 1970, quando as roupas, a televisão e as expectativas passaram do preto-e-branco ao colorido, quando finalmente começou a secar a austeridade que por cerca de vinte anos se impregnara ao país feito espinhas no rosto de um adolescente, os nomes dos jovens, e dos não tão jovens assim, começaram a ficar mais curtos e leves também.

Mike e Sandy. Nomes de um casal que vivia num país em que ninguém saía de casa, ninguém se divorciava, ninguém morria. Um país em que as famílias duravam para sempre.

Não sei ao certo se papai vestiu as roupas ou se escapou nuzinho em pêlo com Lena até o carro. Mas enquanto o pessoal do bufê pesca o garçom da piscina, ouvimos o Mercedes cantar pneus rua afora, como se ele, papai, quisesse simplesmente sumir do mapa.

Na manhã seguinte, vago pela casa silenciosa, olhando para os detritos top de linha da vida dele, todas essas coisas que ele valoriza tanto, e me pergunto por que mamãe não estraçalha aquilo tudo. Não resolveria o problema. Mas seguramente ela se sentiria melhor.

Mamãe poderia apagar todos os vestígios do infeliz. E eu não a culparia por isso. Na verdade, ficaria feliz em ajudá-la. Mas ela não toca em nada.

Em vez disso, quando enfim sai do quarto, pálida e de olhos vermelhos, ainda usando o lindo vestido de festa, insistindo que está bem, recusando qualquer coisa para beber ou comer, ela vai até o jardim que tanto adora e começa a destruí-lo.

Nos fundos, há uma treliça com madressilvas que exalam um doce perfume nas manhãs de verão. Mamãe faz o que pode para derrubá-la com as próprias mãos, mas não consegue mais que arrancar metade das folhas e amarfanhar as demais.

Então busca os vasos de terracota com bulbos novos e os arremessa contra a parede, esparramando terra para todos os lados. Ataca os canteiros com ancinho, pá e os próprios dedos, destruindo todas as mudas de primavera que recentemente havia plantado com infinito carinho.

Quando por fim a alcanço, ela está em vias de destruir as mãos ao tentar arrancar as roseiras. Tomo-a pelos braços e a seguro com força, determinado a não soltá-la enquanto ela não parar de tremer. Mas mamãe não pára. Sacode o corpo de tristeza, de choque, e não há nada que eu possa fazer. Continua a tremer mesmo depois que a levo de volta à casa vazia e fecho todas as cortinas a fim de isolá-la do resto do mundo.

E agora consigo compreender mais ou menos como as coisas funcionam, a inversão de papéis que se dá quando filhos se tornam pais, protegidos se tornam protetores.

— Não chora — digo a ela, da mesma forma que ela me disse quando levei a primeira surra na escola. — Shhh...

Mas não consigo fazê-la parar de chorar. Porque mamãe não está chorando apenas por si. Está chorando por Mike e Sandy.

É preciso ser um homem frio e duro para abandonar uma família, e papai não é um homem frio e duro. Fraco, talvez. Egoísta, certamente. Estúpido, sem dúvida alguma. Mas não é frio e duro. Pelo menos não o bastante para fazer com facilidade o que acabou de fazer: amputar a família da própria vida. Quando abre a porta para mim no apartamento que alugou, parece dividido. Dividido entre uma vida que ainda não se acabou por completo e outra que ainda não começou direito.

— Como está sua mãe?

— Adivinha. Como é que ela poderia estar?

— Você é muito jovem pra entender — ele diz defensivamente, abrindo caminho para que eu entre.

Lena não está por perto. Mas vejo roupas femininas secando sobre o aquecedor.

— Entender o quê? Que você precisa de um divertimentozinho de vez em quando? Que você achava que podia se distrair quanto quisesse e jamais seria pego? Que é um homem velho tentando desesperadamente recuperar a juventude? O que é que eu preciso entender exatamente?

— Precisa entender que um casamento pode dar errado. Mesmo um bom casamento. A paixão vai se acabando. Verdade, Alfie. E então a gente tem de decidir se consegue viver sem ela. Ou não. Aceita um chá? Acho que tem uma chaleira por aí em algum lugar.

O apartamento é bom, fica numa área afluente e arborizada da cidade. Mas é muito pequeno e pertence a outra pessoa. A cor das paredes foi escolhida por outra pessoa. Os quadros foram comprados para satisfazer o gosto de algum desconhecido. Faço um esforço, mas não consigo imaginar papai vivendo aqui. Em todos os aspectos, este simplesmente não é o lugar dele. Tudo parece alugado, como se a qualquer momento as coisas pudessem ser requisitadas pelo dono original. O apartamento, os móveis, Lena. Tudo foi tomado emprestado de outra pessoa.

— Por quanto tempo isso vai durar? — pergunto. Ele ainda procura pela chaleira, mas não consegue encontrá-la. — Pai? Esquece o chá. Você não tem mais uma chaleira, OK? Melhor ir se acostumando com isso. Não tem chaleira, OK?

— Do que é que você está falando?

— Quanto tempo você vai ficar aqui com a Lena?

— Até a gente encontrar um lugar melhor.

— Ela tem o quê, uns vinte e três anos?

— Vinte e cinco. Quase.

— Mais nova do que eu.

— Lena é muito madura pra idade dela.

— Aposto que sim.

— O que você quer dizer com isso?

Eu me jogo no sofá de couro. Papai detesta sofás de couro. Ou pelo menos costumava detestar.

— Por que você não se contentou com uma simples trepada? — pergunto, apesar de recear que ele comece a dar todos os detalhes de sua olímpica vida sexual. Qualquer coisa menos isso, por favor. — Não é assim que as coisas acontecem? Posso entender que você tenha se sentido atraído por ela. Até consigo entender por que ela tenha se sentido atraída por você. Um homem mais velho, bem-sucedido. Tudo isso. Mas daí a morar juntos? Isso é loucura, pai.

O velho começa a andar de um lado a outro. A sala do apartamento é de longe o cômodo mais amplo do lugar, mas ainda assim não é grande. Ele dá alguns passos e precisa voltar. Espreme as mãos uma contra a outra. Sinto uma pontinha de pena do filho-da-mãe. Papai não está preparado para esse tipo de jogo. Não é capaz de ser tão implacável quanto precisa ser.

— Essas coisas têm uma dinâmica própria. Tentei segurar a onda, tentei mesmo. Mas teve um momento em que me achei o homem mais sortudo do mundo. Tinha a esposa perfeita e a amante perfeita.

— Sua esposa perfeita quer estrangular você.

— Mas esse momento é passageiro — ele continua, ignorando o que eu disse. — As coisas têm de andar pra frente. Não dá pra ter tudo na vida. A gente tem de fazer uma escolha. — Ele se vira para mim, suplicando compreensão. — Não é isso que todo mundo quer? Uma esposa e uma amante? A gente quer apoio, estabilidade, uma vida tranqüila. Mas também quer romance, entusiasmo, paixão. O que há de errado em querer o melhor dos dois mundos?

— Acontece que quem quer tudo acaba arruinando a vida dos outros. Esse é o problema.

— Mas a gente não escolhe amar. O amor simplesmente acontece, Alfie.

— Amor... — eu digo. — Não me venha com essa agora. Isso que você está sentindo não é amor.

— Então é o quê? — Ele pareceu subitamente irritado. — Olha, sinto muito pela sua mãe, Alfie. Sinto mesmo. A maneira terrível pela qual ela ficou sabendo... Mas o coração quer o que o coração quer.

— Pai. Escuta. Lena é uma ótima moça. Mas ela dança enquanto come. Ela *ainda* dança enquanto come, está me ouvindo? Já reparou nisso? Ela fica dançando com o rádio ligado, mesmo quando está tomando o café-da-manhã. É uma criança.

— Acho bonitinho quando ela faz isso.

— Poxa, pai. Ela podia ser sua filha.

— A idade não tem nada a ver com isso.

— Ah, não? Por acaso você ia se apaixonar por Lena se ela tivesse sua idade? Se tivesse quase sessenta anos? Acho que não. Nem ela ia te querer se você fosse um estudantezinho de vinte e três anos que trabalhasse numa lanchonete qualquer pra pagar as contas.

— Vinte e cinco. Quase.

— Você ainda pode se acertar com a mamãe. Pedir desculpas. Todo mundo mete os pés pelas mãos um dia. Não dá pra terminar um casamento só porque uma intercambista te deu mole.

— Não posso fazer isso. Deixei sua mãe e fiz isso por amor. Sinto muito, Alfie. Mas tenho meus princípios.

Minha vontade é de esmurrá-lo.

— Você insultou o amor — eu digo, pensando no jardim da mamãe. — Cuspiu na cara dele, seu coroa ridículo. Mamãe te apoiou a vida inteira, mesmo nos anos de dureza, e agora você faz isso com ela. Não me venha falar de princípios, OK? E não me venha com essa pose de herói romântico, porque você não é. Aliás, você não deixou mamãe. Você fugiu.

Ele pára de andar pela sala.

— Desculpa, Alfie. Mas acho que fiz a coisa certa.

— Ah, você acha que fez a coisa certa, não é? Acha que ser flagrado com a sunga nas canelas diante de todo mundo que você conhece foi uma tacada de mestre, não acha? Sei não, tenho lá as minhas dúvidas.

— Ir embora. Isso foi a coisa certa. — Ele me olha de um jeito estranho. — Você sabia que sua mãe estava esperando você quando nos casamos?

— Adivinhei. Não precisa ser um gênio da matemática pra fazer as contas. Cinco meses se passaram entre o casamento de vocês e o meu nascimento.

— Ela estava grávida. Foi por isso que nos casamos. Eu amava sua mãe e tudo mais. Mas a gente se casou. Era isso que a gente fazia naquela época. Não é como hoje. E sabe o que todo mundo disse? Minha família, meus amigos, meus cunhados? Todos disseram: você se divertiu, agora casa. E eu fiquei calado. Mas sempre pensei: eu me diverti? Foi essa a minha diversão?

— Pra você a festa está só começando, não é?

— Olha, quero viver ao lado da mulher com quem quero dormir. Será que isso é tão errado assim? Você é homem, devia entender. Dizem que a gente quer morar com a mulher que não quer comer e comer a mulher com quem não quer morar. Mas sei que isso não é verdade. Porque com a Lena eu quero tudo.

— Mas a realidade não é essa! Acho que você tem escutado muita música velha, só pode ser. A vida não é uma canção do Smokey Robinson, caramba! Essa não é a vida real.

Papai olha para mim de um jeito peculiar, algo que sugere pena.

— Não é você quem vai me ensinar o que é a realidade, Alfie — ele diz com calma, e sei exatamente o que vem depois. Então me levanto do sofá e tento sair do apartamento alugado o mais depressa possível. Porque não quero ouvir.

Já estou com a mão na maçaneta quando ele diz:

— Você ainda é apaixonado por uma mulher morta.

O amor não fez de mim uma pessoa melhor. Pelo contrário. O amor me deixou indiferente ao resto do mundo. Reduziu meus horizontes a um par de olhos azuis, a um sorriso engraçado, a uma jovem mulher.

Pouco depois de começar minha história com Rose, eu estava num avião de volta a Hong Kong após ter passado uma semana com meus pais em Londres, uma viagem que já havia planejado antes de conhecê-la. Já não tinha mais como cancelar nada, então fui ver papai, mamãe e vovó, mas sem nenhum entusiasmo. Meu coração estava em outro lugar. Eu queria acabar logo com aquilo, sair de Londres e voltar para Hong Kong, voltar para Rose.

Mas houve um problema durante a viagem. Um homem de meia-idade, sentado na fileira ao lado, subitamente começou a ficar sem ar. Ofegava terrivelmente, fazendo barulhos estranhos, parecendo que ia sufocar. De início achei que ele havia exagerado nos drinques de cortesia. Mas depois, quando a comissária se agachou ao lado dele e o piloto perguntou se havia um médico a bordo, percebi que o homem estava passando mal, muito mal.

Eles o deitaram no corredor, bem ao meu lado, próximo o bastante para que eu pudesse tocá-lo se quisesse. Dois médicos jovem se aproximaram, abriram a camisa dele e começaram a falar como se fossem padres diante de um moribundo.

Não seria mais possível seguirmos para Hong Kong. O homem precisava de um hospital, e o vôo teria de ser desviado para Copenhague, onde uma equipe médica já esperava por ele. E todos os passageiros foram muito compreensivos com relação ao desvio de rota, claro que foram, mesmo depois de informados que teriam de esperar durante horas no aeroporto de Copenhague, até que a tripulação pudesse ser renovada. O piloto explicou que os tripulantes originais não poderiam prosseguir para Hong Kong porque, com o desvio, eles excederiam o tempo de vôo permitido. Então teríamos de esperar. Por horas.

Todo mundo foi bastante compreensivo. Menos eu.

Fiquei com ódio do sujeito. Não estava com a menor vontade de descer em Copenhague para que ele pudesse ser atendido. Queria que o piloto o colocasse no compartimento de bagagens e o deixasse ali, abandonado a seus próprios recursos. O que eu sentia por ele era pior do que indiferença. Era uma fúria que mal podia conter. Pouco importava que o homem pudesse morrer. Não fazia a menor diferença. Só queria que ele saísse do caminho para que eu pudesse voltar a Hong Kong, voltar para minha mulher, para minha vida, para a melhor coisa que já me havia acontecido até então.

Foi assim que o amor me deixou.

O amor congelou meu coração.

sete

Rose ficava linda na água. Mergulhava desde muito antes de vir para Hong Kong e tinha aquela leveza, aquela calma, que distingue os bons mergulhadores do resto de nós.

Parecíamos duas criaturas diferentes quando estávamos sob a água. Eu ficava sempre nervoso, lutando para manter a flutuação neutra, regulando o colete o tempo todo, desinflando um pouquinho quando começava a subir, inflando um pouquinho quando começava a afundar, nunca acertando o nível do ar por muito tempo.

Rose simplesmente ia na frente, flutuando no espaço, fazendo todas as regulagens com pequenos ajustes no ar dos pulmões, eliminando o peso do corpo com o que pareciam ser meros suspiros.

Eu nunca estava satisfeito com o equipamento, sempre tirando água da máscara, conferindo nervosamente o manômetro para saber quanto ar ainda me restava — eu era um glutão por ar, sempre voltava à superfície muito antes dos outros — e ajustando o cilindro quando sentia o peso deslocar nas minhas costas.

Não parecia feliz debaixo d'água, só isso. Como todos os bons mergulhadores, Rose dava a impressão de que não gostaria de estar em nenhum outro lugar senão ali.

Ela havia aprendido a mergulhar na Inglaterra. Tirara sua licença nas águas gélidas e escuras do litoral sul e numa pedreira inundada nas Midlands. Tinha percorrido o caminho mais difícil. Portanto, para Rose as áreas de mergulho da Ásia — de águas quentes e límpidas, com seus intermináveis recifes de coral e tanta vida marinha que muitas vezes os cardumes bloqueavam a visão do céu — pareciam a coisa mais próxima do paraíso.

Aprendi a mergulhar por causa dela. Durante nossa lua-de-mel em Puerto Galera, nas Filipinas, fiz um cursinho relâmpago com um professor local, acostumando-me à respiração subaquática na piscina do hotel e na companhia de dois moleques do Taiwan, aprendendo a teoria numa salinha nos fundos da loja de equipamentos e, por fim, sendo levado ao mar aberto para o mergulho de batismo. Rose ficou tão feliz quanto eu, talvez mais, ao ver minha licença de mergulhador.

Fizemos ótimos mergulhos. Certa vez, numa viagem de fim de semana para Cebu, também nas Filipinas, consumi quase todo meu ar num intervalo ridiculamente curto e fui mandado de volta à superfície pelo guia. Precisei fazer uma parada de segurança de três minutos a uma profundidade de cinco metros, a fim de eliminar o excesso de nitrogênio. Embora seu cilindro ainda estivesse cheio, Rose subiu comigo, e aqueles três minutos que passamos juntos foram os melhores da minha vida de mergulhador. Ficamos ali, nas águas rasas onde a luz era maravilhosa e os corais brilhavam feito um tesouro submarino, olhando o cardume de peixes-anjos que se enroscava ao nosso redor, as bolhas de ar que se misturavam enquanto subiam sem pressa rumo à superfície.

Mas mergulhar era apenas uma das coisas que Rose fazia com muito mais facilidade do que eu. Ela se sentia tão à vontade freqüentando festas e conhecendo pessoas novas quanto mergulhando a quinze metros de profundidade no mar da China. Por mais que eu tentasse — e tentava muito, pois queria agradá-la de qualquer jeito —, eu não conseguia ser como ela. Simplesmente não tinha o talento necessário. Era essa a diferença entre nós, tanto no mar quanto fora dele.

Eu nadava.

Rose voava.

As coisas foram mal desde o início.

Na noite de sexta-feira o tempo estava ótimo, sem ventos e sem nuvens, típico dos fins de primavera nesta parte das Filipinas, mas no sábado de manhã, enquanto caminhávamos para a praia, o céu azul já se tornava cinzento, e o mar, um tanto encapelado.

Já tínhamos vestido nossas roupas isotérmicas. Eu carregava uma enorme sacola amarela com nossas máscaras, respiradouros e pés de pato. Alugaríamos o resto do equipamento na lojinha da praia. Vi quando Rose olhou para o céu com as pálpebras apertadas.

— A gente bem que podia ficar relaxando no hotel — sugeri. — O tempo não parece muito bom.

— Não se preocupe — ela disse. — Ramon não vai sair com a gente se tiver algum problema.

Ramon era o instrutor de mergulho do *resort*, um filipino quarentão e forte que comandava nossos mergulhos com calma e autoridade. Muitas das áreas de mergulho nas Filipinas são famosas pelas correntes imprevisíveis, o que significa que podemos ver um lindo coral crescer. Mas correntes traiçoeiras demandam guias experientes. Já havíamos passado alguns fins de semana neste mesmo *resort*, e Ramon sempre se revelou um excelente guia. Mas quando chegamos à lojinha, ele não estava lá.

Em seu lugar havia um rapaz magrinho, de vinte e poucos anos e muito alto para um filipino, o surrado macacão de mergulho enrolado sob os ombros esqueléticos. Conversava e ria com uma dupla de turistas européias, duas louras altas, de maiô, que de tão saudáveis e robustas só podiam ser escandinavas.

— Onde está o Ramon? — perguntei.

— Ramon doente — ele me fitou por um mísero segundo antes de voltar a atenção para as louras. — Eu guio mergulho hoje.

Olhei para Rose. Ela simplesmente deu de ombros e sorriu. Estava com muita vontade de mergulhar naquele dia. Então nos juntamos aos outros mergulhadores próximo a uma fileira de cilindros velhos e começamos a nos preparar enquanto a lanchinha se aproximava da praia, batendo o casco contra as ondas.

Escolhi um cilindro, um colete e um regulador, atrelei o colete ao cilindro, verifiquei se estava bem firme e só então conectei o regulador. As quatro mangueiras pretas balançavam no ar como os tentáculos de um polvo.

Duas delas tinham um bocal: o preto, para mim; o amarelo, para quem precisasse dele. A terceira terminava com um manômetro e um profundímetro, e a quarta tinha um clipe de metal, que prendi ao colete. Havia também uma pequena mangueira no próprio colete de modo que eu pudesse inflá-lo ou desinflá-lo para regular a flutuação. Por fim, liguei a válvula do cilindro e conferi a pressão do ar.

O manômetro marcava 210 bars. Tanque cheio. Tudo estava como deveria estar. Por outro lado, nada estava como deveria estar.

O que eu gostava em Ramon era que ele sempre estava por perto enquanto vestíamos o equipamento. Dava conselhos sobre a quantidade de lastro necessário, conferia o kit para ver se estava tudo em ordem, perguntava se havíamos feito todas as verificações de praxe. Eu precisava disso.

Ramon sempre dava a impressão de que, para ele, não havia nada mais importante que a segurança. Mas olhando os ventos que açoitavam o mar, fiquei com receio de que, para nosso guia magricela, não houvesse nada mais importante que um belo par de peitões noruegueses.

Acomodado na popa da lancha, sentia o casco bater sob meus pés, subtraindo-me pedacinhos do estômago cada vez que se esborrachava na água. Os pés de pato facilitavam o equilíbrio, mas dificultavam o movimento. Não me restava nada a fazer senão ficar olhando para as cabecinhas à minha frente, sacudindo ao sabor das ondas. Elas pareciam muito frágeis.

Todos já estavam na água. O guia magricela. As norueguesas. Um jovem casal japonês. Um senhor alemão que parecia ter passado a vida inteira sob o sol dos trópicos. E Rose, o rosto semi-escondido pela máscara, mas levantado na minha direção. Todos esperavam por mim.

Agora chovia forte. A costa não estava longe — tínhamos chegado à área de mergulho em menos de vinte minutos —

mas encontrava-se completamente escondida pela névoa que parecia ficar mais espessa a cada segundo. Nuvens negras se arrastavam acima da lancha. Um trovão retumbou de repente, seguido do espocar de um raio no horizonte. A chuva caía obliquamente. Coloquei uma das mãos na máscara, a outra no cilindro, e pulei da borda da lancha.

Fiquei um breve instante sob a água e subitamente voltei à superfície. As ondas estavam bem mais fortes do que pareciam estar quando vistas da lancha, e engoli um bom bocado de água, regurgitada logo em seguida.

Minha máscara já estava ficando embaçada. Eu deveria ter cuspido no vidro e o enxaguado com água do mar, o que previne o embaciamento, mas acho que não tive tempo suficiente. O guia magricela nos havia levado para a proa da lancha para explicar o plano de mergulho e segundos depois já estávamos todos na água. Tirei a máscara, escarrei no vidro e afundei-o na água, esfregando com força.

Rose nadava ao meu lado.

— Tudo bem com você?

— Estou com saudades do Ramon — eu disse, um gostinho de sal e bile na boca.

— Eu também. Acho que não estamos no lugar certo.

Vesti a máscara e vi que o resto do grupo já estava descendo. Rapidamente mordi o bocal do regulador e olhei para Rose. Ela sacudiu o polegar para baixo, sinal de "descer", e repeti o mesmo gesto. Desinflei o colete um pouquinho, exalei e logo comecei a afundar verticalmente sob as ondas.

Podia ver o casco da lancha, alguns dos mergulhadores por perto, o guia deslizando muito abaixo de nós. Foi então que senti uma dor excruciante na ponte do nariz. Estava descendo rápido demais, e a pressão sobre o ar nos seios da face causava uma espécie de pinçamento.

Ao meu lado, Rose fazia um gesto de calma com as mãos, acenando-as lentamente diante do peito: "devagar, devagar". Fiz que sim com a cabeça, subi um metro e a dor imediatamente aliviou.

Com uma das mãos fiz um sinal de OK e com a outra apertei o nariz, lentamente exalando pelas narinas numa nova tentativa de descida. Dessa vez deu certo, e aos pouquinhos comecei a descer. Não tinha mais a sensação de que ia explodir.

A visibilidade não era grande. Eu já havia me acostumado a ver aquelas águas inundadas com a luz do sol e com a exuberante vida marinha, mas agora o mar estava turvo, e apenas alguns peixes nadavam por perto, rápidos flashes de cor em meio ao breu. Então percebi que Rose e eu estávamos sozinhos.

Rose flutuava ao meu lado, olhando em todas as direções. Nenhum sinal dos outros mergulhadores. Eles nos haviam abandonado. A água começou a entrar na minha máscara. Levantei a cabeça, afastei a máscara um pouquinho e bruscamente exalei pelas narinas. Funcionou. Rose olhava para mim, os olhos azuis arregalados do outro lado do vidro, o polegar apontando ora para um lado ora para o outro.

"Qual direção?"

Olhei ao meu redor na esperança de avistar alguma forma humana perfurando a escuridão. Nada. E todas as direções pareciam idênticas. Olhei para o casco da lancha, já muito acima de onde estávamos agora. Fiquei com a impressão de que ela se afastava de nós. Ou talvez éramos nós que nos afastávamos dela. Rose sacudiu o polegar para a direita.

"Para lá."

Fiz que não com a cabeça. Que loucura era essa? Rose indicava para que seguíssemos na direção do mar aberto. Sacudi o polegar veementemente na direção da costa. Ou na direção de onde supunha estar a costa.

"Para lá."

Rose fez que não com a cabeça, apontando para a bússola que trazia ao punho. Respondi com um relutante sinal de OK.

Deixei que ela seguisse à frente, a boca seca de tanta agonia. Conferi o manômetro. O cilindro ainda estava bastante cheio.

E de repente nos vimos acima de um navio naufragado, destacando-se da escuridão feito uma enorme cidade abandonada, o metal cinzento encrostado com mais de cinqüenta anos de corais.

Um navio de tropas japonês da Segunda Guerra.

Trocamos sorrisos de espanto e alegria. Esse navio era o alvo do nosso mergulho. Ainda não víamos nenhum dos outros mergulhadores por perto, mas decerto eles se encontravam do outro lado do navio, do qual se via apenas uma parte em razão do breu. Mas isso já não tinha nenhuma importância.

O casco se localizava em águas profundas, mas o convés e o passadiço estavam bem próximos ao nosso limite. Atravessando o convés, senti uma pontada gélida no coração. As janelas do passadiço pareciam órbitas oculares vazias. As tábuas mortas do convés lembravam os ossos secos de um esqueleto. Homens haviam perdido a vida ali.

Estávamos num cemitério.

Sabia que não devíamos estar ali. Rose fez o sinal de que queria descer, apontando para o abismo negro do porão. Mais uma loucura. Balancei a cabeça com vigor e apontei para o manômetro. Hora de pensar em subir.

Rose flutuava elegantemente sobre o nada, os braços cruzados contra o peito, a respiração regular. E de repente recuou, assustada com a tartaruga gigante que emergiu do porão e quase a atropelou. Rose olhou para mim, os olhos arregalados de espanto, e eu tive de sorrir.

A tartaruga tinha a cabeça de um homem milenar e mesmo assim deslizava com uma graça irretocável. Sob o casco encrostado, movimentava as pernas como se elas fossem remos encantados, deslizando ao longo da superfície do navio como se tivesse consciência do poder exercido pela própria beleza. E talvez tivesse mesmo. Portanto, não fiquei surpreso quando Rose começou a segui-la rumo às águas mais frias das profundezas do mar.

A tartaruga — só podia ser uma fêmea, pois era enorme — virou a cabeça nua na direção de Rose, os olhos grandes piscando mais por timidez, suponho, do que por medo. Delicadamente, Rose tocou o casco escamado e girou o corpo, balançando a cabeça num gesto de incontida alegria. E então a corrente nos pegou.

Foi como se tivéssemos sido agarrados pelas mãos de um gigante e jogados num túnel que nos levaria ao outro lado do mundo.

Nem Rose, nem a tartaruga, nem o navio estavam mais lá. Eu afundava no breu gélido a despeito de qualquer esforço em contrário. Avistei uma parede de coral à minha frente e tentei nadar na direção oposta. Continuei tentando até que minhas pernas ficaram pesadas como chumbo. Tive a sensação de que estava preso num elevador em queda livre e de que aquele seria o último dos meus dias.

Fui violentamente jogado contra os corais. O impacto foi tão grande que arrancou o regulador da minha boca e trincou o vidro da máscara. Tentei me prender aos corais para não ser arrastado ainda mais para o fundo, e a superfície rugosa cortava meus dedos. Depois de engolir muita água, localizei o regulador e novamente mordi o bocal, sorvendo o ar em goles desesperados. Minha boca estava seca. Completamente seca. O macacão de mergulho havia se rasgado num dos lados. Eu sentia uma dor terrível na região dos quadris.

Procurei por Rose. Não a encontrei. Conferi os aparelhos. Quarenta metros. E apenas 30 bars no cilindro. Mas eu não podia voltar à superfície. Rose talvez estivesse à minha procura. Rose certamente estaria à minha procura.

E então eu a vi, agarrada a um banco de corais mortos, as pernas sugadas pela corrente. Ela havia perdido a máscara e apertava os olhos, provavelmente sem enxergar nada. Mas veio se arrastando ao meu encontro, uma das mãos presa aos corais e a outra gesticulando rente ao peito.

"Calma. Calma."

Fiz que sim com a cabeça, meio que rindo e chorando ao mesmo tempo. Comecei a flutuar para cima. Ela me agarrou pelo colete e com uma força insuspeita me puxou para baixo. Se subisse rápido demais, eu correria o risco de uma embolia gasosa e até poderia morrer. Mas o impulso de subir era maior do que eu, ia além das minhas forças.

Rose apontou para minha cintura, mostrando que eu havia perdido o cinto de lastro. Ainda me segurando pelo colete, arrancou desesperadamente um naco de coral e o colocou nas minhas mãos para ser usado como contrapeso. Mas minhas mãos estavam machucadas demais, e não consegui segurá-lo por muito tempo.

Conferi o manômetro. O cilindro já estava inteiramente vazio. Rose forçou o bocal sobressalente entre meus lábios, mas o cilindro dela também já estava quase vazio. Estávamos respirando, eu e ela, um ar que não existia mais.

Rose passou a mão sobre o topo da minha cabeça.

Então largamos o coral.

Comecei a subir rumo à luz enquanto Rose, como um astronauta separado das amarras no espaço, sem nenhuma bolha de ar ao seu redor, foi lentamente descendo rumo às sombras que pareciam se estender até o infinito.

Através das lágrimas e do muco ensangüentado que empanava a máscara trincada, vi Rose sumir na escuridão. Tentei dizer o nome dela, mas não fui capaz de emitir nenhuma espécie de som.

Rose era a razão do meu viver.

oito

A primeira coisa que me chama a atenção são as roupas dela.

A capa de chuva preta está desabotoada, revelando uma camiseta colada ao corpo, saias curtas e um par dessas sapatos de camurça que se usam hoje em dia: mules, eu acho. Ela parece que está pronta para ir dançar. Um pouco maquiada demais. A pele é clara e as meias são pretas; os cabelos, louros de farmácia. As raízes precisam de manutenção. Será uma correntinha de ouro escondida sob as meias na altura do tornozelo? Provavelmente. Não parece que vai dançar num desses clubes descolados do centro da cidade, mas numa boate nos confins dos subúrbios.

Ela é bonita, mas parece exausta. Tem a beleza de uma ex-miss que já viu dias melhores.

Está na sala de professores da Churchill's quando apareço para trabalhar. Geralmente a sala está vazia quando chego, mas, hoje, esta mulher bonita e cansada ocupa nossa única poltrona, os olhos grudados num surrado livro de bolso.

Estranho, penso com meus botões. Não é comum as professoras se vestirem assim.

— Já leu isto aqui? — ela pergunta, levantando os olhos do livro.

Sotaque da classe operária. Aposto que é de Essex. Ninguém mais fala assim em Londres.

— Que livro é esse?

— *O coração é um caçador solitário*. De Carson McCullers. Ela escreveu quando tinha vinte e três anos. É sobre uma garota chamada Mick, que cresce na Geórgia durante a Segunda Guerra.

— Sei do que se trata. Fala sobre a solidão. Eu costumava dar este livro para os meus alunos lerem.

— Verdade? — ela diz, os olhos maquiados arregalados de espanto.

— Verdade. Pra uma garotada de quinze anos que não sabia distinguir o coração do cotovelo.

— Você realmente mandava os garotos lerem isto?

— Mandava.

— Mas você leu?

— Como assim?

— Quer dizer, gostou do livro? Ele significou alguma coisa pra você?

— Bem, achei que o enredo era um pouco...

— Porque pra mim esse livro fala de como a vida engana a gente.

— Bem, o tema central do livro...

— Olha só pra essa tal de Mick. Ela começa cheia de sonhos, de planos. Quer viajar pelo mundo. Trabalhar com música. Dar o fora da cidadezinha dela. Tudo é motivo de entusiasmo pra garota. E depois é enganada.

— Enganada?

— É, enganada. Quantos anos ela tem no fim do livro? Dezesseis? Quinze? Trabalha numa loja de departamentos porque a família não tem onde cair morta. E tem plena consciência de que não vai realizar sonho nenhum. Essa Mick foi enganada.

— Ela sorri, balançando a cabeça. — Uau. Você mandava seus alunos lerem *O coração é um caçador solitário*. Incrível.

— Aliás, meu nome é Alfie.

Ela se levanta da poltrona.

— Jackie Day — diz.

Depois faz algo que me faz perceber que não se trata de uma professora.

Vai até o armário no canto da sala, vasculha o interior por um instante e de lá retira um par de luvas amarelas. Por que alguém precisaria de luvas amarelas para ensinar inglês a estrangeiros?

Depois veste um casaco de náilon azul, bem parecido com o que mamãe usa na cozinha da Nelson Mandela. E dali a pouco está na minha frente com um balde de limpeza e uma garrafa de desinfetante nas mãos.

Algo parecido como ver Clark Kent se vestir de Super-Homem.

Se o Super-Homem fosse uma faxineira.

Eles me tiraram do mar e me deram oxigênio no convés da lancha.

Lembro-me de vozes falando em tagalo, de alguém berrando algo num rádio, do motor da lancha ligando. Alguém falou alguma coisa sobre uma câmara de compressão em Cebu. Eu precisava chegar a uma. Havia mergulhado fundo demais, subido muito depressa. Tinha bolhas de nitrogênio nos músculos e no sangue, embora não as pudesse sentir ainda. Mas não havia dúvidas de que eu teria uma crise de disbarismo. A doença da descompressão.

Lembro-me de estar deitado de costas com uma máscara de oxigênio sobre a boca, da chuva que me açoitava o rosto. Quando tentei ficar de pé e dizer a eles que esperassem por Rose, os efeitos da descompressão começaram a atacar, inicialmente com uma dor nas costas que me fez perder o ar. Eu nunca havia sentido nada parecido. A visão se turvava com as lágrimas e continuaria turva mesmo depois delas. A cada segundo eu enxergava menos. Estava tonto, enjoado, sentia uma dor formigar em todas as articulações, especialmente no pescoço, nos ombros e nas costas, mas o que mais metia medo era a crescente cegueira. Depois de um tempo, eu sequer abria os olhos, temendo me deparar com a total escuridão.

Chegando ao porto de Cebu, fui amarrado a uma maca, retirado da lancha e transportado para uma ambulância. A essa altura já não conseguia mais mexer as pernas. Sequer podia senti-las. Tinha a sensação de que martelavam na minha cabeça. Alguém dizia algo sobre embolia gasosa. Explicava que se tratava de uma pequena bolha de ar na base do meu cérebro, que era esse o motivo pelo qual eu não sentia nada nas pernas. Embolia gasosa. Meu Deus. Ainda sem abrir os olhos, comecei a rezar. Embora tivesse perdido tudo que de fato importava, não queria morrer. Estava com muito medo.

A ambulância avançava lentamente pelo trânsito congestionado das Filipinas, a sirene uivando a plenos pulmões. Já no hospital, vozes berravam em tagalo e inglês enquanto eu era arrastado pelos corredores obstruídos por macas, médicos e pacientes. Por fim chegamos a um lugar semelhante a uma caverna subterrânea e fria. Lembro-me do barulho de uma pesada porta de metal se abrindo e em seguida se fechando atrás de mim. Lembro-me da sensação de ter sido abandonado no cofre de um banco. Eu estava na câmara de recompressão. Alguém estava lá comigo. Uma mulher. Uma filipina de meia-idade. Segurando minha mão e acarinhando meu rosto, ela dizia num inglês perfeito que eu estava muito doente mas que tudo terminaria bem. Prometeu ficar comigo o tempo todo.

A câmara cheirava a bolor. Não se via rigorosamente nada. Fiquei pensando como uma pessoa pode saber que está morta, se é possível se enganar a esse respeito, confundir a morte com qualquer outra coisa. Fiquei pensando que talvez já estivesse morto. Em seguida, depois de um intervalo difícil de medir, comecei a ver vultos na câmara e a sentir as pernas formigarem.

A mulher a meu lado disse que estava tudo bem, mas que eu precisaria tomar uma injeção para que a bolha no cérebro não inchasse. Uma injeção de esteróides. Ela riu nervosamente, dizendo que até então só havia dado injeções em laranjas. Pessoas espiavam através de janelinhas na câmara, dizendo à mulher o que fazer, vozes agitadas falando em tagalo, muito embora todas as vozes pareçam agitadas quando falam em tagalo.

Na verdade, a seringa na mão da mulher que até então só havia dado injeções em laranjas parecia ser o menor dos meus problemas. E depois de tanto nervosismo, aflição e gritaria, quase não senti a picada, como se um homem à beira da morte tivesse acabado de ser aferroado por uma abelha.

A mulher permaneceu acordada comigo. A todo instante tentava me animar, e o carinho dela me deixava comovido.

Embora os olhos se mostrassem grudentos e doloridos, aos poucos fui recuperando a visão e enfim pude ver a mulher, miúda e aparentemente da mesma idade de minha mãe.

Durante as últimas dez horas vínhamos usando máscaras de oxigênio especiais, e ela apertava minha mão sempre que eu precisava respirar. Era isso que ela tinha de fazer, a mulher que salvou minha vida. Tinha de me lembrar de respirar.

Ficamos na câmara de recompressão durante dois dias, minha saúde lentamente voltando ao normal. Mas às vezes acho que as pessoas não entenderam direito o que se passou ali. Pois foi no interior daquela câmara que fiquei doente. Doente para o resto dos meus dias.

É estranho como a perda de uma pessoa pode deixar um buraco tão grande na vida da gente. Mas esse buraco não tem o tamanho da pessoa perdida.

Tem o tamanho do mundo.

Eu devia sair mais. Devia mesmo. Não todos os dias, claro. Ainda é cedo demais para sair todos os dias. Sempre será cedo demais para isso. Mas eu devia sair de vez em quando.

Daqui a mil anos estarei pronto para as boates. Vou escrever isso no meu diário. Um homem tem lá suas necessidades. E uma mulher também, sem dúvida.

Mas quando não saio para me encontrar com Josh, e não vejo Josh tanto assim, geralmente passo minhas noites no quarto, ouvindo Sinatra, quase sempre um daqueles discos ótimos da década de 1950, os da Capitol. Mas às vezes ouço também um dos que foram gravados pela Reprise dos anos 1960 — não são tão bons, claro, nem trazem tantas lembranças.

Que será que essa música tem? Gosto das canções mais animadas, como "Come fly with me" e "They can't take that away from me", álbuns como *A swingin' affair!* e *Songs for swingin' lovers!* Mas gosto mesmo é das canções que falam de amores perdidos. "In the wee small hours", "Angel eyes", "One for my baby", "Night and day", "My funny valentine" e todas as outras.

Ouvir Sinatra me leva a sentir que não sou a única pessoa no mundo a acordar num lugar que jamais havia imaginado. Ouvir Sinatra faz com que eu sinta que não estou tão sozinho assim. Ouvir Sinatra me faz sentir mais humano.

Sinatra gravou discos inteiros — *Where are you?, No one cares, Only the lonely* — sobre a falta que um homem sente da mulher amada. Os hippies acham que inventaram os discos conceituais nos anos 1960, mas Sinatra já fazia isso uma década antes. Sinatra conversa com a gente uma noite inteira, se preciso for. E, nesse momento da minha vida, eu preciso de Sinatra.

Preciso dessa música da mesma forma que homens normais precisam de comida e futebol. Sinatra me mostra uma saída, me encoraja a tocar a vida adiante. Quando fala de um caso de amor que chega ao fim, sempre tenta nos consolar com a possibilidade de uma nova paixão. O amor é como um ônibus nessas canções. Atrás de um sempre vem outro.

Mas sei que não era assim que as coisas se davam no coração do próprio Sinatra. Li todos os textos clássicos, e sei que ele nunca se recuperou de Ava Gardner. Ava era a mulher que dominava o coração dele. Era a mulher cuja fotografia ele rasgou para depois remendar com fita adesiva. Se Sinatra nunca se recuperou de Ava Gardner, então por que eu deveria me recuperar de Rose?

A música, no entanto, é uma fonte inesgotável de consolo. Sinatra faz com que sentir a falta de uma mulher pareça uma coisa nobre, heróica, universal. Sinatra dá sentido ao sofrimento. E, no mundo real, não há sentido algum no sofrimento. No mundo real o sofrimento dói, só isso.

E tem mais. Enquanto Sinatra chora o amor, ele o celebra, ele o prevê, quase posso sentir outra vez o cheiro daquela mistura viril de Old Holborn e Old Spice de quando vovô me punha no colo, de quando o mundo era jovem e tudo ainda estava por vir, de quando eu acalentava a ilusão de que todas as pessoas queridas viveriam para sempre.

Para lidar com a separação, mamãe toca sua vida como se nada tivesse acontecido. Levanta de manhã, vai trabalhar na cozinha do Colégio Nelson Mandela, volta para casa com um sorriso afetuoso no rosto e histórias novas sobre seus meninos. Já começa a demonstrar certo interesse no jardim, ou pelo menos se ocupa limpando a bagunça que fez quando o sem-vergonha foi embora. É assim que mamãe reage a uma situação de crise.

Não é que ela ignore o problema. Apenas se recusa a fitá-lo diretamente nos olhos.

Saio para trabalhar, ando sem rumo pelas ruas de Chinatown, escuto Sinatra no quarto. E o tempo todo fico imaginando o dia em que papai aparecerá na nossa porta, um buquê de flores nas mãos, e implorará de joelhos o perdão da mamãe. Mas esse dia está custando a chegar.

Não consigo entender como ele julga possível construir uma vida com Lena sobre bases tão frágeis. Tampouco imagino como eles podem pensar em construir uma união duradoura quando sequer possuem uma chaleira. Estou convencido de que qualquer dia desses papai verá Lena dançando na cadeira enquanto toma seu café reforçado e isso o fará perder as estribeiras.

Mas começo a me dar conta de que, mesmo que o ninho de amor deles seja requisitado pelo dono original, papai nunca mais voltará para casa.

Ele e mamãe se falam pelo telefone. Não tento escutar, pois às vezes é melhor não sabermos o que se passa entre nossos pais. O padrão é sempre o mesmo. É papai quem telefona. Há longos silêncios enquanto ele... sei lá. Implora pela compreensão dela? Pergunta quando vai poder passar para buscar os discos do Stevie Wonder? Pergunta se pode pegar uma chaleira emprestada? Não sei o que ela responde de volta, mas posso ouvi-la tentando se controlar para não trair na voz a mágoa, a dor, a raiva que sente no peito.

Impossível.

Mamãe gosta de agir como se não se surpreendesse com nada que papai faz, como se o conhecesse pelo avesso, como se todo esse transtorno fosse a única coisa que pudesse esperar do homem com quem fora casada durante quase uma vida inteira. Mas isso não é verdade.

Mamãe não faz a mínima idéia de como seja a nova vida dele do outro lado da cidade. Não sabe como ele foi parar lá, por que tudo isso aconteceu, nem quando o buraco-do-tamanho-do-mundo começou a se formar em sua vida.

Sempre sorri quando desliga o telefone, um sorriso de defesa, um sorriso tão duro quanto um colete à prova de bala.

Mamãe e eu saímos cedo para jantar no Shanghai Dragon.

Isso não faz parte da nossa rotina. A não ser pelas férias de verão da minha infância — nas pousadas do litoral sul da Inglaterra quando eu era pequeno, nas cantinas da Grécia e da Espanha quando já era maior —, poucas foram as vezes que saímos para jantar. Ao contrário do que se esperaria de uma mulher que tanto se compraz de cozinhar para mil delinqüentes todos os dias do ano letivo, mamãe prefere "minha própria comidinha, na minha própria casa".

Mas desde que papai se foi, ela não tem comido muito bem, e isso me assusta. Sempre foi magra — ao contrário de papai, cuja vida de jornalista resultava em vários quilinhos a mais todos os anos —, mas agora apresenta olheiras, parece esquelética. Sei que parte disso tem a ver com as crises de insônia, pois posso ouvi-la zanzando pela casa no meio da madrugada enquanto frito na cama, vítima da minha própria solidão. Além disso, ela agora não tem mais que preparar uma refeição familiar de verdade, uma vez que não formamos mais uma família de verdade.

Mas mamãe parece feliz quando deita os olhos pela primeira vez no salão do Shanghai Dragon.

— Muito simpático — ela diz, admirando o jarro de vidro em que bóia uma raiz grotescamente deformada, algo parecido com o resultado abominável de uma experiência científica qualquer. Só agora percebo que todos os nichos do restaurante abrigam jarros e raízes semelhantes. — Muito simpático mesmo.

Joyce emerge da cozinha e vê mamãe admirando o conteúdo dos vidros.

— Gosta?

— Adorável!

— Conhece?

Mamãe aperta as pálpebras para enxergar melhor.

— É ginseng, não é? Ginseng de verdade, e não aquelas cápsulas que a gente compra na farmácia.

Joyce abre um largo sorriso, satisfeita com mamãe.

— Ginseng — ela diz. — Não vou passar o pé na senhora. Ginseng, isso mesmo. Bom pra nervos. Bom pra corpo cansado. Bom pra pessoa triste.

— Ah, até que um pouco de ginseng não ia me fazer mal — mamãe sorri e sinto vontade de abraçá-la.

— Por favor — diz Joyce, mostrando o salão com um gesto amplo do braço, pedindo que escolhamos uma mesa.

A atmosfera no Shanghai Dragon às seis horas é bastante diferente do que se vê à meia-noite. Nenhum bêbado à vista. Na verdade, nenhum cliente à vista a não ser mamãe e eu.

Enquanto comemos nosso pato laqueado, mamãe se saindo melhor com os *hashis* do que eu esperava ao rechear as panquecas com cebolinha, pepino, molho de ameixas e pato, a família Chang também janta numa das mesas da seção de entrega. Todas as mesas do restaurante têm uma toalha branca, exceto uma. É nela que os Changs fazem suas refeições.

A família inteira está presente. George usa uma colher para distribuir a sopa de macarrão em seis tigelas menores. Ao lado dele estão os netos, o menino à direita e a menina à esquerda, ambos manipulando com absoluta destreza os *hashis* supostamente grandes demais. O pai das crianças, o gorducho Harold, toma sua sopa com pressa e fazendo barulho, como se tivesse de terminá-la em determinado prazo. Sua mulher, Doris, come mais lentamente, mas com o rosto tão próximo à tigela que os óculos se embaçam com o vapor. Joyce berra instruções em cantonês — ao marido, ao filho, à nora e especialmente aos netos — quando não está à nossa mesa conferindo se tudo vai bem.

Dou-me conta de quanto invejo os Changs. Invejo o convívio deles, a coesão do grupo, a qualidade imaculada de suas vidas. A sensação de completude. Fico triste ao vê-los ali. Sinto uma espécie de nostalgia. Porque, no passado, tive uma família assim.

Os Changs já se dispersaram quando pagamos nossa conta: George e Harold para a cozinha, as crianças e Doris para o apartamento no andar de cima. Apenas Joyce permanece no salão para receber os clientes da noite.

À porta, ela entrega um saquinho pardo a mamãe. Sei que nele há algo para ajudá-la em todos os reveses de seu mundo partido.

— Presente pra senhora — diz Joyce.

O que foi que Rose viu em mim? Ela poderia ter escolhido qualquer um dos engomadinhos sem lábio do escritório de advocacia. Por que foi que ela me escolheu?

Porque sou um cara legal. Não parece muito. Um cara legal é o que as mulheres dizem querer segundos antes de entrarem no Maserati de um bonitão qualquer. Mas Rose queria, sim, um cara legal. E foi por isso que me escolheu.

Verdade. Já *fui* um cara legal. Sempre me apaixonava pelas mulheres com quem dormia, mesmo quando o amor não era necessário, nem tampouco apropriado. Nunca consegui trepar por aí sem nenhuma espécie de sentimento. Jamais me interessei pela inconseqüência da juventude. Porque tinha ouvido Sinatra demais. Porque sempre preferi uma viagem à lua com asas diáfanas a uma trepada rapidinha. Porque queria encontrar minha cara-metade.

Rose viu algo em mim. Algo que valia seu amor.

Mas a pureza de sentimentos é finita. Como o dinheiro e a juventude. Escapa entre os dedos quando a gente não está olhando. Basta olhar para o que sou agora. Nem de longe sou o cara legal que já fui um dia.

Não pretendo abrir mão da vida, nem do amor, nem de todo o resto, mas é inevitável. Porque a vida e o amor me proporcionaram um ótimo refúgio. A vida hoje me parece uma espécie de morte requentada.

Perdi a fé e não sei como recuperá-la. Porque ainda sinto falta de alguém. E sentirei a falta dela para sempre.

Você não se importa, não é, Rose? Que eu sinta sua falta?

nove

A tarde já vai longe, mas o restaurante do clube privê ainda está repleto de homens de aspecto suave e mulheres de aspecto severo acalentando seus respectivos drinques e discutindo projetos que provavelmente jamais sairão do papel.

Igualzinho a papai.

Na minha opinião, o novo amor de papai é um projeto que jamais sairá do papel. O velho e sua namorada. Algo me diz que eles vão apodrecer numa gaveta de projetos em desenvolvimento. Só uma intuição.

— Você vai ao casamento, não vai? — ele pergunta. — Pelo menos espero que vá.

Olho para papai, escondendo-se do outro lado de uma água mineral no seu clubezinho do Soho, nervosamente pescando amendoins de uma tigela, e fico sem saber se ele está tentando me provocar ou se perdeu o juízo de vez.

— Casamento de quem?

— O meu. Com Lena.

— Ah, você já entrou com o pedido de divórcio?

— Ainda não.

— Já contratou um advogado?

— Ainda não.

— Então talvez seja cedo demais pra começar a tocar a marcha nupcial, não acha? Talvez seja cedo demais pra mandar convites e encomendar o bolo.

Ele se inclina para frente como se fosse partilhar um segredo.

— Só estou tentando fazer você entender que isso é sério — diz. — Você fala como se minha história com Lena fosse uma piada.

— Você é um carneirão vestido de cordeirinho, pai. Uma piada. Muito engraçada.

— Engraçado seria se eu quisesse ficar ao lado de alguém igual a mim.

— Alguém como a mamãe?

— Eu amo a sua mãe, Alfie. Sempre amei, sempre vou amar. E vou cuidar dela até o fim.

— Um belo gesto da sua parte.

— Mas a paixão acaba. Você não acredita porque nunca teve a chance de passar por isso.

— É, não tive mesmo.

— E isso me deixa muito triste, Alfie. De verdade. Eu adorava a Rose. Você sabe.

Verdade. Papai adorava a Rose. Quase desmoronou no enterro dela. Já no finalzinho. Ficou arrasado.

— A paixão vai morrendo aos poucos, Alfie. Vai se transformando em outra coisa. Em amizade. Afeto. Hábito. Isso basta para algumas pessoas. Mas, para outras, nunca vai bastar.

Peço a conta, já exausto dessa conversa, mas papai insiste em pagar. Quanta generosidade.

Já na rua, ele me abraça pelo ombro num gesto de conciliação. Procuro ignorá-lo, mas não posso ignorar o amor que sinto por ele apesar de tudo. Ele será sempre o meu pai. Sequer consigo pensar num modelo melhor. É meu pai, e pronto.

— Só quero mais uma chance de felicidade — ele diz. — Será que isso é tão errado assim?

Olho para ele atravessando as ruas estreitas do Soho, uns trinta anos mais velho que a maioria das pessoas ao seu redor, todas elas tomando um café exótico, trocando olhares e deixando a tarde correr sem rédeas, todas essas pessoas mais ou menos jovens com todo o tempo do mundo pela frente, e sinto uma tremenda pena de papai.

Mais uma chance, penso.

Será que ele não sabe? Será que não entende? Será que não entende nada de nada?

Chance de felicidade, a gente só tem uma.

O enterro foi todo errado.

Eu já havia comparecido a enterros antes, mas nenhum deles foi como este, nem de longe. Os enterros dos meus três avós foram bem diferentes do enterro de Rose.

Jovens demais. Tanto Rose quanto as pessoas que vieram se despedir dela. Vinte e poucos anos, a maioria, amigos de escola, vizinhos, colegas da faculdade e do escritório. Muitos davam a impressão de estar num enterro pela primeira vez. Decerto nunca tinham enterrado um avô ou avó. Um ou outro talvez tivesse perdido um peixinho ou hamster de estimação. Todos estavam chocados. De tal modo jovens que sequer tinham uma gravata preta. Não sabiam o que vestir, como agir, o que dizer. Tudo aconteceu cedo demais. Cedo demais. Sei muito bem como eles se sentiam.

Eu acompanhava os pais de Rose no carro da frente e não conseguia encontrar as palavras para consolá-los, porque essas palavras não existiam. Mais que isso. Não havia vínculo entre nós. O único vínculo que existira até então agora seguia no carro funerário à nossa frente, num caixão de pinho coberto com três coroas de rosas vermelhas. Uma dos pais de Rose, outra minha e outra dos meus pais. Coroas diferentes para dores diferentes.

O cortejo por fim alcançou a capelinha no topo da colina. Lá embaixo, os campos de Essex, uma cidade rural, cobriam-se de amarelo. Campos de colza. Um nome horrível para uma planta tão simpática. Até hoje não consigo olhar para esses campos amarelos sem me lembrar do dia em que enterramos Rose.

Um padre que nunca havia visto Rose na vida discursou sobre as qualidades dela. Até que ele se esforçou, pois conversou com amigos e parentes, comigo também, e então falou sobre o senso de humor dela, a afabilidade, o amor de Rose pela vida. Mas só quando Josh subiu ao púlpito foi que as palavras tiveram algum sentido real.

— Segundo disse o cônego Henry Scott Holland: "A morte não é nada. Apenas passei à sala ao lado. Eu sou eu, e tu és tu. O que éramos antes, ainda o somos."

Mantive a compostura em respeito à dor dos pais de Rose, este homem calado e esta mulher gentil que tanto orgulho haviam tido da filha advogada, este casal com quem passei tantos Natais e que decerto jamais veria outra vez. Mantive a compostura porque seria uma vergonha colocar minha dor acima da deles. Os pais de Rose estavam fazendo a pior coisa do mundo: enterrando um filho.

"Chama-me pelo mesmo nome de antes", continuou Josh. "Fala comigo com a mesma displicência de antes. Não mudes de tom, não insistas na solenidade ou no pesar. Ri como sempre rimos daquelas pequenas piadas de que tanto gostávamos. Brinca, sorri, pensa em mim. Ora por mim."

Não havia aquela sensação de conforto que temos quando enterramos alguém já no finzinho da vida. Josh fazia o melhor que podia. Mas esse dia negro havia chegado com cinqüenta anos de antecedência. E embora tentasse apreender o sentido das palavras que ouvia, embora tentasse me convencer de que a dor dos pais de Rose era maior que a minha, eu não podia afastar da mente este pensamento egoísta: *quero minha mulher de volta.*

"Que meu nome seja tão corriqueiro quanto sempre foi. Que seja dito sem pompa, sem ares de lástima. O sentido da vida ainda é o mesmo de sempre. A vida ainda é o que sempre foi, não há solução de continuidade. O que é esta morte senão um acidente desprezível? Por que eu deveria deixar de ser o que sempre fui só porque perdi a visão? O que faço aqui não é mais do que esperar por você, durante um intervalo, num lugar muito próximo, logo ali depois da esquina. Tudo está bem."

Não foi nada fácil acompanhar o caixão da igreja até a sepultura, sentindo todos os olhos voltados para mim, toda aquela pena indesejada. Mas agüentei firme até o fim do cortejo. Também não foi fácil ver os pais de Rose abraçados ao lado do túmulo enquanto os velhos amigos se dispersavam aos poucos. Mas agüentei firme outra vez.

Desabei apenas quando o mestre-de-cerimônias — hoje em dia não há mais coveiros — discretamente me puxou para o lado e perguntou se as coroas deveriam ser enterradas também.

— Tudo com ela — eu disse. — Quero que tudo seja enterrado com ela. — E subitamente me desmanchei em lágrimas.

Não chorava por mim, nem por meus sogros, nem pela própria Rose, não, mas pelos filhos que jamais iriam nascer.

Sempre levo um susto quando entro no apartamentinho da minha avó, um cubículo num condomínio exclusivo para a terceira idade, tão elegantemente minimalista quanto qualquer galeria de arte ou restaurante da moda: paredes brancas, tons de bege, pouquíssimos móveis. Damien Hirst se sentiria totalmente em casa no apartamento da vovó, decerto ia querer cortá-la ao meio e enfiá-la num tanque de conservantes.

Não que vovó tentasse seguir a última moda do design de interiores. É que já não agüentava mais a escadaria da casa em que havia morado durante cinqüenta anos, a casa do East End retratada no *Laranjas de Natal*. E foi neste condomínio que o conselho municipal a colocou. Vovó não queria ir morar com meus pais.

"Prezo muito minha liberdade, querido", ela me disse certa vez.

A televisão está ligada, sem som, e vovó está ouvindo Sinatra. Na minha opinião, o melhor disco ao vivo dele: *Sinatra at the Sands with Count Basie and the Orchestra*. Vovó não é exatamente fã de Sinatra. Sequer tem muito interesse por música, mas sei que Sinatra a faz lembrar do vovô. Mais que isso: ouvir o Blue Eyes cantar coisas como "You make me feel so young", "Fly me to the moon" ou "The shadow of your smile" é uma espécie de comunhão.

Sobre o consolo da lareira, muitas lembrancinhas trazidas de viagens alheias. Vovó adora burricos e gnomos de sorriso malicioso. E além disso, muitas fotos. Eu e Rose no dia do nosso casamento. Eu quando criança. Eu ainda bebê. Meus pais no dia do casamento deles. Vovó no dia do próprio casamento: uma moça linda, reluzente, nos braços do vovô. No entanto, o apartamentinho branco permanece teimosamente alheio a estes sinais de vida. Acontece que vovó não teve tempo suficiente para impor sua personalidade aqui do mesmo jeito que teve na antiga casa. E vendo-a preparar o chá na cozinha, arrastando-se em passos curtinhos, levantando as coisas com dificuldade, percebo que jamais terá esse tempo.

— Ele esteve aqui — vovó diz. — Ontem. Com a namoradinha chique dele.

Por algum motivo fiquei perplexo.

— Papai?

Ela faz que sim com a cabeça, sorrindo ironicamente.

— É. Com a namoradinha chique dele.

— Papai trouxe a Lena *aqui*?

— Trouxe. O biscate dele. A outra. A manteúda. A vadia.

Fico feliz em constatar que vovó não tomou o partido do filho no desmantelamento da nossa pequena família. Ela ainda almoça conosco aos domingos. Uma vez por semana, eu ou mamãe trazemos uma sacola de compras para ela. Diariamente nos falamos pelo telefone, mesmo quando não temos muito a dizer. Ainda fazemos de conta que nada mudou, e essa farsa me dá certo conforto. Mas algo me impede de sorrir ou concordar com essa desqualificação de Lena.

— A senhora gostava muito dela — eu digo. — Da Lena. Sempre achou que era uma boa moça.

— Podia ser filha dele — ela retruca. — O que eles vão fazer? Ter um filho? Ele nem vai conseguir pegar o bebê no colo, aquele bode velho. Quer um biscoito?

— Não, obrigado, vó.

— De chocolate ou de creme?

— Não, vovó, obrigado.

— Vou trazer um pouquinho de cada caso você mude de idéia — ela insiste. — Aquele casamento já não ia bem desde o último acidente. Você sabe, o aborto. Se você molhar no chá eles ficam molinhos. Gosta com açúcar? Não me lembro mais.

— Ela ri com gosto, balançando a cabeça. — Desculpe, Alfie. Já estou ficando gagá.

— O que ele queria? — pergunto, ajudando-a a colocar a bandeja de chá e biscoitos sobre a mesinha de centro diante da televisão. Ela não se importa quando faço isso. — Quer dizer, claro que ele queria ver a senhora. Mas o que mais?

— Queria se explicar. Explicar tudo, foi o que disse. E trouxe a outra com ele. Uma petulância. Chegaram de mãozinhas dadas. Feito um casal de pombinhos, os dois. Então eu disse: "Isso na minha casa, não." Eu não queria ver aquilo. Trouxeram uma lata de bombons. Quality Street. E ela foi logo pegando o de morango. A vadia. Seu pai sabe que o de morango é o meu preferido. Sabe que só consigo comer os mais molinhos.

É bem provável que vovó tenha infernizado a visita de papai. Ela era bastante tolerante quando visitava meus pais. Tolerava com um sorriso plácido todos aqueles fenômenos estranhos com que se deparava: intercambistas, aparelhos de ginástica, comidas estrangeiras, best sellers na prateleira.

Mas na própria casa é ela quem dita as regras. E espera que sejam obedecidas.

— Ele diz que ama a Lena — comento.

— Os homens dizem muita coisa. Não dá pra levar a sério. Os homens dizem qualquer coisa pra conseguir o que querem.

— Falou que não vai voltar pra mamãe.

— E eu, se fosse sua mãe, não o recebia de volta. Dava um chute no traseiro dele. Se ele voltasse. Dava mesmo. Se fosse sua mãe, ia querer que ele voltasse só pra dar um chute no traseiro dele. De verdade. Eu sabia que tinha alguma coisa acontecendo. Tudo isso é muito ridículo.

Ridículo é uma das palavras preferidas de vovó.

— Estou preocupado com a mamãe.

— Repugnante, esse seu pai.

Repugnante. Outra palavra de sua predileção. Vovó faz misérias com "ridículo" e "repugnante".

— Ela fica perdida sem o papai — continuo. — Finge que está tudo bem, mas não sabe o que fazer da vida. Tantos anos dedicados a ele...

Mas vovó já não me ouve mais. Desliga o Sinatra e aumenta o som da televisão, apertando o controle remoto o mais forte que pode, como se nunca tivesse se habituado a ele. Depois busca uma latinha de biscoitos velha, com um gaitista de *kilt* na tampa, e de lá tira um bilhete de loteria. Gruda os olhos na TV, atenta ao resultado da semana divulgado ao vivo pelo apresentador de um *game show*.

Vovó tem o maior prazer de conversar comigo sobre adultério, abortos e biscates.

Desde que não seja no horário da loteria.

dez

Eu os via diariamente, os velhinhos chineses se exercitando em meio à neblina da manhã no Kowloon Park, no Victoria Park e nos Chater Gardens. Mas nunca prestei muita atenção. Não via nenhuma beleza e nenhum significado naquele balé entediante. Eles eram velhos, e eu era jovem, achava que não tinha nada a aprender com eles.

Via aquela seqüência de exercícios em câmera lenta — quase todas as manhãs por mais de dois anos —, mas tudo não passava de um cenário colorido para mim. O Tai Chi que via em Hong Kong se registrava numa camada bastante superficial da minha consciência, da mesma forma que as barraquinhas da Ko Shing Street, onde se vendiam aquelas ervas todas, sem nome; que os incensos que queimavam nos caldeirões de pedra num dos templos da Hollywood Road; que os incontáveis vasinhos de flores nas varandas dos prédios quase sempre muito altos; que os papos sobre feng shui entre os funcionários cantoneses da Double Fortune Language School; que o dinheiro falso que os locais queimavam nas ruas todo mês de agosto durante o Festival dos Fantasmas Famintos.

Via essas coisas todas, mas não encontrava nenhum significado nelas, a não ser um lembrete de que estava, felizmente, muito longe de casa. Essas imagens eram como cartões-postais sem nada escrito no verso.

Mas agora, nas minhas sacrificadas corridas pelos Highbury Fields, enquanto procuro uma maneira de continuar vivendo na minha própria pele, vejo George Chang fazendo seu Tai Chi e começo a perceber algum sentido nessa antiqüíssima dança oriental.

Às vezes ele não está sozinho. Está acompanhado de um ou dois alunos, se é que podemos chamar de alunos as garotas de cabelo excessivamente comprido de aspecto hippie e os garotos de cabeça raspada e óculos de John Lennon, todos aparentemente muito pacíficos, que ficam ali, copiando os movimentos dele. O pessoal alternativo, penso com os meus botões, a turma dos naturebas. Mas eles nunca permanecem por muito tempo, e isso me deixa feliz.

Gosto de observar George quando ele está sozinho.

Sempre o vejo muito cedo pela manhã, naquele momento fugidio em que o dia e a cidade inteira ainda parecem estar dormindo. Os notívagos — os boêmios, os *ravers*, os bêbados que fazem escândalo nas ruas — já voltaram para casa, mas as criaturas do dia — os corredores, os executivos em ascensão, os yuppies — ainda não saíram da toca. A única coisa que se ouve é o ronronar distante de um ou outro caminhão na Holloway Road. Esse hiato nunca é muito longo. Mas George Chang se move como se dispusesse de todo o tempo do mundo.

Movimenta-se como se tivesse raízes no chão e ao mesmo tempo flutuasse no ar. Os braços e as pernas têm a graciosidade de asas, ora se esticando ora se encolhendo, ora subindo ora descendo, sempre muito devagar e sem qualquer esforço aparente. O peso do corpo se desloca ora para um lado ora para o outro, a coluna sempre ereta, uma linha reta entre a lombar e a nuca.

George passa uma energia difícil de nomear. Antes eu achava que se tratava de tranqüilidade, mas é mais do que isso. Mais do que serenidade. É algo que combina paz e força.

O rosto está sempre calmo, composto, concentrado. O tronco parece impossivelmente relaxado. Sempre relaxado. Talvez seja isso que chame tanto a minha atenção. Jamais vi alguém tão à vontade consigo mesmo.

Tão logo ele termina, vou ao seu encontro.

— Obrigado pelo outro dia — digo.

Ele me encara por um instante, tentando se lembrar de onde me conhece.

— Nariz do amigo, como está?

— Coberto de bandagens. Mas você tinha razão. Quer dizer, colocar o nariz no lugar antes de ir para o hospital. Parece que ajudou bastante na recuperação.

— Ah. Bom.

— Acho que não cheguei a dizer, mas vivi em Hong Kong. Faz pouco tempo que voltei pra Londres.

Ele levanta os olhos novamente. Percebo que está esperando.

— Por dois anos. Dava aulas numa escola de línguas. Me casei por lá.

George balança a cabeça positivamente, e tomo isso por um sinal de aprovação.

— Moça de Hong Kong? — ele pergunta.

— Moça inglesa.

É só o que digo sobre Rose. Não fico o tempo todo falando nela. Não quero. Tradicionalmente, espera-se dos ingleses certa timidez com relação a isso, a dividir com estranhos os sentimentos mais profundos. Mas percebo que essa é outra coisa que mudou na minha ausência, como o REM que passou a tocar nas rádios ou meu pai que passou a se comportar feito Rod Stewart. Hoje, os ingleses não falam de outra coisa a não ser os próprios sentimentos.

Talvez a princesa Diana tenha alguma coisa a ver com isso, talvez nos tenha convencido a trocar nossa tradicional predileção por lábios superiores rígidos e estóicos por lábios inferiores mais emocionais e trêmulos. Talvez o buraco na camada de ozônio esteja amenizando não só o nosso clima mas nosso temperamento também. O caráter nacional com toda a certeza já não é mais o mesmo.

O problema dos dias de hoje não é fazer os ingleses falarem de si próprios. O problema é fazê-los fechar a matraca.

— Vi muito Tai Chi em Hong Kong. Nos parques.

— Muito popular em Hong Kong. Mais do que aqui.

— Verdade. Mas nunca entendi direito o que as pessoas buscavam com o Tai Chi. Quer dizer, parece uma delícia — vou logo dizendo. — Especialmente quando é você que está fazendo. Mas, sei lá, nunca entendi direito.

— Tai Chi pra muitas coisas. Pra saúde. Pra estresse. Pra corpo não ser atacado.

— Está falando de defesa pessoal?

— Muitos tipos de defesa pessoal, sabe? Muitos tipos. Pessoa pode ser atacada por dentro e por fora. Tem o homem insolente que quebrou nariz do seu amigo.

— Homem insolente?

— Homem insolente. Também tem doença. Tai Chi, bom pra órgãos internos. Pra doença. Sabe o que a palavra *chi* significa em chinês?

— Bem, sei que tem alguma coisa a ver com a energia interna do corpo. A energia vital.

— Sim.

— Mas acho que não tenho essa energia. Pelo menos nunca tive consciência dela.

— Tem sangue dentro de veia?

— Como?

— Tem sangue correndo dentro de veia?

— Claro.

— Tem consciência dele? — George pergunta com satisfação. — Claro que não. Mesma coisa com *chi*. Ele está lá, mesmo que você não sabe. *Chi* quer dizer ar. Também quer dizer energia. O espírito manda na mente. A mente manda no *chi*. O *chi* manda no sangue. Tai Chi faz pessoa controlar o *chi* para ter vida melhor. Chineses dizem: toda viagem de mil quilômetros começa com um passo. Primeiro passo, isso é o Tai Chi.

Balanço a cabeça dando a entender que compreendi, ainda que parcialmente, o que ele falou. E ao mesmo tempo sinto uma pontada de fome. Minha energia vital está roncando, então tiro uma barra de Snickers do bolso do moletom. George arrasta um olho para ela.

— Quer a metade? — ofereço.

— OK.

Abro o chocolate, parto a barra em duas e dou a George sua metade. Mastigamos em silêncio por alguns instantes.

— Prefiro Mars — ele diz com a boca ainda cheia de chocolate, amêndoas e *nougat*. Examina a barra de Snickers feito

um enólogo que avalia o *bouquet* de um Bourgogne particularmente bom. Depois fecha os olhos, tentando espevitar a memória.

— "Um Mars por dia... é descanso, trabalho e alegria."

— Como é que é? — pergunto. — Um velho ditado chinês, é isso?

George Chang simplesmente sorri para mim.

Faz uma semana que o *ginseng* de Joyce adorna nossa cozinha feito uma escultura moderna. Mamãe e eu passamos horas olhando para ele como se fôssemos dois críticos de arte à
procura do significado de uma obra que não compreendemos
muito bem.

Parece que estamos diante de uma raiz vinda de outro planeta, meio amarelada, meio branca, completamente disforme,
coberta de fiapos que lembram os tentáculos de uma lula.

— E eu achei que a gente comprava isso na farmácia — comento. — Em pequenas cápsulas fáceis de engolir.

— Talvez a gente tenha de cozinhá-lo — diz mamãe, pen-
sativa. — Feito cenoura, sabe?

— Feito cenoura. Certo. É possível.

— Ou talvez cortar em lâminas e fritar. Feito cebola.

— Feito cebola. Ou então comer cru.

Continuamos a olhar para o *ginseng*. O único vegetal que
me faz lembrar do Homem Elefante.

— Comer cru? — Mamãe se admira. — Eu jamais faria
isso.

— É. Nem eu. Olha, que tal a gente perguntar pra Joyce o
que fazer com esse *ginseng*?

— Agora?

— Por que não? São apenas seis horas. O restaurante nem abriu ainda. Você quer comer o *ginseng*, não quer?

— Ah, quero — mamãe concorda. — Parece que é muito bom para o estresse.

Ouvimos berros no interior do Shanghai Dragon. Voz de mulher. Hesitamos um instante e por fim entramos.

O restaurante está fresco e escuro. Esperávamos encontrar a família inteira reunida à mesa para jantar, alegremente tomando sua sopa de macarrão. Mas hoje só vemos Joyce e o netinho. Cuspindo marimbondos, Joyce grita com o menino numa mistura de inglês e cantonês.

— Acha que é inglês? — ela pergunta. Um trecho em cantonês. — Olha pra rosto no espelho! Você não é inglês!

Embora não tenha mais que uns cinco anos, o menino está debruçado sobre um livro de exercícios. Escreve alguma coisa, lágrimas escorrem pelo lindo rostinho em forma de lua.

— Você é chinês! Tem rosto de chinês! Sempre vai ter rosto de chinês! — Alguma coisa em cantonês. — Precisa ser mais inteligente que inglês!

Joyce enfim percebe nossa presença à porta do restaurante. Olha para nós sem o menor constrangimento. Acho difícil alguma coisa deixar essa mulher constrangida.

— Olá! — ela diz, ainda muito nervosa. — Não vi vocês. Não tenho olhos no trás da cabeça.

— Chegamos em má hora? — pergunto.

— O quê? Má Hora? Não. Só falando pra netinho insolente que precisa estudar mais.

— Ele parece muito novo pra estar fazendo deveres de casa — observa mamãe.

— É o pai que passa exercício. Não escola. Escola deixa menino fazer o que quer. Dormir. Ver televisão. Ver videogame. Só descanso. Feito milionário. Feito playboy. Como se tivesse rei na barriga.

— Eu sei, eu sei... — Mamãe exala um suspiro e olha condoída para o menino. — Como você se chama, lindinho?

O menino não diz nada.

— Responde senhora! — ruge Joyce como um sargento passando ordens a um cabo preguiçoso.

— William — ele diz, a voz miúda entremeada de soluços.

— Feito príncipe William — explica Joyce. Ela bagunça a cabeleira negra do netinho, belisca as bochechas rechonchudas dele. — Irmã chama Diana. Feito princesa.

— São nomes lindos — elogia mamãe.

— A gente queria saber o que fazer com o ginseng — eu digo —, como preparar e tal. — Quero logo sair dali.

— O que fazer? Muitos jeitos. Pode beber. Feito chá. Uma boa xícara de chá. Pode pôr na sopa. Feito pessoal da Coréia. Jeito mais fácil, só cortar ginseng e colocar na panela de água. Deixa ferver por dez minutos. Depois coar. Um litro de água pra cada cem gramas de ginseng.

— É, não parece difícil — diz mamãe.

— Já experimentou ginseng? — pergunta Joyce.

— Ainda não. É isso que viemos...

— Muito bom pra pessoa. — Os olhos dela, muito negros, brilham na direção de mamãe. — Especialmente pra mulher. Mulher mais velha. Mas não só pra mulher mais velha. — Ela olha para mim. — Bom para pessoa que não consegue dormir. Cansada tempo todo. Sentindo... como diz? Meio abatado.

— Abatido.

156

— É. Abatado. — Ela se aproxima de mim. — Rapazinho com cara de abatado.

— Exatamente o que eu preciso! — Mamãe bate palmas de alegria.

Joyce nos oferece chá. Chá inglês, observa. Mas agradecemos e dizemos que precisamos ir. Mal chegamos à porta e ela já está berrando com William outra vez, dizendo que ele tem rosto de chinês.

E pela primeira vez na vida percebo quanto é difícil uma pessoa se tornar internacional.

— Não posso demorar muito — diz Josh quando nos encontramos para almoçar, num pub da City onde sou o único que não está de terno e gravata.

— Já sei. Precisa falar com alguém em Hong Kong antes que o escritório feche. — A firma de Josh ainda tem muitos negócios com Hong Kong, e gosto de ficar sabendo deles. Fico com a impressão de que ainda tenho algum vínculo com o lugar, algo mais do que lembranças.

— Não. Vou me encontrar com uma cliente. Biscoito fino, meu amigo, você devia ver. Parece a Claudia Schiffer, mas fala como Helen Windsor ou qualquer uma dessas de sangue azul, dessas que pronunciam todos os efes e erres. Mais classe do que peitos. Acho que tenho grandes chances de emplacar.

— É. Um pouquinho de verniz não vai te fazer mal, Josh. Alguém pra aparar as suas arestas. Te ensinar a usar os talheres certos, te ensinar o que dizer nas altas rodas. Fazer você parar de limpar o nariz na manga da camisa, de arrotar depois das refeições. Essas coisas.

Josh fica vermelho, nunca gosta quando é lembrado de que não é exatamente o duque de Westminster. Na maioria das vezes, não se importa com as brincadeiras. Tem a sensibilidade de um tijolo. Mas torce o nariz sempre que é lembrado de que não nasceu com uma colherinha de prata enfiada na boca.

— Ela vai passar no escritório às duas. — Ele olha para o relógio. — Não posso demorar.

Tudo bem. Nossos encontros sempre começam com Josh dizendo que precisa estar em algum lugar dali a pouco. Já estou acostumado.

Pedimos o especial indiano no balcão e vejo que o estrago ao rosto dele já está quase imperceptível. Nenhum sinal do nariz quebrado. Ainda dá para ver alguns vestígios do hematoma sob os olhos, que mais parecem o resultado de uma noite mal dormida que da cabeçada de um *skinhead* quarentão. Pegamos nossos pratos e encontramos uma mesa vazia, salpicada de manchas de copos, num canto esfumaçado do pub.

— Você não fica pensando sobre aquela noite? — pergunto.

— Que noite?

— Aquela noite, no Shanghai Dragon. Quando quebraram seu nariz e me arrebentaram as costelas.

— Procuro não pensar.

— Pois eu penso toda hora. Não consigo entender o que realmente aconteceu ali.

— Ataque surpresa. O sujeito me pegou desprevenido. Tipo Pearl Harbor. Filho-da-mãe. Eu devia ter chamado a polícia.

— Não estou falando do que aconteceu com a gente, mas do velho. Daquilo que ele fez.

— O cara não fez nada. Só chegou quando tudo já tinha acabado.

— Não. O *skinhead* gordão estava pronto pra brigar com qualquer um. Então o velho chegou. E o sujeito ficou na dele. Não entendi por quê. Até hoje não entendo.

— Não tem mistério nenhum — diz Josh entre uma garfada e outra. — O *skinhead* provavelmente achou que o Charlie Chan tinha uns cinqüenta parentes na cozinha, todos eles armados com machadinhas. Anda, come sua comida antes que esfrie. Daqui a pouco eu vou precisar ir.

— Não é isso. Pelo menos acho que não é. O estranho é que o velho estava, sei lá, perfeitamente calmo. Dava pra ver direitinho. Não demonstrava nenhum medo do cara, que, além de mais novo, era muito mais forte que ele. E o velho lá, impávido. O *skinhead* percebeu isso.

Josh riu com ironia:

— Você sentiu a Força, não foi, Alfie? Sentiu a Força do cozinheiro velho. Mais uma vez testemunhou os mistérios herméticos do Oriente.

— Só estou dizendo que ele não ficou com medo, mais nada. E ele devia ter ficado com medo.

Josh já não me escuta mais. Rapidamente devora a comida enquanto pensa na loura classuda que vai encontrar no escritório às duas. Calcula as chances que tem com ela. Mas ainda sinto a necessidade de lhe explicar uma coisa.

— Fiquei pensando como dever ser bacana... sei lá, atravessar a vida sem medo de nada. Imagina só a sensação de liberdade que isso deve proporcionar, Josh. Se você não tem medo de nada, então nada pode lhe machucar, certo?

— Só se a pessoa tiver um taco de beisebol — responde Josh.

— E seu pai, como vai? Ainda está pegando a *miss* Suécia?

— *Miss* República Tcheca. Saiu de casa e não vai voltar nunca mais. Tenho certeza quase absoluta disso.

Josh balança a cabeça.

— A gente precisa tirar o chapéu pra ele — diz. — Comendo uma raspadinha na idade dele. Não é pra qualquer um.

— Não quero ter um pai pegador. Ninguém quer. Todo mundo admira o Hugh Hefner. Mas ninguém quer ser o filho dele.

— Não é lá um bom exemplo de pai, concordo. Comer a empregada.

— Papai não precisa dar exemplo de nada. Eu só queria um pouquinho de estabilidade. Um pouquinho de paz. É isso que todo mundo espera dos pais, não é? Isso é o melhor que eles podem dar pra gente. Ninguém quer passar vergonha por causa dos pais. Não quero ver papai correndo atrás de ninfetas tchecas, malhando o bíceps, essa palhaçada toda. Quero pensar em outras coisas. Ele já teve a juventude dele. Devia entender isso. Hoje ninguém quer ficar velho, não acha?

— Ninguém quer ficar velho.

— Ninguém quer dar um passo pro lado e abrir caminho pra geração seguinte. Todo mundo quer uma segunda chance.

— E o que há de errado nisso?

— Acho uma afronta ao passado. Toda vez que alguém começa de novo, parece que nada daquilo que foi vivido antes tem algum valor, entende? O passado é triturado numa daquelas máquinas de escritório. Quem acha que tem um número ilimitado de oportunidades pra acertar não vai acertar nunca. Nem mesmo uma única vez. Porque essas tentativas constantes transformam a melhor coisa do mundo, que é o amor, numa coisa descartável. Numa espécie de fast-food.

— E você, Alfie? Não quer mais uma chance?

— Já tive a minha.

onze

Jackie Day está na sala dos professores quando chego à escola. Numa das mãos, o balde de limpeza; na outra, o mesmo livro que lia antes, *O coração é um caçador solitário*. Veste o uniforme completo: as luvas amarelas, o casaco de náilon azul, os sapatos de salto baixo. Mas não dá sinais de que está disposta a começar a trabalhar. Já são quase nove horas, e ela ainda está mergulhada na leitura.

— Como vai a Mick? — pergunto. — Ainda sonhando muito?

— Olá — ela diz sem tirar os olhos do livro.

Lenny, o Libidinoso, entra na sala. Lenny é um daqueles baixinhos gorduchos que se acham o tal, que se pavoneiam pelos corredores como se fossem galãs de novela. Assim como eu, é um ex-professor que foi vender inglês a quilo na Ásia — Manila e Bangkok no caso dele. Tem aquele aspecto inchado e flácido que muitos europeus adquirem quando passam muito tempo nos trópicos, ou quando passam muito tempo nos bares dos trópicos. Teve muito mais oportunidades de molhar o biscoito na Ásia do que jamais teve no próprio país e hoje olha para as mulheres da mesma maneira que um fazendeiro aquilata suas vacas. Na Churchill's, sua libidinagem é lendária.

— Já viu aquela gostosa polonesa na turma de iniciantes avançados? — ele me pergunta, revirando os olhos. — Ah, se ela quisesse eu bem que mostrava um pouquinho da minha solidariedade pra ela. Hein, Alfie? Não ia me importar nem um pouquinho se a camarada caísse de boca nos meus meios de produção.

— Nem todos os poloneses são comunistas atualmente, Lenny.

— Uma raposinha vermelha, é o que ela é — diz o Libidinoso. Só então ele percebe a presença de Jackie. — Ah, nossa coleguinha de Essex. Bom-dia, flor do dia. — Ele se aproxima de Jackie e passa o braço nos ombros dela com ares de proprietário. — Pode me interromper, gata, se você já ouviu esta: por que as garotas de Essex detestam vibradores? Não sabe? Porque...

Jackie se levanta bruscamente, deixando o balde cair.

— Porque eles trincam os dentes. — Os olhos dela faíscam. — Já ouvi essa, sim, Lenny. Umas mil vezes. O que mais uma garota de Essex ia fazer com um vibrador senão chupar, não é, Lenny? Você precisa se esforçar mais, cara.

— Calminha... — diz Lenny. — É só uma piada.

— Acontece que já ouvi todas elas — devolve Jackie. — Por que uma garota de Essex lava os cabelos na pia da cozinha? Porque tem cabelos de cenoura. O que uma garota de Essex e uma garrafa de cerveja têm em comum? Hein, Lenny? Diz aí.

— Sei lá — Lenny coça a imensa cabeça.

— As duas são vazias do pescoço pra cima.

— *Essa* é boa — diz Lenny, sacudindo com os risinhos.

Mas Jackie não está rindo.

— Acha mesmo? Então vai gostar desta aqui: o que uma loura de Essex e um avião têm em comum?

— As duas têm uma caixa preta — responde Lenny. — Essa eu já ouvi.

— Ah, já? Mas aposto que não conhece tantas quanto eu. Qual é a diferença entre uma garota de Essex e um pernilongo? O pernilongo pára de chupar quando a gente bate na cabeça dele. Qual é a primeira coisa que uma garota de Essex faz de manhã? Volta pra casa. O que você tem de fazer pra deixar os olhos de uma garota de Essex brilhando? Acender uma lanterna na orelha dela.

Lenny ri, mas já parece um tanto estressado. Jackie está parada à frente dele, apertando o livro com a luva amarela, tentando manter a voz firme.

— Conheço todas as piadas, Lenny. E sabe de uma coisa? Não acho graça em nenhuma delas.

— Também não precisa subir nas tamancas — diz Lenny, ofendido. — Não é nada pessoal.

— Sei que não é pessoal, Lenny. Sei também que não tem nada a ver com as garotas de Essex. Porque pra homens como você, Lenny, todas as mulheres não passam de vagabundas idiotas.

— Eu adoro as mulheres! — protesta Lenny. — Sinto muito, mas não consigo falar isso sem parecer o Julio Iglesias.

— Não consegue mesmo.

— Pelo que já ouvi falar por aí — arrematou Jackie —, só uma pessoa nesta sala é vagabunda e idiota. E essa pessoa não sou eu.

Jackie enterra o livro no bolso do casaco, recolhe o balde do chão e sai da sala sem dizer mais nada.

— Certas pessoas não têm nenhum senso de humor — conclui Lenny, o Libidinoso.

Lena espera por alguém no fim da nossa rua.

No pub pé-sujo da esquina, marmanjos pendurados às canecas de cerveja olham para ela através das vidraças manchadas, rindo, babando, coçando barrigas que mais parecem cabaças gigantes.

— Alfie.

Passo direto por ela.

— Antes você gostava de mim.

Olho de volta para Lena, essa jovem mulher que enfeitiçou papai, que o fez se mudar para um apartamento alugado, sair à procura da juventude numa esteira ergométrica, baixar a sunga num lugar público, e tento achá-la ridícula. Difícil. Lena tem os cabelos louros, pernas que se estendem feito rios, mas não é nenhuma loura burra de cabeça oca. Sei que é inteligente. Mas inteligente até que ponto, se resolveu juntar os trapos com papai?

Lena não é ridícula. Ridícula é a situação. Ridículo é meu pai.

— Ainda gosto de você — digo.

— Só não gosta da idéia de alguém fazendo sexo com seu pai. Exceto sua mãe.

— Nem mesmo a minha mãe, agora que você falou.

Rimos um para o outro.

— Não sei o que dizer pra você, Lena. Difícil pensar em você como amiga da família. Minha família foi reduzida a cacos.

Olho para ela, tentando imaginar como papai a vê. Posso entender como ele se deixou arrebatar pelo rosto, pelas pernas, pelo corpo dela. Posso entender como deve ter sido emocionante para ele encontrar uma mulher assim depois de tantos anos de casamento. Mas será que ele percebe que desejar uma mulher feito Lena não é ambição demais?

— Você devia entender, Alfie. Quando a gente ama uma pessoa, quer ficar perto dela.

— Papai não faz a menor idéia do que seja o amor.

— Por que você está assim? Sei que está com pena da sua mãe. Mas acho que não é só isso.

— Só acho que papai quer mais do que devia querer. Quer vida demais. Já teve a vida dele. E devia aceitar isso.

— Não existe isso, vida demais.

— Existe, sim, Lena. Uma pessoa pode querer a vida com gula, como se a vida fosse comida, drogas, sei lá. Se essa história com você for mais que um caso passageiro, se papai realmente estiver procurando um recomeço, se a coisa for séria, então ele está querendo mais do que merece.

Lena me convida para um café, e atravessamos a rua até um restaurantezinho italiano chamado Trevi. Aceitei o convite sobretudo para tirá-la da rua. Não por causa dos marmanjos do pub, mas por medo de que mamãe dobrasse a esquina a qualquer momento.

— Só não entendo o que você ganha com essa história — continuo, tão logo pedimos nossos cappuccinos. — Não está com problemas de visto, está? Problemas com a imigração, nada disso, não é?

— Isso não é justo.

— Por que não? Simplesmente não entendo. Mesmo que quisesse um homem mais velho, você não precisava ir atrás do papai. Quer dizer, tem velho e tem pé-na-cova. Tem velho e tem jurássico.

— Seu pai é a melhor coisa que já me aconteceu na vida. É inteligente, carinhoso. Vivido.

— Vivido ele é mesmo.

— Ele sabe das coisas. Conhece a vida. Além disso, adoro o livro dele. O *Laranjas* é igualzinho a seu pai. Cheio de ternura, de sensibilidade.

— E a minha mãe? O que vai acontecer com ela? Onde está a ternura, a sensibilidade, no caso dela?

— Sinto muito pela sua mãe. Sinto mesmo. Ela sempre foi boa comigo. Mas essas coisas acontecem. Você sabe disso. Quando duas pessoas se apaixonam, muitas vezes uma terceira acaba se machucando.

— Não tem a menor chance de dar certo. Papai é um homem velho. Você é uma estudante.

— Não mais.

— Papai não é mais velho?

— Não sou mais estudante. Desisti do MBA. MBA pra quê?

— Que foi que houve?

— Abandonei a universidade. Vou trabalhar como assistente pessoal do Mike.

— Papai não precisa de uma assistente pessoal.

— Precisa, sim, Alfie. Toda hora alguém telefona pro seu pai, pedindo pra ele escrever alguma coisa, participar de um evento, dar uma entrevista na televisão ou no rádio.

— O que ele precisa é de uma secretária eletrônica.

— Seu pai precisa de alguém pra protegê-lo do mundo exterior. Ele não consegue se concentrar. Sei que posso ajudá-lo. Ele fica por conta da escrita e eu cuido de todo o resto. Pra mim, isso vale mais do que qualquer diploma. E ainda por cima vamos ficar o tempo inteiro juntos.

— Parece um pesadelo.

— Você devia ficar feliz por nós, Alfie. Ele precisa de mim. E eu preciso dele.

— Os dois precisam de um exame psiquiátrico, isso sim. Principalmente você.

— As pessoas mais velhas podem ser extraordinárias, Alfie. Estivemos no apartamento da sua avó. Levamos aqueles bombons que ela gosta, o da latinha antiquada com soldados e damas na tampa. Não-sei-o-que-lá Street.

— Quality Street. Ela disse que você comeu todos os molinhos.

— Não culpo você pela raiva que está sentindo de mim.

— Não tenho raiva de você. Tenho pena. Raiva eu tenho do meu pai. Você é ingênua. Ele é cruel, covarde. Um estúpido.

— Ah, Alfie. Seu pai é um homem maravilhoso.

— Só está fazendo isso, montando uma casa com você, porque foi obrigado pelas circunstâncias.

— Teria acontecido mais dia menos dia.

— Isso não é o que os homens casados fazem. Homens casados permanecem casados o quanto podem. — Sob a mesa, toco a aliança que ainda uso. — Permanecem casados até que são forçados a sair.

Uma de minhas alunas me procura para reclamar de Lenny, o Libidinoso. Yumi, a japonesa de cabeleira loura, espera os colegas saírem da sala e diz que tem sido importunada.

— No corredor ele tenta me tocar. Sempre diz: "Vem tomar drinque comigo, *baby*. Posso te dar aulas particulares. De língua inglesa, *baby*. Rá, rá, rá." — Yumi balança a cabeça.

— Não quero aula nenhuma do Libidinoso. Nem professor meu ele é. Meu professor é você.

167

— Já disse pra ele que não está interessada?

— Ele não escuta.

Yumi fica de olhos marejados, e faço um carinho no braço dela.

— Vou ter uma conversinha com ele, OK?

Durante o intervalo da manhã, encontro Lenny na sala dos professores. Ele está bebendo café solúvel na companhia de Hamish, um escocês de mais ou menos trinta anos, sarado e bonito demais para ser heterossexual.

— Quer dizer então que você veio pra Londres porque é boiola? — Lenny está perguntando.

— Mais ou menos — diz Hamish. — Vim pra Londres porque aqui é o melhor lugar pra se levar uma vida discreta como gay.

— E uma vida discreta como gay significa ter um relacionamento sério com outro cara, ou ter o pau chupado por um bando de desconhecidos num banheiro público qualquer?

— Posso falar com você um instante? — eu interrompo.

Puxo Lenny para um canto da sala. Ele me abraça pelos ombros. Lenny é um sujeito bastante tátil. Mas acho que é mais que isso. Acho que ele realmente gosta de mim. Só porque também dei aulas na Ásia, ele tem a ilusão de que somos farinha do mesmo saco.

— Que foi, meu camarada?

— É meio constrangedor, Lenny. Uma das minhas alunas veio falar comigo. Sobre você. A Yumi.

— A modelete japonesa? Miss Toyota 1998? Não tem muita carne, mas deve ser quente feito o diabo.

— Yumi. A japonesinha loura. Disse que você está interpretando mal os sinais.

— Interpretando mal os sinais?

— Como posso dizer... Ela não está a fim de você, Lenny.

— A testa enorme e suarenta de Lenny se enruga de repente.

— Só Deus sabe por quê, mas a verdade é essa, ela não está a fim de você. Mulheres, vai entender... Você não vai conseguir nada, pode desistir.

— Puxa, camarada, desculpa. Não sabia que você tinha chegado primeiro.

— Não, não é isso que...

— Tem muito mais peixe nadando nesse mar — ele ri daquele seu jeitinho libidinoso. — Posso levar minha vara enorme para outra praia. — Ele me dá um tapinha nas costas.

— Sem problema.

Dou-lhe as costas e já estou quase à porta quando ele diz:

— Ei, Alfie!

— Fala.

— Dá umazinha com ela em homenagem ao Libidinoso!

Yumi está sozinha no Eamon de Valera, o pub local, acalentando uma garrafa de água mineral numa mesa de canto.

Sento à frente dela e digo:

— Ele não vai mais te incomodar.

— Obrigada. Compro cerveja pra você.

— Não precisa, Yumi.

— Mas eu quero. — Ela vai até o balcão e passa horas contando e recontando as moedinhas. Geralmente tenho inveja dos meus alunos, mas neste exato momento sinto pena de Yumi. Atravessar o mundo para aprender inglês e de repente se ver abordada por um sujeito asqueroso feito Lenny, oferecendo aulas de língua. Ela volta à mesa com uma caneca de Guinness entre as mãos.

— Ele é homem ruim — diz. — Todas as meninas da Churchill's falam. Quer esfregar com todo mundo. Toda aluna bonita. E com feias também. Se têm peitão.

Depois olha para mim com olhos negros e úmidos que me fazem perceber quanto tenho me sentido sozinho ultimamente.

— Incrível — eu digo. — Que espécie de professor faria uma coisa dessas?

doze

O quarto de Yumi fica no fim de um corredor escuro, num prédio matusalênico que ao longo dos últimos cinqüenta anos foi dividido em apartamentos cada vez menores. Atravessando o corredor, ouvimos música, risadas, portas batendo, telefones tocando. A cacofonia natural de um espaço excessivamente pequeno dividido entre um número de pessoas grande demais. Pessoas que nunca se divertiram tanto na vida. À porta dela, tiramos os sapatos e entramos.

Não há muito para o que se olhar. Uma *bay window* domina o quarto minúsculo, dando vista para uma espécie de ferro-velho apinhado de carcaças de carros batidos. O carpete surrado dá a impressão de que foi pisado por um exército itinerante de estudantes. A única fonte de calefação é um aquecedor elétrico de duas barras.

Um muquifo. No entanto, a atmosfera não é a de um muquifo porque Yumi decorou todas as paredes descascadas com fotografias de parentes e amigos do Japão. Para todos os lados, polaróides de japonesinhas sorridentes fazendo o sinal de vitória com os dedos. Um rostinho redondo e de sorriso tímido aparece na maioria delas.

— Irmã mais nova — explica Yumi.

Há algo de comovente nas tentativas de Yumi em transformar esse curralzinho alugado e frio num arremedo de lar. Valendo-se apenas das lembranças e de uma coleção de fotografias, ela conseguiu imprimir no lugar uma marca indiscutivelmente pessoal.

Ela acende uma vela perfumada, liga o rádio numa estação de jazz e desenrola um *futon*, que ocupa boa parte do chão. Trocamos olhares por um tempo e percebo o quanto estou nervoso.

— Não tenho nada — eu digo.

— Não é verdade. Tem bom coração. Sorriso lindo. Senso de humor.

— O que eu quis dizer é... bem, não tenho camisinha.

— Ah. Tudo bem. Tenho umas por aí. Eu acho.

— Faz tempo que não fico com ninguém — arrisco. — Quer dizer, desde o tempo em que era casado.

Ela toca meu rosto.

— Não tem problema. Não importa o que acontecer, está tudo bem.

Exatamente o que eu precisava ouvir. Prossigo sem pressa nenhuma e, embora assustado com a diferença gritante entre ela e Rose, sinto um prazer muito maior do que podia ter imaginado. Yumi tem um corpo impressionantemente jovem e flexível; é uma amante doce, carinhosa; sorri ao constatar minha excitação, mas de um modo que não me deixa sem graça. Yumi me faz sentir bem, só isso.

Ao fim de tudo, ela deita o rosto no meu peito e ri, diz que sou seu professor predileto, seu *sensei* favorito, e me abraça com uma força surpreendente. Rio também, aliviado e satisfeito, perplexo diante da minha sorte.

Mais tarde, ela adormece nos meus braços, a vela já apagada, o quarto iluminado apenas pelo aquecedor. Mais feliz do que jamais havia estado em muito tempo, aos poucos vou também caindo no sono.

Pouco antes de dormir por completo, percebo a grande mala vermelha num dos cantos do quarto, como se Yumi tivesse acabado de chegar, ou como se estivesse prestes a ir embora.

Acordo logo à primeira luz do dia. Yumi ainda dorme enroscada em mim, o rosto quase inteiramente coberto pela juba loura, deixando apenas a pontinha do nariz de fora. Sorrio para mim mesmo. Mal posso acreditar que Yumi está ao meu lado.

Tomando cuidado para não acordá-la, vou me desvencilhando até conseguir levantar do *futon*. Visto a cueca Calvin Klein e, o mais silenciosamente possível, vou até o corredor à procura de um banheiro.

E de repente me deparo com ele. Um homem pelado. Os pregos e anéis de metal fincados no rosto mal barbeado brilham no escuro de modo ameaçador. A cabeça é raspada. A bocarra escancarada está logo acima de mim, grande o suficiente para me arrancar um naco do pescoço.

— Deus do céu — sussurro, dando um pulo para trás.

Mas o sujeito está apenas bocejando. Terminado o bocejo, ele estala os lábios, coça os testículos expostos e pisca os olhos um sem-número de vezes até despertar.

— Posso ir primeiro, *cara?* — pergunta, num forte sotaque australiano. — A noite foi meio punk.

Trêmulo, recosto no gesso trincado da parede e tento acalmar o coração descompassado. Ouço o barulho da descarga e o australiano sai do banheiro, sumindo em seguida na escuridão do corredor.

De volta ao *futon*, sinto novamente o corpo de Yumi junto ao meu, lisinho feito sorvete, quente como calda de chocolate. Tento explicar a ela o susto terrível que tive minutos antes.

— Ah — ela diz, semi-acordada. — Vizinho de quarto.

Passamos um fim de semana perfeito. Fazendo o que mais gosto: coisas que parecem ao mesmo tempo comuns e especiais.

Acordamos tarde e Yumi diz que vai preparar o café-da-manhã. Mas alguém — o vizinho furado, aposto — roubou o pão da cozinha coletiva e o leite já havia azedado. Portanto, depois de tomarmos um banho juntos — uma idéia inicialmente boa, mas que depois nos deixou um tanto tímidos —, vamos até um pequeno café no fim da rua e pedimos um desjejum inglês completo. Yumi demora uma eternidade para terminar o festival de frituras.

Passamos a tarde zanzando pelo mercado de Camden. Yumi adora examinar as roupas usadas, e vê-la feliz me deixa feliz também.

Andamos de mãos dadas e ela sapeca beijinhos no meu rosto quando menos espero. Agora percebo coisas que nunca havia notado na escola. Ela se veste de um jeito meio inusitado — hoje está com um vestido de brechó que poderia muito bem ter sido usado por Zelda Fitzgerald —, e uma asiática de juba loura não passa despercebida por ninguém. Mas tenho orgulho de ser visto ao lado dela. Yumi é uma moça ótima, engraçada e inteligente, e tomamos uma xícara de *caffe latte* num pequeno café enquanto ela me conta da família que deixou em Osaka.

O pai perdeu o excelente emprego que tinha num grande conglomerado, vítima da recessão. A mãe era uma típica dona-de-casa japonesa até se ver obrigada a sustentar a família com o salário de secretária. A irmã é uma brilhante violinista, desde sempre preferida pelos pais porque nunca havia descolorido os cabelos e jamais andava com amigos de cabelos pintados. Yumi diz que veio para Londres porque tinha a sensação de que no Japão a vida era uma peça de teatro, e todos sabiam que papel deviam representar. Menos ela.

Também conto a Yumi minha história. Porque quero. Falo sobre o emprego de professor em Londres, a mudança para Hong Kong, o encontro com Rose. Falo sobre a morte dela, sobre o acidente e tudo mais, e Yumi segura minhas mãos com os olhos cobertos de lágrimas. Falo até sobre papai e a namorada dele.

De repente me lembro de que preciso fazer algumas compras para vovó. Suponho que Yumi quisesse voltar para casa, ou ir para qualquer outro lugar, mas ela diz que quer me acompanhar nas compras. Então encontramos um supermercado e vou colocando no carrinho as coisas de sempre: pão branco, manteiga, feijão em lata, carne moída, molho de tomate, bacon, açúcar, leite, saquinhos de chá, creme de leite, biscoitos recheados, biscoitos de nozes com gengibre, uma única banana. Essa única banana sempre me deixa comovido. Fico com a impressão de que não estou simplesmente com a lista de compras de uma velha senhora, mas com uma lista oriunda de um passado muito remoto.

Vovó, sempre ávida por novos rostos, recebe Yumi de braços abertos. Com Sinatra tocando ao fundo — *A swingin' affair*, na minha opinião um dos melhores discos da carreira dele, ao contrário do que dizem os tradicionalistas, que sempre elegem o *Songs for swingin' lovers!* —, elas sentam no sofá e ficam conversando enquanto arrumo as compras na cozinha.

Yumi diz a vovó que ela não pode deixar de ver os templos de Kyoto, as neves eternas do monte Fuji, as cerejeiras em flor da primavera japonesa. Vovó concorda e diz que todos esses passeios vão direto para o topo de sua lista de coisas para fazer.

— Dentes lindos — ela comenta assim que Yumi se fecha no banheiro. — De onde é mesmo que ela é? Da China?

— Do Japão, vovó.

— Todo mundo fala inglês atualmente.

Yumi se revela uma simpática visita: come bravamente todos os biscoitos que vovó empurra sobre ela, bate os pés no chão ao ritmo de *A swingin' affair*.

— Ah — diz. — Música velha.

— Gosta de Sinatra pelo menos um pouquinho, não gosta, coração?

Esse jeitinho carinhoso de falar é uma das qualidades mais adoráveis de vovó. Mesmo os desconhecidos são agraciados com os nomes mais doces do mundo. Coração, querido, docinho. É assim que vovó chama todo mundo que encontra pela frente.

E, no caso de Yumi, esse tratamento é mais do que merecido.

O ano já está quase acabando e mamãe ainda insiste no jardim.

Para mim, a jardinagem terminava em novembro, mas mamãe tem o maior prazer em me corrigir, dizendo que ainda há muito o que fazer.

— Você não entende nada de jardins, não é? — ela brinca. — Nessa época a gente tem de terminar o plantio das tulipas e de todos os bulbos de primavera. Precisa limpar e guardar os vasos e bandejas de sementes. E sobretudo se preparar para as rosas: retirar as ervas daninhas do chão, acrescentar adubo composto e fertilizantes, plantar as mudas. — Mamãe sorri para mim. — Sabe a trabalheira que dá, preparar o solo para as rosas?

Às vezes chego em casa e percebo que mamãe não está sozinha no jardim. Ouço alguém falando numa mistura de cantonês e inglês e sei que Joyce Chang e os netos estão com ela, as duas mulheres ajoelhadas uma ao lado da outra, rindo de alguma coisa, remexendo a terra com as mãos enquanto William e Diana comportadamente varrem as últimas folhas mortas com vassouras bem maiores do que ambos.

— Ótima época, preparar terra pra horta — Joyce me diz.

— E emprego, como vai?

— Como?

— Emprego novo de professor. Dinheirinho bom? Professor tratado muito mal neste país. Nenhum respeito por professor aqui. Na China, professor mesmo que pai.

Lanço um olhar de censura na direção de mamãe, mas ela está perdida em seu trabalho na terra.

— O emprego vai bem, obrigado.

— Professor mal pago, mas emprego estável — continua Joyce. — Mundo precisa sempre de professor. Mas trabalho é duro. Professor nunca põe cachorro na sombra. — Ela afunda as mãos calejadas na terra. — Precisa ajudar mamãe.

Quem precisa ajudar mamãe? Eu, ela ou os dois?

— Novembro — diz Joyce. — Melhor mês pra horta.

— Joyce vai me ajudar a plantar uma horta — explica mamãe. — Não é uma maravilha?

Ela está fazendo algo que eu julgava impossível depois da separação. Está tocando a vida adiante, preparando seu jardim para as rosas. E sei que deseja o mesmo para mim.

— Fico feliz em ver você saindo mais de casa, filho.

Joyce sacode a cabeça em sinal de concordância e me encara com os olhinhos esbugalhados e espertos.

— Precisa chutar mais o pau da cabana. Ainda não está com pé na jaca.

— Chutar o pau da barraca — corrijo, rindo. — E ainda não estou com o pé na cova. É isso que você quis dizer.

— Sei muito bem o que eu quis dizer, rapazinho.

E, de fato, sabe.

treze

Na noite de sábado saímos para dançar. Tento inventar uma desculpa para não ir, mas Yumi insiste que as noites de sábado foram feitas para dançar, então vamos a um pequeno club no Soho onde a música não é tão ruim quanto eu imaginava e o clima não é tão *fashion* quanto eu temia. O programa se revela ótimo. Não é como na época dos meus vinte anos. Ninguém está tentando dar uma de cool ou durão. Ninguém se importa com sua maneira de vestir ou dançar. Então dançamos feito dois malucos, pulando de um lado a outro, rindo sem parar. Em pouco tempo, Yumi está tentando encontrar um lugar calmo para se reidratar com um pouco de água mineral, e eu, por minha vez, nem penso em abandonar a pista.

Mais tarde vamos a um restaurante japonês, com esteira rolante, na Brewer Street. Um lugar em que pratinhos de sushi correm ao longo de um enorme balcão redondo e as pessoas pegam o que lhes apetece. Casualmente é o lugar onde Gen trabalha, e ele vem ao nosso encontro para dar um oi. Por algum motivo não parece surpreso de ver Yumi comigo.

Gen volta ao trabalho, e Yumi conta que os japoneses geralmente não gostam deste tipo de restaurante porque neles o peixe não é tão fresco quanto seria se servido *à la carte*. Mas para mim a comida está ótima, e devoramos uma pilha de pratinhos de cores diferentes contendo duplas de atum, salmão, enguia, ovas ou camarões.

De volta ao apartamento dela, fazemos amor — de forma lenta, preguiçosa, já à vontade um com o outro — e quando acordamos, em torno do meio-dia, fazemos um passeio até o topo da Primrose Hill, onde é possível ver a cidade inteira se esparramando diante dos nossos olhos, especialmente numa tarde de inverno tão cristalina feito esta.

— Muito lindo — comenta Yumi.

— É — eu olho para ela. — Muito lindo.

Na segunda-feira de manhã, depois que mamãe sai para alimentar seus meninos no Colégio Nelson Mandela, papai aparece em casa.

Fico mais ou menos feliz em vê-lo. Sinto saudade do velho. Saudade de tê-lo por perto. Saudade das coisas como eram antes. Mas o oportunismo dele, esperar que mamãe saia para dar as caras, me parece um ato de extrema covardia, e por isso fico com ódio também. Sento na escada enquanto ele joga suas coisas num par de malas. Pastas, livros, roupas. Vídeos, documentos, pilhas de CDs.

Levando-os embora, deixando-nos para trás.

O CD no topo da pilha à espera de entrar na mala é *Dancing in the street* — *43 Motown dance classics*, uma janela para um mundo de juventude, otimismo e momentos perfeitos de êxtase, janela que me parece um tanto deslocada no tempo e no espaço.

— Então, como vai o novo livro? — pergunto. — De vento em popa, suponho.

Papai não olha para mim. Continua tentando fechar a transbordante Samsonite. Vai ter de arrastá-la sozinho até o carro, não tenho a menor intenção de oferecer ajuda.

— O livro vai bem, obrigado.

— Ótimo.

— Você acha que é fácil pra mim. Mas não é. Sinto falta desta casa. Você não imagina quanto.

— E de nós?

— O que você acha? Claro que sinto falta de você e da sua mãe.

— O que não consigo entender é como você explica essa situação toda pra si mesmo.

— Como assim?

— Essa história de você ir embora, essa dor toda que está causando à mamãe. Não entendo como consegue viver com isso. Deve ter arrumado algum tipo de justificativa. Só não imagino qual.

— Lena é uma garota muito especial. Aliás, nem é mais uma garota. É uma jovem mulher. Muito especial.

— Mas, pai, e se isso não for verdade? E se a Lena for uma garota como outra qualquer, mas com um rostinho bonito? E se tudo não passar de uma grande mancada da sua parte? Acha que vai ter valido a pena?

— Lena é muito mais do que um rostinho bonito. Acha mesmo que eu viraria minha vida de ponta-cabeça só por causa de um rostinho bonito?

— Tenho certeza que sim.

— De qualquer modo — ele diz, finalmente conseguindo fechar a mala —, foi um alívio colocar tudo pra fora.

— Colocar o pingolim pra fora diante de todos os seus amigos, você quer dizer.

— Não. Meu relacionamento com Lena. Já estava cansado de me esconder por aí. Uma hora isso tinha de acabar.

— Então a Lena é o quê? Sua amante?

— Claro que não. Lena não é só minha amante.

— Mas você dá uns trocados pra ela de vez em quando, não dá?

— Dou, sim. Não que você tenha alguma coisa a ver com isso.

— E em troca ela lhe dá direitos exclusivos.

— Não é nada disso.

— Você paga a Lena por direitos exclusivos. Se ela não é sua amante, não sei o que é. E vocês se vêem sempre que podem, certo?

— Não mais. — Pela primeira vez, ele olha para mim com uma expressão de afronta. — Agora nós nos vemos o tempo todo. Sempre que eu quero.

Falta pouco para papai terminar o que está fazendo. Ainda há muita coisa dele aqui. Armários inteiros cheios de ternos. Um escritório de livros. Aparelhos de ginástica suficientes para equipar uma pequena academia. A visita de hoje não passa de uma pilhagem rápida de objetos essenciais. Não é a pá de cal. Hoje ele só quer cuecas limpas e suas compilações de Diana Ross.

— Como é que você fazia? — pergunto. — Como é que conseguia se safar? Com certeza mentia até não poder mais. Dizia que estava almoçando com alguém quando na verdade estava comendo a Lena.

— Um pouquinho mais de respeito, por favor.

— Não se sentia sujo fazendo isso? Mentindo dessa maneira?

— Não me sentia bem, claro.

— Mas também não se sentia mal a ponto de querer se emendar, não é?

— Suponho que não.

— E ela nunca soube. A mamãe. Nunca suspeitou de nada. A ignorância é mesmo uma bênção, não é? Ou pelo menos é uma condição pouco valorizada.

— Preciso ir.

— Mamãe confiava em você, seu canalha. Por isso que você se deu bem por tanto tempo. Não porque era esperto. Mas porque ela confiava em você. Apenas porque mamãe tem um bom coração. E você certamente pensava que era um bom sujeito, não pensava? Mas o que vai ser da mamãe agora? Vai ficar sentada esperando a morte chegar, é isso?

— Meu Deus! Você está fazendo muito mais drama do que ela!

Papai tenta sair. Eu me coloco à frente dele.

— Olha, não sou nenhuma criança, está me ouvindo?

— Então pare de se comportar feito uma.

— Entendo que você tenha querido ir pra cama com a Lena. Até mais de uma vez. Eu entendo.

— Muito obrigado pela compreensão.

— O que não entendo é como você pôde ser tão cruel.

— Minha intenção não é ser cruel com ninguém. Só estou tentando tocar a vida pra frente. Você nunca sentiu isso, Alfie? Nunca sentiu vontade de tocar a vida pra frente? — Ele balança a cabeça. — É, acho que não.

183

Tem mais uma coisa que não consigo entender. O que vai acontecer com as velhas fotografias? Todas aquelas fotografias guardadas nos álbuns, nas caixas de sapato, nas gavetas. O que fazer com elas agora?

Papai não vai levá-las consigo. Não vai querer ficar lá, no seu ninhozinho de amor alugado, olhando para fotografias velhas junto com a Lena. Ela também não vai querer ver as fotografias de nós três rindo na praia, no jardim de nossa casa antiga, nas festas de Natal.

Lena não se interessa por nada disso. Papai também não. Pelo menos, não mais. Não quer nada que o lembre da vida que tinha antes. Quer tocar a vida pra frente.

E mamãe também já não encontra muita serventia nessas fotos. Não quer mais vê-las. É sobretudo isso que me deixa com raiva. Os atos do papai não contaminaram apenas o presente. Atravessaram os anos, fazendo com que nossa felicidade pareça deslocada, que nossa inocência pareça boba, que tudo quanto era bom pareça menor.

Os chapeuzinhos nas festas de Natal, as brincadeiras no jardim da casa antiga, nossas melhores roupas no casamento de um primo qualquer — tudo isso agora parece errado. Nossas fotografias subitamente se tornaram inúteis.

Papai não arruinou apenas o presente. Arruinou o passado também.

A caminho da escola, compro um ramalhete de flores para Yumi. Nada muito espalhafatoso. Não quero exagerar. Apenas um buquê de tulipas amarelas para entregar quando ficarmos sozinhos um com o outro.

Mas é estranho. Yumi se comporta como se nada tivesse acontecido. Quer dizer, é a mesma de sempre, continua fazendo suas piadinhas e comentários irônicos na turma de iniciantes avançados, mas sem deixar de se esforçar, de cumprir os objetivos da aula, de se revelar a boa aluna que sempre foi. Tudo igual. Como se nada tivesse acontecido entre nós. Como se o mundo não tivesse mudado. À hora do almoço, ela começa a recolher os livros para sair.

— Posso falar com você um pouquinho? — pergunto, tirando as tulipas de baixo da mesa.

— Depois — ela diz, sem olhar para as flores.

Fico arrasado, mas então ela me dá um beijinho rápido no rosto, amassando ligeiramente as tulipas. E meu coração decola outra vez.

No fim do dia levo as flores até o Eamon de Valera e, parado à porta, vejo Yumi na varanda perto de Imran. Vou na direção deles, mas paro a meio caminho, pois Imran passa o braço em torno da cintura de Yumi e displicentemente dá um tapinha na bunda dela.

Ela o beija na boca e em seguida roça o rosto no ombro dele, feito uma gatinha que ainda não recebeu o pratinho de ração, mas que espera recebê-lo em breve. Do mesmo modo que fez comigo. Rapidamente dou meia-volta e saio do pub, apertando as flores com tanta força que posso sentir os caules se partindo ao meio entre meus dedos.

De repente, Gen aparece ao meu lado.

— Ela gosta dele — diz apenas.

— Não me importo.

— Gosta dele muito tempo — continua Gen, dando de ombros. — Desde que começa na escola. — Depois olha para mim por alguns instantes como se procurasse algo mais para dizer. — Sinto muito.

— Obrigado, Gen.

— Tudo bem com *sensei*?

— Tudo bem.

— Então volta pra pub. Toma Guinness. Ouve The Corrs.

— Outro dia.

— Então, boa-noite pra *sensei*.

— Boa-noite, Gen.

Como você é burro, digo a mim mesmo, arremessando as tulipas na lata de lixo mais próxima. Mas por um breve instante — dançando naquele clubezinho do Soho, admirando a vista no alto da Primrose Hill, fazendo amor com ela naquele cubículo — tive a clara impressão de ouvir o telefone do futuro tocar.

Opa, número errado.

Vejo Rose por todos os lados. Nas ruas de Londres, em lugares onde ela jamais poderia estar.

Agora estou dentro de um táxi, voltando do West End. E de repente lá está ela, Rose. Não uma mulher com traços semelhantes. Mas a Rose de verdade, o mesmo rosto, a mesma expressão de paciência que ela assumia quando precisava esperar por alguma coisa. As roupas são outras, mas a mulher é a mesma. E apesar de saber que não pode ser ela, por um longo minuto de desatino não encontro forças para duvidar dos olhos.

Ela está esperando num ponto de ônibus. Preciso me controlar para não mandar o táxi parar, para não descer do carro e ir correndo ao encontro dela. Se for falar com essa mulher, sei que Rose desaparecerá no mesmo instante, dando lugar a uma imperfeita desconhecida. Não é a Rose. Ela se foi, e jamais a verei novamente. Pelo menos, não neste mundo.

Eu, entrar em contato com os mortos?

Só pode ser uma piada.

Mal consigo entrar em contato com os vivos.

catorze

Chego para dar minha aula na manhã de segunda, e meus alunos sequer percebem minha presença.

Zeng cochila no fundo da sala. Imran lê atentamente uma mensagem de texto no celular. Astrud e Vanessa fofocam uma com a outra. Witold tenta parar de chorar enquanto Yumi o consola. Apenas Gen olha para mim, esperando que algo aconteça.

Fico parado à frente deles, à espera de um milagre. Zeng começa a roncar.

Limpo a garganta.

Imran começa a digitar uma mensagem no celular. Astrud e Vanessa irrompem numa gargalhada. Witold se desmancha em lágrimas. Yumi passa o braço em torno dele. Gen desvia o olhar como se estivesse envergonhado por mim.

— Muito bem. Quem fez o dever de casa? — pergunto. — Alguém aí fez o dever de casa?

Pelo modo em que eles se reviram nas carteiras, evitando trocar olhares comigo, concluo que ninguém fez absolutamente nada.

De modo geral não me incomodo com isso. Mas, hoje, o pouco caso deles me faz perguntar o que estou fazendo aqui. E o que *eles* estão fazendo aqui.

— Alguém pode dizer qual era o dever de casa que eu passei?

— Redação discursiva — responde Yumi, passando um lenço de papel a Witold. — Dar informações e opiniões sobre uma coisa. — Olhamos um para o outro. — Estilo muito formal — ela conclui.

Estilo muito formal? É, isso mesmo. Mas não sei se ela está falando sobre a redação discursiva ou sobre nós.

— Que foi que houve, Witold?

O polonês balança o rosto chupado.

— Nada.

— Não aconteceu nada?

— Não.

— Então por que está chorando?

Yumi o abraça num gesto de proteção.

— Saudades da família.

Witold começa a soluçar com mais vigor, sacudindo os ombros, vertendo muco pelas narinas.

— Minha mulher. Meus filhos. Minha mãe. Tão longe. Londres é tão... difícil. Ah, Londres é muito difícil. O Pampas Steak Bar, difícil também. "Fica longe das Falklands, argentino. Fala pro Maradona que a gente vai cortar as mãos dele."

— Você passa dez anos tentando conseguir um visto pra vir pra cá e depois fica com saudades da família?

— É.

— Bem, no futuro tenha mais cuidado com o que deseja, Wit. Porque talvez seu desejo seja atendido.

Yumi arregala os olhos na minha direção.

— Ele tem direito de sentir falta da família.

Eu devolvo o mesmo olhar arregalado.

— E como professor de vocês, tenho o direito de ser tratado com mais respeito. Não quero saber de crises nervosas nas minhas aulas. Nem de telefones celulares. Obrigado, Imran. Vocês estão aqui para estudar, e não para tirar uma pestana.

— Tirar pestana? — pergunta alguém.

— Expressão nova — diz outro.

Zeng ainda está ferrado no sono. Ajoelho ao lado dele. Zeng tem a pele lisa e macia, com apenas alguns fiapos de pêlo acima da boca. Dá a impressão de que não precisa fazer a barba mais do que uma vez por mês. Aproximo o rosto da orelha dele.

— Quer batata frita também? — sussurro, e ele acorda sobressaltado. Vanessa e Astrud riem, mas param quando vêem a expressão no meu rosto.

— Por que você veio para este país, Zeng?

— Vida melhor — ele responde, piscando freneticamente.

— Se quer uma vida melhor, então vai ter de ficar acordado nas aulas. — Abro um sorriso frio para ele. — Um pouquinho menos de dedicação ao General Lee's Tasty Tennessee Kitchen, um pouquinho mais de dedicação à Churchill's International Language School, OK?

— OK.

Então peço aos capetinhas para escreverem uma redação discursiva sobre os avanços na ciência e na tecnologia. Quero que eles me digam em que medida esses avanços afetam positiva ou negativamente a humanidade. Enquanto eles escrevem, caminho sem rumo pela sala.

— Quero que vocês examinem a questão pelos dois lados — explico. — Pelo positivo e pelo negativo. Para fazer a ponte entre um argumento e outro, usem expressões como "alguns afirmam que...", "outros defendem que...", "há, no entanto, riscos como..." etc.

Normalmente eles pediriam minha opinião sobre alguma coisa, ou brincariam comigo, mas hoje estão assustados demais, ou contrariados demais, para pedir ajuda. E fico triste ao pensar que talvez não gostem mais de mim.

Quando toca o sinal, deixam a sala o mais rápido que podem. Menos Yumi. Enquanto arrumo minhas coisas para sair, sinto a presença dela ao lado da mesa.

— Não precisa descontar neles — ela diz.

Não levanto os olhos.

— Sinto muito, Alfie.

— Sente muito por quê? Não tem motivo nenhum pra isso.

— Foi legal ficar com você — ela explica. — Mas você me assustou.

— Assustei como?

— As flores. As flores me assustaram. Por causa delas fiquei achando que você queria... sei lá, alguma coisa que eu não tenho pra dar.

Termino de guardar os livros e fecho a mochila.

— Não precisa se preocupar. Flores, nunca mais.

Josh e a namorada nova estão naquele estágio do relacionamento em que precisam compartilhar com o resto do mundo a felicidade que estão sentindo. Não sei por que os casais felizes não podem curtir sua alegria entre quatro paredes, por que precisam dos outros para validar seus sentimentos. Talvez porque não acreditem no amor que encontraram, suspeitando tratar-se de uma miragem. Por que será que não deixam a gente em paz?

Josh e Tamsin — a namorada nova, a tal cliente com quem ele tanto queria se encontrar no outro dia — vão receber para um jantar no apartamento dela. Uma espécie de baile de oficialização para o casalzinho recém-formado, o que significa que não posso faltar, apesar de ter tentado escapulir de todas as maneiras possíveis. Fabriquei um punhado de desculpas realmente boas, mas a cada uma delas Josh sugeria uma data nova, o filho-da-mãe. O único jeito seria dizer: "ah, vê se me erra, camarada; quer saber, nunca fui com a sua cara". Cheguei muito próximo disso, mas jamais poderia fazê-lo porque Josh é meu melhor amigo, o único vínculo com o passado que deixei para trás, e tenho medo de perdê-lo.

É por isso que agora me encontro diante de um prédio vitoriano em Notting Hill, segurando uma garrafa de algo branco e seco. Pelo interfone, sou convidado a subir ao terceiro andar. Estou um tanto assustado porque, no metrô, vi alguém lendo o livro do papai. Sempre acho isso estranho. Especialmente quando as pessoas riem de alguma passagem sobre aquela adorável vida de miséria e privações no East End.

Josh abre a porta e me conduz ao interior do caríssimo cubículo. No chão, tábuas corridas enceradas; nas paredes, gravuras japonesas, com molduras pretas, de camponeses esqueléticos arando a terra na chuva. Uma mesa de vidro encontra-se posta para seis pessoas. O lugar é tão espartano quanto uma funerária.

Josh não está de gravata, sinal de que não está em serviço. Dá tapinhas nas minhas costas e ri de orelha a orelha, visivelmente satisfeito com ele mesmo. Tem aquela aura reluzente das pessoas que acabaram de ganhar na loteria.

Sinto um cheirinho de peixe sendo grelhado ao limão, o único sinal de vida humana no apartamento. Então uma loura sorridente, de pés descalços, sai da cozinha e vem ao meu encontro limpando as mãos no avental.

— Que cheirinho bom é este? — pergunto. — Aposto que não sou eu.

— Alfie — Tamsin me cumprimenta com dois beijinhos. — Sei que dizer isso é clichê, mas já ouvi muito falar de você.

Agora sei por que Josh está tão apaixonado. Tamsin tem um jeitinho descontraído que realmente me encanta, e, tão logo Josh volta à cozinha para retomar a sobremesa que vinha preparando — dando uma de moderninho, o que é uma grande piada —, eu e ela nos sentamos no sofá para conversar. Falo sobre como foi estranho ver alguém lendo o *Laranjas* no metrô.

— Ah, eu adoro esse livro! É tão humano, tão engraçado, tão... real!

— O interessante — observo — é que papai não é nenhuma dessas coisas. Nem humano, nem engraçado, nem real. Está mais pra frio, sem graça e dissimulado. Na verdade, é um verdadeiro...

Josh empurra uma tigela de batatas Pringle sob meu nariz.

— Tem de queijo, cebola e churrasco — oferece.

Depois abre uma garrafa de champanhe, e Tamsin me conta sobre o trabalho dela. Até onde consigo entender, ela faz algo muito importante para um banco de investimento e havia procurado Josh em busca de conselhos sobre a emissão de ações de determinada empresa.

— Nosso escritório é um dos mais conceituados em toda a Europa na área de finanças corporativas — vangloria-se Josh.

Tamsin quase se derrete no sofá, olhando para ele como se dissesse "meu herói". Mas posso entender o motivo de tanta felicidade, e a noite vai bem até que chegam os outros convidados. E as coisas começam a desandar.

Primeiro, chega um casal: um dos colegas de trabalho do Josh, jogador de rúgbi como ele, e a esposa de nariz empinado, magra feito um caniço. Dan e India. Eles se acomodam, recebem suas taças de champanhe e logo começam a agir como se fossem os donos do lugar.

— O que você faz? — India me pergunta.

— Sou professor — respondo, e ambos me olham como se eu tivesse dito: "Limpo os esgotos da cidade com uma escova de dentes usada." Talvez seja apenas minha imaginação. Ou o champanhe. Mas eles ficam mudos depois de saberem o que faço. Tamsin e India agora conversam sobre o *chef*-celebridade que inventou a receita da noite enquanto Josh e Dan trocam comentários inflamados sobre diversas questões do direito comercial. Quanto a mim, fico ouvindo a conversa deles sem dizer nem uma única palavra, lentamente ficando bêbado. Já estou a ponto de cair no sofá para tirar uma soneca quando Josh se vira para mim com uma expressão marota no olhar:

— Adivinha o que eu comprei pra você? — Ele vai à cozinha, tira algo da geladeira e volta à sala, despejando uma bebida espumosa numa tulipa. Imediatamente reconheço a latinha prateada e verde que ele segura.

— Tsingtao — eu digo.

— Sua favorita.

Fico comovido. Vejo que Josh realmente se esforçou para que eu me sentisse bem no jantar. Mas misturar cerveja com champanhe não é exatamente a melhor idéia do mundo. Na verdade, é a pior idéia do mundo. Logo começo a enxergar torto, tendo de apertar as pálpebras para manter o foco.

— Foi o pai do Alfie que escreveu aquele livro maravilhoso — Tamsin conta a India, tentando me incluir na conversa.

— *Laranjas de Natal*.

— Verdade? — diz India, pela primeira vez demonstrando algum interesse em mim. — *Laranjas de Natal*? Já pode ser considerado um clássico, não é? Comprei anos atrás. Qualquer dia desses ainda vou ler.

— Papai está ficando cada vez mais famoso — digo. — Outro dia saiu uma foto dele com a namorada no *Standard*. Eles estavam numa festa qualquer. Rindo e fingindo que não viam o fotógrafo. — Dou um gole na Tsingtao. — Ele está ficando mais famoso, mas o engraçado é que... não merece. Porque não tem escrito mais nada. E eu pergunto a vocês: como é que eu devia me sentir com isso?

Todos me encaram perplexos.

— Eu queria ser escritor. Queria muito. Primeiro ia escrever sobre Hong Kong. Sobre a importância de Hong Kong. Sobre o lugar mágico que é Hong Kong. Bem, agora... Agora não sei mais sobre o que vou escrever. Meio que perdi o ímpeto.

— Por que não escreve sobre um babaca que não sabe beber e que não está preparado pra conviver com pessoas civilizadas? — dispara Josh. — Melhor você escrever sobre alguma coisa que conhece de perto.

Então a campainha toca de novo, e chega a última convidada da noite. Uma moça bonita, um pouquinho acima do peso. Jane, também do escritório de Josh. Trinta e poucos anos. Muito simpática. Meio nervosa. Sentamos lado a lado durante o jantar. Não sou obrigado a me dar bem com ela, sou? A anfitriã traz pratos com algum tipo de salada sofisticada.

— Salada morna de *radicchio*, alface crespa e *pancetta* — explica Tamsin.

— Ela é um gênio da cozinha — emenda Josh. Eles trocam beijinhos, trazendo à tona um risinho irônico e involuntário no meu rosto vermelho. Num departamento remoto da consciência, sei que não estou sendo o mais simpático dos convidados.

— Parece delicioso — elogia India.

— *Radicchio* e *pancetta*? — diz Dan. — Por um minuto achei que você trabalhasse num escritório de italianos.

Todos caem na risada, menos eu. Sinto que Jane está olhando para mim, procurando algo para dizer.

— Josh me disse que você morou um tempo em Hong Kong — ela comenta por fim.

— Morei.

— Passei dois anos em Cingapura. Fiquei apaixonada pela Ásia. A comida, as pessoas, a cultura.

— Não são a mesma coisa — eu digo.

— Como?

— Não são a mesma coisa. Hong Kong e Cingapura. São cidades tão diferentes quanto uma floresta tropical e um campo de golfe. Cingapura é o campo de golfe.

— Você não gosta de Cingapura? — pergunta Jane, desapontada.

— Tudo muito limpinho — sentencio. — Cingapura nem se compara a Hong Kong. Já não disseram uma vez que Cingapura é uma Disneylândia com pena de morte?

Jane baixa os olhos para a salada.

— Quando foi que você esteve em Cingapura, hein, Alfie? — pergunta Josh.

— O quê? — devolvo, tentando ganhar tempo.

— Eu disse: quando foi que você esteve em Cingapura?

— Josh não está mais sorrindo. — Não me lembro de você ter estado algum dia em Cingapura. Mas de repente fala como se fosse um grande especialista.

— Nunca pus os pés em Cingapura — respondo, com imperdoável petulância.

— Então não sabe o que está falando, sabe? — continua Josh.

— Sei que não ia gostar de lá.

— Sabe como?

— Nunca ia gostar de um lugar chamado de Disneylândia com pena de morte.

— *Singapore Sling* — diz India. Olhamos para ela como se estivéssemos diante de uma maluca. — Um ótimo coquetel — ela explica, espetando uma folha de alface. Em seguida, eles começam a discursar sobre seus respectivos coquetéis de predileção, até mesmo a pobre Jane fica mais animada quando compartilha suas reflexões sobre a modesta *piña colada.*

— Pois eu prefiro uma bela dose de *kosarito* — diz Dan, previsivelmente brincando com o duplo sentido do nome do coquetel mexicano. Todos caem na gargalhada.

— Aposto que sim, meu amigo — exclama Josh. — Aposto que sim.

— E você, Alfie, qual é seu coquetel preferido? — pergunta Tamsin, ainda tentando ser simpática e me incluir na dinâmica da noite. Sabe que é uma perguntinha inofensiva, apenas para animar um pouco mais a conversa. Como foi que Josh conseguiu fisgar uma mulher dessas? Não seria Tamsin um pouco demais para ele?

— Não sou muito de coquetéis — respondo casualmente, como se estivesse acima daquele assunto. Depois de matar o resto da cerveja, acrescento: — Na verdade, não sou muito de bebida.

— Dá pra notar — alfineta Josh.

Aquilato o copo vazio como se secretamente fosse especialista em alguma coisa.

— Mas gosto bem de uma Tsingtao. Me faz lembrar de casa.

— De casa? — diz Jane. — Você quer dizer de Hong Kong?

Mas India tem uma pergunta a fazer.

— Por que está usando uma aliança? — ela olha para a mão que segura a Tsingtao. E de repente se instala um silêncio absoluto em torno da mesa.

— Como?

— Por que você está de aliança? — ela repete. — Não é casado, é?

Deponho o copo na mesa e olho para a aliança no anular esquerdo como se nunca a tivesse visto antes.

— Era — eu digo.

— E ainda usa aliança? Ah, que fofo.

— Todo mundo se divorcia hoje em dia — comenta Dan, com ares de filósofo. — Péssimo para as crianças. Mas talvez seja melhor do que insistir num casamento falido.

— Não me divorciei.

— Não — diz Josh. — Ele não se divorciou. A mulher dele morreu, não foi, Alfie? Era uma linda mulher. Morreu mergulhando. E isso significa que todo mundo tem de sentir peninha de você, não é Alfie? Coitadinho do viúvo. Todo mundo tem de pedir desculpas por ainda estar vivo.

— Josh — intervém Tamsin.

— Pois eu já não agüento mais.

Josh e eu subitamente ficamos de pé. Se não houvesse entre nós uma mesa de vidro e meia dúzia de pratos de salada metida a besta, juro que a essa altura estaríamos trocando socos e pontapés.

— Não quero que você sinta pena de mim, Josh. Não preciso. Mas seria ótimo se você me deixasse em paz.

— Pois é isso mesmo que pretendo fazer.

— Excelente.

Despeço-me de Tamsin com uma mesura rígida e deixo a mesa. Josh vem atrás de mim, cada vez mais furioso. Não vai deixar que eu saia assim, impunemente.

— Sua mulher morreu, e essa é a desculpa que você dá pra vir até aqui e fazer papel de palhaço, não é? É essa sua desculpa, não é, Alfie?

Mas atravesso a porta sem dizer nada. Penso comigo mesmo: Rose não é minha desculpa.

É o meu motivo.

quinze

Jackie não tem nada de casual.

Todas as manhãs ela chega ao trabalho como se tivesse um encontro marcado com Rod Stewart. Os saltos são altos e as saias são curtas, mas a produção é um tanto formal. Jackie dá a impressão de que consumiu um bom tempo tentando decidir o que usar, de que as horas gastas na maquiagem bastariam para uma pequena cirurgia do coração. As roupas provocativas funcionam como um uniforme, ou escudo, ou uma concha exuberante. Transmitem uma sensualidade contida. Como se Jackie as vestisse não para alardear, mas para calar alguma coisa.

Mesmo quando veste os apetrechos de limpeza, parece tão formal quanto uma aeromoça ou oficial de polícia. Talvez por conta das luzes nos cabelos e do rímel um tantinho exagerado. Jackie se esforça demais para ficar bonita. Mas já é bonita.

Às vezes a vejo na sala dos professores, no corredor, ou numa sala de aula vazia. Arrastando o balde, esfregando algo com as luvas amarelas. Por algum motivo que não sei qual é, nunca pergunto a Jackie como ela está. Sempre pergunto sobre a heroína de *O coração é um caçador solitário*.

Sinto-me bem quando pergunto a ela sobre o livro. Como se tivéssemos um segredo só nosso.

— Como vai a Mick? — eu digo.

— Ainda sonhando. — Ela sorri.

Meus alunos não são como a Jackie. Quase sempre se vestem de modo despojado. Despojado de rico ou despojado de pobre, dependendo do país de origem. Vanessa, por exemplo, diariamente usa calças jeans Versace, pretas ou brancas; Witold, por sua vez, usa jeans poloneses falsificados, com "Levy's" na etiqueta em vez de "Levi's". A menos que tenham um encontro importante depois da aula, eles optam por camisetas e tênis, moletons ou jeans. Exceto Hiroko.

Hiroko trabalhava num escritório em Tóquio e ainda se veste com o clássico uniforme das executivas japonesas: terninho de cor clara, sapatos pretos de salto alto e até mesmo aquelas meias cor da pele de que aparentemente elas tanto gostam. Já notei meias assim em turistas japonesas que certa vez vi comprando chá na Fortnum & Mason — não pude deixar de notar —, mas nunca as tinha visto nas minhas alunas.

A não ser em Hiroko.

Hiroko não se parece nem um pouco com a Yumi. Tanto pode ter vinte e três anos como pode ter cinqüenta. Com seus cabelos descoloridos e o jeito ousado de se vestir, Yumi é uma festa para os olhos, mas na verdade é muito mais representativa da juventude japonesa que freqüenta a Churchill's do que Hiroko.

E não só por causa das roupas. Hiroko é extremamente estudiosa, sempre trata os professores com respeito, só fala quando lhe dirigem a palavra, e mesmo assim com muita timidez e frases monossilábicas. Não chega a fazer mesuras, mas quando conversa com alguém, sacode a cabeça daquele jeito servil ou cortês tão caro aos japoneses, mais ainda que as próprias mesuras. Às vezes fico com a impressão de que ela nunca abandonou o tal escritório em Tóquio.

Hiroko está tendo problemas com o curso. É uma de minhas alunas que se preparam para o exame de proficiência da Universidade de Cambridge; escreve perfeitamente bem, mas tem dificuldade com a pronúncia. Hiroko não gosta de falar. Hiroko *detesta* falar. De início, achei que fosse por conta da timidez. Mas não é só isso. Ela tem aquele terror tipicamente japonês de fazer algo com imperfeição. Prefere simplesmente não fazer.

Então assiste às minhas aulas sem dizer palavra, escondendo o rostinho doce atrás dos óculos e da longa cortina de cabelos negros. A situação chega a tal ponto que preciso pedir a ela que espere um pouquinho depois da aula para que possamos conversar. Ela faz que sim com a cabeça e pisca os olhos um milhão de vezes.

Começo com as boas notícias — ela é uma de minhas melhores alunas, sei que se esforça muito — e depois sugiro que ela comece a falar mais durante a aula para não correr o risco de ser reprovada na parte oral do exame de Cambridge. Em seu inglês hesitante — ela treme a cada erro cometido —, Hiroko pergunta se o melhor não seria voltar para um nível inferior. Digo que isso não resolveria o problema, pois ela continuaria a se comportar do mesmo modo ainda que voltasse para a turma de iniciantes avançados.

— Olha, basta você perder esse seu medo de falar inglês — aconselho. — Não deixar a coisa se tornar tão importante, sabe? Até os falantes nativos cometem erros. Não importa se o que você diz não bate com o que está nos livros. É só abrir a boca e deixar rolar.

Hiroko arregala os olhos na minha direção, assustada, sacudindo a cabeça freneticamente. De onde vem esse mito de que os olhos asiáticos são duas fendas apertadinhas?

Ela continua a me olhar com uma comovente confiança, esperando que algo mais aconteça, e daí a pouco estamos no Eamon de Valera, ela bebericando um *spritzer*, e eu, uma cerveja encorpada. Conversa vai, conversa vem, e por fim ela me conta sobre sua desventura amorosa.

— Nunca é bom quando é importante demais — digo a ela na saída do pub. — Foi isso que aprendi. Quando a gente dá muita importância a alguma coisa, acaba estragando tudo.

Hiroko e sua desventura amorosa.

Ela havia conhecido um homem em Tóquio. No trabalho. Um homem mais velho. Hiroko morava com os pais, e o homem, com a mulher. Os dois se conheceram no escritório. Ele era simpático e charmoso. Ela era jovem e solitária. Gostou muito dele. E foi assim que tudo começou.

Hiroko e o homem tinham de se encontrar em motéis. Ela sabia que ele era casado, mas também sabia que entre eles havia algo de especial. Ele era engraçado e gentil, sempre dizia que ela era bonita. Fazia com que ela gostasse mais de si mesma, como se em um momento pudesse ser a pessoa que sempre quisera ser. Certo dia, num dos encontros de duas horas no motel, disse que a amava muito. E voltou para casa, para a mulher.

Algo aconteceu. Algo terrível que deixa os olhos de Hiroko marejados, alguma coisa sobre a qual ela não quer falar.

— Você ficou grávida, não foi isso?

Hiroko faz que sim com a cabeça, desolada.

— Mas você não teve o bebê.

Mais uma confirmação com a cabeça, os cabelos caindo sobre o rosto.

— E o pinto de lápis voltou pra mulher — ela diz, praticamente sussurrando. Fico impressionado com a ausência quase total de sotaque. Quando não se preocupa, Hiroko é capaz de falar inglês muito bem.

— Claro que voltou — eu digo, tocando a mão dela. — Não liga pra ele, Hiroko. Esse sujeito decerto é muito infeliz.

Ela me encara com gratidão e pela primeira vez abre um sorriso.

— Me promete uma coisa: pinto de lápis nunca mais, ouviu bem?

— Tudo bem — ela diz, rindo e chorando ao mesmo tempo. — Prometo.

— Pinto de lápis nunca mais?

— Pinto de lápis nunca mais.

Dois drinques e dez libras de táxi depois, Hiroko e eu chegamos à casa em que ela está hospedada. Um belo casarão em Hampstead, numa daquelas avenidas largas e arborizadas que têm por lá. Pertence a uma velhinha rica que, por se sentir sozinha, aluga um quarto para moças que estão estudando em Londres. Hiroko se certifica de que a velhinha já está deitada com o gato Tiddles, de que o rádio está ligado, e só então me conduz ao topo das escadas, ao sótão convertido que faz as vezes de quarto de hóspedes. Uma coluna de luar atravessa a clarabóia e se esparrama sobre a cama.

Enquanto Hiroko toma um banho — são muito higiênicas, as japonesas, sempre tomando banho e dormindo de pijamas —, chego à conclusão de que ela se diferencia dos demais alunos em outro aspecto também.

A maioria está em Londres à procura de diversão. Hiroko está à procura do amor. Ou, talvez, fugindo dele.

Sei que ela jamais sentirá por mim a mesma paixão desenfreada que sentiu pelo cafajeste de Tóquio. Sei também que jamais será dona do meu coração da mesma forma que Rose foi um dia. Mas tudo bem. Nada disso é motivo de tristeza hoje. Na verdade, de um modo que não consigo entender direito, tudo está exatamente como devia estar.

— Estou muito excitante — ela diz.

Queria dizer *excitada*.

Trata-se de um erro muito comum. Vários alunos já me disseram que estavam muito entediantes quando na verdade estavam entediados. Há algo na tradução do japonês para o inglês que produz esse tipo de erro. Mas gosto dele, desse tipo de erro.

Eu também estou muito excitante.

Ataque de pânico no metrô.

De início, quando sinto um aperto no peito, um calafrio na espinha, fico achando que se trata apenas de mais um dos meus infartos de araque.

Mas é muito pior que isso.

Sigo rumo ao sul de Londres, sacudindo na Linha Norte depois de ter fugido de Hampstead antes que a velhinha de Hiroko acordasse, antes que o gato Tiddles denunciasse minha presença. Estou de pé no trem, pendurado a uma alça porque atualmente o rush começa ainda na madrugada, e de repente minha respiração começa a faltar, fica ofegante, como a de um mergulhador de águas profundas que suga as últimas gotas de ar de um cilindro quebrado.

Pânico.

Terror, suor, pânico de verdade. Não consigo respirar. Não estou inventando nada. Realmente não consigo respirar. Sinto a presença desesperadora das pessoas ao meu redor, a luz pálida do vagão, o ar morto do túnel, o peso inteiro da cidade pressionando nossas cabeças.

Preso. Tenho vontade de chorar, de gritar, de fugir, mas não posso fazer nada disso. Preciso sair deste lugar imediatamente, mas não tenho para onde ir, nem vejo o fim da linha.

O mais puro terror. Meus olhos ardem por causa do suor misturado às lágrimas. Tenho a sensação de que estou sufocando, caindo, de que estou sendo observado. Os demais passageiros, calmos e cruéis, olham para mim e parecem enxergar a rachadura que se formou em minha alma. Ouvindo o rugido ensurdecedor do trem, sentindo os ossos das pernas se transformarem em gelatina, fecho os olhos e aperto a alça de couro até os nós dos dedos ficarem brancos.

De algum modo chego à estação seguinte. Trôpego, salto do trem, subo as escadas rolantes e finalmente ganho a luz das ruas. O ar. Encho os pulmões. Tão logo consigo parar de tremer, tomo o caminho de casa. Mas estou longe demais. As ruas se abarrotam de pessoas indo para a escola ou para o trabalho. Tenho a impressão de que vou no sentido contrário ao de todo mundo.

Passando pelo parque de Highbury Fields, vejo George Chang no mesmo gramado de sempre.

Ele parece jovem e velho a um só tempo. Estira o pescoço e a cabeça. Não me vê. Aparentemente não vê nada nem ninguém. Observo sua dança em câmera lenta: as mãos que se fecham em punho, mas sem nenhuma indicação de violência; as pernas que chutam e se arrastam, mas sem nenhum esforço visível. Cada movimento parece o mais delicado do mundo.

E súbito me dou conta de que jamais vi alguém tão em paz consigo mesmo.

— Quero que você me ensine — digo a ele. — Quero aprender o Tai Chi.

Estamos no novo General Lee's Tasty Tennessee Kitchen da Holloway Road. George está tomando seu café-da-manhã. Asinhas de frango com batatas fritas. Era de se esperar que um homem feito George Chang sequer passasse na frente de lanchonetes de fast-food, que comesse sua tigelinha de arroz cozido no vapor agachado num canto qualquer. Mas não. Ele diz que a comida do General Lee's é "muito simples". É um fã incondicional.

— Ensinar Tai Chi — ele diz. Pela entonação, não dá para saber se é uma pergunta ou uma afirmação.

— Preciso fazer alguma coisa, George. Sabe, tenho a impressão de que tudo está desmoronando ao meu redor. — Não conto a ele toda a verdade. Não digo que quero me sentir bem dentro da minha própria pele. Que quero ser como ele. Que estou farto de ser eu mesmo. — Preciso ficar mais calmo — é o que eu digo. — Não consigo mais relaxar. Nem dormir. Às vezes mal consigo respirar.

Ele dá de ombros e diz:

— Tai Chi bom pra relaxar. Controlar estresse. Problema do mundo moderno, vida muito agitada.

— Isso mesmo. A vida anda muito agitada, não é verdade? E às vezes me sinto tão velho. Tudo dói, George. Não tenho energia pra nada. Fico com medo, muito medo, mas nem sei dizer direito qual é o problema. Tudo parece grande demais.

— Ainda saudade da mulher.

— É, George, ainda sinto muita falta da minha mulher. Mas qualquer coisinha que dá errado parece uma catástrofe. Sabe o que estou dizendo? Perco as estribeiras, fico com vontade de chorar. — Tento dar uma risadinha. — Acho que estou ficando maluco, George. Me ajuda. Por favor.

— Tai Chi bom pra tudo isso. Pra tensão. Pra cansado.

— É disso mesmo que estou precisando.

— Mas não pode ensinar você.

Fico terrivelmente desapontado. Depois de ter reunido coragem para falar com George, em nenhum momento imaginei que ele pudesse recusar. Fico um tempo vendo-o mordiscar a asinha de frango, esperando que ele dê algum tipo de explicação. Mas o silêncio só faz crescer. Aparentemente, George já disse tudo que tinha a dizer.

— Por que não?

— Demora muito.

— Mas já vi você dando aulas pra outras pessoas no parque. Sempre tem alguém com você por lá.

— Sempre alguém diferente — ele sorri. — Homem diferente, mulher diferente. Vem uns dias. Às vezes mais. Depois some. Porque ocidental não tem paciência pra Tai Chi. Tai Chi não é comprimido. Não é droga. Não é mágica. Pra ser bom pra você, ou pra qualquer um, demora muito. Demora *muuuito*. Ocidental não tem tempo.

Quase digo a ele que tenho todo o tempo do mundo, mas não me dou ao trabalho.

Porque de repente me vejo com George no parque, de pijamas pretos eu e ele, dançando uma valsa em câmera lenta enquanto os trens do metrô ribombam a uns cem metros sob nossas sandálias, e a imagem me parece um tanto ridícula.

George tem razão. Certas danças, a gente nunca aprende. Aquela calma, aquela paz, aquela graciosidade.

Não, o Tai Chi não é para mim.

dezesseis

Hiroko vai passar o Natal no Japão. Nós nos encontramos em Paddington, sob um enorme pinheiro decorado com caixas multicoloridas, as quais deveriam se parecer com presentes, e tomamos o metrô expresso para o aeroporto de Heathrow.

Acho estranho me despedir dela. Fico triste em vê-la partir. Ao mesmo tempo, fico feliz por sentir alguma coisa, qualquer coisa. Mas — e isso é importante — sem exageros.

Trocamos um abraço diante do saguão de embarque, e, acenando para mim o tempo todo, Hiroko desaparece do outro lado do biombo do controle de passaportes. Depois disso, ando a esmo pelo terminal três, relutante em voltar para casa. Hoje o aeroporto transborda de emoção: casais e famílias se despedindo ou se reencontrando. Muitos abraços, beijos e lágrimas. O saguão de desembarque é bastante interessante quando chegam os passageiros. Não é possível precisar a hora de dizer olá do mesmo jeito que é possível precisar a hora de dizer adeus. Os olás simplesmente acontecem. Os que aguardam ansiosamente por alguém não sabem ao certo quando a pessoa aguardada aparecerá diante deles, lentamente empurrando um carrinho de bagagens, sorrindo apesar do cansaço, pronta para um beijo ou abraço, pronta para recomeçar.

Observo mais uma coisa no saguão de desembarque. Está repleto de moças chegando à Inglaterra para estudar inglês. Para todo lado que se olhe é possível encontrar olhinhos muito escuros, cabelos nigérrimos, malas Louis Vuitton. Elas chegam aos borbotões.

É uma espécie de milagre.

Do lado de cá da corda de isolamento, motoristas entediados e representantes tagarelas de uma boa dúzia de escolas de línguas empunham cartazes e placas à espera do próximo Jumbo proveniente de Osaka, Pequim, Seul ou de qualquer outro lugar em que o Natal não tenha tanta importância assim.

E lendo o nome nas placas e cartazes — MISS SUZUKI, KIM LEE, GREEN GABLES LANGUAGE SCHOOL, TAE-SOON LEE, MIKAWO HONDA E HIROMI TAKESHI, OXFORD SCHOOL OF ENGLISH, MISS WANG E MISS WANG —, subitamente me dou conta de que a cidade está repleta de moças aprendendo inglês.

A brigada do terminal três é de asiáticas. Nos outros terminais decerto estão os regimentos escandinavos ou os batalhões mediterrâneos. Mas há milhares delas, exércitos inteiros, com reforços chegando todos os dias.

Pela primeira vez percebo que não tenho nenhum motivo para me sentir sozinho outra vez.

Algumas dessas moças, sorridentes, confiantes, ansiosas pela vida nova, encontram os representantes de suas escolas, ou motoristas, logo de cara. Outras demoram para fazer a conexão. Ficam zanzando junto da corda de isolamento, procurando seus nomes numa das dezenas de plaquinhas. Esperançosas, mas um tanto preocupadas. E fico com peninha delas.

Passo horas observando essas maravilhosas invasoras que passeiam os olhos escuros pelas placas e cartazes.

E muito acima de mim, na música de elevador transmitida em todo o aeroporto, "Noite feliz" dá lugar a "Oh, venham, fiéis".

Tão logo vovó abre a porta do apartamento, sinto o cheiro de gás. Passo correndo por ela e vou direto à cozinha, onde o cheiro é ainda mais forte.

— Alfie?

Uma das bocas do fogão está ligada, mas não acesa. O gás é tão espesso que por pouco não podemos tocá-lo. Tossindo convulsivamente, desligo o fogão e abro todas as janelas.

— Vó — eu digo, os olhos ardendo, o estômago reviran-do —, a senhora precisa tomar mais cuidado.

— Não sei como isso foi acontecer — ela diz envergonha-da. — Eu estava preparando... sei lá, não me lembro mais. — E piscando os olhinhos azuis, marejados, ela suplica: — Não conte à sua mãe, Alfie. Nem ao seu pai.

Só agora percebo que vovó está maquiada. As sobrance-lhas são duas linhas pretas tortas, e o batom está ligeiramente fora do lugar, feito uma fotografia fora de foco. Diante deste rostinho aflito e mal maquiado, não me resta outra coisa a fa-zer senão abraçá-la pelos ombros. Por baixo do cardigã, um corpinho miúdo e frágil, feito o de uma criança.

— Prometo que não vou contar nada a ninguém — eu digo, sabendo que o maior pesadelo dela é ver chegar o dia em que meus pais, julgando-a incapaz de morar sozinha, resolvam interná-la num asilo qualquer. Mas, por favor, não faça isso de novo, está bem?

Radiante e aliviada, ela prepara um chá para nós dois, resmungando consigo mesma e ostensivamente desligando o gás assim que a água começa a ferver. Sinto uma enorme pena da pobrezinha, constantemente vigiada pelos parentes que a todo instante procuram por sinais de que ela, sempre sagaz e curiosa, tenha por fim perdido o juízo. O acidente com o gás me deixou assustado. De repente sinto um medo terrível de que um dia eu vá chegar ao apartamento dela e encontrar uma fumaceira à porta e ninguém atenda à campainha. Só então me lembro do motivo que me trouxe até aqui. Caramba. Talvez seja eu quem esteja ficando gagá.

— Onde está a árvore, vovó?

— No quartinho, querido. Numa caixa em que está escrito "Natal".

Vovó adora o Natal. Se não a impedíssemos fisicamente, armaria a árvore em pleno mês de agosto. Embora passe o Natal conosco — e este ano seremos apenas mamãe e eu, tudo que sobrou da nossa família —, ela ainda gosta de ter uma árvore em casa, alegando que "Alfie vai gostar quando aparecer por aqui", como se eu tivesse quatro anos.

Ainda hoje me lembro dos Natais da minha infância, sempre na casa da vovó. Ela morava no East End, na casa em que papai cresceu, a casa do *Laranjas*, com galinheiro no quintal e piano de armário na sala de estar. O lugar sempre ficava repleto de tios, tias e primos, as crianças se divertindo com os brinquedos novos enquanto os adultos bebiam — cerveja escura para os homens, algo vermelho e doce para as mulheres —, jogavam pôquer ou apostavam nas corridas de cavalo transmitidas pela televisão. Muita gente, muita música, muita fumaça de cigarro. Muita alegria. A árvore de Natal era enorme, parecia ter vindo diretamente de um bosque da Noruega.

Hoje essa casa não existe mais, nem meu avô, nem meu pai, e vovó mora sozinha neste apartamentinho branco, após se desfazer de pertences de uma vida inteira em razão do pouco espaço. Tios e tias se espalharam pelo país e agora passam os Natais com os próprios filhos e netos. E a árvore de verdade foi substituída por uma artificial, prateada, que se desmonta em três partes: metade de cima, metade de baixo e pedestal, semelhantes ao "ho ho ho" desanimado de um falso Papai Noel. Encontro a tal caixa, e nela, além da árvore, estão guardadas as luzinhas e uma mixórdia de enfeites de Natal. Com os olhinhos brilhando de entusiasmo, vovó me observa encaixar as partes da árvore.

— Lindo — ela diz. — Esse prateado é adorável, não acha, Alfie?

— Acho, vó.

Quando me espicho para colocar o anjo no alto da árvore, sinto alguma coisa estalar na coluna. Os músculos da lombar parecem desistir do seu trabalho, e subitamente me vejo dobrado ao meio de tanta dor, com o anjo ainda na mão.

Sentado no sofá, esperando a dor passar e vovó trazer mais uma xícara de chá, finalmente compreendo por que ela gosta tanto desta árvore prateada.

Árvores de Natal são mais ou menos como as relações humanas. As verdadeiras são de fato mais bonitas, mas dão muito mais trabalho.

Vou parar na cama de Vanessa porque nos encontramos casualmente diante da escola. Ela e Witold estão ali, distribuindo os panfletos novos da Churchill's.

Os pedestres não demonstram o menor interesse, preocupados que estão com suas compras tardias de Natal, e Vanessa se vê obrigada a dobrar os papéis em aviõezinhos e arremessá-los contra a multidão. Witold assiste a tudo com um sorriso amarelo nos lábios.

— Venha estudar com os melhores! — ela grita, acertando um executivo de meia-idade. — *Estudia em Churchill's! Studia alla Churchill's! Studieren in Churchill's!*

— O que você está fazendo, criatura? — pergunto, esfregando a lombar.

— Conseguindo novos alunos — ela ri. — *Nauka w Churchill's! Etudiez à Churchill's!*

— Pára com isso, garota — eu digo, rindo também.

— Mas *ninguém* está interessado. — Ela bate o pé e fazendo um de seus tradicionais beicinhos. Plantando as mãos na cintura, arremata: — É Natal.

— Nada de aviõezinhos, OK? — eu peço. — Por favor.

— E o que você me dá em troca? Me deixa colar na prova, deixa?

— Não. Mas te convido pra beber alguma coisa. — Vanessa é do tipo de mulher que faz a gente pensar que tem a obrigação de brincar com ela. — Já que é Natal, sei lá, um vinho alemão, qualquer coisa.

— Tudo menos vinho alemão.

— Gosto de vinho alemão — intervém Witold.

Logo me vejo no Eamon de Valera tomando um drinque com Vanessa. Ela está diferente. Não dança, não flerta, nem grita para conhecidos no pub. Diz que não vai voltar à França para os feriados — principalmente agora que os pais se divorciaram —, mas a idéia de ficar em Londres é ainda pior.

— Pior por quê?

Ela me encara por um instante.

216

— Porque não vou ver meu namorado — explica. — Ele vai estar com a família dele.

Mais tarde vejo fotografias do tal namorado no apartamento dela.

Vanessa mora num bairro afluente e bonito da zona norte de Londres, num ótimo apartamento em nada parecido com o cubículo de Yumi ou com o quarto alugado de Hiroko. Deve pagar, no mínimo, umas mil libras de aluguel. E a julgar pelo número de fotografias do namorado — um quarentão boa-pinta com uma reluzente aliança na mão esquerda e um sorriso platinado no rosto —, suponho que as contas sejam pagas por ele.

— Difícil, essa época do ano pra ele — diz Vanessa, olhando para uma fotografia dos dois sentados diante de um pub no interior do país. — Ele tem de ficar com a família. — Ela pega outra fotografia. — Com os filhos. E com ela. Mas eles não transam mais. Verdade.

Vamos para a cama, e isso parece animá-la. Não por causa das minhas invejáveis qualidades como amante, mas porque ir para a cama com o professor lhe parece um tanto engraçado. Fisicamente, Vanessa é muito diferente de Yumi e de Hiroko. Em quase tudo. Os cabelos, os peitos, as ancas, a pele. Acho a novidade excitante — estou muito excitante — e quase vou dizendo alguma coisa cabeluda quando, por sorte, o sorrisinho dela me faz parar, evitando que eu pague um mico igualmente cabeludo. Sei que ela não dá muita importância ao fato de estarmos juntos, pois alguém já ocupa seu coração.

Entendo perfeitamente, e não fico nem um pouco ofendido.

Mais tarde percebo que ela está chorando contra o travesseiro, e posso abraçá-la sem dizer: "Ei, que foi que houve?", pois estou absolutamente certo de que não tenho nada a ver com isso.

Deitado na escuridão de um quarto desconhecido, penso em Yumi, em Hiroko, em Vanessa. Penso no saguão de desembarque de Heathrow. Lembro-me de ter chegado à conclusão de que nunca precisaria me sentir sozinho outra vez.

Agora sei por que fiquei tão interessado nas moças do aeroporto. Não porque um relacionamento duradouro com elas seria improvável, como um analista poderia sugerir.

Mas porque estão todas longe de casa.

Ainda que tenham muitos amigos aqui, ainda que estejam felizes nesta cidade, elas certamente amargam um ou outro momento de solidão. Não têm alguém que esteja sempre ao lado delas. Não têm alguém que as espere em casa no fim do dia.

Em última análise, estão sozinhas.

Engraçado. Elas me fazem lembrar de mim mesmo.

dezessete

Sou fiel à minha esposa. Mesmo nestas outras camas, na companhia destas mulheres que às vezes falam numa língua desconhecida enquanto dormem, continuo fiel à minha esposa.

Porque nenhuma delas me toca como Rose tocou. Sequer chegam perto.

E concluo que isso é uma bênção. Amar sem amar. Não é tão ruim assim, depois que a gente se acostuma. Estar acima de qualquer possibilidade de dor, num lugar em que nada nem ninguém pode ser tomado da gente, que mal pode haver nisso? Há muito que se dizer a respeito dos relacionamentos casuais. Nem de longe eles recebem o devido mérito.

Não há mentirinhas nessas aventuras, nessas transações. Os quartos alugados em que nos encontramos não são lugares frios. Pelo contrário. Neles não há mágoas, não há tédio, não há aquela procura constante por uma placa que indique a saída. Estamos ali porque queremos estar. A morte lenta e cruel da maioria dos casamentos — também não existe.

E por que dizer que esses relacionamentos não têm substância?

"Gosto de você." "Você é um cara legal."

Isso também não teria lá sua substância?

Quem sabe não seria essa a única substância de que realmente precisamos?

As coisas começam a desandar quando Vanessa me traz uma maçã de presente.

Alguém bate à porta da sala dos professores, e Hamish entra. Quando ele se vira na minha direção, arqueando com ironia as sobrancelhas perfeitamente pinçadas, vejo que a risonha e loura Vanessa vem logo atrás, empunhando uma reluzente maçã vermelha. Trazer uma maçã de presente para o professor é a cara dela.

Um gesto de carinho e, ao mesmo tempo, de zombaria.

— Pra você — ela diz.

— Quanta gentileza.

Em seguida ela planta um beijinho nos meus lábios, ainda agindo como se tudo não passasse de uma piada, o que para ela não deixa de ser verdade. Nesse mesmo instante, Lisa Smith aparece nas escadas e nos vê. Vanessa vai embora, rindo, alheia à careta da diretora. Ou talvez não se importe com isso. Mas Lisa me encara por alguns longos segundos como se quisesse me ver duro e frio numa sarjeta qualquer. Depois entra na sala dela, do outro lado do corredor.

Na sala dos professores, Hamish e Lenny também me encaram. Hamish resmunga algo parecido com "Cuidado com ela", mas não sei se ele se refere à diretora ou a Vanessa. Ou à maçã.

Lenny, já recuperado do susto inicial, é mais direto.

— Vanessa? Você não conseguiu um visto de múltiplas entradas ali, conseguiu? Não tem freqüentado o Eurotúnel ultimamente, tem?

Antes que eu possa inventar uma mentira qualquer, o telefone toca: Lisa Smith diz a Hamish que quer falar comigo no escritório dela. Imediatamente.

— Fudeu — diz Lenny. — Ela vai cortar suas bolas e usar como brincos, meu amigo.

Lenny levanta as sobrancelhas e dá um sorrisinho. Nos olhos, uma admiração velada.

"Não sou igual ao Libidinoso", penso com os meus botões. "Não sou."

— Não entendo, Lenny. Você faz e acontece, e ninguém te amola. E eu, vou pro paredão. Por que diabos nunca te pegaram?

— Por quê? Porque nunca encostei um dedo nessas meninas, meu camarada.

— O quê?

— Comigo é só da boca pra fora. Da boca suja pra fora, pode acreditar. Da boca *imunda* pra fora, se você preferir. Meu peru, coitadinho, já está coberto de teias de aranha. Nunca chegou perto dessa gente. Ficou maluco? Do jeito que as coisas andam? Nem o meu fiel escudeiro valeria um perrengue desses.

— Nunca?

— Nunquinha. Bem, teve aquela croata gostosinha que numa festa de Natal deixou que eu enfiasse a mão no sutiã de espuma dela. Mas não houve nenhuma outra penetração além dessa.

— Inacreditável.

— Verdade, amigão. Além do mais, por que diabos essas ninfetinhas iam dar mole pra um coroa feio e flácido como eu? Vai, a bruxa tá te esperando.

Então a verdade é essa: não sou igual ao Lenny, sou muito pior do que ele.

Saindo da sala dos professores, ouço o barulho metálico de um balde na outra ponta do corredor. Lá está ela, perdida no trabalho: uma figura magra e loura, casaco de náilon azul, um exemplar de *O coração é um caçador solitário* no bolso rasgado, esfregando o chão num par de mules feito para dançar. Nada de sandálias baixas para Jackie Day na manhã de hoje.

Não sei dizer se ela está olhando para o nada ou para a minha alma.

— Isto é imperialismo sexual — sentencia Lisa Smith. — Imperialismo sexual, não existe outra palavra que expresse melhor o que você anda fazendo.

— Não sei do que você está falando — devolvo, o rosto queimando, as costas doendo.

— Ah, sabe, sim. Yumi. Hiroko. E agora, Vanessa. Vi quando ela lhe entregou o presentinho.

Estou chocado. No caso de Vanessa, fui pego em flagrante. Mas como ela poderia saber de Yumi? Como ela poderia saber de Hiroko?

— Acha que as moças não conversam entre si? — ela responde à minha pergunta. Então penso: Vanessa. Vanessa e sua língua comprida. — Claro que você sabe do que estou falando. Insultou esta escola, mas não vai insultar minha inteligência.

— Tudo bem — eu digo. — Mas, honestamente, não acho que tenha feito algo de errado.

Lisa Smith fica perplexa.

— Não acha que fez nada de errado?

— Não, não acho.

— Por acaso não enxerga que ocupamos uma posição de confiança? — ela pergunta, cruzando as pernas e tamborilando uma das botas contra o pé da mesa, impaciente. — Não percebe que está explorando essa posição?

Nunca achei que estivesse explorando nada. Sempre achei que estivéssemos, eu e elas, numa posição de igualdade. Sei que sou professor e que elas são alunas, mas não é como se fossem crianças. São mulheres adultas. Muitas são mais maduras do que eu. E no entanto são jovens. Maravilhosamente jovens, com uma vida inteira ainda por ser vivida. Tudo bem, sou o cara com um pedaço de giz na mão, mas elas têm o tempo a seu favor, têm os anos para queimar. Sempre achei que isso equilibrasse a balança, que uma coisa compensasse a outra. A juventude tem lá o seu poder, tem um status especial. Mas não posso dizer nada disso à diretora.

— Elas têm idade suficiente pra saber o que estão fazendo — é o que digo. — Não sou nenhum papa-anjos.

— É o professor delas. Ocupa uma posição de responsabilidade. E desrespeitou essa posição da pior maneira possível.

De início achei que ela fosse me colocar na rua naquele mesmo momento. Mas, assumindo uma expressão mais amena, diz:

— Sei o que você está pensando: que eu sou uma bruxa amarga que não suporta ver ninguém feliz.

— Claro que não.

É exatamente o que penso.

— Conheço muito bem as tentações da carne. Sabe aquele concerto do Bob Dylan na ilha de Wight em 1969? Pois é, eu estava lá. Também passei um fim de semana inteiro em Greenham Common, protestando contra as armas nucleares. Sei muito bem o que pode acontecer quando as pessoas se juntam. Mas não posso permitir relações sexuais entre professores e alunos nesta escola. Se acontecer de novo, você cai fora. Entendido?

— Perfeitamente — digo.

Mas, ao mesmo tempo, penso: ninguém pode me impedir. Esta cidade está cheia de meninas à procura de amizade, de romance, de uma ajudazinha com o inglês. Apesar da advertência da diretora, digo a mim mesmo que tudo vai ficar bem, que nunca mais vou ficar sozinho outra vez, que não fiz nada de errado.

"Gosto de você." "Você é um cara legal."

Que mal pode haver nisso?

Vendo que os analgésicos já não têm nenhum efeito sobre minha dor nas costas, decido procurar meu médico. De início, ele olha para mim como se estivesse diante de mais um caso de dores psicossomáticas, feito a ocasião em que senti que meu coração mais parecia um *kebab* não digerido, mas, ao saber do episódio com a árvore de Natal no apartamento da vovó, pede que eu tire a camisa para um exame completo.

Em seguida diz que não pode fazer nada por mim.

— Uma coisa traiçoeira, a coluna lombar — justifica-se.

A caminho de casa, encontro acidentalmente com George Chang. Ele carrega um saquinho do General Lee's, diz que está voltando para o Shanghai Dragon para ajudar com o movimento do almoço. Vê minha cara de tristeza e pergunta o que foi que houve.

— Machuquei a coluna. Armando a árvore de Natal da minha avó.

George me convida para acompanhá-lo até o restaurante. Digo que preciso voltar ao trabalho, mas ele reage da mesma forma que costuma fazer com a mulher: finge que não ouviu. Já no Shanghai Dragon, manda que eu fique perfeitamente imóvel e coloca as mãos na altura da minha lombar. Não encosta exatamente, mas — e isso é estranho — posso sentir o calor das palmas dele. George não toca em mim, mas posso sentir o calor das mãos dele como se estivesse ao lado do fogo brando de uma lareira. Vai explicar.

Depois ele me diz para curvar o tronco ligeiramente e, com muita delicadeza, dar umas pancadinhas na lombar com o dorso das mãos. Obedeço. E depois olho para ele com espanto. Porque algo inexplicável acabou de acontecer.

A dor nas costas já está passando.

— O que foi que aconteceu aqui?

Ele responde apenas com um sorriso.

— Como foi que fez isso?

— Continua fazendo esse exercício. — Ele curva o tronco e faz mais uma demonstração. — Todo dia, por alguns minutos. Não bate muito forte, OK?

— Mas... que diabos aconteceu aqui?

— Exercício muito simples de Chi Kung.

— O que é Chi Kung? Esse *chi* é o mesmo de Tai Chi? É a mesma coisa?

— Todo exercício com o *chi* é Chi Kung, OK? Pra manter saúde. Pra curar doença. Pra artes marciais. Pra iluminação.

— Iluminação?

— Tudo isso é Chi Kung. Você lembra do *chi*. Disse que não tinha *chi*. Lembra?

— É, lembro — eu digo, me sentindo um tanto bobo.

— Está melhor agora?

— Muito melhor.

— Acha que tem pouquinho de *chi* afinal? — ele pergunta, rindo.

— Acho que sim.

— Então aparece no parque. Domingo de manhã.

— Você vai me dar aulas?

— Vou — ele meio que resmunga.

— O que fez você mudar de idéia?

— Domingo de manhã. Sem atraso.

Neste ano aprendo com minha família o verdadeiro significado do Natal: sobrevivência.

Mas ao longo da eternidade que se passa entre a torta de nozes, os filmes na televisão e a chegada tardia e acanhada de papai, tenho a oportunidade de refletir um pouco.

Com a patrulha sexual montando guarda nos corredores da Churchill's, concluo que não será nada fácil conhecer pessoas novas no trabalho.

Então decido voar solo. Coloco um anúncio na seção de prestação de serviços de uma revista de classificados, em algum lugar entre a seção de agências matrimoniais e a de correio sentimental.

Quer falar um bom inglês?
Professor qualificado procura alunos particulares.
Podemos nos ajudar mutuamente.

Depois boto Sinatra para cantar "My Funny Valentine" e espero.

dezoito

É gostoso começar algo novo num dia tão bonito assim.

Uma geada fina cobre o gramado do parque, mas, acima das nossas cabeças, o habitual pálio cinzento foi substituído por um azul tão límpido quanto o de um céu de meio-dia em pleno verão. Embora estejamos exalando vapor pelas narinas, George e eu precisamos apertar as pálpebras contra a claridade ofuscante. Estamos diante um do outro.

— Tai Chi Chuan — ele diz. — Significa: o punho supremo.

— Parece violento — observo.

Ele me ignora.

— Tudo relaxado. Tudo move devagar. Tudo movimento relaxado. Mas pra artes marciais, entende?

— Mais ou menos.

— Ocidental pensa: Tai Chi Chuan muito bonito. Muito delicado. Certo?

— Certo.

— Mas Tai Chi Chuan é sistema de autodefesa. Todo movimento tem motivo. Não só pra espetáculo. — George desliza as mãos no ar. — Bloqueia. Ataca. Defende. Chuta. Mas com fluxo. Sempre com fluxo. E sempre muito delicado. Entende?

Faço que sim com a cabeça.

— Tai Chi Chuan bom pra saúde. Pra estresse. Pra circulação. Pra mundo moderno. Mas Tai Chi Chuan não é arte marcial mais fraca do mundo. — Os olhinhos pretos brilham de modo especial. — Mais forte.

— Certo.

— Esse, estilo Chen.

— Estilo o quê?

— Estilo Chen. Muito estilo de família diferente. Estilo Yang. Estilo Wu. Esse, estilo Chen.

Não entendo direito essa história. Como pode algo tão delicado ser ao mesmo tempo tão violento, algo tão sutil ser uma espécie de boxe?

George dá alguns passos para trás. Usa o uniforme preto e as sandálias molengas de sempre, e eu, um conjunto de moletom com o providencial lembrete "JUST DO IT" estampado na calça. Ele alinha as pernas mais ou menos com os ombros, distribui o peso do corpo entre uma e outra, e deixa os braços penderem ao lado da cintura. A respiração é profunda e regular. O corpo está fincado ao chão. George parece ao mesmo tempo relaxado e petrificado.

— Como montanha entre céu e Terra — ele diz.

Ficar parado feito uma montanha entre o céu e a Terra? Sem problema, Yoda. Fico meio constrangido com esse tipo de conversa. Mas se fizer um grande esforço, acho que consigo soltar o freio de mão. Tento imitar a postura de George. Fecho os olhos e pela primeira vez na vida presto atenção à minha respiração.

— Solta as juntas — ele prossegue. — Deixa corpo relaxar. Manda peso do corpo pra centro da Terra. E respira. Respira sempre.

E então ouço as risadas.

— Olha os manés, aí. Caralho. Será que os boiolas vão dançar quadrilha?

Eles são três. Virados da noite de sábado, rostos brancos feito leite, garrafas de cerveja nas mãos. Embora não possam ter mais que uns vinte anos, já exibem aquela barriguinha protuberante dos cervejeiros profissionais. E no entanto se vestem como atletas: tênis nos pés, casacos de corrida, bonés de beisebol. Um tanto irônico, se pensarmos bem.

Sinto uma fúria repentina. Esses campeões de levantamento de copo me fazem lembrar dos delinqüentes que freqüentavam minhas aulas na escola de ensino médio para meninos Princesa Diana. Talvez seja por isso que, ao abrir a boca, falo igualzinho a um professor à beira de um ataque de nervos.

— Vocês não têm mais nada pra fazer, hein? Podem ir dando o fora, já. E levem com vocês essas caras de idiota.

Os garotos armam uma tromba: ficam duros, apertam os olhos. Trocam olhares rápidos e vêm na minha direção, empunhando as garrafas, escancarando os dentes manchados de nicotina feito animais ferozes.

George se interpõe no caminho deles.

— Por favor — diz. — Sem problema.

O maior deles, o rosto esburacado de cicatrizes de acne, pára e sorri para os companheiros.

— Problema nenhum — ironiza.

Depois levanta a manzorra no altura do peito de George com a intenção de agarrá-lo pelo colarinho. George, por sua vez, transfere o peso do corpo para a perna de trás e meio que acompanha o movimento dele, simultaneamente interceptando o ataque a meio caminho. As patas do Esburacado sequer tocam o chinês. E ele, o Esburacado, subitamente se vê tombando para frente, sem nada para agarrar, sem nenhum equilíbrio. Segurando o braço do garoto bem de leve, George gira o tronco e sem nenhum esforço joga seu oponente no chão. Jogar talvez não seja a palavra certa. É como se George simplesmente tivesse abanado as mãos para espantar um inseto graúdo com problemas dermatológicos.

— Caramba! — exclamo baixinho.

George tenta ajudá-lo a se levantar, mas o furioso Esburacado recusa a ajuda, mais humilhado do que propriamente ferido. Vi que George usou um mínimo de força contra o garoto, mas não entendo como pôde fazer isso. Quer dizer, não entendo como ele e eu não estamos levando uma bela sova neste exato momento.

Por um instante chego a achar que a coisa vai engrossar para o nosso lado, mas os três brigões vão se afastando lentamente, ao mesmo tempo assustados e engolindo a própria raiva. Segurando o ombro dolorido, o Esburacado nos manda para aquele lugar, desrespeita nossas respectivas mãezinhas e faz o único gesto cabível nesta situação. Mas já não mete nenhum medo.

Olhando para George, percebo pela primeira vez que não estou fazendo uma aula de dança.

— Em quanto tempo você acha que consigo fazer isso também? — pergunto.

— Trabalhando duro?

— É.

— Muito duro?

— Muito duro.

— Mais ou menos dez anos.

— Dez anos? Está brincando.

— Tudo bem. Dez anos, não. Vinte. Mas tem de lembrar: Tai Chi Chuan não é força externa. É força interna. Mas não do músculo. — Ele bate no peito umas três vezes. — Força de dentro.

Depois abre um sorriso paciente e diz:

— Muito pra aprender. Melhor começar logo.

Eu estava esperando pela garota de Ipanema, mas quem aparece é a garota de Ilford.

Jackie Day está à minha porta.

— Oi, Alfie. A gente se falou pelo telefone, lembra? Sobre o anúncio. Sobre as aulas de inglês.

Fico sem chão. De fato havíamos nos falado pelo telefone. Infelizmente tenho recebido poucas respostas ao anúncio, talvez em razão dos feriados de Natal e Ano-Novo, período em que nada acontece. Ou talvez porque as pessoas estejam farejando a armadilha escondida nas entrelinhas.

Mas Jackie ligou. Ficou espantada e feliz ao constatar que era o velho colega da Oxford Street quem estava oferecendo aulas particulares de inglês. Naturalmente, achei que a faxineira da Churchill's estivesse colhendo informações em benefício de outra pessoa.

Sei lá de quem. Nem me dei ao trabalho de perguntar.

Talvez de uma húngara gostosa recém-chegada que ela pudesse ter conhecido em outra escola. Ou de uma brasileira de pernas longas com quem tivesse trombado ao dançar lambada numa boate de subúrbio. Mas nada de húngara nem de beldade brasileira.

É Jackie quem bate à minha porta. Quando ela adentra no vestíbulo, mais uma vez percebo que as raízes dos cabelos tingidos precisam de manutenção. Como sempre, está toda produzida como se tivesse algum destino especial. E, por algum motivo, dá a entender que esse destino é a minha casa.

Nossa conversa pelo telefone foi breve e simpática. É você mesmo? Sim, sou eu. Mundo pequeno, hein? Quanto eu cobro? Minha flexibilidade de horário? Respondi que meus preços eram razoáveis, e meus horários, os mais flexíveis do mundo. Ela me agradeceu e disse que pensaria no assunto. Mas achei, juro por Deus, que ela pensaria no assunto em prol de alguma amiga estrangeira.

E agora estamos aqui, olhando um para a cara do outro. Jackie sorri com certa ansiedade. Se estivéssemos num desenho animado, um ponto de interrogação estaria pairando acima da minha cabeça.

— Ainda bem que é você — ela diz. — Puxa, que coincidência. Mal posso acreditar na minha sorte.

Eu a conduzo para a sala de visitas, já imaginando algum tipo de recompensa a curto prazo para o desconforto atual. Paciência, Alfie. Em algum lugar da cidade os tambores estão rufando por você, e em ritmo de lambada.

Ainda estamos no meio da tarde. Tenho a casa só para mim porque mamãe saiu com vovó para dar uma olhada nas liquidações do West End. Então me sento ao lado de Jackie no sofá e dou uma discreta conferida na figura dela: o suéter apertado, os sapatos afivelados ao tornozelo, a saia aparentemente confeccionada com uma toalha de rosto. Não sei como ela consegue sair na rua vestida desse jeito. Jackie se produz para uma festa dos anos 1970 mesmo quando tenta assumir um aspecto mais respeitável. Ela cruza as pernas com recato.

— E pra quem são as aulas afinal? — pergunto.

Ela parece surpresa.

— Desculpa, achei que tivesse sido clara. — Uma pausa. — As aulas são pra mim.

— Mas por que você precisa aprender inglês?

— Uma vez você me disse que dava aulas de literatura inglesa, não disse? Antes de começar a ensinar inglês como língua estrangeira?

Respondo que sim com a cabeça, mas com certa cautela. De fato eu havia contado a ela sobre meu glorioso passado como professor de literatura. Mas achei que ela tivesse compreendido que meu anúncio não tinha nada a ver com a matéria que eu lecionava na Princesa Diana. Achei que estivesse colhendo informações para depois me apresentar à amiguinha brasileira dela.

A quem eu daria aulas de inglês como língua estrangeira.

— Bem, é isso que eu quero — ela diz, animada. — Aulas de literatura. Olha, preciso de um certificado avançado em literatura pra que eles me aceitem na universidade depois. Sabe, quero muito voltar a estudar. Muito mesmo.

— Olha, deve ter havido algum engano — argumento. — Meu anúncio era para aulas de inglês como língua estrangeira. Achei que isso estivesse claro. Não estou nem um pouco a fim de dar aulas de literatura, seja pra que objetivo for. Sinto muito. Achei que você tivesse ligado em nome de outra pessoa. Sei lá, de uma brasileira talvez.

— Brasileira?

— Esquece. Nem sei por que eu disse isso.

Jackie fica desapontada.

— Você não está qualificado pra dar um curso avançado de literatura inglesa, é isso?

— Não, o problema não é esse. É que...

— Olha, já estou com trinta e um anos. Aliás, fiz aniversário no dia de Natal.

— Parabéns.

— Obrigada. Doze anos atrás eu estava superbem na escola. Era ótima aluna. Uma das melhores. Mas fui obrigada a parar.

Isso é mais do que preciso saber. Fico de pé, e ela permanece sentada.

— Já tenho dois certificados avançados. Um em francês e outro em estudos de mídia. Tive notas excelentes. — Ela olha para mim com uma expressão de afronta. — Não sou burra, se é isso que você está pensando. E posso pagar. Só preciso de um certificado em literatura pra poder voltar a estudar.

— Tudo isso é muito bom, mas...

— Sei até onde quero chegar. Se tudo der certo, quero fazer um bacharelado na Universidade de Greenwich.

— Então por que não faz um supletivo à noite? — sugiro.

— Não posso.

— Por que não?

— Preciso de um professor particular. Preciso de uma flexibilidade de horários que uma escola noturna nunca vai poder me dar.

— Mas por quê?

O rosto pálido de Jackie subitamente se escurece, como se uma nuvem tivesse passado sobre ele.

— Motivos pessoais.

— Sinto muito em desapontá-la, Jackie — digo com a firmeza de um professor, o que não deixa de ser irônico. — Sinto mesmo. Mas não quero mais dar aulas de literatura, nem pra você nem pra ninguém. Meu negócio agora é inglês como língua estrangeira, e disso você não precisa, não é?

Jackie não dá o menor sinal de que vai embora. Vendo a decepção no olhar dela, sinto uma pena repentina dessa mulher exageradamente produzida e insuficientemente escolarizada.

Gosto dela. Sempre gostei. Só não quero tê-la como aluna.

— Escuta o conselho de um coroa vivido, Jackie. Diploma é um pedaço de papel, só isso. — Procuro ser o mais delicado possível. — No fim das contas, não faz diferença nenhuma. Pode acreditar, sei do que estou falando.

— Pra você é fácil dizer. Porque tem todos os diplomas de que precisa. Mas pra mim um diploma é muito mais que um pedaço de papel. É uma saída.

E do topo das escadas vem a voz sonolenta de Vanessa:

— Alfie? Volta pra cama. Daqui a pouco eu vou ter que ir embora.

De modo geral, não dou expediente em casa. Por sorte estamos na época das liquidações.

Jackie Day se levanta do sofá. Pela primeira vez parece me enxergar.

— Que espécie de professor é você, afinal?

É o que às vezes também me pergunto.

No primeiro dia do ano, papai aparece para buscar o resto de suas coisas, para apagar os últimos sinais da vida dele nesta casa. O drama deveria ser maior do que realmente é.

Mas com a caminhonete branca que ele alugou, praticamente uma carroça parada à frente da garagem, não há clima para drama, como se essa história já tivesse se espichado por tempo demais e todos quisessem que ela chegasse logo ao final.

Mamãe sequer se dá ao trabalho de sair de casa. Não entra enquanto papai está presente, permanece no jardim com Joyce e os netos dela. Mas também não foge. Fica lá fora com a amiga.

Enquanto papai arrasta sua tralha escadaria abaixo, fico na sala, observando mamãe, Joyce, Diana e William através da janela. Temo que Joyce irrompa na casa a qualquer instante e encoste papai contra a parede com um de seus interrogatórios.

Quem é rapariga que vive com senhor? Quantos anos? Vai casar ou não vai? Vai ter filho ou não vai? Rapariga deu o golpe do baú? Senhor só quer molhar o picolé? É homem sábio ou bobo velho?

Mas nada disso acontece. Joyce continua no jardim com mamãe, plantando lírios nos vasos, podando as plantas que cresceram demais, fazendo os preparativos para a primavera; as crianças, por sua vez, espanam a neve matinal dos arbustos perenes e dos pinheiros.

"Janeiro", Joyce já havia dito antes, "muito trabalho pra fazer no jardim. Hora de pôr mão na massa. Deus ajuda quem cedo acorda."

"Deus ajuda a quem cedo madruga, Joyce."

"Rapazinho entendeu muito bem."

Para Joyce sempre há muito que se fazer no jardim, não importa o mês do ano. E agora posso ouvir a voz dela, surpreendentemente doce ao conversar com mamãe, e embora não entenda o que elas dizem, tenho certeza de que não estão falando do papai. A meu ver, uma pequena vitória.

Papai desce com a última caixa. Uma caixa de velhos discos de vinil. De onde estou, posso ver o disco ao vivo dos Four Tops, o *I was made to love her* do Stevie Wonder, o *Feelin' bluesy* da Gladys Knight.

— Não acha que está velho demais pra tanto *baby, baby, baby?* — alfineto.

— Acho que ninguém é velho demais para a alegria — ele devolve. — Você não tem nada contra um pouquinho de alegria, tem, Alfie?

Fico com ódio dele, não porque seja incapaz de compreendê-lo, mas talvez porque o compreenda demais. Ele é meu pai e sempre será. Receio que sejamos mais parecidos do que eu gostaria.

Nossas vidas são mais semelhantes do que deviam ser. Todas essas noites em tetos alugados, na companhia de mulheres que falam numa língua desconhecida enquanto dormem. Os encontros furtivos, as pequenas mentiras, a aceitação de algo que, no fundo, sabemos não ser o ideal.

Não há nada de errado com um pouquinho de alegria. Aliás, esse tem sido meu lema nos últimos tempos. Meu medo, contudo, é que tanto para mim quanto para o velho esses tetos alugados sejam a coisa mais próxima de um lar que voltemos a pisar outra vez, a única espécie de lar que nos seja dado por mérito.

E então ele se vai, atravessando a porta atabalhoadamente com sua caixa de discos. No jardim, as mulheres riem.

parte dois

Batata frita só com refeição

dezenove

Ainda estou no parque com George quando Jackie aparece lá em casa. Mamãe a convida para entrar e serve chá com biscoitos, tentando deixá-la à vontade. Mamãe deixa qualquer um entrar. Nem sei como ainda não foi assassinada.

— Ela está na sala de visitas — informa quando eu chego. — É muito simpática. Mas... bem, meio espalhafatosa.

— *Ah, mãe* — resmungo, como se meu G.I. Joe tivesse acabado de quebrar.

— Disse que trouxe uma coisa pra você ler — retruca mamãe, sem se abalar. — Achei que fosse uma de suas alunas.

Dou uma espiada através da fresta da porta da sala. Lá está ela, no sofá, ainda vestida para dançar, ou para pegar uma bela pneumonia dupla: blusa tomara-que-caia, microssaia, saltos capazes de furar os olhos de alguém. Bebendo do chá, olhando para os quadros na parede, todas aquelas fotografias em preto-e-branco de operários que papai passou a colecionar depois que enriqueceu.

Penso em cair fora. Mas talvez ela comece a me cercar na rua. Melhor acabar logo com isso.

— Oi — eu digo, entrando na sala.

— Ah, olá. — Ela sorri e tenta se levantar, mas desiste por causa da bandeja com chá e biscoitos sobre o colo. — Olha, sinto muito incomodar você, mas...

— Tudo bem. Achei que tivesse deixado bem claro. Não sou mais professor de inglês.

— Ah, você deixou bem claro que *é* professor de inglês — ela devolve em tom de mofa. — Mas que não quer me dar aulas. — Ela deposita a bandeja na mesinha lateral e me entrega o envelope pardo que havia deixado no sofá.

— O que é isso?

— Uma redação. Sobre *Otelo*.

— *Otelo*?

— É aquela que fala de ciúme. "O homem que não amou com sensatez, mas com desmesura." Desdêmona, Iago, essa turma toda.

— Conheço a peça.

— Claro. Desculpa.

Uma redação sobre *Otelo*? Era só isso que me faltava.

— Você vai ler?

— Olha...

— Por favor — ela suplica. — Não vejo a hora de voltar a estudar. E esse assunto me interessa muito.

— Mas eu não...

— Eu era muito boa! Era ótima! Porque adorava literatura. Os livros me faziam sentir... sei lá, conectada com o mundo. Uma coisa mágica, sabe? Por favor, me dá uma chance. Uma chance só. Antes de decidir que não vai me dar aulas... lê a minha redação.

Olho para ela, tentando imaginar o que uma *dancing queen* de Essex pode saber a respeito do amor desmesurado de Otelo.

— Desculpa eu ter aparecido aqui assim, sem avisar. Mas se você ler o que escrevi e decidir que não vai me dar aulas, juro que deixo você em paz.

Então prometo ler a tal redação só para ficar livre dela. Acompanho Jackie até a porta, e ela se despede de mamãe. Sinto uma pontinha de pena dela. Não entendeu até agora. Dar aulas não tem nada a ver com a história.

— Uma simpatia, essa moça — diz mamãe assim que Jackie sai. — Meio magrinha. Já vi mais carnes no avental de um açougueiro. Mas ela já sabe falar inglês, não sabe? Então por que precisa de você?

— Não precisa.

Há uma garçonete nova no Eamon de Valera. Russa. Cabelos ruivos e curtos. Vai estudar na Churchill's quando o ano letivo começar, diz Yumi. Fico observando a moça se atrapalhar com os copos de cerveja irlandesa e saquinhos de torresmo antes de me apresentar. Vai ser uma de minhas alunas na turma de iniciantes avançados.

A essa altura do campeonato já desenvolvi uma espécie de piloto automático para esse tipo de conversa. De onde você é? O que está achando de Londres? Algum problema com o visto (menos para as alunas da Comunidade Européia e do Japão)? Tem saudade do *strudel* de maçã/*tempura* de camarão/frango Kiev da mamãe?

Olga responde o que todas costumam responder. Londres é mais movimentada do que ela imaginava, mais cara do que jamais poderia ter suposto. Se até mesmo os filhinhos de papai ficam assustados com o preço das acomodações nesta cidade, imagine então o susto de uma moça recém-chegada de um ex-inferno comunista.

245

Não tenho como ajudar Olga com seu problema de alojamento. Também estou procurando um apartamento, suando para encontrar algo que possa pagar, mas não conto nada disso a ela. No entanto, essa previsível reclamação sobre o preço das coisas abre uma porta para meu texto predileto.

— É, esta cidade não é nada barata — digo, debruçando-me no balcão. — Mas tem muita coisa aqui que a gente pode fazer de graça.

— Verdade?

— Puxa, se tem. Você só precisa saber onde procurar. Pra começar, tem os parques. A vista de Londres do alto do Primrose Hill. Os veados da rainha no Richmond Park. No Holland Park tem um monte de esculturas com as quais a gente tromba, assim, sem mais nem menos. As caminhadas em torno do Serpentine...

— Serpentine?

— É um lago. No Hyde Park. Lá tem umas trilhas de areia que as pessoas usam pra andar a cavalo. Pertinho dos jardins de Kensington.

— Onde a Diana vivia?

— Isso mesmo. Ela morava no palácio de Kensington. Uma bela construção. Até hoje as pessoas deixam flores nos portões. Também tem o Saint James's Park, perto do palácio de Buckingham. Lindo. E a Kenwood House, em Hampstead Heath. Um casarão maravilhoso, cheio de Rembrandts e Turners. No verão tem vários concertos de música clássica. Imagina só, a música de Mozart pairando acima do lago enquanto o sol se põe em Hampstead Heath...

— Duas cervejas, coração — interrompe o *bartender* na outra ponta do balcão. — Quando o Mozart aí der uma brecha.

Piso um pouquinho no acelerador quando ela volta.

— Olha, você não pode perder o mercado de flores da Columbia Road. Nem as *piazzas* da British Library.

— Eu adoro pizza.

— Você pode assistir a um julgamento no Old Bailey. Ou então ao interrogatório do primeiro-ministro nas Casas do Parlamento. Tem também as feiras de antiguidade da Brick Lane e de Portobello Road. O mercado de carnes em Smithfield. Os Picassos e Van Goghs da National Gallery...

Faço com que tudo pareça uma maravilha. E tudo é mesmo uma maravilha. Essa é a beleza da coisa. Não estou falando mentira nenhuma. É tudo verdade. Londres tem um milhão de coisas a oferecer. De graça. É só saber onde procurar.

A russa se afasta para encher alguns copos de cerveja; tão logo ela volta, conto sobre a seção de alimentos da Harrods, digo que por lá tem sempre alguém distribuindo amostras grátis das comidas mais fabulosas do mundo. Ela fica animadíssima. Deduzo que a comida na Rússia não era das melhores, mas logo constato que tanta animação se deve apenas à oportunidade de topar com o pai de Dodi Fayed nos corredores do lugar. Conto sobre o festival de música de Notting Hill, sobre as fontes da Somerset House, sobre a vista maravilhosa que se tem no aterro do Tâmisa à noite.

Tudo corre às mil maravilhas. Só quando berram que a cozinha vai fechar é que me dou conta de que devia ter saído para o aeroporto horas antes. Para buscar Hiroko, de volta da viagem ao Japão.

O saguão de desembarque está deserto, mas Hiroko ainda espera por mim junto ao ponto de encontro.

Bem japonês, o modo como ela enfrenta a situação: ao mesmo tempo estóico e otimista. E de repente apareço, ridiculamente atrasado, correndo para abraçá-la, tomado de vergonha e alívio, desejando que ela tivesse alguém muito melhor do que eu para buscá-la.

Hiroko está exausta, mas decidimos dar uma passada na cidade para comer alguma coisa. Tomamos o metrô expresso e logo estamos sentados num restaurantezinho que serve macarrão na Little Newport Street.

Ela está quase apagando. Do outro lado dos óculos, os olhos estão inchados em razão das poucas horas de sono. Mas Hiroko trouxe alguns presentes e insiste em dá-los agora. Dois pares de hashis: um grande para o homem, outro menor para a mulher, trinta anos de feminismo aparentemente ignorados pela indústria japonesa de hashis. Em seguida, ela me dá um conjunto de saquê: dois copinhos e uma garrafa de cerâmica. E, por fim, um frasco do Escape de Calvin Klein, comprado no free shop.

— Muito obrigado por esses presentes maravilhosos — eu digo. Por algum motivo, o formalismo de Hiroko me leva a ser formal também. — Vou usá-los sempre com muito carinho.

Ela sorri, radiante.

— De nada — ela balança levemente a cabeça.

Fico constrangido por sequer ter sentido saudades.

Arrastando as malas pela rua, seguimos até o Bar Italia, na Friter Street, para um drinque antes de irmos para casa. E é lá que encontro papai.

De início acho que estou tendo uma alucinação. O velho está vestido igualzinho ao John Travolta em *Os embalos de sábado à noite*.

Terno branco, calças vincadas, camisa preta sem gravata, sapatos de plataforma. Em qualquer outro lugar do país ele seria preso por se vestir desse jeito. Mas, no Soho, passa completamente batido.

Ele entra no bar e esquadrinha os clientes como se procurasse por alguém, suando em bicas apesar da hora e do inverno. E então me vê.

— Alfie!

— Esta é a Hiroko.

Ele aperta a mão dela.

— Estou atrás da Lena — diz. — Estávamos num *club* em Covent Garden.

— Festinha dos anos 1970, é?

— Como você sabia? Ah, claro. A roupa.

Sinto que na frente de Hiroko não posso espezinhar papai tanto quanto gostaria.

— Ela não está aqui — informo. — Vocês se desencontraram?

— Tivemos uma discussão. — Ele passa a mão pelos cabelos. Ainda é muito bonito, o filho-da-mãe. — Nada sério. Uma bobagem.

— Que foi que houve?

— A música. Uma bagunça. O DJ tocava alguma coisa dos anos 1960, depois outra dos anos 1980... Como se tudo desse no mesmo. Depois tocou "You can't hurry love". — Ele olha para Hiroko. — Das Supremes.

Hiroko sorri e faz uma pequena mesura.

— Aí a Lena diz: "Ah, eu adoro o Phil Collins." — O velho balança a cabeça em sinal de ultraje. — E eu digo: "Phil Collins? *Phil Collins?* Querida, Phil Collins não é ninguém. Isso aí que você está ouvindo é o original. Diana Ross e as meninas. Umas das melhores gravações da história da música." E ela diz que só conhece a versão do zé-ninguém. Mas que importância tem isso? Música pop, mais nada. Só um pouquinho de diversão. Então me deu vontade de voltar pra casa. Mas ela queria ficar. — Papai arregala os olhos como se estivesse em choque. — E depois a criatura some! Assim, de uma hora pra outra! Mas não está em casa. — Ele esquadrinha o bar mais uma vez. — Não sei onde ela está.

— Quer um cafezinho, alguma coisa?

— Não, não. Obrigado. Melhor continuar procurando.

Papai se despede de nós e volta à noite do Soho, uma espécie de Fantasma da Discoteca.

Depois daquele primeiro dia, George e eu nunca mais fomos importunados no parque. Estranho. A gente chega bem cedo nas manhãs de domingo, quando o lugar ainda é dominado pelos notívagos de sábado. Mas eles nos deixam em paz. Olham por um tempo e depois se vão.

Por causa do George. Da maneira como ele se move. Não há nada de tímido, fraco ou inseguro no Tai Chi. Os movimentos irradiam força interior. E os bêbados seguem adiante.

— Por que você resolveu me dar aulas, afinal?

— Vi que moço queria aprender de verdade.

Li o texto da Jackie. Mais previsível, impossível. Ela explica os estratagemas de Iago, a fúria de Otelo, a inocência de Desdêmona como se aquilo fosse o enredo de *Máquina mortífera 4*. Uma história de volúpia, traição e vingança. Estrelando Mel Gibson. Contra a parede, Iago! Agora nosso assunto é pessoal!

Exatamente o que se poderia esperar de alguém que sequer completou o ensino médio. Jackie chegou a ponto de ressuscitar aquela velha citação de Rymer, para quem a peça é "uma advertência às donas-de-casa para que cuidem melhor de suas roupas de cama", seja lá o que isso signifique.

Fico com pena de Jackie, mas ao mesmo tempo aliviado por não ter mais de ensinar esse tipo de coisa.

No envelope, não consta nenhum endereço, não sei para onde enviá-lo. Há apenas um cartão de visita — DREAM MACHINE: LIMPEZA À MODA ANTIGA — com um número de celular. Eu poderia esperar até me encontrar com ela na escola, mas não quero espichar ainda mais essa história. Quero me livrar de Jackie Day tão logo possível.

Ligo para o celular e uma mensagem gravada informa que ela está trabalhando na Connell Gallery, na Cork Street. Não fica longe da Churchill's. Decido entregar a redação pessoalmente, a fim de não correr o risco de qualquer dia desses voltar para casa e encontrar Jackie acampada no nosso jardim.

Embora fique a apenas uns dez minutos da escola, a Cork Street parece pertencer a uma cidade completamente diferente. Dá até para sentir o cheirinho de grana no ar. Encontro a galeria, determinado a deixar o envelope na recepção. E então a vejo.

Jackie não está vestida para dançar. Usa o macacão de náilon azul, com o cabelo puxado para trás e preso por um elástico. Está limpando uma vidraça. Quando me vê na calçada, pensa um pouco e vem ao meu encontro.

— O que está fazendo aqui?

— Vim devolver sua redação. Não tinha um endereço.

— Eu poderia ter ido buscar. Na escola. Ou na casa da sua mãe. Por que está me olhando desse jeito?

— De que jeito?

— Tenho minha própria empresa — ela diz. — A Dream Machine. A gente trabalha em vários lugares do West End.

— A gente quem?

— Eu mesma. Às vezes chamo uma colega. Quando o trabalho é pesado demais. — Uma pausa. — Algum problema?

Comigo? Sei lá. É que de repente compreendo por que ela quer tanto voltar a estudar, por que isso é tão importante para ela. Só agora me dou conta de que Jackie não é apenas uma estudante com um empregozinho de meio expediente. É disso que ela vive. É disso que ela vai viver pelos próximos trinta anos. Esse é o futuro dela.

— Não vejo nenhum problema em fazer limpeza pra pagar as contas — respondo, como se estivesse pensando em voz alta. — Não vejo mesmo.

— Não é tão ruim assim. Mas quero alguma coisa melhor. Sei que posso chegar lá se conseguir voltar a estudar.

— Alguém tem que fazer a limpeza, não é?

— Você faria?

Os amantes da arte e seus asseclas de nariz empinado começam a olhar torto para a faxineira e o mendigo conversando na calçada da Cork Street.

— Olha, sua redação não está de todo ruim.

— Só isso?

— É, só isso. Está repleta de opiniões de outras pessoas. De professores, de críticos. Mas quase nenhuma opinião pessoal.

Ela sorri para mim.

— Você é bom.

— Como assim?

— Bom professor.

— Você não me conhece.

— Posso apostar. Você é ótimo professor. Tem toda razão, eu devia ter falado mais das minhas opiniões. Então, vai me dar aulas ou não vai?

Minha vontade é deixar tudo isto para trás: Cork Street, Dream Machine, Desdêmona e sua roupa suja.

Mas penso em George Chang e na paciência que ele tem tido comigo, no incentivo que tem me dado. George decidiu me dar aulas porque isso era o certo a se fazer.

Não sei o que me dá, mas de repente me pego dizendo:

— Quando você pode começar?

vinte

Toco a campainha da vovó, mas ela não atende. Sei que está em casa. Pelo menos a televisão está ligada: hoje é dia de resultado da loteria, e posso ouvir os *uhs* e *ahs* da platéia a cada número anunciado pelo apresentador. Talvez o silêncio dela se explique pela possibilidade de embolsar dez milhões de libras. Mas e se for outra coisa?

Fico esperando ouvir os chinelinhos se arrastando no carpete, seguido do tilintar da corrente de segurança na porta, para depois ver aquele rostinho sorridente espiando pela fresta, os olhinhos brilhando de alegria. Mas não é isso que acontece. Ninguém responde à campainha no apartamento da vovó.

Não há cheiro de gás, nenhum sinal de fumaça sob a porta, nenhum pedido de socorro. Mas vovó está com oitenta e sete anos, quase oitenta e oito, e sinto o pânico me invadir enquanto deposito as sacolas de compras no chão e tiro do bolso a chave que guardo comigo para as emergências.

É isso que acontece, eu acho.

Todo mundo morre. Todo mundo nos abandona. A gente pisca, e alguém se vai para sempre.

Entro apressado no apartamentinho branco. O volume da televisão está nas alturas. Nenhum sinal de vovó, mas logo vejo o estranho junto da lareira, segurando a moldura de prata de uma fotografia, calculando quanto ela vale.

Quando ele se vira, o porta-retratos ainda nas mãos gatunas, vejo que não é um homem propriamente dito, mas um garoto compridão. Dezesseis anos, talvez dezessete, mas com mais de um metro e oitenta de altura, o rosto de bebê pintalgado de fiapos de barba.

Atravesso a sala a mil por hora e me jogo em cima dele, xingando, empurrando-o contra a lareira, a voz e o corpo trêmulos de raiva e medo. Ele deixa cair o porta-retratos mas permanece de pé, já recuperado do susto provocado por meu ataque-surpresa. Quando começamos a brigar, constato que ele é muito mais forte do que eu, sinto a fúria e o terror que ele também está sentindo.

Ele me joga para o lado, fazendo com que eu me esborrache contra o armarinho de bibelôs da vovó; os burricos espanhóis e os gnomos sorridentes pulam do outro lado da vidraça empoeirada.

E então vovó sai da minúscula cozinha, carregando uma bandeja com chá e biscoitos.

— Ah, vocês já se apresentaram, não é? — ela pergunta.

O garoto e eu nos desvencilhamos um do outro feito dois pugilistas separados pelo juiz. Ofegamos, eu e ele, em lados opostos da mesinha de centro. Vovó lentamente coloca a bandeja entre nós.

— Perdi o fôlego no ponto do ônibus — explica. — Saí pra dar uma olhada nas lojas e quando fui tomar o ônibus de volta... cadê o fôlego? Tinha sumido. Você já teve isso, Alfie? Essa falta de ar repentina? — Ela sorri afetuosamente para o garoto que acabei de atacar. — Ken me ajudou a voltar pra casa.

— Ben — ele corrige.

— Len — diz vovó. — Senti uma coisa esquisita. Mas o Len carregou minha sacola. Me ajudou a entrar em casa. Uma gracinha da parte dele, não acha, Alfie?

— Obrigado — eu digo.

O garoto olha para mim com a mais profunda expressão de ódio.

— Não foi nada — ele ainda está trêmulo. Dá um sorrisinho rápido para minha avó. — Agora eu preciso ir.

— Ken — eu digo. — Quer dizer, Ben. Fica aí e toma um chá com a gente. Por favor.

— Realmente tenho de ir. — Ele já não olha mais para mim. — Espero que esteja tudo bem com a senhora — diz à vovó.

Eu o acompanho até a porta, mas ele insiste em desviar o olhar.

— Eu não sabia... Quer dizer, achei que...

— Babaca.

Verdade. Sou um babaca. Custo a acreditar que ainda existam coisas como bondade e gentileza no mundo de hoje. Para mim, essas são coisas do passado. Sequer consigo enxergar o que está bem debaixo do meu nariz de babaca.

Volto para sala e encontro vovó apagada na poltrona, o bilhete de loteria numa das mãos e um biscoito recheado na outra. Não é a primeira vez que ela faz isso, adormecer assim, tão de repente. Às vezes tomba para frente e tenho de amparála às pressas, antes que se machuque.

"Tenho sono o dia inteiro", ela sempre diz. "Cansaço, só isso."

Mas agora constato que vovó não está simplesmente dormindo.

Está desmaiada.

— *Soong yi-dien!* — George me diz a toda hora. — *Soong yi-dien!*

Soong yi-dien. Uma das poucas expressões em cantonês que conheço. Em Hong Kong, ouvia isso o tempo todo na alfaiataria vizinha à Double Fortune, quando os clientes reclamavam que o terno estava apertado demais.

"*Soong yi-dien!*", eles gritavam para o Sr. Wu, o alfaiate. "Solta mais!"

George quer que eu me solte mais. Acha que exagero no esforço. Tem razão. Meu Tai Chi é duro. É difícil. Parece trabalho braçal. Mas George se move do mesmo jeito que Sinatra cantava, irradiando aquele poder natural, como se a arte deles fosse a coisa mais corriqueira do mundo.

— *Soong yi-dien!* — ele diz. — Muito importante quando joga Tai Chi.

Jogar Tai Chi? Decerto ele quer dizer "fazer", "praticar" ou "aprender" Tai Chi. Mas não "jogar".

Apesar do sotaque forte, George fala inglês razoavelmente bem. Não tem nenhum dos vícios de linguagem de sua mulher. Às vezes se confunde com os tempos verbais ou come os artigos, mas sempre dá para entender o que ele diz. Então fico surpreso com sua escolha verbal.

— Você não quis dizer "jogar" Tai Chi, não é, George? "Praticar", talvez?

Ele olha para mim.

— Não. A gente joga Tai Chi. *Joga.* Sempre, sempre. Tai Chi não é academia. Nada a ver com suar, com barriga tanquinho. Não é *malhar.* Quando entende isso, começa a aprender.

Começa a *soong yi-dien*. Por que ocidental quer sempre esforço? Então. Tenta outra vez.

E lá vou eu de novo.

Alinho as pernas com os ombros e faço a postura do cavalo, flexionando os joelhos, mas sem empurrá-los além dos dedos do pé. Pescoço ereto, mas relaxado. Queixo ligeiramente recolhido. Coluna ereta e alongada. Nádegas retesadas. Respiração lenta e suave; profunda, mas sem exageros. Pulsos relaxados. Todas as articulações soltas. Tento sentir meu *dan tien*, o centro de energia que, segundo aprendi, fica cinco centímetros abaixo do umbigo e cinco centímetros para dentro do corpo.

Nunca joguei nada parecido com isso.

— Conhece ditado "sem sacrifício, sem recompensa"? — pergunta George.

— Claro.

— É grande bobagem.

— Não cheguei muito cedo, cheguei? — diz Jackie Day. — Se você quiser, posso...

— Não, tudo bem. Vem, entra.

Ela entra no apartamento novo e observa o mar de caixas fechadas.

Finalmente consegui sair da casa dos meu pais. Agora vivo num apê de quarto e sala num prédio vitoriano em que também moram vários estudantes de música. Posso ouvi-los ao longe, tocando seus violinos e violoncelos, mas, como são muito bons, não chegam a incomodar. O lugar é ótimo. No entanto, com vovó internada para exames e o início das aulas na Churchill's, ainda não tive tempo de arrumar minhas coisas. A não ser alguns objetos de primeira necessidade.

Retratos de Rose.

Alguns clássicos de Sinatra.

Uma chaleira elétrica.

Entro na cozinha, quase um armário, para preparar café, enquanto Jackie vaga pela sala à procura de um lugar para se acomodar.

— Adoro essa música antiga — ela diz em voz alta. Sinatra termina "Wrap your troubles in dreams" e começa sua versão definitiva de "Taking a chance on love". — Que CD é esse?

— *Swing easy*, que, além das músicas do vinil de mesmo nome, tem todo o LP originalmente lançado como *Songs for young lovers*. — Presto atenção à música por um instante. — Também gosto muito. É um dos meus favoritos.

— É o Harry Connick Jr.?

Quase deixo a chaleira cair.

— Harry Connick Jr.? *Harry Connick Jr.*? Não, é Sinatra. Frank Sinatra.

— Ah. Parece muito com o Harry Connick Jr., não parece?

Não me dou ao trabalho de responder. Saio da cozinha e vejo que ela observa os retratos de Rose.

Rose na lancha do escritório em Hong Kong. No dia do nosso casamento. Num réveillon no monte Victoria. No dia da devolução de Hong Kong à China.

Mas o meu predileto é uma ampliação da foto de passaporte dela, Rose olhando diretamente para a câmera, impossivelmente jovem, séria e linda, os cabelos mais longos do que jamais tive a oportunidade de ver, embora o retrato tenha sido tirado pouco antes de nos conhecermos.

Rose era a única pessoa no mundo capaz de ficar bem numa fotografia de passaporte.

— Sua namorada? — pergunta Jackie, com um sorrisinho no rosto. — Essa não é a moça que vi na casa dos seus pais.

Demoro um instante para perceber que ela está falando de Vanessa.

— Aquela era só uma amiga. Esta aí é minha mulher, Rose.

— Ah.

Quase posso ouvir o cérebro dela fervilhar. Por que as pessoas sempre insistem nessa conversa? Por que não nos deixam em paz?

— Você é divorciado?

— Minha mulher morreu — explico, tomando o retrato das mãos delas e entregando a xícara de café solúvel. Cuidadosamente reponho o porta-retratos sobre uma das caixas de mudança. — Ela morreu num acidente.

— De carro?

— De mergulho. Quando vivíamos em Hong Kong.

— Meu Deus. — Ela arregala os olhos para o retrato de Rose. — Sinto muito.

— Obrigado.

— Que tragédia pra você. — Com uma expressão sincera de pesar, ela examina as outras fotografias sobre a caixa, quase um altar dedicado a Rose. — E pra ela também. Quantos anos ela tinha?

— Vinte e seis. Quase vinte e sete.

— Coitado de você. Coitadinha dela. Ah, eu sinto muito por vocês, sinto mesmo.

Vejo que os olhos de Jackie estão marejados, mas sinceramente não consigo sentir nenhuma espécie de gratidão pelos sentimentos dela.

Difícil levar a sério as condolências de uma pessoa que sob o casaco de couro se veste feito uma biscate pronta para rodar bolsinha em qualquer rua escura da cidade: camiseta da French Connection, minissaia rosa, saltos tão altos e pontudos que deixam marcas no assoalho do apartamento novo. Eu me pergunto o que estamos fazendo aqui. Então me lembro.

— Você quer fazer a prova de nível avançado em literatura inglesa, não é isso?

— Se conseguir mais esse certificado — ela diz, o rosto bonito e maquiado se ilumina —, posso voltar a estudar. Já tenho dois: em francês e em estudos de mídia. Depois posso entrar na Universidade de Greenwich. Conseguir o diploma de bacharelado. Arrumar um bom emprego. Parar de esfregar chão nas galerias da Cork e nas escolas da Oxford.

— Mas por que a Universidade de Greenwich? Aquilo lá não é exatamente Oxford ou Cambridge, você sabe.

— Porque esse é o meu plano — ela diz. — A gente precisa ter um plano. Já recebi a carta de admissão e tudo. Eu ia muito bem na escola. Ia mesmo. Mas depois tive de parar.

— Por motivos pessoais. Você já me contou isso também.

— Agora quero tentar de novo.

— Tudo bem. Pode sentar.

Ela olha ao seu redor. Não encontra nenhum lugar para sentar. Então busco duas cadeiras e as coloco em lados opostos de uma grande caixa de mudança.

— O programa para o certificado de literatura inglesa é bastante específico. São quatro pontos a serem trabalhados: uma obra em prosa, uma obra de poesia, um drama e uma peça de Shakespeare. Mas, no fim das contas, você precisa saber apenas duas coisas. Ler e escrever.

— Ler e escrever. Ótimo.

— Quer dizer, você precisa ser capaz de compreender um texto e em seguida demonstrar o que compreendeu. Essa é a essência tanto do nosso curso quanto da prova.

E não é que minha fala de professor ainda está na ponta da língua?

Tive de repeti-la um sem-número de vezes em meu passado sombrio na escola de ensino médio para meninos Princesa Diana, muito embora à época da prova para a universidade a maioria dos alunos já tivesse se graduado na escola técnica da vida.

A campainha toca.

— Desculpa — eu digo.

— Ah, deve ser pra mim — diz Jackie.

— Pra você?

— Acho que é minha filha.

— Filha? Que filha?

Jackie e eu saímos do apartamento e descemos até a calçada. À porta do prédio encontra-se uma moça, ou melhor, um enorme e carrancudo trator. Difícil dizer a idade, pois o rosto se esconde do outro lado de uma cortina de cabelos escuros e ensebados. As roupas são tão sombrias e disformes quanto as de Jackie são espalhafatosas e justas.

— Cumprimenta o Sr. Budd — diz Jackie Day.

O trator não diz nada. Sob as franjas imundas, dois olhos muito azuis se viram rapidamente na minha direção e depois se desviam para o outro lado, não sei se por timidez ou desprezo.

Numa das mãos ela aperta um maço de revistas em que homens de máscara e malhas muito justas se amontoam uns sobre os outros, fazendo caretas e aparentemente grunhindo.

De início acho que a criatura trouxe consigo sua coleção particular de revistas pornográficas, mas depois percebo que as revistas tratam de uma nova e grotesca modalidade de luta livre. Perplexo, subo as escadas rumo ao apartamento. Jackie e o trator vêm atrás de mim, Jackie feliz da vida e cheia de perguntas, o trator respondendo monossilabicamente. Embora não haja nenhuma semelhança física entre as duas, não resta nenhuma dúvida de que ali estão uma mãe e sua filha adolescente.

O trator entra no apartamento e olha ao redor, nem um pouco impressionada.

— Esta é a minha menina — diz Jackie. — Se você não se importar, ela pode ficar quietinha num canto enquanto a gente trabalha.

Olhando para essa mulher que deveria estar rebolando sob uma luz vermelha do outro lado de uma vitrine em Amsterdã, fico pensando por que diabos fui permitir que ela entrasse em minha vida.

— Por que você acha que parei de estudar? — ela pergunta de repente, com uma pontinha de petulância.

Então olho para a filha dela, o trator sem nome que folheia uma revista de luta livre no canto da sala, e penso com os meus botões: por que você acha que parei de dar aulas?

vinte e um

Quando vejo Hiroko esperando por mim na porta da escola, lembro de uma coisa que li certa vez numa coluna de conselhos sentimentais: o desequilíbrio de poder nos relacionamentos.

Segundo a especialista em dor-de-cotovelo, a pessoa que detém o maior poder é aquela que gosta menos. E quando Hiroko olha para mim com seu sorriso largo, esperançoso, vejo que a especialista tem toda razão.

Não há nenhum motivo para que eu exerça qualquer poder sobre Hiroko. Ela é mais nova do que eu, mais inteligente do que eu, mais bonita do que eu. Também é uma pessoa melhor. Em todos os aspectos, Hiroko leva a melhor.

Acontece que, no nosso caso, é ela quem gosta mais. Portanto, no fim das contas, beleza, juventude, caráter, nada disso tem importância.

— Você sumiu, Alfie.

— Tenho andado muito ocupado.

— Como vai sua avó?

— Ainda hospitalizada. Estão fazendo alguns exames enquanto drenam o líquido dos pulmões dela. Mas já ficou amiga de todo mundo na enfermaria.

— Ela é sempre tão alegre...

— Acho que vai ficar boa.

— Ótimo. Bem, que tal almoçarmos juntos mais tarde?

— Almoçar? É que... bem, fiquei de almoçar com o Hamish. Ele quer conversar sobre alguma coisa.

— Então jantamos juntos?

Olha, tudo bem ela me convidar para almoçar. Perfeitamente razoável. Mas apelar para o jantar, aí já é desespero. Fiquei me sentindo acuado. Só me resta uma coisa a dizer:

— Hiroko, sabe o que é? Acho que nesse momento a gente está precisando de um pouquinho de espaço.

— Um pouquinho de espaço?

Ela começa a chorar. Mas não são lágrimas de chantagem emocional. Não são lágrimas para me fazer recuar, mudar de idéia ou propor concessões. Nada a ver com o tal jantar. Lágrimas, só isso.

— Você é um amor de pessoa, Hiroko.

Verdade. Hiroko é um amor. Sempre me tratou com a mais absoluta doçura. O que será que há de errado comigo? Por que não consigo me contentar com essa mulher?

Os especialistas em remorso nunca estão por perto quando a gente precisa deles.

A má notícia na Churchill's é o escândalo sexual em que se envolveu um dos professores. Lisa Smith está soltando fogo pelas ventas, os alunos não falam de outra coisa, e até uma dupla de policiais uniformizados apareceu por aqui para investigar e fazer perguntas, como se o incidente fosse apenas a ponta de um iceberg.

A boa notícia é que a história não tem nada a ver comigo.

Hamish foi preso por sua conduta num banheiro público nos Highbury Fields. Até conheço o local: um desses lugares em que a gente entra para tirar a água do joelho rapidinho e todo mundo olha como se a gente fosse um pervertido sujo.

Pois bem. Hamish foi preso por atentado ao pudor porque outro dia, já tarde da noite, foi pegar o que achava ser a barraca armada de um completo desconhecido e acabou metendo a mão no cassetete de um policial. E agora o coitado está vendo o mundo desmoronar. Convidei-o para um drinque no Eamon de Valera.

— Estou correndo o risco de perder tudo — ele diz. — Família, apartamento, sanidade mental... tudo. E só por causa de uma punhetinha. Não é justo. Nem um pouco justo.

— E a velha Smith, como foi que reagiu?

— Disse que vai esperar pra ver se a polícia vai abrir um processo contra mim. Não estou preocupado com isso. Emprego vagabundo é o que não falta por aí. Estou mais preocupado com os meus pais. E com meu namorado também. O apartamento em que a gente mora é dele. Se ele engrossar, não sei o que vai acontecer.

— Espera aí. Seu namorado sabe que você não vai pro parque à meia-noite pra jogar tênis, não sabe?

— Falei pra ele que já tinha parado com isso. Com essa história de pegação. Ele não aceita.

— Ah.

— No caso dos meus pais, vai ser bem pior. Eles vão pirar. Especialmente papai. Meu Deus. Ele trabalhou no estaleiro de Govan durante quarenta anos. Quando souber que sou o que ele chama de "desviado", nunca mais vai querer falar comigo outra vez.

— Está dizendo que seus pais não sabem que você é gay?
Nem sonham? Puxa, Hamish.

— Nós somos do East End de Glasgow. Aquilo lá não é
nenhuma Londres. Mas, quer saber de uma coisa? Em última
análise, a diferença entre Glasgow e Londres nem é tão grande
assim. A gente vem pra essa cidade achando que vai poder
levar uma vida mais fácil, uma vida de liberdade. Mas depois
descobre que, no fundo, no fundo, este lugar é tão reprimido
quanto qualquer outro.

Fico com pena de Hamish, então não digo a ele o que realmente penso. Isto é: como alguém pode querer levar uma vida
privada ao mesmo tempo que faz pegação no banheiro público
de um parque?

E ele está errado quanto a Londres. Tem muita coisa errada
nesta cidade, mas o melhor de Londres é que aqui a gente pode
ser o que quiser, qualquer coisa. Desde que fique longe das
lanternas da polícia, claro.

Mas podemos inventar nossa própria vida, penso com os
meus botões, observando Olga brigar com a torneira de cerveja
na outra ponta do balcão.

Um pouquinho de discrição, basta isso.

Às vezes acho que o amor é produto de um erro de avaliação.

Meu caso com Hiroko, por exemplo. Quando olha para
mim, Hiroko enxerga outra pessoa. Enxerga um homem decente e bom, o homem que ela gostaria que eu fosse. Um *gen-
tleman* inglês. David Niven. Alec Guinness. Hugh Grant. Um
homem que não sou e jamais poderia ser.

O caso de Hamish e o namorado é a mesma coisa. O namorado decerto gosta de acreditar que Hamish quer um rela-

cionamento sério, monogâmico. E depois fica sonhando que eles vão sair por aí fazendo comprinhas no sábado de manhã, que vão receber amigos para uma reuniãozinha simpática no sábado à noite e passar o domingo ouvindo CDs de musicais da Broadway, sempre fiéis um ao outro. Mais um erro de avaliação.

O que Hamish realmente quer é fazer sexo em banheiros públicos com pessoas cujos nomes ele jamais saberá. Isso é mais importante para ele do que qualquer outra coisa. Mas o namorado não enxerga isso. Não quer enxergar.

Será que isso ainda importa? Será que isso ainda existe quando você não faz a mínima idéia de quem é a pessoa que está ao seu lado?

Até onde posso lembrar, vovó sempre teve um ódio profundo dos médicos. Sempre achou que precisava travar uma constante batalha contra eles a fim de manter a própria liberdade. Ela queria ficar em casa, e os médicos — ou "charlatões", como ela costumava chamá-los, mesmo aqueles dos quais gostava — queriam seqüestrá-la e deixá-la trancafiada num hospital até a morte.

Mas agora que de fato está num leito de hospital, vovó começa a dar sinais de que virou a casaca. Acha que os médicos precisam de aumento, que as enfermeiras deviam estar na televisão.

— Elas são tão bonitas quanto as moças da meteorologia — diz. Um belo elogio.

Mamãe, Joyce Chang e eu estamos sentados ao seu redor, ouvindo as histórias deliciosas que ela nos conta sobre as figuras que conheceu aqui. A enfermeira que "devia ser modelo, de tão linda que é". A velha (mais nova que ela) que "não bate muito bem da cabeça, coitadinha". O médico indiano que diz que ela vai ficar "mais forte que um coco". O servente galanteador, a enfermeira rabugenta. A senhorinha do leito ao lado, engraçada que só vendo, com a qual combinou um chazinho tão logo elas se vejam livres outra vez. Vovó não pára de falar. Estou vendo a hora que vai ficar tonta de tanto tagarelar. O que será que colocaram na canja dela?

Vovó parece mais feliz do que nunca, apesar da máquina horrorosa ao lado da cama, do tubo fininho que sai dessa máquina, passa sob a camisola branca que a deixa com o aspecto de um anjinho ancião, finca as entranhas dela e lentamente drena os pulmões congestionados.

Um dos pulmões se mostra completamente branco na chapa de raio X, tão cheio de líquido que sequer devia estar funcionando. Os médicos mal podem acreditar que vovó ainda consiga respirar com tanta porcaria nos pulmões.

Mas ela está feliz, apesar do ronronar constante da tal máquina, apesar da dor que decerto está sentindo. O tubo permanece fincado dia e noite. E permanecerá fincado até o fim da drenagem. Mas vovó não pára de sorrir. Como será que ela consegue?

Sei que é uma mulher corajosa, dura na queda. Mas essa disposição solar não é só uma questão de coragem. Coragem não lhe falta, mas talvez vovó tenha chegado à conclusão de que estar hospitalizada não é tão ruim quanto parece. Sabe que, ao contrário do marido, meu avô, não vai morrer aqui. Não dessa vez. Não ainda.

De repente, ela pára de falar. Papai entra no quarto, meio sem jeito, um buquê de flores e uma caixa de chocolates nas mãos.

— Mamãe — ele se dobra sobre a cama para beijá-la.

— Mike — ela diz. — Meu filho.

Mais uma vez fico com medo de que Joyce vá interpelá-lo sobre o caso com Lena, mas ela permanece imperscrutável, talvez pela primeira vez na vida. Simplesmente toma a mão de vovó e diz que ela vai ficar "novinha em folhas".

Mamãe e papai mais parecem irmãos do que um casal. Duas pessoas com uma história em comum, e só. Aparentemente não se odeiam, mas também não demonstram nenhum afeto avassalador. São educados um com o outro, formais, enquanto discutem as opiniões dos médicos e as necessidades da vovó. Os olhares que não se cruzam são o único indício de um cruel processo de separação.

E pela primeira vez fico com pena dele, papai. A barba está por fazer. Os cabelos precisam de corte. Ele perdeu peso, mas não numa academia qualquer.

Papai tem tudo que sempre desejou, mas não parece feliz. Parece que envelheceu de uma hora para outra.

Parece, sei lá, mais humano.

O primeiro dever de casa de Jackie foi interpretar dois poemas: "Quando fores velha", de W.B. Yeats e "Para Lucasta", indo para as Guerras, de Richard Lovelace.

Leio o trabalho dela — a letra é boa, cheia de volutas — enquanto ela espera do outro lado da mesa, mordendo as unhas pintadas.

Junto da janela, o trator — será que essa menina tem um nome, será que já me disseram e não me lembro? — ocupa boa parte do sofá, lendo uma de suas revistas execráveis. Na capa, dois lutadores gordos e suarentos se engalfinham em sungas de *lycra*. Fico me perguntando por que a mãe permite que ela leia esse tipo de coisa. Mas não digo nada. Em algum lugar do prédio, um violoncelista pratica escalas. Na rua, chove.

— Não está ruim — concluo, largando o papel sobre a mesa.

Jackie parece desapontada.

— Não está ruim, só isso?

— Bem, acontece que não pedi para você fazer uma crítica. Você não é o Frank Rich, do *New York Times*. Pedi que fizesse uma interpretação.

— Mas foi isso que eu fiz.

— Não, não foi. Você simplesmente discursou sobre suas preferências. Gostou do poema de Yeats. E não gostou do de Lovelace.

— Achei que tivesse de dar minhas opiniões pessoais. Foi isso que você disse outro dia, não foi?

— Sim, foi. Mas opiniões são uma coisa, e preferências são outra. Ninguém está interessado em saber de que poema você gosta mais. Não estamos falando de um concurso de beleza.

— Mas o Yeats é tão bom... Não é? Fala de envelhecer ao lado de uma pessoa. Amar uma pessoa a vida inteira e continuar amando na velhice, na reta final.

— Sei do que fala o poema.

Jackie fecha os olhos:

— "Quantos, com falsidade ou devoção sincera, / Amaram-te a beleza e a graça de menina! / Um só, porém, amou tua alma peregrina, / E amou as dores desse rosto que se altera."*

---

* Tradução de Paulo Vizioli, em *W.B. Yeats, Poemas*, Companhia das Letras, 1991. (*N.T.*)

— Ela abre os olhos, brilhantes de emoção. — Isso é tão lindo. "Um só, porém, amou tua alma peregrina." Adoro isso.

— E deixou bem claro. Mas não deu o devido valor a Lovelace. Numa prova, isso lhe custaria pontos.

— Esse tal de Lovelace, que é que ele entende do amor? Acha que tudo é mais importante que o amor. A honra. A pátria. Tudo. — Ela bufa com desprezo e, com uma vozinha ridícula e aguda, recita: — "Amar-te tanto, Querida, eu não poderia, / Se mais que a ti eu não amasse a Honra." Quanta bobagem. Esse cara é um escroto.

— Trata-se de um dos mais conhecidos poemas de amor da língua inglesa. Chamar Lovelace de escroto não ajudaria nada numa prova.

— Mãe?

É o trator.

O trator falou.

— Que foi, meu amor?

— Tem uma mulher lá fora. Na chuva. Está ali desde que a gente chegou.

Jackie e eu vamos até a janela.

Uma moça está parada junto ao poste do outro lado da rua. A cabeça coberta pelo capuz do casaco, o guarda-chuva Burberry prestes a virar pelo avesso. Embora não possa ver o rosto dela, reconheço o guarda-chuva, reconheço o casaco, reconheço as mechas pretas que escapam do capuz.

Hiroko.

Ela segura um buquê de flores. Talvez para minha avó. O tipo de coisa que a gente pode esperar de Hiroko. Esse pequeno gesto de delicadeza é a cara dela. Hiroko tem bom coração.

— Por que você faz isso, cara? — pergunta Jackie.

Por um instante, mal consigo falar.

— O quê? Nem acredito no que estou ouvindo. Faço isso o quê?

— Por que judia tanto dessas meninas?

Jackie Day e a filha parruda arregalam os olhos na minha direção. Minhas bochechas pegam fogo.

— Não judio de ninguém.

— Ah, judia — diz Jackie Day. — Judia, sim.

vinte e dois

Os rostos estão sempre mudando na Churchill's.

Alunos novos chegam a toda hora, sempre ansiosos e confusos, não importa se vieram de algum lugar miserável, de um país em desenvolvimento ou de uma superpotência. E os antigos cedo ou tarde voltam para casa, mudam de escola, juntam os trapos com alguém, são deportados porque não têm visto para trabalhar ou simplesmente somem na vida da cidade.

Mas muitos rostos permanecem.

Todos os meus alunos da turma de iniciantes avançados estão presentes hoje.

Hiroko e Gen acompanham a aula através dos cabelos iridescentes de tão negros. O chiquérrimo Imran também olha para mim com seriedade, e ao lado dele está Yumi, as delicadas feições japonesas cercadas de uma aura loura e vulgar: Kyoto sucumbe a Hollywood.

Zeng e Witold lutam contra o sono depois de muitas horas de trabalho escravo no General Lee's Tasty Tennessee Kitchen e no Pampas Steak Bar. Astrud parece mais gordinha, talvez nos primórdios de uma gravidez. Olga, sentada logo na primeira fila, morde o lápis, tentando alcançar o resto da turma. E Vanessa solenemente examina as unhas enquanto discorro sobre as sutilezas do mais-que-perfeito.

De costas para a porta, ela não vê o rosto que surge do outro lado da janelinha, esquadrinhando a sala. O quarentão boa-pinta parece um tanto abatido, como se algo muito ruim lhe tivesse acontecido ainda há pouco.

A bochecha está arranhada e os óculos estão sem uma das hastes. Há algo de errado na maneira como a camisa está abotoada. Ao que parece, o sujeito precisou fugir às pressas de algum lugar.

Seus olhos se iluminam quando encontram as madeixas douradas de Vanessa. Já sei de quem se trata, mesmo antes de ouvi-lo bater na janelinha. Vanessa se vira para trás e quase perde o ar de tanto susto. Fica de pé e, estupefata, encara o visitante.

— Geralmente usamos o mais-que-perfeito quando duas ações acontecem em momentos diferentes do passado — prossigo dizendo. — Por exemplo: "Quando viu a mulher, ele soube que havia esperado por ela a vida inteira." Percebem? Ele *havia esperado*.

Ninguém ouve o professor. Todos olham para o rosto à janela.

Quando a porta se abre, vemos que o sujeito carrega uma pequena mala de viagem abarrotada. Ele entra lentamente na sala. Olhamos para ele, à espera do que está por vir.

— Consegui, meu amor — ele comunica a Vanessa. — Finalmente saí de casa.

Então eles se abraçam e se beijam com furor, as testas trombando de um modo atabalhoado. A mala despenca no assoalho, e a armação maneta dos óculos pula em sinal de protesto.

Eu e meus alunos — Hiroko e Gen, Yumi e Imran, Zeng e Witold, Astrud e Olga — trocamos sorrisinhos nervosos.

Sabemos que estamos vendo duas vidas — duas, não, três, ou mais, se levarmos em conta os filhos abandonados — virando pelo avesso bem debaixo dos nossos narizes. Vidas que jamais serão as mesmas a partir de hoje.

Um tanto constrangidos, tentamos desviar o olhar, mas não conseguimos. Não sabemos ao certo como reagir a tudo isso, se estamos diante de uma cena de romantismo extremo ou de um mico sem precedentes.

Mas os óculos capengas do sujeito de algum modo tocam meu coração — "ele havia esperado por ela a vida inteira" — e me deixam inclinado a conceder ao casal o benefício da dúvida.

Trinta de junho de 1997. À meia-noite os ingleses devolveriam Hong Kong à China. Já havia escurecido quando os céus sobre o Victoria Park se abriram, derramando um aguaceiro sem igual. Como se alguém lá em cima pranteasse a devolução de um lugar tão cintilante.

A nobreza se reunia no porto. O príncipe Charles e o último governador. Os soldados e os políticos. Assistindo às bandas e ao recolhimento da bandeira. Mas nós estávamos na Lockhart Road, em Wanchai, na companhia do que parecia ser todo o resto da população de ingleses expatriados.

Rose vestia um blusão de Mao Tse-Tung. Josh, um smoking. Eu, um traje mandarim que me deixava parecido com um pé-de-chinelo qualquer da velha corte imperial. E conosco estavam vários dos colegas de escritório de Rose, homens e mulheres, todos em black-tie ou roupas tradicionais chinesas.

Andávamos sem rumo, chafurdando nos bares e nas ruas alagadas de Wanchai. No passado, o distrito de Wanchai havia sido um antro de prostituição, mas aos poucos foi se transformando numa espécie de Meca para os beberrões cor-de-rosa e narigudos feito nós.

Não sabíamos ao certo o que sentir.

Estávamos numa festa ou num velório? Devíamos estar alegres ou tristes?

Não havia muita alegria no ar. Havíamos começado a beber cedo e não sabíamos o momento certo de parar. Não éramos os únicos.

As brigas começavam a pipocar por todos os lados. Na calçada de um bar inglês chamado Fruity Ferret, vimos um homem de smoking, encharcado da cabeça aos pés, receber uma cabeçada de um rapaz embrulhado numa surrada camiseta de futebol. Ambos eram ingleses. Os chineses não estavam brigando nas ruas de Wanchai. Tinham coisa melhor para fazer.

Entramos no Fruity Ferret. Josh e eu abrimos caminho até o balcão. Desde cedo ele vinha se comportando feito um velho rabugento, resmungando sobre a ingratidão da República Popular da China, enchendo a lata de uísque e Tsingtao. Ainda esperávamos ser notados pelo australiano jogador de rúgbi que atendia do outro lado do balcão quando, aparentemente de um segundo a outro, ele recuperou a sobriedade e disse:

— Falta pouco pro casamento, hein?

— Mês que vem.

— Não quis casar em Londres?

— A gente se sente mais em casa aqui.

— Seus pais vêm?

— Vêm.

Ele soltou um suspiro.

— Antes de você se casar com a Rose, tem uma coisa que preciso te contar.

Olhei para ele para conferir se aquilo não era uma brincadeira. Não era. Então virei para o outro lado e berrei para o rapaz do bar. O armário australiano estava ocupado na outra ponta do balcão.

— É sério. Você precisa saber de uma coisa, Alfie.

— Não estou interessado.

— O quê?

— Não quero saber. Seja lá o que for, não quero saber. Não estou interessado. Guarda o seu segredo pra você.

— É sobre a Rose.

— Ah, Josh, vai se foder.

— Você precisa ouvir.

Afastei-o com um empurrão, e, embora o bar transbordasse de gente, Josh se esborrachou no chão. Copos se espatifaram, e alguém xingou com um forte sotaque londrino, mas a essa altura eu já havia deixado o balcão e abria caminho pela turba, passando por Rose e seus colegas, deixando-os tão boquiabertos quanto molhados.

— Alfie?

Irrompi na rua feito um maluco e quase fui atropelado por um táxi vermelho e branco. Estava no meio da Lockhart Road quando os fogos de artifício, maravilhosos, começaram a espocar na região do porto.

Meia-noite. Quando tudo mudaria para sempre. Quando devíamos cair na real e perceber que o sonho finalmente havia acabado. Como se fosse fácil parar de sonhar.

E subitamente Josh apareceu ao meu lado e me puxou pelo braço, os cabelos lambidos e escurecidos pela chuva, o paletó ensopado, a gravata torta.

— Seu idiota sentimental — ele disse. — Ela é uma garota como outra qualquer. Será que você é tão burro que não consegue enxergar? Rose é uma garota como outra qualquer.

Desvencilhei-me dele e voltei para o bar. Alguém do nosso grupo havia conseguido uma rodada de cerveja. Rose me entregou um copo de Tsingtao, e agradeci com um beijinho no rosto dela, completamente apaixonado.

— Que confusão foi aquela?

— Não foi nada. Ele bebeu mais do que devia, só isso. Vem. Vem dançar comigo.

Ela riu.

— Mas aqui não tem pista de dança. Nem música.

— Mesmo assim, dança comigo.

E ela dançou.

Alguns meses depois, papai nos presenteou com o vídeo do nosso casamento. Não sabia direito quem eram os amigos importantes dos noivos, o que acontece na maioria dos vídeos de casamento, e, portanto, tentou filmar um pouquinho de cada um dos presentes.

Mas a imagem que de fato guardei na lembrança foi a lenta panorâmica dos convidados reunidos diante da igreja de Happy Valley. Rose e eu posávamos para as fotografias.

E entre tantos tios e tias, tantos colegas de faculdade e de trabalho, lá está o velho Josh, alto e bonitão em seu terno impecável, os braços cruzados diante do peito.

Ele olha para os noivos.

E lentamente balança a cabeça.

Estou à espera de Jackie Day quando ela sai da galeria.

Ao que parece, um *vernissage* está acontecendo na noite de hoje. Pessoas muito bem vestidas, quase uma multidão, conversam todas ao mesmo tempo, segurando taças de vinho, ignorando os quadros nas paredes.

Chamo pelo nome dela e Jackie por fim me vê, mas não parece tão surpresa quanto achei que ficaria. Entrego a ela o envelope.

— O que é isto? — ela diz.

— Seu dinheiro de volta. Sinto muito, Jackie, mas não posso continuar a te dar aulas.

Ela olha para o envelope, depois para mim.

— Por que mudou de idéia?

— Porque não vai dar certo, só isso. Já tenho muito o que fazer. Melhor você procurar uma escola noturna. Sinto muito.

— Já disse. Escola noturna pra mim não dá. Motivos pessoais.

— Sei. Deve ser muito difícil mesmo. Trabalhar, criar uma filha sem ajuda de ninguém.

— Você acha que sou maluca, aposto. A garota de Essex que quer entrar na faculdade. Parece uma piada, não parece? Isso mesmo, uma piada. Ah, já ouvi todas as piadas. E não só as do seu amigo Lenny, o Libidinoso.

— Lenny não é exatamente meu...

— Gente feito ele é o que não falta por aí. E você é um deles. Não tem problema. Tudo bem que você me ache uma piada. Tudo bem que me ache burra.

— Jackie, não acho que você seja burra.

— Sempre me disseram que eu era burra, minha vida inteira.

— Eu não...

— Meus pais. Meus professores. Meu ex-marido, aquele canalha. Mas achei que você fosse diferente. — Ela me examina com cautela. — Nem sei por quê. Achei que tinha visto algo em você. Uma pontinha de decência, sei lá.

Tomara que ela tenha visto a coisa certa, é o que me pego pensando.

— Jackie...

— Você não gosta do jeito que me visto.

— Não tenho nada a ver com seu jeito de vestir.

— Já vi você me olhando. Torcendo o nariz. Pra garota de Essex. Eu sei.

— Por mim, você se veste do jeito que quiser.

— Pois eu vou lhe dizer uma coisa, camarada. — A essa altura a voz dela já está trêmula. — Eu *gosto* do jeito que me visto. Acho *bacana*. E você, olha só pra sua beca. Acha que se veste muito melhor do que eu? Parece um mendigo velho, isso sim.

— Nunca fui dos mais elegantes.

— Não diga. Você podia muito bem estar dormindo debaixo da ponte. Sabe qual é o seu problema, Alfie? Você acha que é a única pessoa do mundo que já passou por uma desgraça.

— Não é verdade.

— Sinto muito que você tenha perdido sua esposa. Rose. Mas a culpa não é minha.

— Não culpo você de nada. Nem a ninguém.

— Você culpa o mundo. Falou da sua desgraça, mas não quis ouvir a minha. Quer ouvir agora? Quer ouvir do homem que me engravidou quando eu ainda estava na escola, indo bem pra caramba? O mesmo homem que por dez anos infernais me cobria de pancada toda vez que acordava com o pé esquerdo? Quer ouvir tudo isso agora, quer?

Fico mudo. Não há nada que eu possa dizer. Jackie chora lágrimas de provocação.

— Vou passar e conseguir esse certificado, ouviu bem? Com você ou sem você. Vou juntar com os outros dois que já tenho e vou entrar na Universidade de Greenwich. Não é Oxford, nem Cambridge, você tem razão. Mas esse é o meu sonho. Pode torcer o nariz se quiser. É meu sonho e pronto.

— Não estou torcendo o nariz.

— E quando me formar, minha filha e eu vamos ter uma vida muito melhor do que essa que a gente tem hoje. Esse é o meu plano. Se você não pode me ajudar, se pra você é mais importante andar por aí partindo o coração de uma estrangeirinha qualquer, então não sei o que você é, mas com certeza não é grande coisa como professor. Nem como homem.

Por um bom tempo ficamos olhando um para o outro. Atrás de Jackie, o *vernissage* transcorre a pleno vapor. Essa gente e seus salários astronômicos, sua coleção de diplomas pendurada na parede. Essa gente que fala alto demais. E de repente me dou conta de que a opinião de Jackie é importante para mim.

— Realmente gostaria de poder ajudar — digo.

— Mas você *pode*. Pode mudar o rumo das coisas se quiser. Não acredita nisso, não é? Acha que o mundo está fora do seu controle, não acha? Olha, você nem imagina as mudanças que pode fazer na vida de uma pessoa. Ainda há tempo, Alfie. Você ainda pode fazer parte da turma do bem.

Não sei o que me dá.

— Então a gente se vê na terça — digo.

Como foi que isso pôde acontecer?

vinte e três

George me ensina o Tai Chi em três etapas.

Primeiro aprendo o movimento, tentando copiar a graça lenta dele, embora às vezes me sinta um bêbado tentando imitar um bailarino. Mas começo a perceber que cada movimento tem lá o seu propósito.

Depois aprendo juntar a respiração ao movimento, inspirando e expirando conforme fui instruído, lentamente enchendo os pulmões, lentamente os esvaziando. É como aprender de novo a respirar.

Por fim, o mais importante que aprendo é... o quê? Relaxar? Fazer algo sem esforço excessivo? Estar no momento e só no momento? Sei lá.

Enquanto tento limpar a mente e apaziguar o coração, esquecer o mundo que espera por mim além deste pedacinho de gramado, nem sei ao certo o que George está me ensinando.

Mas sei que é alguma coisa parecida com soltar o freio de mão.

Já é quase meia-noite e os corredores do hospital estão tão escuros e silenciosos quanto possível, pois um hospital nunca está completamente escuro nem inteiramente silencioso. Há sempre uma penumbra em razão das luzes que escapam da sala das enfermeiras logo na entrada da ala. Há sempre o murmurinho de vozes distantes, o rangido de um carrinho sendo empurrado pelo piso encerado, os queixumes de alguém que não consegue dormir, os suspiros de dor.

Quando vovó por fim adormece, fico um tempo admirando o rostinho dela e depois vou até o corredor para encontrar papai. Ele está na cantina do hospital, um sanduíche semicomido e uma xícara de café frio abandonados sobre a mesa.

O velho vem ao hospital todos os dias, mas não consegue ficar muito tempo no quarto, sentado ao lado da mãe. Prefere se fazer útil de alguma forma: conversa com os médicos sobre o estado dela, pergunta sobre as possibilidades de alta, vai um milhão de vezes à loja do hospital para comprar as coisinhas de que ela precisa.

Prefere mil vezes sair à procura de uma caixinha de suco de laranja — vovó se recusa a beber água da pia, mesmo sabendo que ela foi filtrada com as areias glaciais dos Alpes Franceses — a ficar parado no quarto. Não consegue simplesmente ficar sentado ao lado da mãe. Acha que não está fazendo o suficiente.

— Sua avó já conseguiu dormir? — ele pergunta.

— Já. Acho que ainda sente muita dor por causa daquele dreno. Mas nunca reclama.

— A geração dela nunca reclama. Eles não sabem reclamar. Foi a *minha* geração que começou com isso.

— Bem, de qualquer modo, os pulmões já estão quase limpos. Logo, logo ela vai poder voltar pra casa.

— É.

— E você, como está?

Papai fica surpreso com a pergunta.

— Estou bem. Um pouquinho cansado, só isso.

— Não precisa vir todos os dias. A gente pode cuidar dela, mamãe e eu. Caso você ande muito ocupado. Muito trabalho, e tal.

Ele mais ou menos ri. Deduzo que ainda não voltou a escrever.

— O trabalho já não é o problema que era antes. De qualquer forma, obrigado.

De repente me lembro da noite em que o vi no Bar Italia, fantasiado de John Travolta.

— Como vai a Lena?

— Faz um tempo que a gente não se vê.

— Vocês não têm se visto? Como assim?

— Ela me deixou.

— Achei que fosse trabalhar como sua secretária. Que vocês fossem se casar.

— As coisas não saíram como planejadas.

— Que foi que houve?

— Nossa relação já não era mais a mesma. Não podia ser. Já não tinha mais aquele frisson, sabe, das escapulidas durante o dia. — Ele levanta o rosto e olha para mim. — Das noites num quarto de hotel. Das viagens de fim de semana.

Ah, as viagens de negócios. Foram muitas, as viagens de negócios.

— Tudo isso é muito romântico — ele continua. — É excitante. Mas tudo muda quando a gente mora junto e o aquecedor não está funcionando. Quando um dos dois tem de levar o lixo pra fora. Sabe, não consegui me acostumar com a idéia de que aquela garota dos hotéis era a mesma que me dizia que a gente precisava chamar um encanador.

— Cedo ou tarde todo mundo tem problemas com o encanamento. Você sabia que as coisas iam mudar. Claro que sabia.

— Suponho que sim. Não sou mais nenhum adolescente, não é?

— O que você acha?

— A decepção foi maior pra ela. Lena achava que tinha fisgado um... sei lá, um homem mais velho. Maduro. Sofisticado. Com uns trocados na carteira.

— O autor de *Laranjas de Natal*. O rei da sensibilidade.

— E de repente vê esse sujeito passar o dia inteiro em casa, plantado na frente de um computador sem conseguir escrever uma linha, e ele sequer gosta da mesma música que ela, acha que a música de hoje parece sirene de ambulância e também não quer sair pra dançar num *club* em que as pessoas usam seus anéis enfiados no umbigo. E então o homem mais velho se transforma num homem simplesmente velho.

— Ela ainda está no apartamento?

— Não. Foi morar com um cara de Wimbledon que conheceu na Inferno na Torre. Naquela noite em que a gente se encontrou na rua. Meu Deus, ela só faltava babar por ele.

— Inferno na Torre, que diabos é isso?

— É a festa dos anos 1970 que eles fazem no Bongo Bongo. Você nem procura se manter informado, não é?

— Eu tento.

— Não se dê ao trabalho. É uma canseira. Ela diz que não está dormindo com o tal cara. Diz que acampou na sala dele, num *futon* emprestado, e só está dando um tempo até encontrar outro lugar pra ficar.

— E você não acredita nela.

— *Futon* grátis? Igual ao almoço, não existe.

Por um instante tenho uma visão do mundo voltando aos eixos. Lena encontrando o amor verdadeiro no tal *futon* de Wimbledon. Papai implorando que mamãe o aceite de volta, mamãe cedendo afinal. Vislumbro um futuro em que mamãe está trabalhando feliz no jardim, papai está escrevendo sua brilhante continuação do *Laranjas* no escritório e vovó nunca mais tem de voltar a um hospital para drenar os pulmões.

E, de repente, papai estraga tudo.

— Vou trazer ela de volta — diz, e levo alguns segundos para me dar conta de que o pilantra não está falando da mulher nem da mãe. — Um *futon* em Wimbledon, tenha a santa paciência. Daqui a pouco ela recobra o juízo, você vai ver. Olha, simplesmente não consigo viver sem ela. Acha que estou ficando maluco, Alfie?

Não, respondo para mim mesmo.

Acho que está cavando a própria cova.

Quando faço minha aula de Tai Chi depois do trabalho, janto cedo com os Changs no Shanghai Dragon.

Eles comem em torno das seis, depois de Diana e William terminarem suas lições e antes de o restaurante abrir as portas. Esses meninos estudam alguma coisa quase todos os dias: violino para Diana, piano para William, Wing Chun Kung Fu e cantonês para ambos. Quando não estão comendo, estão estudando, e vice-versa.

A comida que a família come tem pouco a ver com o cardápio oferecido no restaurante. É bem mais simples, mais fresca, mais bruta. Nada de molho agridoce, nenhum desperdício. Hoje estamos comendo peixe cozido no vapor, servido inteiro — a cabeça e o rabo intactos, os olhinhos brilhando, vazios —, acompanhado de arroz branco e diversos legumes: feijão, milho verde, repolho chinês, broto de feijão, cogumelos.

Os hashis de plástico tilintam enquanto dizimamos o peixe. Nossas cabeças baixam ao encontro dos montículos de arroz, abocanhados com ruidoso prazer. Os Changs bebem chá ou água da pia nas refeições, mas insistem em me servir água mineral, buscada no minúsculo bar do restaurante.

— Logo, logo, Ano-Novo — Joyce me informa.

— Ano-Novo? Mas janeiro ainda nem acabou!

— Ano-Novo chinês. Muito importante pra povo chinês. Feito Natal e Páscoa pra ocidental. Quando tinha tamanho de criancinha, nem pensava em Natal. Chinês não liga pra brinquedo. Chinês não liga pra Barbie e Ken vão na discoteca. Chinês só liga pra Ano-Novo.

— É baseado no calendário lunar, não é? Quando vai ser exatamente?

Joyce consulta os familiares em cantonês.

— Véspera de Ano-Novo em 15 de fevereiro — diz.

— Ano do Coelho — acrescenta William, num perfeito sotaque londrino, apesar da boca cheia de macarrão.

— A gente faz festa — continua Joyce. — Aqui. Shanghai Dragon. Você vem.

— Posso trazer alguém comigo?

— Trazer alguém? Claro que pode. Traz todo mundo. Traz família.

Família? Para Joyce é fácil dizer.

A simples certeza de uma família é o que mais invejo nos Changs. Joyce e George, Harold e Doris, Diana e William, todos eles sabem exatamente o que é uma família.

Mas, para mim, é cada vez mais difícil saber onde começa e onde termina minha dilacerada família.

vinte e quatro

Vovó finalmente tem alta do hospital.

Quando chego em casa depois de fazer as compras dela, com uma dezena de sacolas de supermercado nas mãos, encontro Jackie Day na porta do prédio, esperando com a filha para a aula marcada. Sem dizer nem uma única palavra, o trator me observa através das franjas ensebadas.

— Jackie — eu digo. — Desculpa o atraso. Tentei ligar, mas...

— A bateria acabou.

— Tive de fazer umas compras pra vovó, que acabou de sair do hospital. Não tem nada no apartamento dela.

— Ah, que bom.

— Mas agora tenho de levar essas coisas pra lá. — Levanto as sacolas num gesto de desculpas, e as tortas de geléia despencam de uma das sacolas. Jackie as recolhe para mim. — Estou com o carro da mamãe. Então nossa aula de hoje vai ter de ficar pra outro dia.

— Posso levar as compras.

O trator falou. A voz é surpreendentemente aguda e feminina.

— Como?

— Posso levar pra você. É só dizer onde ela mora, e eu pego o ônibus.

Penso na hipótese por um instante. Por que não? Ela não ia surrupiar as tortas da vovó, ia?

— Você faria isso por mim?

— Claro. Não tenho nada melhor pra fazer, né? E vocês não precisam de mim aqui pra nada, precisam?

— Muita gentileza da sua parte, filha — elogia Jackie.

— Não é longe — eu digo. — Vou lhe dar o endereço, e você toma um táxi.

— Posso ir de ônibus.

— Você vai de táxi.

Envergonhado, percebo que até hoje não sei o nome da menina. Jackie me tira da saia-justa.

— Obrigada, Plum — diz.

Plum? Ameixa?

—Você é um amor, Plum — eu arremato.

Ela joga o peso do corpo para o outro pé e baixa a cabeça sem saber o que fazer com as mãos.

— Sem problema — sussurra.

Tão logo despachamos Plum com as provisões da vovó, Jackie e eu subimos até o apartamento e tomamos uma xícara de chá.

— Então — comento —, você deu o nome de uma fruta à sua filha.

— Não vá zoar a Plum, por favor — diz Jackie, sem irritação, com gentileza, como se eu fosse rude demais para saber como agir. — Basta o que ela passa na escola. Com os colegas, sabe?

— Os garotos atormentam ela?

— O que você acha?

— Sei lá. — Felizmente sou capaz de me controlar para não dizer: "Sua filha é bem parruda, eu não gostaria de topar com ela num beco escuro." Mas procuro dizer a mesma coisa com as palavras certas: — Tenho a impressão de que Plum é capaz de se defender sozinha.

— É um cordeirinho. Fico comovido com o afeto que transborda das palavras de Jackie, francas e seguras. — Sei que está um pouquinho acima do peso, mas é a doçura em pessoa. Você sabe como a meninada é cruel, não sabe?

— Se sei.

— Eles implicam com todo mundo que é um pouquinho diferente.

— Verdade.

— E, pra sua informação, não escolhi o nome dela por causa da fruta.

— Não?

— Não. Eu estava na sala de espera do médico, ainda grávida, e peguei uma revista pra ler. Sabe esse tipo de revista, com fotografias de festas chiques, de gente famosa mostrando o banheiro de casa?

Conheço esse tipo de coisa.

— Pois na tal revista — ela continua — tinha uma espécie de coluna social. Cheia de gente bonita badalando em algum lugar. Não que só tivesse gente bonita. Dava pra ver que, atrás de tanto bronzeado, algumas pessoas eram até... como eu vou dizer...

— Feias?

— É, feias. Especialmente os homens, quase todos muito mais velhos que as mulheres. Mas, apesar disso, todos pareciam muito felizes. Sabe o que estou dizendo?

— Acho que sim.

— E tinha essas duas garotas. Essas, sim, muito lindas. Modelos, provavelmente. Ou atrizes. Filhas de algum ricaço, sei lá. Pareciam irmãs, mas não eram. Louras, altas, bronzeadas. Usavam esses vestidinhos que parecem camisola, sabe? Elas estavam sorrindo. Dentes muito brancos. Pernas intermináveis. Como chamam mesmo, aquelas taças compridas de champanhe?

— *Flûtes.*

— Pois é. As duas seguravam uma flauta de champanhe. Quer dizer, acho que era champanhe. Cidra é que não era, né? Elas estavam abraçadas. Aqueles bracinhos compridos, finos, bronzeados. Sabe o que passou na minha cabeça quando olhei pra elas? Essas meninas nunca sofreram na vida. Nunca. Não sabem o que é sofrimento. E o mais engraçado era que as duas se chamavam Plum.

Jackie bebe do chá.

— É um nome lindo — digo.

— Você acha?

— Acho.

— Meu marido, que ainda não era marido na época, sempre achou que Plum era um nome... idiota. Idiota, não. Pretensioso. Ninguém gosta de Plum lá na minha terra. Ninguém gosta de gente que quer avançar na vida. Meu marido era assim também. "Você é inteligente demais, Jackie. Mais do que devia", ele costumava dizer. Como se a burrice fosse motivo de orgulho. Mas não dei ouvidos a ele e chamei a menina de Plum. Fui ao cartório sozinha e tirei a certidão de nascimento. Azar o dele, pensei. Aliás, se não fosse o Jamie eu nem tinha ido parar lá, no tal consultório da revista.

— Porque foi ele que te engravidou, é isso?

— Não. Porque foi ele que me quebrou duas costelas.

Terminada a aula, Jackie e eu vamos até o apartamento da vovó. Plum atende a porta. Está sorrindo.

— A gente está vendo a luta — diz.

Na sala, vovó está recostada no sofá com um cobertor sobre as pernas. Olha encantada para a televisão, onde dois homens gordos, de sungas justas e espalhafatosas, berram um para o outro. Um deles tem a cabeça raspada; no outro, cachos pré-rafaelitas se misturam ao suor dos ombros.

— Ah, é o Pedra — diz Jackie quando a tela se preenche com a imagem do careca. — Seu favorito, não é, filha? — Ela se vira para mim. — O Pedra é o lutador preferido da Plum.

— O Pedra é o cara, maluco — diz Plum. — Manda bem pra cacete. Só dá porrada. — Ela parece rosnar para mim através da franja. — Se ele te pega, meu amigo, fudeu.

— Olha essa língua, filha — diz Jackie.

— Não são lindos, os olhinhos dela? — elogia vovó.

Todos nos viramos para ela; vovó olha para Plum.

— *Meus* olhos? — espanta-se a menina. — *Bonitos?*

— Já viu esse programa, Alfie? — pergunta vovó, como se esses anos todos eu tivesse guardado a existência dele em segredo. — Cão e gato, esses dois aí. Uma pancadaria só.

— Mas é tudo encenação, vovó.

— De jeito nenhum! — ela retruca. — Vai, mané, acerta a fuça dele!

— Belo contragolpe — comenta Plum. — Estilo greco-romano. Cotovelada no rosto, joelhada no estômago. Chave de braço e pronto, lona.

— Mas isso aí não é um *esporte*, é? — eu digo. — Não um esporte de verdade.

— É esporte-espetáculo — explica Plum sem tirar os olhos da televisão. — É assim que eles chamam.

— Com quem o Pedra está lutando, filha? — pergunta Jackie. Meia hora antes ela havia perguntado com a mesmíssima curiosidade alguma coisa sobre os diálogos de Carson McCullers.

— Billy Caubói. Um mané. Um verme. Vai levar um puta coió.

Por um bom tempo ficamos assistindo àquela valsa ridícula, transmitida, suponho, por um canaleco qualquer da TV a cabo. Fossem outras as circunstâncias, eu já teria assumido o controle da situação e mudado para o noticiário. Mas estou agradecido a Plum pelo favor prestado e, além disso, é uma delícia ver vovó assim, tão animada depois daquela provação no hospital. Então assistimos ao espetáculo dos brutamontes seminus que se engalfinham, ou fingem se engalfinhar, para a nossa diversão.

O tal Pedra, o herói careca de Plum, parece estar levando a melhor. Ele avança no ringue, obrigando o caubói cabeludo a recuar com uma saraivada de socos falsos ou reais. Billy logo beija a lona, o corpanzil brilhando de suor e óleo Johnson.

— Essa sua bunda mole agora é minha, fanchão! — berra o Pedra para o prostrado Billy Caubói. — E as tripas são dos urubus! — Ele aponta o dedo furiosamente contra o corpo desfalecido do rival. — Coloquei você no seu devido lugar, maricão, agora vê se fecha essa matraca!

O Pedra dá as costas para Billy Caubói e sobe nas cordas para incitar a platéia, quase inteiramente composta de adolescentes muito gordos, vestidos para sua visita anual à academia de ginástica.

Tão logo o juiz deixa o ringue para consultar a banca de árbitros, Billy rapidamente fica de pé e recebe a enorme lata de lixo que o ajudante lhe passa entre as cordas.

— Ah, claro — eu digo. — Como se essa lata estivesse ali de bobeira. É nesses momentos que a gente realmente precisa de uma lata de lixo.

— Shhhh! — diz vovó.

— Pode ir se curvando diante do mestre, seu caubói de araque! — continua o Pedra. — Porque voltei pra pendurar você na Árvore do Arrependimento!

Apesar das dez mil vozes mandando o Pedra se virar, Billy Cowboy consegue se aproximar de mansinho e cravar a lata de lixo nas costas do outro. O Pedra despenca das cordas feito um passarinho morto, e pela primeira vez acredito que alguém de fato possa se machucar numa luta dessas.

— E esse juiz? — pergunto. — Como é que não pôde ver o que estava acontecendo?

— Ora — responde Plum —, se o juiz visse tudo, ia parecer que é tudo mentira, não ia?

Plum e vovó olham para mim, mal acreditando que até agora eu não tenha entendido o espírito da coisa.

Em seguida, voltam os olhos para a TV, como se aquilo diante delas não fosse nem esporte nem espetáculo, mas o cúmulo da injustiça sobre a face da Terra.

vinte e cinco

— Você está dormindo com a Olga? — pergunta Lisa Smith.

— Olga? — eu repito.

— Olga Simonov. Uma das suas iniciantes avançadas.

Lisa Smith aperta as pálpebras sobre a armação dos óculos de leitura. Do outro lado da porta da sala, fina como uma hóstia, vêm as risadas e o arrastar das botas dos alunos, a tagarelice ritmada de uma conversa em japonês.

— Sei quem é.

— Aposto que sabe.

As lebres novamente estão sendo levantadas na Churchill's. Lisa Smith anda me vigiando como se fosse uma velha águia míope e ranzinza. Outra vez me encontro na mira dela porque a polícia resolveu não processar Hamish pelo que ele fez no banheiro público de Highbury Fields. Meu colega ficou tão aliviado que imediatamente foi para Leicester Square e se ofereceu para fazer sexo oral com um policial à paisana.

Tenho uma enorme admiração por Hamish. Há vários gatinhos que ele poderia estar perseguindo na Churchill's — asiáticos de pele macia, indianos circunspectos, italianos desinibidos —, mas ele sequer passa perto deles. Hamish possui aquela invejável qualidade de saber separar trabalho e prazer, qualidade que infelizmente me tem faltado nos últimos tempos.

— Nunca dormi com a Olga. Nunca.

— Está falando a verdade?

A mais absoluta verdade. Subimos juntos a Primrose Hill numa manhã de domingo, o único dia da semana em que ela fica livre das obrigações tanto da escola quanto do pub. Admiramos a vista de mãos dadas e depois fomos para Camden Town, onde ela permitiu que eu lhe desse um casto beijinho nos lábios durante o café.

Olga e eu passeamos pelos canais da zona norte de Londres, admirando as casas-barcos, caminhando abraçadinhos. Só então percebi, maravilhado, a qualidade elástica da juventude dela. É isto que a idade nos subtrai: a elasticidade. Também andamos sem rumo pelas partes mais selvagens de Hampstead Heath e tomamos sorvete nos jardins da Kenwood House, quando ela me contou sobre a família, os sonhos, o namorado deixado para trás. Mas não fomos para a cama. Ainda. Estou esperando o sinal verde.

Por que não? Que mal pode haver nisso?

Saindo da sala de Lisa Smith, vejo que Hiroko está à minha espera no fim do corredor. Finge ler os anúncios do quadro — quartos para alugar, panelas para vender, bicicletas para comprar —, mas, ao perceber que me aproximo, vira-se na minha direção, fazendo os cabelos balançarem sobre os óculos. Receio que vá me perguntar, ela também, se andei dormindo com uma certa Olga Simonov, aluna da turma de iniciantes avançados. Mas não é isso que acontece.

— Queria pedir desculpas — diz.

— Você não fez nada de errado.

— Por ter ido à sua casa no outro dia. Pensei que... sei lá. Que estivesse tudo bem entre a gente.

— E estava.

— Não sei o que aconteceu.

E eu, não sei como explicar. Você me tomou por outra pessoa, acho. Gostou de um homem que não existe. Se me conhecesse de verdade, ia ver que não sou lá grande coisa.

Você é doce, gentil, generosa. Uma pessoa decente. E eu não sou nada dessas coisas, faz tempo que não sou. Este foi o seu erro, Hiroko: me tomar por quem eu não era. De tal modo que me assustou. Nunca deixe que ninguém exerça esse tipo de poder sobre você, é o que eu gostaria de dizer. Jamais, Hiroko.

— Você ainda vai encontrar alguém — é o que digo. — Há muitas pessoas boas no mundo. Você ainda vai encontrar uma delas.

— Mas foi você que eu encontrei.

Depois ela sorri, e algo neste sorriso me faz perder todas as certezas, me faz pensar que Hiroko talvez saiba mais sobre tudo isso do que eu jamais serei capaz de saber.

As vidraças do Shanghai Dragon estão repletas de flores e lanternas chinesas. Imagens de pêssegos, laranjas e narcisos rebatem a luz cálida das velas. O restaurante é um turbilhão de cheiros e cores que se destaca dos monótonos tons de cinza e da fumaça dos carros da Hollywood Road. Na porta, uma placa de FECHADO, mas o lugar nunca pareceu tão cheio de vida.

Ainda na calçada, paramos para admirar o pequeno milagre realizado nesta que é uma das ruas mais movimentadas do norte de Londres. Mamãe, vovó, Olga e eu. Inebriados pelo brilho acolhedor das lanternas.

— Tão lindo... — diz mamãe.

Dois pôsteres vermelhos com caracteres chineses dourados que significam felicidade, vida longa e prosperidade estão colados na porta do restaurante. Também há duas figuras sorridentes, uma menina e um menino, ambos em trajes chineses, quase um espelho um do outro, saudando o Ano-Novo com uma pequena mesura e o tradicional gesto das mãos: a esquerda espalmada sobre a direita fechada em punho. Ambos gorduchos, felizes e absurdamente fofos. E sobretudo prósperos. Tocamos a campainha.

William surge repentinamente do outro lado do vidro, o rostinho redondo resplandecente enquanto ele abre a tranca. Diana surge pouco depois, seguida dos pais, o rechonchudo Harold e a tímida Doris, e dos avós, Joyce e George. Nunca vi os Changs tão radiantes quanto hoje.

— *Kung hay fat choi!* — eles dizem enquanto entramos.

— Feliz Ano-Novo pra vocês também! — devolve mamãe, embora *kung hay fat choi* signifique "prosperidade a todos" muito mais do que qualquer outra coisa relacionada à passagem do ano. Talvez para os chineses não haja felicidade sem prosperidade. Às vezes penso que esta família é muito mais inglesa do que eu: quando vejo George abocanhando asinhas de frango no General Lee's, Joyce tomando "chá inglês" na companhia de mamãe, Doris acompanhando *Coronation Street* na televisão, Diana e William conversando com um impoluto sotaque londrino, Harold jogando golfe nas manhãs de domingo. Mas, hoje, os Changs são chineses.

Dentro do restaurante, ouvimos o espocar de fogos de artifício.

— É só uma fita — explica William, revirando os olhos com todo o fastio que um pirralho de seis anos é capaz de reunir. — Não são fogos de verdade.

— Povo chinês inventou fogo de artifício! — Joyce lhe diz.

— Eu sei, vó, eu sei — ele retruca, tentando acalmá-la.

— Mas autoridades não gosta de fogo de verdade — ela continua, um pouco mais serena. — Então agora todo mundo usa fita pra espantar maus espíritos. Funciona do mesmo jeito.

Apresento Olga aos Changs, e Joyce imediatamente a aquilata com seus olhinhos de especialista.

— Alfie ficando velho — ela diz à russa. — Não pode mais continuar vivendo de playboy. Precisa de esposa pra ontem.

Todos riem, menos Joyce. Sei perfeitamente que ela não está brincando.

Em qualquer outro tipo de reunião, Olga, na qualidade de mulher mais jovem e bonita do pedaço, seria o centro de todas as atenções, a primeira a receber um drinque. Mas na festa de hoje, no Shanghai Dragon, bem como em todos os lares chineses espalhados pelo mundo, é a veteranice que conta. Vovó é a grande estrela da noite.

Senta-se à cabeceira da mesa e olha desconfiada para os pratos à sua frente como se procurasse algo que possa reconhecer, nuggets de peixe ou biscoitos recheados, em vez dos pasteizinhos crus, parecidos com raviólis triangulares, que ela nunca viu na vida. William e Diana lhe servem chá verde, que ela prova com cautela antes de sacudir o polegar em sinal de total aprovação.

— Tem gostinho de remédio — diz.

O cardápio do jantar inclui frango, arroz cozido no vapor, vários pratos para os quais mal consigo olhar — bichos-da-seda tostados, recheados com aquela gosma branca — e vários outros que adoro, como as salsichinhas que a gente pode comer de palito.

Joyce está sentada ao meu lado e a todo instante põe um pedaço de frango na minha tigela de arroz, feito a mamãe-passarinho que deixa minhocas no ninho para o filhote. Olga diz que não está com muita fome, pois já havia mordiscado alguma coisa no pub; no entanto, é bem possível que esteja envergonhada de sua falta de jeito com os hashis. Bobagem, porque os Changs nunca se importam de buscar talheres ocidentais para os *gweilo*. Vovó também não consegue manejar os hashis e usa garfo e faca para partir os minúsculos pedacinhos de frango que é capaz de engolir.

— Meu marido era louco por carne vermelha — ela conta a Joyce. — Malpassada, quase sangrando. "Passa a faca nesse boi e traz ele pra mesa", ele costumava dizer. Adorava uma brincadeira.

Depois do jantar preparamos mais pasteizinhos para serem comidos à meia-noite. Eles se parecem com o que Yumi e Hiroko chamam de *gyosa*, mas Joyce nos informa que eles se chamam *jiaozi*. Tiramos a mesa e preparamos pratos e mais pratos de *jiaozi*, abrindo a massa com as mãos, acrescentando o recheio de carne de porco, colando as bordas e entregando o produto final a Joyce e Harold para fritar.

Olga não chega a dominar a técnica dos pasteizinhos, então permanece sentada em seu canto, fumando um cigarro, sorrindo de quando em quando. George nos diz que três dos *jiaozi* são muito especiais. Um contém açúcar; outro, uma moeda; e o terceiro, verduras.

— Para amor, sorte e inteligência — explica.

Comemos os pasteizinhos quando o relógio badala a meia-noite e o Ano do Tigre dá lugar ao Ano do Coelho.

Diana é contemplada com o pastelzinho do amor.

Seu pai, Harold, com o da sorte.

E eu, com o da inteligência.

Ao que parece, tudo está perfeito.

— É como colocar uma moedinha no pudim de Natal — diz vovó. — Isso não se usa mais, não é?

Então a festa chega ao fim.

— *Kung hay fat choi* — eu digo a George, oferecendo-lhe a mão para me despedir. George nunca foi daqueles que realmente *apertam* a mão das pessoas, mas nunca deixo de me espantar com a suavidade de seu toque. Atrás de nós, mamãe, vovó e Olga se despedem do resto da família. Do lado de fora do restaurante, mais uma gélida madrugada de fevereiro em Londres. As lanterninhas vermelhas do Shanghai Dragon ardem feito fogo.

— *Kung hay fat choi* — diz George. — Coluna lombar, como está?

— Agora está bem.

— Nada de remédio pra dor, hein?

— Certo, George.

— Remédio pra dor, nem sempre bom. Às vezes melhor sentir dor. Jeito mais saudável. Jeito pra ficar bom.

Não sei por quê, mas percebo que George não está falando exatamente da minha coluna.

Está falando de Olga.

E, de repente, me dou conta de que trazê-la à festa não foi lá a melhor idéia que tive na vida. Olga fez o que pôde para retribuir o carinho dos Changs, para gostar da comida e se encantar com os rituais do Festival da Primavera, mas tudo foi meio forçado, artificial.

Estou convencido de que ela teria se divertido muito mais se tivesse ficado no Eamon de Valera, na companhia de um moderninho qualquer, feliz proprietário de um piercing genital ou da discografia completa do Robbie Williams.

Olga não se divertiu na festa do Ano-Novo chinês no Shangai Dragon da mesma maneira que Hiroko, digamos, teria se divertido.

Percebo pela primeira vez que, apesar das pernas sem fim, do rostinho lindo, da juventude invejável, Olga não é a garota certa para mim, nem eu sou o homem certo para ela.

Munido dessa informação, vou com ela direto para meu apartamento, e, juntos, fazemos nosso bebê.

vinte e seis

Pelo jeito elas tiveram algum tipo de briga.

Jackie e Plum entram no meu apartamento, e o silêncio entre elas está carregado de rancor. Jackie vai direto à mesa onde costumamos trabalhar, deslocando-se com surpreendente rapidez nas botas de oncinha, desabotoando a capa de chuva com visível impaciência. Plum permanece no centro da sala, olhando com mau humor para o surrado par de tênis, a franja balançando diante do rosto, protegendo-a dos males do mundo.

E eu digo uma estupidez.

— Que foi que houve?

Jackie se vira para mim.

— Que foi que houve? Quer saber o que foi que houve? Pois bem, o que foi que houve é que a madame aqui deu o dinheiro do almoço dela. O dinheiro do almoço *e* o dinheiro do ônibus. Tenha a santa paciência. Deu ou não deu?

Plum levanta os olhos, o rosto crispado de agonia.

— *Não dei nada!*

— Não mente pra mim, menina. — Jackie arremete contra a filha e por um instante acho que vai bater nela. A garota dá uns passos para trás, aterrorizada. — A bobona deixa que esses pivetes façam gato e sapato dela. Aqueles malditos pivetes da escola.

— Não dei dinheiro nenhum! Já disse um milhão de vezes! Eu *perdi*!

— Você tem idéia de quanto tempo levei pra juntar uma grana dessas? De quantos chãos eu tive de esfregar pra ganhar esse dinheiro? Tem idéia?

Plum começa a chorar. Lágrimas terríveis, amargas, que escorrem no rostinho inchado.

— Eu *perdi*, eu *perdi*. Estou falando que *perdi*.

— Ela deixa aquela gente fazer o que bem entende. Se fosse comigo, ah, eu arrancava o couro deles.

— Mas eu não sou você, sou? — retruca Plum, algo que eu poderia perfeitamente dizer a meu pai. Sinto uma profunda compaixão por aquela garota esquisita. — E eu *perdi* o dinheiro!

Ao que parece essa conversa não vai ter fim. Então me coloco entre as duas feito um representante da ONU entre israelenses e palestinos.

— Jackie, onde foi que a gente parou na semana passada?

— A gente estava estudando as emoções de uma passagem dramática — ela responde entre dentes, ainda fulminando a filha com o olhar. — Uma passagem de *O coração é um* maldito *caçador solitário*.

— Ótimo. Então continua trabalhando nisso enquanto levo a Plum pra casa da minha avó, pode ser?

Ambas olham para mim.

— Pra casa da sua avó?

— É. Acho que ela vai gostar da companhia. A pobrezinha vai precisar voltar pro hospital semana que vem.

— Voltar por quê? — pergunta Plum.

— Vai receber o resultado de uma biópsia que os médicos fizeram pra descobrir o que estava produzindo tanto líquido nos pulmões dela. Ela está meio nervosa.

— Ah — diz Plum.

— Tudo bem — Jackie concorda.

Assim, enquanto Jackie estuda as emoções de uma passagem dramática em *O coração é um caçador solitário*, levo Plum para o apartamento da minha avó. Ficamos calados por um tempo, Plum procurando alguma coisa que lhe interesse no rádio do carro. Por fim, desiste e bufa pelo nariz.

— Quem está te atormentando na escola? — pergunto.

Ela lança um olhar de poucos amigos na minha direção.

— Ninguém.

— Ninguém?

Plum vira o rosto para a paisagem do outro lado da janela: as lanchonetes, imobiliárias e lojas de quinquilharias do decadente norte de Londres.

— Você não conhece os caras.

— Mas conheço esse tipo de gente. Quer falar sobre isso?

— Pra quê?

— São meninos ou meninas?

Um momento de silêncio.

— Os dois.

— Como eles se chamam?

Ela abre um sorriso. Mas não um sorriso de trégua.

— Por quê? Você vai lá mandar expulsar eles?

— Às vezes é bom colocar as coisas pra fora, só isso.

Ela respira fundo.

— A menina se chama Sadie. E o menino, Mick. Eles são grandes. Sabe esses adolescentes que já são grandes?

— Sei.

— Ele já faz a barba. Ela já tem peito. Os dois têm a minha idade. Andam sempre com uma turma. Só de gente descolada. De gente barra-pesada. A galera que já transa desde o primeiro ano. E eles não vão com a minha cara. Me odeiam. É só eu colocar o pé no corredor que aparece alguém pra me chamar de alguma coisa. Barril. Baleia. Essas coisas. "Quem foi que acabou com as tortas da cantina?" Todo santo dia, por dois anos. Acham que isso é engraçado.

Estacionamos diante do condomínio da vovó, um santuário de velhinhas independentes e solitárias. Sequer consigo imaginar Plum chegando à idade delas. Tenho a impressão de que a adolescência dela vai se espichar até o fim.

— Quanto foi que eles levaram?

— Já falei. Eu *perdi* o dinheiro.

— Quanto?

— Sessenta libras.

— Meu Deus. Você deve almoçar pra caramba. — Imediatamente me arrependo do que disse.

— Ah, claro. É por isso que sou gorda assim, não é?

— Não esquenta, vai. Não foi isso que eu quis dizer.

— Tenho um problema nas glândulas, tá bom?

— Tudo bem. Mas por que você estava com tanto dinheiro assim?

— Dinheiro do almoço de uma semana. Dinheiro do ônibus de um mês. Mais a grana que eu estava guardando.

— Guardando pra quê?

— Comprar um livro.

— Um livro?

— *Sinta o cheiro do medo, babaca.* Capa dura. Caríssimo.

— *Sinta o cheiro do medo, babaca!* É o novo do Salman Rushdie?

— Quem é Salman Rushdie?

— Deixa pra lá.

— Não. É o livro novo do Pedra. Um lutador.

— Eu me lembro. Esporte-espetáculo. Quer dizer então que você perdeu a grana. Perdeu como?

— Achei que eles iam ficar gostando de mim, mas... — Ela pára, ri e balança a cabeça. — Sacana. Você me enrolou direitinho, não foi? Todo professor faz a mesma coisa.

— Sessenta libras é muita grana pra sua mãe.

— Ah, você não vai começar com isso de novo, vai? — Plum olha fixamente para as próprias mãos. As unhas estão roídas pela metade e... opa, mais uma pontada de compaixão por esta menina triste e sozinha. — Sei que ela leva um tempão pra juntar uma grana dessas. Não sou nenhuma porta.

Pego a carteira no bolso e tiro três notas de vinte libras.

— Na verdade, sessenta libras é muita grana pra qualquer um. Da próxima vez, vê se toma mais cuidado, OK?

Ela olha para o dinheiro, mas não o recebe.

— Pra que isso?

— Você tem sido muito gentil com a minha avó. Fico agradecido. Pega o dinheiro, vai.

— Não precisa me pagar. Gosto da sua avó.

— Sei que gosta. E ela também gosta de você. Só não quero que você e sua mãe se peguem por causa de um bando de idiotas feito Mick e Sadie.

— Como você sabe que eles são idiotas?

— Conheço eles.

— Mentira. Você nunca viu a cara deles.

— Conheço a raça deles. Já trombei com vários. Quando era professor. Quando era garoto.

Ela olha para o dinheiro. E finalmente o recebe.

— Valeu, Alfie.

— Tudo bem. Mas não conta nada pra sua mãe. Então, vamos lá? Ver como está a nossa gatinha?

— Vamos.

Tocamos a campainha no apartamento da minha avó e esperamos pacientemente enquanto ela arrasta os chinelos até a porta. Dou uma espiada em Plum. Ela ainda esconde o rosto sob a franja, mas parece um pouquinho mais animada.

— Afinal — pergunto —, que história é essa entre você e o Pedra?

— O Pedra?

— É, que graça esse cara tem?

— Você acha que eu devia gostar do quê? De uma cantorazinha cabeluda qualquer? Que pega o violão e fica choramingando "ah, ninguém me entende..."?

— Mais ou menos isso. Mas por que o Pedra é tão importante pra você?

— Não dá pra sacar? Porque o Pedra não leva desaforo pra casa.

Olga me telefona pouco antes da meia-noite, dizendo que precisa me ver.

Já estou pronto para escovar os dentes e cair na cama, então sugiro que a gente se encontre amanhã, durante o intervalo das aulas, no café diante da escola. Ela diz que precisa ser agora, e o tom de voz calmo, tomado de uma emoção que não consigo precisar, faz com que eu concorde. Visto uma roupa qualquer e tomo um táxi para o Eamon de Valera.

Sentamos a uma mesa de canto, cercados por uma dúzia de copos sujos, e imagino que ela vá me contar sobre a conversa que teve com Lisa Smith a meu respeito, sobre um problema com o serviço de imigração, ou sobre o namorado que está por chegar em Londres. Mas o buraco é bem mais embaixo.

— Estou atrasada.

— Atrasada?

— Minha menstruação não veio.

— Quem sabe você... sei lá. Essas coisas não podem ser meio irregulares?

— Fiz um teste — ela diz, e então me dou conta de como o vocabulário da procriação se parece com o léxico escolar. Estar atrasado com alguma coisa, fazer testes, pegar resultados. Mas o que seria passar ou tomar bomba? Essa é a questão. — Um desses testes que a gente compra na farmácia.

Permaneço calado, incapaz de acreditar que uma coisa dessas esteja acontecendo neste momento da minha vida, e com esta garota. Com esta mulher. E não com a *minha* mulher.

Rose e eu sempre sonhamos com um filho que nunca veio. Tentamos bastante. O tempo todo. Ainda me lembro das repetidas decepções, das lancinantes dores pré-menstruais dela, da obrigação de produzir uma ereção sempre que ela começava a ovular. Ríamos disso. "Hoje você vai ter de comparecer, Alfie, então nada de punheta no chuveiro, hein?" Mas, aos poucos, fomos nos desgastando com essa vontade implacável de ter um bebê, o bebê que viria para completar nosso mundo.

Por que as pessoas que realmente querem um filho não conseguem engravidar, e as que não querem engravidam rapidinho? É assim que as coisas funcionam? Rose e eu tentamos por quase um ano. Mas esse filho nunca veio. E nunca virá.

— Estou grávida — diz Olga, essa mulher que não é a Rose, com um risinho que a revela tão incrédula quanto eu. — Estou esperando um filho seu.

Aguardamos um tempo até absorvermos o peso da novidade. Garçons recolhem os copos ao nosso redor. Alguém avisa que a cozinha está fechando.

— Um filho. Meu Deus, Olga.

— Eu sei. Eu sei.

Depois da festa de Ano-Novo no restaurante dos Changs, cheguei em casa com Olga e constatei que o açucareiro, suvenir de Hong Kong em que guardo as camisinhas, estava vazio. Decidimos correr o risco. Não, não é verdade. Não fomos tão racionais assim. Ninguém decidiu nada. Sequer pensamos no assunto.

Olga começa a chorar, e faço um carinho nas mãos dela, ainda meladas de cerveja. Ela trabalhou a noite inteira. Como faz todas as noites.

— Vou ficar do seu lado — eu digo, incapaz de pensar em outra coisa além do clichê. — Estamos nisso juntos, OK? Esse filho é *nosso*.

Ela afasta as mãos.

— Ficou maluco? Não vou ter filho nenhum com você. Tenho vinte anos. Você tem quase quarenta. É só um professorzinho numa escola de línguas. Eu tenho a vida inteira pela frente. Meu namorado vai me matar.

Então, depois disso, ninguém fala mais em bebê.

Falamos apenas em aborto.

Mais tarde, levo Olga de volta para o apartamento que ela divide com três outras russas numa parte do sul de Londres em que a reurbanização ainda não chegou, uma vizinhança de carros queimados, gritos distantes e prédios muito velhos.

Quando tento beijá-la na bochecha, ela vira o rosto. Depois de termos decidido o que fazer, ou o que *não* fazer — não vamos ter esse filho —, qualquer gesto de afeto ou apoio parece inadequado, risível, patético.

Ela desaparece no interior do prédio. Sequer trocamos um boa-noite.

Apesar deste pequeno milagre, deste bebê que cresce dentro dela, nunca fomos tão distantes quanto agora.

Primeiro Rose, e agora Olga. Estou cansado de pensar nessas coisas. Envergonhado demais para dizer o que quer que seja. Tomado de culpa.

Mais um crime impune nas minhas costas.

vinte e sete

Posso entender muito bem por que Olga não quer ter um filho comigo. Não sou tão cego assim, a ponto de não enxergar a realidade das coisas. Mas enquanto fazemos os devidos arranjos para o aborto, algo tão frio e clínico quanto agendar a revisão anual de um carro, não consigo afastar a sensação de que, de algum modo, conseguimos transformar um sonho em pesadelo.

Não se trata de um bebê, repito um milhão de vezes para mim mesmo. Não um bebê de verdade. Mas o problema é que não acredito nisso. Nem por um segundo.

Seria, sim, um bebê caso houvesse lugar para um bebê em nossas vidas autocentradas e miseráveis. Seria um bebê se lhe déssemos uma chance, se o deixássemos em paz. Não é pedir muito é? Ser deixado em paz? Mais tarde seria um menininho ou uma menininha. Se não estivéssemos fazendo esses arranjos para nos livrarmos dele ou dela.

Mas é exatamente isto que estamos fazendo. Estamos nos livrando de um bebê. Não acredito — não consigo acreditar, por mais que insista — que isto que estamos prestes a fazer seja apenas mais uma modalidade de contracepção. Não acredito que fazer um aborto não seja lá muito diferente do que comprar uma caixa de camisinhas. Aborto não é contracepção. Tarde demais para isso.

Concebemos um pequeno ser que ninguém quer. Olga não quer. Eu tento querer, honestamente. Tento desejar este bebê, mas as coisas ficam confusas quando penso no transtorno que será criá-lo sozinho.

Dar mamadeiras, levar para passear no parque, empurrar no balanço. É isso mesmo que a gente faz com um bebê? Ou essas coisas vêm mais tarde? A verdade é que não sei por onde começar. Criar um filho? Mal consigo cuidar de mim mesmo.

Temos uma hora marcada na clínica. Antes de mais nada, Olga precisa convencer o médico de que a existência desse bebê é impossível. A conversa entre eles é rápida. Claro que é. O que eu poderia esperar? Lágrimas, gritos, súplicas em favor do bebê em gestação? Um pouquinho dessas coisas até que não seria mau. Gostaria muito de ouvir alguém dizer: "Não façam isso, não se livrem deste bebê."

Mas os formulários são assinados, a conta é apresentada e meu cartão de crédito é debitado. Um procedimento corriqueiro, simples, cruel.

O cavalheiro deseja matar seu filho?

Se não for incômodo.

Sei que não há outra saída. (Será?) Ainda assim permanece a sensação de que estou roubando algo de alguém. Roubando uma vida. Faço o que posso para apoiar Olga neste momento difícil. Digo a ela que tudo vai ficar bem, mas, de repente, tenho a impressão de que nunca nos vimos.

Talvez ela se sinta da mesma forma. Talvez também acredite que estamos roubando algo sagrado. Ou talvez queira me ver pelas costas, mais nada. Essa é outra possibilidade. Sei que precisamos fazer esse aborto porque nossa frágil relação já estava chegando ao fim quando fizemos o bebê. Compreendo. Nem me passa pela cabeça que Olga queira passar o resto da vida ao meu lado. Para ser franco, acho que não quer passar nem uma noite comigo. Penso que vai achar ótimo se nunca mais tiver de ver minha pessoa na frente dela.

Nossa história jamais daria certo.

Esse bebê tem mais é que nos agradecer.

Sei.

Josh certa vez me disse: "Nenhum relacionamento consegue sobreviver a um aborto." Falou com tanto conhecimento de causa, tanta convicção viril, que só podia estar certo. Ele já havia colocado o bolo no forno uma vez (nesses assuntos, sempre me vejo recorrendo ao vocabulário da minha mãe), acho que aconteceu em Cingapura, numa bebedeira depois de um jogo de rúgbi.

Tratava-se de uma chinesa nascida na Inglaterra, advogada, uma mulher fina, articulada, o que sempre atraiu Josh. Mas quando ele me contou o episódio, no restaurante do Hotel Mandarim, disse que não havia futuro nenhum para eles depois do aborto. "Tem alguma coisa nessa história que atrapalha tudo, e depois não tem mais jeito." Ouvindo isso, fiquei com a impressão de que ele era muito mais velho e sábio do que eu.

No entanto, quando passo na clínica para buscar Olga, constato que agora gosto dela muito mais do que gostava antes.

Olga parece incrivelmente jovem, pálida e esgotada, como se tivesse passado por uma experiência indelével, algo que mudará para sempre sua maneira de ver o mundo. Não quero me afastar dela. Quero tentar mais uma vez. Meu amor renovado dura até o instante em que tento abraçá-la e ela se vira para mim com um olhar mortiço, vazio.

— Estou bem — diz.

— Vamos para o meu apartamento.

— O quê?

— Vou te levar para o meu apartamento. Vai ser melhor. Lá você pode ficar sozinha no quarto. Eu me arranjo na sala. Até que você... — Procuro encontrar as palavras certas. — Até que você se sinta melhor.

Vejo imediatamente que a idéia não lhe apetece muito. No entanto, voltar para o apartamento mofado que ela divide com mais três russas no sul de Londres lhe apetece menos ainda. Então tomamos um táxi, e, silenciosamente, sem me tocar, embrulhada num tosco casaco preto, ela volta para meu apartamento, onde se move lentamente, como se sentisse dores terríveis ou tivesse medo de quebrar alguma coisa. Passa um bom tempo no banheiro e por fim se deita.

Depois de alguns minutos, dou uma espiada no quarto para conferir se está tudo bem e a vejo dormindo, quase tão branca quanto a fronha em que descansa a cabeça. Mais tarde ela se levanta e pergunta se pode usar o telefone, e eu digo que sim, claro, nem precisa perguntar, e ela passa horas conversando em russo com alguém, provavelmente o namorado, o choro acentuando ainda mais as paradas glotais da língua russa.

Não sei até que ponto ela conta o que se passou. Mas, terminada a ligação, agradece formalmente pelo uso do telefone, como se tivéssemos nos conhecido minutos antes e eu lhe tivesse passado o sal; depois se arrasta de volta para a cama e adormece enquanto o dia frio rapidamente dá lugar à noite escura. Não acendo as luzes do apartamento.

O que me faz rir — não, o que me faz sentar com a cabeça apoiada nas mãos, sozinho na escuridão da sala enquanto Olga dorme no quarto, ora resmungando, ora gritando algo que pode ser um nome — é que Rose e eu queríamos tanto ter um filho.

Um filho seria a melhor coisa do mundo. Para nós.

Minha mulher e eu. Nós tentamos. Vínhamos tentando desde o dia do casamento. Ela tinha o equipamento todo. Na mesinha-de-cabeceira, guardava uma caixinha branca e rosa, do tamanho de um porta-óculos, com o termômetro que usava para tomar a própria temperatura assim que acordava. Também tinha essa varinha que levava ao banheiro todas as manhãs para saber se a ovulação estava a caminho e se devíamos tomar nossas providências. Anotar nas agendas: hoje vamos tentar.

Ah, ela tinha a tralha toda.

Depois de quase um ano de decepções, decidimos que era hora de fazer todos os exames: eu, trepar com um potinho de plástico; ela, fazer um check-up na tubulação — o que quer que fosse necessário. Tentávamos, como sempre, levar a coisa na brincadeira.

"E como a madame prefere seus ovos?"

"Fertilizados, por favor."

Mas nada de exames nem de filhos. Não tivemos tempo. Porque Rose se foi.

Ela realmente queria ter um filho comigo. Difícil de acreditar, mas é verdade. Ela achava que eu tinha vocação para a paternidade. Sério. "Alfie, você vai ser um pai maravilhoso", dizia. Rose queria mesmo ter um filho meu, mas, claro, lá atrás, naquele tempo em que eu ainda era vivo, naquele tempo em que eu era um homem muito melhor do que sou hoje.

Na manhã seguinte, deixo Olga dormindo e vou até a livraria mais próxima para comprar um presente para Plum.

— Estou procurando por um livro — digo ao rapazinho do outro lado do balcão. — É o...

— Sabe o título? O autor?

— É... Isso. *Sinta o cheiro*... de sei lá o quê.

— *Sinta o cheiro do medo, babaca.* Sei qual é. O livro novo do Pedra. O lutador. Está logo ali, perto da porta.

Bem ao lado das portas duplas da livraria, vejo uma enorme pilha do livro. Pego um dos exemplares e examino a capa, estampada com um grandalhão careca, seminu, rilhando os dentes para o leitor. Parece um halterofilista posando de cuecas.

Dou uma folheada em *Sinta o cheiro do medo, babaca*, quase todo composto por ilustrações. Grande parte delas exibe o Pedra açoitando, ou fingindo açoitar, outros grandalhões igualmente pelados. Mas lá pelo fim há uma seção em que ele aparece posando ao lado de criancinhas de todas as raças e cores. E em torno das fotos, em letras garrafais, o Pedra expõe sua filosofia. Fala sobre a importância dos trabalhos de caridade, da necessidade de se combater o racismo, do imperativo moral de sermos bons uns com os outros.

Chama a tudo isso de "fazer a coisa certa".

E constato que, por mais que me esforce, não consigo esboçar um sorriso de ironia.

"O Pedra ordena que você faça a coisa certa. Senão arranca seu couro e põe para secar na Árvore do Arrependimento."

Fazer a coisa certa?

O melhor conselho que recebi em muitos anos.

Quando chego em casa, descubro que Olga se foi. Nenhum bilhete, nenhum adeus, apenas alguns fios de cabelo ruivo na pia do banheiro. Decido que nossa história não pode terminar assim e ligo para o apartamento dela. Uma das russas atende e vai chamá-la. Volta dizendo que Olga não quer falar comigo.

Às vezes é tarde demais para fazermos a coisa certa.

Então me lembro do Ano-Novo chinês, do Festival da Primavera, e de quanto admiro aquilo que chamo de "simetria" da família Chang.

George e Joyce, Harold e Doris, Diana e William. Nesta família há um equilíbrio e uma harmonia que me deixam roxo de inveja.

Comparada a eles, minha família não passa de um malogro, um baralho desfalcado, sobras semi-esquecidas de um almoço longínquo.

Vovó e seu marido há muito falecido, mamãe e seu marido fugitivo, eu e Olga, um casal aparentemente normal à época do Ano-Novo chinês, mas que afinal se revelou, dos inúmeros galhos tortos da minha árvore genealógica, o mais torto de todos.

Mas houve um tempo em que tive uma família, e essa família tinha um plano. Íamos ter filhos e tudo mais.

Era isso que queríamos, Rose e eu. Era isso que queríamos acima de tudo, era esse o nosso plano. Filhos e tudo mais.

vinte e oito

Sei que Hiroko vai querer falar comigo. Sei que ainda amolece quando me vê. Hiroko vai fazer a coisa certa. Especialmente se conseguir me infiltrar na casa em que está hospedada. E depois a gente vai fazer a coisa certa da meia-noite até o sol raiar. Ou pelo menos até meia-noite e cinco.

Marcamos um encontro no pequeno café pseudofrancês em que costumávamos tomar nosso desjejum inglês completo e trocar beijinhos com gosto de cappuccino. Fico me perguntando por que fui deixar essa época tão boa chegar ao fim, e sinto uma tremenda onda de alívio quando vejo Hiroko entrar no lugar, os cabelos muito lisos e brilhantes balançando como sempre, os olhos tímidos cintilando do outro lado dos óculos de armação preta. Por que fui deixá-la escapar? Sei lá, talvez porque ela gostasse de mim mais do que gosto de mim mesmo.

O café está repleto de casaizinhos. Viemos ao lugar certo. Passo o braço em torno dela e tento roubar um beijo na boca.

— Não — ela diz, rindo e virando o rosto.

De repente me vejo com os lábios plantados num coquetel de cabelos, orelha e óculos.

— Não?

Ela prende minhas mãos nas suas. Um gesto de carinho ou de autodefesa?

— Ainda gosto de você.

— Ótimo. Porque também ainda gosto de você.

— Mas de um jeito diferente.

— Opa. Dessa parte não gostei.

— Você disse que eu encontraria alguém.

— Disse. Mas pra que a pressa?

— Tenho saído com o Gen de vez em quando.

— Gen? — Mentalmente vejo o japonesinho moderno sentado na primeira fila da turma de iniciantes avançados, espiando o professor através da cabeleira descolorida. — Mas Gen é só um menino!

— Tem a mesma idade que eu.

— É mesmo? Uau. Achei que fosse mais novo.

— Vamos viajar juntos. Depois da prova. Talvez para a Espanha. Ou para a Tailândia. Para o Norte. Chiang Mai. Nem ele nem eu conhecemos a Ásia direito. — Ela ri e, apertando minhas mãos, emenda: — É verdade o que você disse. Tem muita gente boa no mundo. Como é mesmo a expressão? "Muito peixe no mar."

E todos eles muito escorregadios.

Com a Vanessa sempre foi simples.

Divertido e fácil. Como deveria ser. Sem mágoas, sem sofrimento. Nada de "que foi que deu em você?" nem de "por que você está chorando". Até onde lembro, não havia brigas nem recriminações. As francesas são assim. Sofisticadas o bastante para descomplicar as coisas. De repente, sinto uma falta terrível de Vanessa.

Ligo para a casa dela, e um homem atende. Talvez eu tivesse achado que a essa altura dos acontecimentos o tal namorado já tivesse sumido de cena, do mesmo modo que as pessoas tão casual e rapidamente somem da minha vida. Que ele já tivesse voltado para a mulher, para a vida que tinha antes.

— Alô?

— A Vanessa está?

Uma pausa do lado de lá.

— Quem é?

Uma pausa do lado de cá.

— O professor dela.

— Só um instante.

Ouço vozes no fundo: o barítono desconfiado do homem; a ladainha de Vanessa, ligeiramente na defensiva.

— Alô?

Verdade seja dita: ninguém diz um alô melhor que as francesas. O sotaque mais lindo do mundo.

— Oi, Vanessa. Aqui é o Alfie.

— Alfie? — Ela tapa o bocal por um instante e rapidamente explica algo para o homem-casado dela. Como se devesse a ele algum tipo de satisfação. — O que você quer?

— Achei que talvez você quisesse sair e beber alguma coisa.

— Com você?

— Claro, comigo.

— Não vai dar. Não estou mais sozinha. Achei que você soubesse disso.

— É só um drinque, Vanessa — retruco, tentando afastar o pânico da voz. — Não estou convidando você pra escolher alianças.

— Não vejo nenhum sentido nisso.

— Sentido? Por que tudo precisa de um sentido? Era disso que eu mais gostava na nossa história. A gente nunca precisou de sentido pra nada. Por que todo mundo precisa de um sentido pras coisas?

— Desculpa. Não vai dar.

— Não precisa ser *agora, já*. Que tal sexta-feira? Como está seu fim de semana? Escolhe um dia. Vai. Qualquer dia. Estou livre o fim de semana inteiro.

— Preciso desligar, Alfie.

— Espera, não desliga. Achei que a gente se desse bem.

— A gente... como é que vocês falam? A gente ficou, só isso. Foi só uma brincadeira, Alfie. Mas agora eu quero mais que uma brincadeira.

Depois de tomar algumas Tsingtaos num pub em Chinatown, chego ao Eamon de Valera pouco antes do horário de fechamento. Os alunos da Churchill's estão por toda parte. Yumi e Imran estão sentados próximo à porta.

— Posso pagar uma rodada pra vocês?

— Não, obrigado — diz Imran.

— Por que você não volta pra casa, Alfie? — diz Yumi.

— Parece cansado.

— O que você está tomando, Imran? Posso pedir uma Paddy McGinty pra gente?

— Não bebo álcool.

— Você? Não bebe álcool? Nunca soube disso. — Olho para Yumi, o rostinho lindo emoldurado pelo falso louro dos cabelos. — Nunca soube que Imran não bebia álcool. Um lance de religião, é?

— É. Um lance de religião. — Nem olha para mim, o canalha boa-pinta.

Abraço Imran pelo ombro e encosto meu rosto no dele, observando a careta de repulsa que se produz em razão do bafo de cerveja.

— Mas sua religião não impede você de roubar a garota de outra pessoa, não é, seu hipócrita?

Eles se levantam para ir embora.

— Ninguém me roubou de ninguém — diz Yumi. — Ninguém rouba uma mulher. Mas pode fazer ela se afastar.

E eles saem.

Vejo Olga do outro lado do balcão e vou abrindo caminho através da multidão. Risos, fumaça, barulho de copos se quebrando. Zeng e Witold estão junto ao bar.

— Tudo bem com você? — pergunta Zeng.

— Está meio esquisito — diz Witold.

Não dou ouvido a eles.

— Ei, Olga — digo. — Quero falar com você. É importante.

Ela se afasta para a outra ponta do balcão. Um sujeito com sotaque australiano vem me servir. Digo que quero ser servido por Olga. Ele dá de ombros e vai embora. Zeng me puxa pelo braço, mas consigo escapar.

— Isso nada bom — diz Witold. Olga ainda está do outro lado, rindo com amigos.

— Olga!

Alguém bate às minhas costas.

Viro para ver quem é e tenho tempo suficiente para ver o soco vindo na minha direção, mas não para me desviar dele.

O punho — de dedos ossudos, acrescidos de um anel de prata — me acerta no canto da boca, e logo sinto na pontinha da língua o gosto amargo do sangue escorrido dos lábios. As pernas já não servem para nada, e só não vou à lona porque os cotovelos estão apoiados no balcão. Um garoto magrinho e pálido, vestido de maneira simples, está à minha frente, o punho manchado de sangue, com uma expressão no rosto que parece ser ódio.

Zeng e Witold o seguram por trás, certos de que ele ainda pensa em arremeter uma segunda vez. Os clientes do pub estão mudos, ansiosos pelo showzinho que possivelmente está por vir. Por que as pessoas são tão más? Por que não fazem a coisa certa? Por que não lêem o Pedra de vez em quando?

— Quem é você? — pergunto.

— Namorado da Olga.

— É mesmo? Coincidência. Também sou.

— Não — ele diz. — Você não é ninguém.

Em seguida eles me expulsam do lugar. Os dois seguranças. O negão, grande feito uma geladeira, e o brancão, pesado feito uma lava-louça. Imobilizam meu braço, me empurram até a porta e me jogam na rua, com mais força do que seria estritamente necessário.

Perco o equilíbrio e tropeço no mendigo esparramado na calçada junto de um cachorro. De cabeça, me esborracho na sarjeta.

Fico ali por um tempo, admirando as estrelas que finalmente brilham acima do amarelo pardo das luzes da rua. A cabeça dói. A boca lateja. A camisa está manchada de sangue. O cachorro se aproxima e começa a lamber meu rosto, mas o mendigo o chama pelo nome: Mister, um belo nome, devo admitir. Por fim, até o cachorro decide que não quer nada comigo.

E, de repente, sei o que devo fazer.

Dormir com Jackie Day.

vinte e nove

Tomo o último trem para Essex.

No vagão, vários homens de terno e várias mulheres vestidas como Jackie Day. Uma espécie de horário de pico para os bêbados *overdressed*. Todos muito felizes e falantes. Ninguém encucado com nada. O ambiente cheira a cerveja, gordura e Calvin Klein.

Pouco antes da meia-noite, o trem começa a deixar o enorme celeiro de metal da estação da Liverpool Street, chacoalhando lentamente. Difícil saber onde termina a cidade e começam os subúrbios, o que é um distrito e o que é uma nova cidade, o que é Londres e o que é Essex.

Olhando pela janela, vejo os cascos combalidos das torres de apartamento, quase todas dos anos 1960, além de gigantescos canteiros ferroviários e diversas revendedoras de carros usados com os pátios abarrotados. Mais adiante, uma pista de corrida de cachorros, pubs, lanchonetes *drive-thru*, restaurantes chineses e indianos, mais pubs, lojinhas vagabundas, condomínios residenciais que parecem se estender ao infinito. Um mundo de carros, prédios e pequenos prazeres.

Os distritos vão se sucedendo: Stratford, Ilford, Seven Kings, Chadwell Heath, Romford, Harold Wood, Billericay. A malha urbana vai atropelando a noite, Londres parece não ter fim. Então, depois de quase uma hora, os passageiros restantes quase todos dormindo, eis que chega esse fim.

Além das luzes das ferrovias e rodovias, a paisagem metropolitana subitamente dá lugar a campos planos, escuros e silenciosos. A próxima parada é Bansted, onde a metrópole finalmente desiste de se fazer passar por um interior calmo e bucólico.

Bansted. Lá onde elas moram.

O táxi segue sem pressa por uma rua estreita, de casas modestas. Algumas têm pequenos jardins simpáticos, repletos de canteiros de flores e vasos de terracota. Outras têm entradas pavimentadas, carros estacionados onde deveria haver grama. Como se fosse obrigatório escolher entre flores e carros. Talvez seja.

Diante da casa de Jackie há um gramado, e só. Nada de flores ou plantas. Pago a corrida do táxi e me dirijo à porta. Aparentemente não há ninguém acordado. Toco a campainha.

Jackie abre a porta, e sorrio ao vê-la vestindo um... como se chama? Aquele robe de seda japonês? Um quimono. Típico de Jackie. Ela não poderia simplesmente vestir um penhoar como as outras mulheres. Tinha de ser um quimono.

— Que foi que houve com você? — ela pergunta.

— Você adora uma produção, hein, mulher?

— Levou uma surra?

Meu rosto. Ela examina meu rosto. Levando um dedo à boca, sinto as placas de sangue seco próximo aos lábios inchados, mas dou de ombros como se não fosse nada. Jackie me convida a entrar, acende algumas luzes e pergunta se quero uma xícara de chá ou café. A casa é pequena e arrumada, nada muito sofisticado, com um papel de parede de florezinhas vermelhas.

Próximo à porta há uma foto de Plum ainda menina, sorrindo sob o sol do que parece ser o litoral inglês. Uma criança adorável. Alegre, sem nenhum excesso de peso, sem nenhuma franja para se esconder. O que foi que aconteceu?

Olho para Jackie. É a primeira vez que a vejo sem maquiagem. Sem a pintura de guerra, ela é surpreendentemente bonita. Passamos à sala de visitas: um terrível carpete laranja, um enorme aparelho de televisão, mais fotos de Plum (algumas com Jackie, jovem e sorridente), além de diversas lembranças de viagem (cruzes celtas, touros espanhóis, um Mickey Mouse acenando de luva branca).

— O que você está fazendo aqui?

— Só queria dizer que... acho incrível.

— Você está bêbado? Está, não está? Estou sentindo o bafo.

A voz de Plum no andar de cima:

— Mãe, quem é?

— Não é nada importante, filha — berra Jackie. — Vai dormir.

— Acho incrível essa história de você querer voltar a estudar — continuo. — Conseguir um diploma, sabe? Mudar de vida. Admiro muito sua determinação. Admiro mesmo. Eu também queria mudar de vida. Mudar de vida, é disso que ando precisando.

— Só isso?

— O quê?

— Você veio até aqui pra me dizer isso?

— Também gosto muito de você.

Ela ri, balança a cabeça e aperta um pouquinho o quimono.

— Ah, você gosta de mim. Sei.

Eu desmorono no sofá. O couro chia em sinal de protesto. De repente, me sinto muito cansado.

— É, gosto.

Verdade. Gosto muito dela. Jackie cuida sozinha da filha, dá um duro danado num emprego chinfrim — fazendo tudo aquilo que os almofadinhas de Cork Street e da Churchill's não são capazes de fazer por conta própria — e ainda por cima sonha em entrar para a faculdade. E não está apenas sonhando. Está correndo atrás. Quando não está esfregando chão ou limpando banheiros, escreve ensaios sobre *O coração é um caçador solitário*. Impressionante. Jackie tem mais garra do que qualquer outra pessoa que conheço. Tenho admiração por ela. Desde Rose que não admiro alguém assim.

Então tento passar o braço em torno dela, sentindo no estômago um enorme bolo de afeto e cerveja, ambos mal digeridos.

— Ah, não — ela dá um passo para trás e apertando o quimono um pouquinho mais. — Não vai rolar. Você pirou de vez. Meu Deus. Será que precisa levar todas as suas alunas pra cama? Será que não consegue, sei lá, dar as suas aulas e pronto?

— Jackie, minha intenção não foi...

— Muita cara de pau. Quer dizer. Não tem graça nenhuma. O que deu na sua cabeça pra achar que podia vir até aqui e me levar pra cama?

— Sei lá — eu digo. — Acho que foi... esse seu jeito de vestir.

— Eu devia era meter a mão na sua cara. Filho-da-puta. Você me tira do sério.

— Não quero que você fique com raiva de mim. Só queria ver você, Jackie. Desculpa. Já estou indo embora.

— Embora pra onde? Você não está mais em Islington, sabia? Deve estar achando que vai sair na rua e chamar um táxi, não está? A essa hora não tem nenhum táxi na rua, criatura. Nem trem. Você está na roça, meu amor. — Ela balança a cabeça, a raiva cedendo diante da minha absoluta falta de noção. — Parece até que é de outro planeta.

Então ela permite que eu durma no sofá. Diz que o primeiro trem para Londres sai apenas de manhãzinha e que, embora ache que eu mereça dormir debaixo de uma marquise na estação de Bansted, vai ter piedade de mim.

Ela sobe ao andar de cima, e escuto vozes. Duas mulheres. Não: uma mulher e uma menina. Pouco depois, Jackie volta à sala com um travesseiro e um edredom entre os braços. Joga ambos sobre mim e novamente balança a cabeça, mas agora sorrindo, como se, depois de refletir um instante, pudesse encontrar certa graça, em vez de ofensa, no meu patético comportamento. Sem dizer nada, dá meia-volta e outra vez aperta o quimono.

Arrumo meu pequeno ninho no sofá de couro, tiro as calças e me ajeito sob o edredom. Escuto Jackie escovando os dentes no andar de cima. E mais nada. Tudo é muito calmo por aqui, não há aquele constante zunzum das cidades, de carros, sirenes e vozes distantes.

Já estou quase pegando no sono quando, assustado, sinto alguém me observando de cima.

335

É Plum, em seu pijama listrado.

— Não machuca a coroa, tá? — ela diz.

E depois some.

Acordo de manhã ao ouvir a porta da frente bater. Ainda está escuro, mas escuto um barulho do lado de fora. Afasto o edredom e vou até a janela. E lá está Plum, embrulhada num daqueles casacos forrados de pena, um gorro enterrado na cabeça, uma sacola laranja pendurada ao ombro, empurrando uma bicicleta. Ela me vê, abre um sorriso e acena. Depois monta e segue pedalando pela rua silenciosa.

— Ela trabalha entregando jornal — diz Jackie à porta, já vestida. — Espero que não tenha acordado você.

— Plum entrega jornais? Puxa. A família Day trabalha pra caramba, não é?

— A gente precisa — ela sorri, tornando as palavras mais doces do que de fato são. — Não tem ninguém pra trabalhar pra gente. Quer um café?

Visto as calças e vou com Jackie à cozinha. Minha boca está seca e amarga. Passada a noite e terminado o efeito da cerveja, sinto uma vergonha enorme de estar aqui.

— Como está se sentindo? — ela pergunta. — Sua cara está horrível.

— Sinto muito. Foi uma péssima idéia vir aqui. Mas minha intenção não era seduzir você. Jamais faria uma coisa dessas.

— Você e sua fala mansa.

— Precisava conversar com alguém. Aconteceu uma coisa. Uma coisa ruim.

Ela me entrega uma xícara de café.

— Quer conversar agora? — diz.

— Não sei como começar.

— Uma pista, pelo menos?

— Foi uma garota. Da escola.

— Ah. Claro. Uma das suas alunas.

— Ela fez um aborto.

Jackie fica séria de repente.

— Não deve ter sido fácil. Nem pra ela, nem pra você.

— Foi horrível.

— Quantos anos ela tem?

— Vinte e poucos.

— Eu tinha dezessete. Quando peguei barriga. — "Peguei barriga." Às vezes ela fala como minha mãe ou a vovó. — Mas nem pensei em fazer aborto.

— Por quê?

— Sou católica. Acredito que a vida é uma coisa sagrada.

— Que bom. Se é pra acreditar em alguma coisa...

— Mas a minha vida mudou completamente depois da Plum. Parei de estudar. Não fui para a universidade, não tirei um diploma, não consegui um bom emprego. Tive de ficar em Bansted. Não que Bansted seja ruim, mas...

— Você teve o seu bebê. E ele, quer dizer, ela, atrapalhou tudo.

— Também não é assim. Tive de adiar meus planos, só isso. Daqui a pouco eu entro naquela faculdade, não é? Com a sua ajuda.

— Nunca se arrependeu? De ter tido sua filha?

— Não consigo imaginar o mundo sem a minha menina.

— Sorte dela, ter uma mãe como você.

— Azar é ter o pai que tem. Uma coisa anula a outra, eu acho.

— Qual é o problema com ele?

— Com o Jamie? Quando está sóbrio, problema nenhum. Quando toma umas e outras, coisas acontecem. Geralmente comigo. Mas ele começou a bater na Plum também, então a gente se mandou. Dois anos atrás. Arrumei esta casa. Jamie estava irreconhecível naquela época.

— Mas você já deve ter gostado dele um dia.

— Você está brincando? Nossa, como eu gostava daquele homem. Era louca por ele. Meu Jamie. Alto, moreno, forte como um touro. Jogava futebol muito bem. Meio-campo. Tinha chance de se tornar profissional. Chegou a fazer uns testes no West Ham. Mas, depois, o joelho dele pifou. O esquerdo. Então agora trabalha como segurança. E enche a cara. E dá porrada no colega de trabalho. Mas não em mim. Não mais. Nem na minha filha.

— Mas por que você demorou tanto pra tomar uma providência? Não estou falando do seu marido, mas dos estudos Por que esperou tanto? Se era tão importante pra você, por que não voltou a estudar anos atrás?

— Porque o Jamie não queria. Acho que ele tinha um pouco de ciúmes. Não queria que eu realizasse meu sonho, já que não tinha realizado o dele. Os homens são muito competitivos, né? Você sabe. Competitivos ou burros, sei lá. Meu ex-marido quer mais é que o joelho do mundo exploda.

— Bem, a gente vai dar um jeito nisso, e você vai tirar essa prova de letra. — Levanto a xícara como se fosse fazer um brinde. — Espero que isso te faça feliz.

Ela levanta a própria xícara.

— Você acha que eu não vou ser feliz. Acha que eu sonho com um paraíso de faculdade que não existe. Um lugar cheio de gente bonita que anda pelos corredores discutindo *O cora-ção é um caçador solitário*. E você acha que não é nada disso. Que é tudo uma perda de tempo. Estudar. Ir pra faculdade. Tirar diploma, como minha mãe dizia. Mas não foi perda de tempo pra Rose, foi?

— Rose?

— Ela era daqui, não era?

— Perto daqui.

— Se ela não tivesse estudado, vocês nunca se encontrariam. Se não tivesse entrado numa universidade e se formado como advogada e ido pra Hong Kong, vocês nunca teriam se conhecido. Não precisa me olhar assim. Se ela tivesse tido o filho de alguém aos dezoito anos, o que teria sido da vida de vocês?

— Não sei. Nem posso imaginar. Não sei o que teria sido da minha vida se não tivesse conhecido a Rose.

— Você era louco por ela, não era?

— Ainda sou. Mas, fazer o quê? Amei e perdi. Tive a minha chance.

— Sua chance?

— Minha chance... ah, você sabe, né? Amor. Romance. Relacionamentos. Essas coisas.

Ela balança a cabeça.

— Bem, pois eu não tive a minha. Depois do Jamie, acho que mereço uma nova oportunidade. Ah, se mereço! Depois daquela peste. Acho que todo mundo merece uma segunda chance de ser feliz. Até você, Alfie. Você precisa ter mais fé.

— Mais fé?

— Isso mesmo. Mais fé. E não ficar aí, igual ao meu ex-marido, desejando que o joelho do mundo exploda.

— Mas acho que a gente tem uma chance só. Uma só. Uma chance de verdade, sabe? Ou as coisas dão certo ou não dão. Não dá pra ficar recomeçando o tempo todo. Porque aí não é pra valer, né? Se fosse pra valer, não precisava de recomeço. Como uma coisa pode ser pra valer se de dois em dois anos ela acontece de novo?

— Pode ser. Mas, olha só, o que você pensa fazer pelo resto da vida? Não vai ficar saindo com suas alunas só porque sabe que um dia elas vão voltar pra casa, vai? Não vai ficar com uma garota só porque ela não vai te machucar.

— Pra você é isso que eu faço?

— E não é?

— Não sei.

— Não sabe? Pra um professor você não é lá muito inteligente.

— Sou um professor burro.

— É, estou vendo.

Observando Jackie lavar nossas xícaras na pia, fico pensando: talvez ela tenha razão. Não quero ser como o ex-marido rancoroso de ninguém.

Devia ter um pouco mais de fé.

trinta

Um bebê está olhando para mim.

Um bebê carequinha e redondo, quase uma bola de bilhar, uma amostra-grátis de Winston Churchill num macacãozinho cor-de-rosa. Um fio de baba escorre pelo canto do beicinho. Tudo nele — ou nela, como é que a gente vai saber? Só pela cor da roupa? — parece novinho em folha.

É a coisa mais linda que já vi na vida. E está olhando para mim. Porque sabe. Porque já sacou.

Os olhinhos azuis, enormes, me perseguem enquanto caminho lentamente rumo à recepção do hospital. Paro um instante e olho de volta para o lindo bebezinho, perplexo com sua capacidade de perceber as coisas.

Ele pode ver meu coração. Ler minha mente. Sabe do ato terrível que cometi, da atrocidade que debitei no cartão de crédito.

Mal pode acreditar.

Nem eu.

Ele está cercado de adultos felizes e sorridentes — pelo jeito, pais, irmãos e avós, radiantes com a chegada dele —, mas ignora a todos e apenas agita as pernas e os bracinhos no ar como se os testasse pela primeira vez. Não faz outra coisa além de se exercitar e me observar com olhinhos acusativos.

— Você está bem, meu querido?

Hesitante, respondo que sim com a cabeça, deixo o bebê para trás e tomo vovó pelo braço.

— Estou com um pressentimento ruim com relação a hoje — ela diz.

Tento acalmá-la dizendo que é apenas um check-up, que o pior já passou, que os pulmões já estão limpos, que a consulta não vai durar mais que alguns minutos e que logo ela estará de volta em casa. E é nisso mesmo que, equivocadamente, acredito.

Primeiro nos mandam para uma pequena área de espera, tão cheia que temos de ficar em pé. A multidão é quase que totalmente formada por velhos muito fraquinhos, mas também há os jovens desafortunados que, uns cinqüenta anos mais cedo do que deviam, vieram parar neste hospital. E é uma dessas pessoas, uma mulher perigosamente obesa, que cede seu lugar a vovó.

Todos aqui parecem compartilhar de uma espécie de cinismo convivial. Enfrentam a indignidade e a tensão deste lugar com piadinhas tolas, sorrisos solidários e paciência infinita. Estamos todos no mesmo barco, parecem dizer. Sinto um repentino carinho por essa gente. Não é à toa que vovó se comporta como se conhecesse a todos. Foi com pessoas assim que eu e ela convivemos a vida inteira.

Por fim somos recebidos pelo especialista, cujo nome vovó tem dificuldade para pronunciar. Invariavelmente ela se refere ao médico como "aquele indiano simpático", muito embora eu não tenha a menor idéia se ele é de fato indiano, pois o nome poderia ser de qualquer outro lugar. Mas o sujeito é mesmo simpático, e portanto não reclamamos, nem reviramos os olhos, nem suspiramos, quando ele imediatamente diz a vovó que gostaria de ver mais um raio X e alguns exames de sangue para depois conversar conosco outra vez.

Mais espera. Mais sala cheia. Mais um tíquete que a gente segura até o número correspondente surgir na tela, após uma aparente eternidade.

O exame de sangue é bastante simples. Vovó enrosca a manga do suéter azul Marks & Spencer e arregala os olhos com uma curiosidade infantil quando a enfermeira lhe espeta a pele muito branca e ressecada, quase uma folha de papel. O furinho é tapado com um band-aid, e em dois tempos deixamos juntos a salinha.

Não posso acompanhá-la na seção de radiologia. As pessoas se despem ali, vovó também terá de se despir, e portanto fico na sala de espera enquanto ela entra numa salinha para se trocar. De onde estou posso ver que, depois de tirar as roupas, ela sai ao corredor e fica meio confusa, sem saber para onde ir. Mas o pior de tudo, o que me deixa de coração partido, é que ela não amarrou a camisola hospitalar por trás, deixando de fora o bumbum e as perninhas, tão frágeis quanto as de um passarinho. Minha vontade é entrar lá e protegê-la, amarrar a camisola e descobrir onde fica a sala de radiologia, mas não posso, não tenho permissão para entrar, e vovó não gostaria que eu entrasse, não gostaria que eu a visse em apuros, quase nua. Então ela fica ali, olhando para os lados, perdida e confusa, quando tudo que queria na vida era estar em casa com Frank Sinatra, a Loteria Nacional e uma boa xícara de chá, o que não é pedir muito, até que uma enfermeira tagarela e jovial gentilmente a conduz na direção certa.

Em seguida voltamos ao consultório do simpático indiano, de quem vovó gosta tanto, e ele nos informa — de maneira tão casual que jamais vou me esquecer — que ela está morrendo.

— Demos uma olhada no resultado da biópsia, Sra. Budd, e infelizmente encontramos um tumor na pleura, a membrana que recobre o pulmão. Na idade da senhora, trata-se seguramente de um tumor maligno.

Há quanto tempo eles já sabem disso? Horas? Dias? Semanas? Decerto já sabiam antes de chegarmos aqui, antes dos efusivos bons-dias, antes de vovó se perder no setor de radiologia com a camisola aberta.

Mas, para nós, é novidade.

Tumor. Maligno. Ninguém diz a palavra. E fico envergonhado ao constatar que ninguém na minha família — nem eu, nem mamãe, nem papai — teve coragem de dizer a palavra desde que tudo começou. Achávamos — não tínhamos tanta certeza assim — que a palavra iria embora se jamais a pronunciássemos. E aqui está ela, ainda não pronunciada em voz alta, mas incrustada na membrana que encobre o pulmão da vovó.

Eles não sabiam, diz o médico, absolvendo minha família da covardia de não dizer a palavra. Não tinham como saber antes que os pulmões fossem totalmente drenados e que a biópsia pudesse ser realizada. Apesar de ser um homem bom, o médico não irrompe em lágrimas nem deixa a voz tremer de emoção quando diz a vovó que não há nada a ser feito, nenhuma quimioterapia, nenhuma cirurgia, nenhuma cura milagrosa, e que o tumor em questão é secundário, isto é, a origem da coisa, desta coisa terrível, está em outro lugar, em qualquer outro lugar do corpo dela, do qual eles não fazem idéia.

Não é a primeira vez que o médico diz esse texto. É provável que ainda hoje o tenha dito outras vezes.

Mais exames, mais roupas abaixo. Quando o médico e eu ficamos sozinhos, vovó conversando animadamente com a enfermeira do outro lado da divisória, faço a ele a pergunta óbvia:

— Quanto tempo ela tem?

— No caso de uma paciente com a idade da sua avó... provavelmente alguns meses. Talvez até o verão.

Ele me informa o termo médico para o tumor da vovó, mesotelioma, e peço a ele que escreva num papel, como se fosse preciso saber soletrar aquilo que vai nos matar.

Terminados os exames, vovó se veste de novo e agradece o médico. Realmente gosta dele. É uma mulher de fibra e boas maneiras, e mais uma vez fico envergonhado, imaginando como vou me comportar quando este dia chegar para mim.

Fora do hospital, ela não diz palavra, a boca trancada num risco fino. Percebo que o desenho das sobrancelhas está especialmente torto hoje, e a distância entre seu desejo de ficar bonita e a capacidade de fazê-lo tão bem quanto fazia antes me deixa de coração apertado.

Ela esfrega um dos flancos, onde o dreno havia sido inserido, e só agora me dou conta de que as dores que ela vem sentindo não se devem apenas à incisão, mas a algo bem mais grave, essas dores que vêm em ondas e não a deixam dormir e a tiram da cama no meio da noite. Dores que não terão mais fim.

— Vou vencer esta coisa — ela declara, e não sei o que dizer, porque tenho consciência de que não há vitória possível — ou há? — e, portanto, tudo que disser será mentira ou conivência com a derrota.

Voltamos ao apartamentinho branco, e ela retoma a velha rotina. Chaleira no fogo, Sinatra cantando "I've got the world on a string", o jornal sobre a mesa de centro, aberto na programação da TV, círculos de caneta em torno dos programas a que ela vai assistir enquanto o resto de nós estará cuidando da própria vida quando devia estar ao lado dela, tirando o máximo de cada dia, de cada momento, e esses círculos trêmulos me dão vontade de chorar.

Ela está cantando. E eu, tremendo, aflito com o que preciso fazer: ligar para o papai, ligar para a mamãe. Mas isso pode ficar para depois. Por enquanto vou continuar aqui, sentado com vovó no sofá, tomando nosso chazinho quente e doce, ouvindo Sinatra cantar "Someone to watch over me", vovó apertando minha mão como se nunca mais contasse largá-la.

Pela primeira vez depois de uma eternidade, numa manhã especialmente fria, volto ao parque e encontro o gramado coberto por uma geada que o sol fraco de inverno não é capaz de derreter. George está lá, claro, como eu já podia imaginar, e por um instante fico vendo-o se exercitar sob as árvores nuas, com aquele seu poder tranqüilo, aqueles movimentos que parecem tudo ao mesmo tempo: meditação, arte marcial, exercício físico, aula de respiração, dança. Cada gesto é especial, cada momento é sagrado.

Mas hoje ele não está sozinho.

Um grupo de jovens executivos, a julgar pelas malhas impecáveis, o observa respeitosamente. São uns dez, em sua maioria jovens, os corpos tonificados pela musculação ou pelos esportes de contato, mas também há duas ou três mulheres, louras de farmácia todas elas, bonitas, mas magrinhas e duras feito pregos. Uma turma de modernos. Parecem prontos para puxar ferro numa academia, ou seja lá o que se faz nesses lugares.

— Alfie?

É o Josh. Um pouco mais gordinho do que a última vez que nos vimos. Estou acostumado a vê-lo num terno Hugo Boss, Armani ou Paul Smith, e não numa malha da Nike. Mas não há dúvida: é ele mesmo.

— O que você está fazendo aqui? — pergunto.

Ele aponta para o George.

— A empresa mandou a gente pra ele.

— Pra quê?

— O Tai Chi faz parte da nova estratégia corporativa para controle do estresse. A empresa perde muitas horas/pessoas por conta do estresse.

— Horas/pessoas?

— É, muitas. Parece que o Tai Chi reduz os níveis de estresse. E também ajuda a gente a pensar fora da caixa.

— Pensar fora da caixa? Que diabo é isso?

— Significa pensar de um jeito diferente. Com criatividade, e não com os mesmos vícios de sempre, as mesmas técnicas empresariais. Pensar fora da caixa, Alfie. De início achei que fosse mais uma invencionice dessa gente de RH, a mais recente balela da filosofia corporativa. Mas mudei de idéia quando conheci o mestre Chang.

Mestre Chang? George nunca chama a si mesmo de mestre. Quem são esses farsantes, e o que eles estão fazendo no nosso parque?

George demonstra os movimentos iniciais de uma posição. Depois pede que eles façam o mesmo. Ou que pelo menos tentem. Mas não consegue sequer fazê-los casar a respiração com os gestos. Enquanto Josh e sua gangue adejam os braços, puxo George para um canto e pergunto:

— Você não está levando essa gente a sério, está?

Ele dá de ombros.

— Alunos novos.

— Não entendo como eles vieram parar aqui. Não entendo como nosso parque de repente foi invadido por esses engravatados que falam outra língua, "pensar fora da caixa", "horas/pessoas", essas coisas. Essa gente que quer usar o Tai Chi pra economizar a grana de uma empresa que provavelmente já tem grana demais. Esse parque é nosso, George.

— Chefe deles vem no Shanghai Dragon. Cliente muito bom. Mora perto. Advogado bambambã. Falou: "George, quero que você ensina Tai Chi pra funcionários. Ouvi dizer que é bom pra estresse. Ensina ou não ensina?" Então falei: "Ensina, claro, por que não?"

— Por que não? Porque essa gente logo, logo vai enjoar. Por quanto tempo você acha que eles vão insistir? Cinco minutos. Semana que vem aparece alguma outra novidade. Ioga. Boxe tailandês. Dança folclórica. Qualquer coisa.

— Quanto tempo você insistiu?

— Isso não é justo. Minha vida tem sido uma loucura ultimamente.

Ele me olha diretamente nos olhos.

— Vida de todo mundo é loucura. De todo mundo. Sempre. Você fala, fala, fala. Fala como se Tai Chi era parte da loucura também. Mais uma coisa que você precisa fazer todo dia. Não é. Tai Chi é pra sair da loucura. Entende?

— Mas eu gostava quando era só a gente, George.

— Tudo muda.

— Mas eu não gosto de mudanças.

— Mudança, parte da vida.

— Mas detesto isso. Gosto quando as coisas permanecem iguais.

Ele balança a cabeça com impaciência.

— Tai Chi é sobre mudança. Sobre como enfrentar mudança. Não aprendeu isso até agora?

Quando Josh e os outros engravatados terminam o exercício, George anuncia que vai demonstrar a técnica do *toi sau*. Nunca fiz essa prática antes, tampouco ouvi falar dela, mas tento parecer que sei o que estou fazendo quando George me chama para ajudá-lo na demonstração.

— *Toi sau*, exercício com as mãos em chinês — ele diz. — Não precisa fazer força. Precisa sentir. Para duas pessoas. Pode ser com improviso, pra prever o que o outro faz. Mas também pode sem improviso, com movimento determinado.

E isso basta a título de introdução. George não é lá muito afeito às palavras. Prefere mostrar a dizer.

Copio os movimentos dele. Ficamos um diante do outro na postura de arco-e-flecha: perna esquerda flexionada para frente, o arco, e perna direita esticada para trás, a flecha. Em seguida, ainda copiando George, levemente encosto o dorso do punho esquerdo no dorso do punho esquerdo dele. Mal nos tocamos.

Ele fecha os olhos e lentamente avança o corpo na minha direção. Por incrível que pareça, sei o que fazer. Sempre mantendo o contato entre os punhos, giro a cintura ao mesmo tempo que rolo o dorso da mão sobre a mão dele, deixando-o estender o braço por completo, e depois, lentamente, avanço o

349

corpo na direção dele. George recebe minha força, cede a ela e lentamente a desloca para o lado. Nossas mãos nunca perdem o contato.

Repetimos o movimento algumas vezes — avançar, ceder, neutralizar; avançar, ceder, neutralizar — até que me sinto confiante o suficiente para fechar os olhos e esquecer o mundo. Esquecer Josh e sua gangue de engravatados, esquecer que não havíamos nos falado desde o dia em que arruinei seu jantar, esquecer os consultórios de hospital onde médicos dizem que nada podem fazer, esquecer a geada sobre as árvores nuas, esquecer os lábios inchados, o dente lascado. Esquecer tudo isso e apenas sentir o toque de pele contra pele, receber o ir e vir dos movimentos, relaxar nas marés do *toi sau*. Sentir o que preciso fazer. Ser quem preciso ser.

parte três

Laranjas de Natal

trinta e um

De um dia para o outro, o apartamentinho branco se revela um problema para vovó. Torna-se um poço de armadilhas e obstáculos que nos faz lembrar: não é a velhice que nos mata, é a doença.

A escada para o primeiro andar de repente fica íngreme demais. Vovó precisa parar entre um lance e outro para recuperar o fôlego, arfando como se estivesse afogando, o rostinho virado para o alto. A banheira de repente fica alta demais para que ela possa entrar sem a ajuda de outra pessoa, então mamãe, ou Plum, ou uma das vizinhas — vovó não tem vizinhos, só vizinhas — precisa estar lá para lhe dar o braço. E os bem-intencionados burocratas das doenças terminais de repente não param de bater à sua porta.

Uma enfermeira do distrito organiza as visitas de uma assistente social, a entrega diária de refeições e o reenchimento do arranhado tanque de oxigênio que agora monta guarda ao lado da poltrona favorita dela.

Vovó quer agradar a enfermeira, da mesma forma que quer agradar a todo mundo, mas o apartamentinho branco é seu lar, e mesmo sabendo que essas pessoas só estão tentando ajudar, não aprova o aparelho sanitário fornecido pela assistente social ("Não vou fazer minhas necessidades nisto aí, meu anjo, mesmo assim obrigada"), não toca um dedo na comida insípida que lhe trazem todos os dias ("Vou comer só uma torradinha, coração") e, nas terríveis crises de falta de ar, não encontra nenhum alívio no oxigênio do tanque ("Acho que está vazio, minha querida").

Mas toca a vida em frente. Encontra as velhas amigas para um cafezinho com bolo e um pouquinho de conversa fiada, e a conversa fiada, a conexão humana, é o objetivo principal desses encontros. Ela almoça conosco nos domingos e faz suas visitas diárias ao comércio local para fazer as comprinhas singelas de sempre: o pão branco e "presunto do bom" que aparentemente lhe garantem a subsistência, os rios de chá, as montanhas de biscoito.

Quando começa a sentir as pernas falharem, recebe a bengala gentilmente oferecida pela assistente social, revira os olhos como se quisesse dizer "a que ponto chegaram as coisas..." e imita um frágil e trêmulo aposentado, o que é bastante engraçado vindo de uma pessoa na idade dela:

— Ah, no meu tempo é que era bom... — ela diz em tom de mofa, brandindo a bengala. Nem a assistente social consegue conter o riso.

Vovó enfrenta o câncer do mesmo modo que sempre enfrentou a vida: com boa vontade, inabalável estoicismo e uma pitada de humor.

Como ela própria diria, não gosta de fazer tempestade em copo d'água.

Apesar das dores irritantes e das terríveis crises de falta de ar, a vida parece, pelo menos temporariamente, seguir seu curso normal: comprinhas pela manhã, trabalhos domésticos leves durante a tarde e televisão à noite, os programas prediletos circulados de maneira incerta no jornal, o que nunca deixa de me emocionar.

Mas em meio a essa capa de normalidade, percebo uma coisa realmente extraordinária: as pessoas que adoram vovó dão contínuas demonstrações de que estão dispostas a andar em brasas pelo bem dela.

Mamãe e papai estão sempre a seu lado, claro, mas quase nunca ao mesmo tempo, e as vizinhas velhinhas estão sempre visitando. Não só elas, mas também as amigas do antigo bairro, o bairro em que papai cresceu, o bairro do *Laranjas de Natal*. Amigas de um tempo em que os filhos ainda eram meninos, os maridos ainda não haviam morrido e os médicos ainda não diziam que não havia nada que pudessem fazer.

E também tem a Plum. Além dos meus pais e das amigas, tem essa menina estranha que de algum modo criou um vínculo forte com minha avó. Depois de penar horas a fio dentro de um trem, Plum vem ao apartamento quase todas as noites para fazer companhia a vovó: assiste com ela a um dos programas circulados no jornal ou a trechos de uma das fitas de luta livre de sua coleção particular, estrelando o Pedra, claro, em toda a sua glória varonil.

Plum segura a mão de vovó, faz carinhos na testa dela, escova-lhe os cabelos ralos e prateados como se tivesse a seus cuidados a coisa mais preciosa do mundo.

A enfermeira do distrito e a assistente social aparecem uma vez por semana, mas não sei o que faríamos caso vovó não pudesse contar com o sem-número de pessoas cuja amizade soube conquistar ao longo da vida. Se dependêssemos exclusivamente dos serviços públicos, estaríamos perdidos.

Porque agora vovó não pode ficar sozinha um segundo sequer. Perigoso demais, já que pode perder a consciência a qualquer instante. Vovó ainda diz que "cai no sono", mas, segundo os médicos, sofre desmaios resultantes da falta de oxigenação no cérebro.

Certa noite, ela está assistindo ao noticiário, sem piscar, sem os habituais "isso é ridículo" ou "isso é um absurdo", quando de repente fecha os olhos e deixa a cabeça cair, a boca esmorecida. Tomba o corpo na direção da pequena lareira, e, antes que eu possa fazer qualquer coisa, Plum já correu para ampará-la e recostá-la delicadamente na poltrona, como tantas vezes já se viu obrigada a fazer.

E depois de um tempo esses desmaios se integram à nossa rotina, tornam-se episódios corriqueiros do nosso dia-a-dia, esses apagões que vovó encara como se não fossem nada que uma boa noite de sono não possa curar.

A sala dos professores na Churchill's International Language School está vazia. Ainda é cedo. Alguns alunos fumam um baseado na calçada da Oxford Street, mas ninguém subiu ainda. Acomodo minha sacola na mesinha de centro, e um panfleto amarelo levanta vôo com o vento. Não é um dos panfletos da escola. Recolho o papel e leio:

> Dream Machine.
> Faxina profissional,
> mas à moda antiga:
> De quatro no chão

O texto é ilustrado com o desenho de uma *sexy* dona-de-casa, aparentemente da década de 1950, com um espanador na mão, muito parecida com a Samantha de *A feiticeira*. No pé da página, dois números de telefone: um celular e um fixo. Conheço ambos.

Ouço o barulho de um aspirador de pó do outro lado do corredor, na sala de Lisa Smith. Jackie está lá, dando um "bom trato", como ela própria diria, no surrado carpete verde.

— Que diabo é isto aqui? — pergunto, acenando com o panfleto.

Jackie sorri com entusiasmo.

— Não te contei? Os negócios vão de vento em popa. Tenho distribuído panfletos pelo bairro todo. Achei que devia deixar alguns aqui também. Apesar de já ter o emprego.

Ela parece radiante. Só Deus sabe por quê.

— Dream Machine... — ironizo. — Dream Machine é *você*. Você, seus joelhos e suas mãos.

— Algum problema? — ela parece subitamente séria. — Mesmo se eu tiver com serviços extras, isso não vai interferir com as nossas aulas. Você não se importa com isso, importa?

— E por que eu me importaria?

— Sei lá. Mas parece que importa, sim. Está na sua cara. O que é que está pegando?

O que está pegando? Não sei.

Sei que não gosto de vê-la trabalhando na Churchill's, fazendo faxina à moda antiga, de quatro no chão. Não gosto de ver os alunos e professores passando por Jackie como se ela não existisse. Mas também não quero vê-la trabalhando para os almofadinhas de Cork Street, nem para... pensando bem, nem para ninguém. Não sei o que quero. Mas sei que Jackie merece mais do que isso. Sei que não quero vê-la aqui. Não mais.

— Essa história de limpeza. Sei lá. Me incomoda um pouco.

Ela dá uma sonora risada.

— Ah, te incomoda, é? E o que você tem a ver com isso? Se *eu* não me incomodo, por que é que *você* vai se incomodar? Achei que não tivesse nada de errado em fazer faxina.

— E não tem.

— Achei que todo trabalho fosse digno.

— Não foi isso que eu quis dizer. Puxa, Jackie. Quando foi que falei de dignidade ou falta de dignidade?

— Falou, um dia, que eu não precisava ter vergonha do meu trabalho.

— E não precisa mesmo.

— Mas é *você* que tem vergonha.

— Não é nada disso. Mas gostaria, sim, que você encontrasse algo melhor. Algo melhor do que limpar o banheiro em que Lenny, o Libidinoso, acabou de mijar. Por que eu teria vergonha do seu trabalho?

— Sei lá, mas tem.

— Isso é ridículo. Só não vejo por que você precisa fazer isso aqui, no lugar onde eu trabalho.

— Não estou em condições de ficar escolhendo trabalho. Tenho contas pra pagar, meu amigo. Uma filha pra criar. E nenhum marido pra me bancar, sacou?

— É você que está aí, Alfie? — Vanessa. Parada à porta, ela encara Jackie. Jackie a encara de volta. Não sei se elas se lembram uma da outra depois do encontro na casa de minha mãe. — *Pardon.*

— Entra — diz Jackie. — Não está atrapalhando ninguém.

Embora a diferença de idade entre elas não seja tão grande assim, Jackie e Vanessa parecem pertencer a gerações diferentes. Jackie no seu casaco de náilon azul, e Vanessa no seu modelito Agnès B vermelho e preto. Parecem pertencer a planetas diferentes. E talvez pertençam mesmo.

— Estou procurando pelo Hamish — explica Vanessa. — Ele tem uns papéis pra me entregar.

— Hamish não chegou ainda.

— Tudo bem.

Ela olha de volta para Jackie, tentando se lembrar de onde a conhece.

— *Je crois qu'on se connaît?* — pergunta Jackie. Fico estupefato, até me dar conta de que um dos certificados dela é em francês.

— *Non* — diz Vanessa. — Acho que a gente não se conhece.

Jackie sorri, mas dá a impressão de que está disposta a armar um circo.

— *Pourquoi pas?*

Ainda parada à porta, Vanessa não sabe o que fazer nem o que dizer.

— Bem, Alfie, já vou indo — é o que diz por fim.

— Até mais, Vanessa.

— *C'était sympa de faire ta connaissance* — emenda Jackie, rindo. — *Ne m'oublie pas!*

— Deixa a garota em paz — eu digo assim que Vanessa vai embora. — Ela não te fez nada.

— Ah, não? Só me olhou dos pés à cabeça com aquele narizinho empinado dela.

— E por que ela faria isso?

— Porque sou eu quem limpa a sujeira dela e de todas as outras patricinhas de nariz empinado igual a ela.

— Ainda bem que você não é uma pessoa amarga.

— Tenho direito de ser amarga quanto quiser. Você também seria, se tivesse de ficar de quatro no chão e ver o mundo de baixo pra cima.

— Achei que você se orgulhasse disso. Pelo menos é o que está escrito no seu folheto idiota.

— Engraçado — ela balança a cabeça. — A sujeira parece que gruda nas faxineiras. E não nas pessoas que fazem a sujeira.

Ela recolhe o aspirador, leve e moderno, e segue rumo à porta.

— Mas vou lhe dizer uma coisa — continua. — Não tenho vergonha de mim mesma. Não vou andar por aí pedindo desculpas por ganhar a vida do jeito que dá. Achei que você fosse gostar dos panfletos. Achei que fosse gostar de me ver tentando levantar uns trocados a mais pra pagar a faculdade. Quanta ingenuidade.

— Desculpa.

— Deixa pra lá.

— O panfleto me pegou desprevenido. Sei lá. Logo, logo você vai ser uma universitária. É assim que penso em você.

A idéia era acalmá-la, mas o tiro sai pela culatra.

— Não tem problema. Vou tentar cair fora antes de você chegar na escola de manhã. Você e suas aluninhas descoladas. Aí vocês podem ficar achando que o lugar se limpou sozinho, num passe de mágica.

— Não precisa ficar com raiva de mim.

Ela se vira de repente, quase me acertando com um dos acessórios peludos do aspirador.

— Por que não? Você é um dos piores tipos de esnobe. Não é capaz de fazer a própria limpeza, mas despreza as pessoas que limpam pra você.

— Não desprezo você.

— Mas tem vergonha de mim. Vergonha da faxineira que quer estudar, que acha um diploma a melhor coisa do mundo, quando na verdade um diploma não vale nada, é só um pedaço de papel.

— Não tenho vergonha nenhuma de você, Jackie.

— Não quer ser visto ao meu lado. Não gosta do jeito que eu falo, do jeito que eu me visto, do trabalho que eu faço.

— Isso não é verdade.

— Outro dia quis ir pra cama comigo. Mas só porque estava bêbado.

— Gosto de você. Tenho respeito por você. Admiração. Tudo isso é a mais pura verdade, mas ela não acredita em mim.

— Tá bom. Sei.

— Quer sair comigo no sábado à noite?

— O quê? Sair pra onde?

— Josh, um amigo meu, está ficando noivo. Um amigo das antigas. Perdemos contato por um tempo, mas ele me convidou pra festa. E eu estou convidando você.

— Sei lá. Tem a Plum, e...

— Você precisa escolher, Jackie. Não dá pra odiar o mundo quando ele te exclui e ao mesmo tempo odiar o mundo quando ele te convida pra entrar. Pára com essa história de mártir. Quer sair comigo ou não quer?

Ela reflete um instante.

— Mas o que eu vou usar? — pergunta.

— O que você usa normalmente — respondo. — Alguma coisa bonita.

Chega o dia em que vovó não consegue mais seguir em frente. Muito mais do que antes, ela se ressente das dores e das crises de falta de ar. Fica com medo de "cair no sono" na frente das pessoas, de se esborrachar na rua sem nenhuma Plum para ampará-la e recostá-la na poltrona.

Então ela fica em casa. Na cama, quase sempre. Acabaram-se as comprinhas no comércio local, o cafezinho com bolo na companhia das amigas. Até quando? Talvez até o fim.

Deitado ao lado dela, dou-me conta de que vovó é a única pessoa no mundo que me amou de um modo descomplicado e incondicional. Porque o amor dos outros sempre veio misturado com outras coisas: o que eles queriam que eu fosse, os sonhos e expectativas que tinham a meu respeito.

Vovó, não. Ela me amava e pronto.

Sabendo que vou perdê-la, seguro a mãozinha dela, os ossos e as veias mais aparentes do que deviam, e olho ansiosamente para esse rostinho que admiro tanto, desde sempre. As sobrancelhas estão mais tortas do que nunca, o que me consome por dentro.

— A senhora está bem? — A pergunta mais idiota do mundo.

— Estou ótima — ela diz. — Você é um anjo.

Vovó ainda me vê como um anjo. Não sei se me conhece mais do que todos, ou se não me conhece de jeito nenhum.

trinta e dois

O jardineiro é daqueles que poderiam ter um programa de televisão.

Bronzeado, displicentemente moderno, os cabelos dourados de sol presos atrás da cabeça por um elástico amarelo. Do
outro lado da camiseta de rúgbi, um time da Nova Zelândia,
percebe-se um corpo esguio, forte de tanto podar ou seja lá o
que fazem os jardineiros.

Está envelhecendo bem. Tem o quê? Uns cinqüenta anos?
Por aí, apesar dos tênis modernos e da bermuda de camufla-
gem com um impressionante número de bolsos. Mas está con-
servado e tem aquela típica afabilidade dos australianos e dos
neozelandeses, ou pelo menos dos que vêm para cá com o único intuito de exibir sua simpatia diante dos mal-humorados e
soturnos ingleses.

Mamãe e Joyce o observam aparar as roseiras com golpes
rápidos e precisos.

— A primavera já está quase aí — diz o jardineiro boa-
pinta. — Hora de acabar com todos os ramos improdutivos e
abrir caminho para os brotos novos. — Sem parar o que está

fazendo, olha para as duas mulheres e abre um sorriso largo, de dentes muito brancos.

Fico esperando as duas avançarem com as ferramentas de jardinagem contra o infeliz que ousou tocar sem permissão nas roseiras de mamãe. Mas ambas parecem encantadas com o bonitão.

— Que idade tem? — investiga Joyce.

— Ha ha! — ele responde. — Ha ha ha!

— Dinheirinho bom como jardineiro? — ela continua.

— Casado?

Ele fica enrubescido, apesar do bronzeado, e vejo que é um homem decente, apesar do charme que joga para as duas senhoras. Canalhas não ficam enrubescidos. Papai, por exemplo, não é lá de se enrubescer por qualquer bobagem.

— Estou vendo que você poda logo acima dos brotos — diz mamãe, restaurando a ordem.

— A mocinha tem olhos de lince — ele retruca, e agora é ela quem fica vermelha. O jardineiro volta à seriedade. — É sempre bom cortar acima dos brotos pra controlar o formato da roseira, Sra. Budd.

— Sra. Budd, não — informa Joyce. — Não é casada mais. Divórcio saiu. Definitivo. Acabou tudo.

— Joyce!

— Ela solteira.

— Bonita assim, não vai ficar solteira por muito tempo — elogia o jardineiro.

Mamãe dá uma risada, jogando a cabeça para trás, divertindo-se como nunca.

— Bonita e inteligente o bastante para não me casar outra vez — emenda.

— Nunca diga nunca, Sra. Budd

— Sandy — corrige mamãe.

— Sandy — repete o jardineiro, saboreando o nome entre os lábios. — Sandy.

As coisas não deveriam ter tomado esse rumo, mas é mamãe quem parece ter sido libertada de uma prisão doméstica, com redução de pena por bom comportamento. E é papai, o fugitivo, quem parece o cônjuge abandonado, o que levou o toco, o pé na bunda.

Como isso foi acontecer?

Mamãe perdeu peso, ajeitou os cabelos e lentamente foi colando os cacos da própria vida, buscando apoio na jardinagem e na sua amizade com Joyce Chang; papai, por sua vez, simplesmente desmoronou.

Mamãe ajuda Joyce com o jardim dela, cuida da alimentação e trabalha no próprio jardim. Papai bebe em excesso, só come porcaria e não trabalha o suficiente. Está inchado, com um aspecto triste. Pela primeira vez na vida, parece mais velho do que é.

Morando sozinho em seu minúsculo apartamento alugado, parece perdido entre duas vidas: a antiga, como chefe de família, e a nova, como Don Juan. Mas agora, sem mamãe e sem Lena, ele não é nem uma coisa nem outra. Vive num mundo crepuscular de pizzas e apartamentos alugados, leva uma vida de estudante muito embora tenha quase sessenta anos.

Nós nos vemos todos os dias no apartamento da vovó. Fico observando quando ele conversa com mamãe sobre o que fazer. A situação parece mudar a cada dia. Palavras que pouco tempo atrás não tinham nenhum significado para nós — "entrevada", "inválida" — agora nos arrebatam com todo peso de sua dura realidade.

Ela pode continuar morando aqui? Não seria melhor levá-la para outro lugar? O que foi que o médico disse? Quando é que ele vai aparecer outra vez?

Os velhos são muito cordiais um com o outro. Papai trata mamãe com uma formalidade quase dolorosa, como se tivesse consciência da ferida que abriu nela, uma ferida que levará anos para cicatrizar. Mamãe, por outro lado, é muito mais natural: não procura disfarçar a agonia que sente quando eles não conseguem decidir se é chegada a hora de começar a ligar para os asilos, nem deixa de explodir, ainda que daquele seu jeito contido e doce, ao se sentir culpada só de pensar na possibilidade de internar vovó em algum lugar.

Papai nunca baixa a guarda dessa maneira. Só comigo é que ele se permite irritar.

Assim que mamãe vai embora, coloco *The point of no return* para tocar, sabendo que vovó gosta de um pouquinho de música quando quer dormir. Esse é um dos discos mais negligenciados de Sinatra, a última coisa que ele gravou para a Capitol Records, em setembro de 1961. Para muitos fãs, *The point of no return* foi gravado um tanto às pressas, apenas em cumprimento das obrigações contratuais. Mas é nele que se encontram algumas pérolas como "I'll be seeing you", "As time goes by" e "There will never be another you".

Canções que, cantadas por Sinatra, nos fazem sentir um pouquinho menos sós.

— O maldito Sinatra outra vez? — reclama papai. — Caramba, tive de ouvir isso por dezoito anos, enquanto papai ainda era vivo.

— Ela gosta.

— Sei que ela gosta. Só estou dizendo que a gente podia ouvir alguma coisa diferente de vez em quando. Um soulzinho, sei lá.

— Vovó tem oitenta e sete anos — argumento, envergonhado de estar discutindo sobre música enquanto a mulher ao lado, mãe dele e minha avó, está sendo corroída pelo câncer.

— Sinto muito, mas ela não tem nada dos Bee Gee's.

— E desde quando Bee Gee's é *soul music?*

— É o quê, então?

— *Disco music* de quinta, cantado por três babacas dentuços.

— Dá pra ver que você é escritor. Escolhe muito bem as palavras.

— Estou de férias.

— Permanentes, não é?

Tão logo chega Plum, papai me leva de Mercedes para casa, e me surpreendo desejando odiá-lo mais do que sou capaz. Vejo que ele está infeliz, e mesmo achando que ele deve ser punido pelo que fez, me pergunto se essa triste vidinha estudantil que ele tem levado não é castigo em demasia.

Será que papai merece tudo isso? As noites solitárias no apartamentinho alugado, a dieta de pizzas e sanduíches, o corpo que começa a entregar os pontos, o desprezo constante do filho?

Só por desejar mais uma chance de ser feliz?

— Eles conheceram a Rose? — pergunta Jackie assim que saímos do apartamento.

Está usando um arremedo ocidental do *cheongsam* chinês, azul-escuro com detalhes vermelhos, muito justo, encurtado à altura dos joelhos e com pequenas fendas laterais. Nenhum resquício da vulgaridade habitual.

— De quem você está falando?

— Essas pessoas que a gente vai encontrar hoje. Na festa. Elas conheceram sua mulher?

— Só o Josh, que trabalhava com ela em Hong Kong. Também é advogado. Mais ninguém. Por que está perguntando?

— Quero saber se vou ser comparada com ela. Com a Rose. Quero saber se essa gente vai ficar olhando pra mim e pensando: ah, essa aí não é nenhuma Rose. Não é a *nossa* Rose.

— Ninguém vai comparar você a Rose, pode ficar tranqüila.

— Jura?

— Juro. Fora o Josh, ninguém conhecia ela. E o Josh não é... ele não vai... Ah, Jackie, vamos embora logo, pode ser?

— Como estou?

Ela alisa o vestido com as mãos, e a insegurança embutida no gesto me deixa comovido.

— Você está... incrível.

— Verdade?

— Verdade. E "incrível" é a palavra certa. Sou professor de inglês, sei o que estou falando. Incrível, adjetivo de dois gêneros. Difícil de acreditar, extraordinário. É assim que você está.

— Puxa, obrigada — ela diz, sorrindo de orelha a orelha.

— De nada.

— É que eu fico achando que essa Rose é a mulher perfeita, sabe? Que ninguém nunca vai poder competir com ela, ser tão boa feito ela.

— Jackie...

— Uma mulher que nunca falava a coisa errada, que sabia exatamente o que vestir, que andava sempre bonita.

— E como é que você sabe que ela era bonita? O que ela vestia?

—Já vi um monte de fotos dela. No seu santuário. Desculpa, no seu apartamento.

— Olha, você não precisa competir com a Rose. E ninguém vai comparar você a ela.

—Jura?

—Juro.

A não ser eu mesmo, acho.

Mas não é nada pessoal.

É o que tenho feito com todas as mulheres que conheci desde que Rose morreu.

Não consigo evitar.

Olho para elas — Yumi, Hiroko, Vanessa, Olga, Jackie, todas, sejam elas bonitas, inteligentes ou incríveis — e sempre acho a mesma coisa.

Não são a Rose.

trinta e três

Alguém responde ao interfone, e subimos ao apartamento de terceiro andar de uma casa vitoriana em Notting Hill. Do outro lado da porta, ouvimos a algazarra da festa. Risos, copos tilintando, todos falando ao mesmo tempo. Quando vou bater, Jackie me detém.

— Espera, espera.

— Que foi?

— Não sei, Alfie. Quer dizer. Qual é o sentido disso? O que estou fazendo aqui? Por que estou aqui? Hein?

— Pra conhecer meus amigos — respondo. — Pra se divertir, OK?

Jackie não parece convencida, mas bato à porta mesmo assim. Ninguém atende. Continuo batendo, com mais força, até que Tamsin nos recebe, linda e simpática, loura e descalça, sorrindo como se eu nunca tivesse arruinado um jantar neste mesmo apartamento, como se eu não tivesse me comportado feito um perfeito idiota depois de umas cervejas a mais, como se eu fosse o melhor amigo do mundo. Tamsin tem um espírito tão generoso que me desarma. Trocamos beijinhos e abraços, e ela se vira para Jackie com espanto.

— *A-do-ro* o vestido — diz. — Onde foi que você comprou? Na Tian Art? Na Shanghai Tang?

— Não — responde Jackie. — Em Bansted mesmo.

Um segundo de silêncio. E depois Tamsin joga a cabeça para trás numa risada. Acha que Jackie está brincando.

— Posso dar o endereço, se você quiser — oferece Jackie, sorrindo sem saber por quê. — Fica perto do mercado. Uma lojinha chamada Suzie Wong. Dizem que a Posh Spice já comprou lá uma vez. Mas não acredito.

— Vamos, entrem — Tamsin nos conduz até à sala. — Vou apresentar vocês a todo mundo.

O lugar fervilha. Todos parecem se conhecer. Tamsin nos serve champanhe e nos abandona logo em seguida, quando alguém, uma mulher, dá um gritinho estridente ao ver o tamanho do anel de noivado no dedo dela. Sempre há certo exagero no comportamento dessas pessoas. Cada assunto de uma conversa — o preço dos imóveis, a qualidade das escolas privadas e sobretudo o trabalho — é recebido com algo muito próximo à histeria.

Josh encontra-se no meio da sala, discursando sobre o Tai Chi.

— O professor é um chinesinho fabuloso. Realmente entende da coisa. O Tai Chi é ótimo pra controlar o estresse. E também ajuda a gente a pensar fora da caixa, sabe?

— Ah, eu sei o que é — diz uma mulher que reconheço vagamente. India. A do tal jantar. — É o vídeo de exercícios daquele sujeito enorme.

— Isso é Tae Bo, querida — corrige alguém, e todos se divertem com o simpático equívoco.

— Tai Chi, Tae Bo, *tie-dye*. Pra mim é tudo a mesma coisa! — o rosto fino de India está crispado pelas risadas.

— Essa gente é tão segura — sussurra Jackie. — Até quando falam besteira.

Reconheço Dan, o marido de India, e Jane, a garota bonita e gordinha do jantar, que aparentemente perdeu peso e ganhou um namorado. Ela me cumprimenta com certa frieza, mas não a culpo por isso. Dan sequer me enxerga. Não o faz por maldade. Desconfio que tenha a memória de um peixe tropical.

— O velho Josh vai se casar, quem diria? — ele diz. — Como uma mulher sabe que o marido morreu?

— O sexo continua o mesmo, mas ela fica com o controle remoto — responde Jackie.

— Qual é a diferença entre a namorada e a mulher? — pergunta Josh.

— Trinta quilos — rebate Jackie.

— Qual é a diferença entre o namorado e o marido? — insiste Josh.

— Trinta minutos — completa Jackie.

— Muito engraçado, tudo isso — diz Dan.

Estamos nos divertindo, Jackie e eu, entornando nosso champanhe, meio que dando apoio um ao outro. A festa se desenrola ao nosso redor. Há algo na classe média inglesa que me faz lembrar dos cantoneses. Uma espécie de indiferença. Eles realmente não ligam para as pessoas. Não são hostis. Simplesmente não as enxergam. E para quem não se incomoda com isso, estar entre eles pode até ser uma experiência relaxante.

Mas as coisas começam a desandar quando alguém faz a Jackie a indefectível pergunta da classe média metropolitana:

— Você trabalha com o quê?

É a Jane. A gordinha que começou a malhar, que ficou bonita e decerto está adorando o caladão de óculos que não sai de trás dela, apertando-lhe a cintura recém-adquirida como se temesse perder a namorada a qualquer instante. Mesmo sabendo que se trata da pergunta-padrão nas reuniõezinhas de Londres, desconfio que a curiosidade de Jane talvez não seja tão inocente assim, que ela esteja à cata de uma oportunidade para se vingar do homem, eu, que não se encantou por ela enquanto comia sua salada metida a besta no jantarzinho de Josh e Tamsin.

— Com que eu trabalho? — diz Jackie, e logo perco o entusiasmo, pois a noite estava indo tão bem, Jackie trocando piadinhas infames com Josh e Dan, sussurrando pequenos comentários sobre as pessoas, divertindo-se sem alarde. Mas agora a tal de Jane estragou tudo. Achei um dia que fosse uma garota legal, mas não é.

— Sim, o que você faz? Desculpa, esqueci seu nome.

— Jackie.

— Jackie — repete Jane, como se Jackie fosse um nome exótico que ela nunca tivesse ouvido antes. O que não deixa de ser uma possibilidade.

— Tenho minha própria empresa — responde Jackie afinal.

Eles ficam impressionados. Olham para Jackie com novos olhos, afeitos que são às maravilhas do capitalismo. Devem estar pensando: uma "pontocom" emergente? Uma agressiva firma de RP operando de uma única salinha no Soho? Ou quem sabe alguma coisa no mundinho *fashion*? O vestido *é* interessante.

— Dream Machine — diz Jackie. — É o nome da minha empresa.

— Dream Machine — repete Jane, com desconfiado respeito. — Em que ramo você está?

374

— Bem — responde Jackie. — No ramo da limpeza.

Minha vontade é interrompê-la antes que o pior aconteça, fazê-la trocar as fichas e abandonar a mesa, mas Jackie, insuflada pelo champanhe e pelas expressões de interesse nos rostos bem-nutridos e corados ao seu redor, prossegue a todo vapor.

— A Dream Machine cuida da faxina de vários escritórios e empresas do West End de Londres. A gente tem um mote: "Faxina à moda antiga: de quatro no chão."

— Máquina de fazer dinheiro, meu amigo — comenta Josh. — Posso garantir. Quem não quer ver sua privada brilhando? Um banheiro pode ser um cartão de visitas também, companheiro.

— Que ótima idéia! — exclama India, como se ninguém jamais tivesse pensado na limpeza de escritórios na história da humanidade.

Jackie abre seu sorriso mais cintilante, orgulhosa de si. Acho que conseguiu se safar.

Mas não. Jane continua de olho nela.

— Quer dizer então que você tem... o quê? Um batalhão de sebastianas esfregando chão pela cidade?

Então penso com meus botões: ainda bem que te dei um toco, perua. Você é amarga, cruel, nunca foi uma garota legal. Gordinha e solitária, só isso. O que não quer dizer que era legal.

— Não — responde Jackie. — Só tem eu. Às vezes chamo uma colega. Quando pinta algum trabalho mais pesado, sabe? Mas geralmente trabalho sozinha.

— Ah — diz Jane. — *Você* é a sebastiana.

E de repente todos caem na gargalhada, rindo de Jackie, e ela não pode fazer o mesmo que eles, não pode rir de si mesma e dar de ombros, apagar a solidão do momento, anular o veneno das palavras com o truque mágico da indiferença; Jackie trabalha duro demais para não levar a sério o próprio trabalho, a própria vida, tudo, então tem de ficar ali, corando enquanto Jane, India, Josh, Dan e o quatro-olhos de Jane se dobram de tanto rir.

Mas sei que essas pessoas não são mal-intencionadas, exceto Jane, claro, e logo a conversa toma outros rumos, passando pela política dos trabalhos domésticos, a postura feminista diante do fardo imposto às mulheres, a guerra dos casais na hora de definir as responsabilidades de cada um, enfim, coisas que elas leram num tablóide qualquer, provavelmente num domingo de ressaca, e agora repetem como se tivessem refletido longamente sobre o assunto. Em seguida, falam sobre a dificuldade de se encontrar alguém de confiança para fazer a limpeza de casa, mas a essa altura Jackie já está impaciente para ir embora.

— Quero dar o fora daqui — ela diz, puxando-me pela camisa, o rosto ainda ardendo de raiva.

— Não.

— Por que não?

— Porque aí eles vencem.

— Essa gente vence sempre.

Ficamos. Mas a noite perdeu a graça para nós. Jackie responde sem entusiasmo às pessoas que lhe dirigem a palavra primeiro. Depois de um tempo, buscamos refúgio num dos cantos da sala. Para distraí-la, procuro falar sobre qualquer bobagem, os quadros na parede, o anel de Tamsin, o que me vem à cabeça. Pouco antes de sairmos, quando ela vai ao banheiro, Josh vem falar comigo.

— Gostei dela. Muito bacana.

— Também gosto muito dela.

— Mas, Alfie, meu velho, quando é que você vai arrumar uma mulher de verdade?

— O que significa isso, uma mulher de verdade?

— Com você é sempre... sei lá, uma mulher *inadequada*. Seu pequeno harém de estrangeirinhas. Ótimo, excelente. Um sabor novo pra cada dia da semana. Não sou eu que vou te recriminar. Também já bebi muito dessa fonte, você sabe. Mas você só pode estar brincando, cara. Sabe que não dá pra ficar comendo sushi e *enchilada* a vida inteira, não sabe? Não é *adequado*. E agora você me aparece com essa sebastiana.

— Não chame ela assim.

— Desculpa. Mas dá um tempo, né, Alfie. Quando é que você vai cair na real? Essa moça não é nenhuma Rose, é?

— Acho que a Rose teria gostado dela. Teria percebido quanto ela é engraçada e inteligente.

— É uma gata, claro, de um jeito meio óbvio. Deve mandar muito bem na cama.

— Eu não saberia dizer.

— Mas como é que você pode admirar alguém que ganha a vida limpando chão? Só porque uma pessoa é pobre, isso não faz dela uma pessoa boa, não é?

— Jackie cria uma filha. Sozinha. Uma filha de doze anos. Só por isso já merece todo o meu respeito.

— Ela tem uma filha? Então é você quem merece respeito, meu amigo. Eu jamais ficaria com uma mulher que anda por aí com um lembrete do homem que chegou nela antes de mim. — Josh levanta a taça num falso brinde. — Você é bem mais digno do que eu.

377

— Sempre soube disso, Josh.

Ambos rimos, mas sem nenhum carinho ou humor. Então me pergunto o que estou fazendo aqui, na companhia dessa gente. Porque não tenho outro lugar para ir? Ou quem sabe, no fundo, quero estar ao lado deles para conversar fiado, rir de qualquer bobagem e não me importar com rigorosamente nada sobre a face da Terra? Talvez eu não devesse ter tanto medo assim de me importar com as coisas. Talvez tenha sido esse o meu problema até agora.

— Que nome tem a mulher que ficou paralisada na cintura para baixo? — pergunta Dan.

— Casamento — responde Josh, e todos caem na risada enquanto Jackie e eu deixamos o apartamento.

Tomamos um táxi para a estação da Liverpool Street. Sentada no banco de trás, Jackie não diz nem palavra.

— Pra mim, você era a mulher mais bonita daquela festa — digo. — A mais bonita e a mais inteligente.

— Também acho. Então por que estou me sentindo assim, tão pra baixo?

Não sei o que dizer.

Jackie atravessa a plataforma e entra no trem que a levará de volta à distante Essex. Em nenhum momento se vira para trás. No entanto, estou quase indo embora quando ela põe a cabeça para fora da janela e acena, sorrindo como se quisesse dizer: não se preocupe, eles não podem me machucar por muito tempo, vou ficar boa logo.

Jackie é guerreira. Isso mesmo, essa é a palavra. Jackie é uma mulher guerreira.

Ah, penso com meus botões.

Acho que pode ser ela.

trinta e quatro

Às vezes acho que os mortos vivem nos sonhos. Céu, Além, Paraíso, seja lá o que for: tudo isso está nos nossos sonhos.

Depois que Rose morreu, comecei a vê-la em sonho. Não com muita freqüência. Só às vezes. Mas eram sonhos de tal modo reais que jamais vou me esquecer deles. Pareciam tão reais quanto o dia em que Rose e eu nos conhecemos, o dia em que nos casamos, o dia em que ela morreu.

E até hoje não sei o que fazer deles. Seriam produtos da minha imaginação, da minha dor? Ou quem sabe Rose estivesse ao meu lado de verdade? Esses sonhos não pareciam algo inventado. Pareciam mais reais do que qualquer outro episódio da minha vida diurna.

No mais assombroso deles, Rose está caminhando pelo parquinho conhecido como South Green, próximo às ruas onde ela viveu quando menina. Tudo está exatamente do mesmo jeito: Rose, o parquinho, as lojinhas tranqüilas e vazias da rua lateral. A única diferença é esta parede de vidro que nos separa. Uma parede enorme, que dispara rumo ao céu. Mas Rose não se importa com ela — nem eu — e continua a sorrir do mesmo jeito engraçado de sempre. Mas estamos separados, eu e ela. Quando pergunto se ela pode ficar, Rose começa a chorar e balança a cabeça, dizendo que não.

Gosta de estar por aqui, mas não pode ficar. E isso a deixa triste.

É por isso que acredito que os mortos vivem em nossos sonhos.

Frank Sinatra, por exemplo. Para visitar o túmulo de Sinatra, temos de ir até Palm Springs, na Califórnia, procurar pelo Desert Memorial Park Cemetery e encontrar a Área B, lote 151.

Nunca estive lá. Não sou muito de cemitérios. Sequer visitei o túmulo de Rose depois do enterro. Não porque ficaria triste, pelo contrário, acho até que encontraria certo consolo na visita à igrejinha do subúrbio onde ela foi criada. Não vou apenas porque acho que ela não está lá, do mesmo modo que, para mim, Sinatra — sua essência, seu brilho, aquilo que fazia dele o homem que era — não está no cemitério de Palm Springs. Sinatra está em outro lugar. E Rose também.

Quem deseja se lembrar dos mortos, ou melhor, quem deseja encontrá-los, vê-los sorrindo, ter certeza de que eles estão em paz, deve olhar para dentro de si próprio. É lá que vivem os mortos.

Vovó começou a ver os mortos nos sonhos. Um tanto assustador é o fato de que às vezes está acordada quando tem esses sonhos. Não precisa estar dormindo para rever os mortos queridos. Eles vêm de qualquer maneira.

Para facilitar os telefonemas, dei a ela um aparelho sem fio e armazenei na memória os números das pessoas mais importantes: mamãe, papai, Plum, eu, algumas das amigas velhinhas, o médico. E hoje ela me diz que vovô programou o telefone novo, uma beleza, só você vendo. Vovô, que morreu doze anos atrás.

Não sei o que fazer: se brinco com ela ou se digo a verdade. Mas alguma coisa preciso fazer. Receio que ela perca completamente o juízo se não for mais capaz de distinguir entre o neto e o falecido marido.

— Vovó. A senhora não lembra? Fui eu quem colocou os números no telefone novo. Não foi o vovô.

Ela me encara um bom tempo. Até que uma luzinha fraca se acende em algum lugar do cérebro dela, fazendo-a balançar a cabeça com raiva. Não sei dizer, contudo, se ela assumiu a autoria do engano ou se ainda acha que o maluco sou eu.

Está cada vez mais difícil para Plum ficar ao lado dela. Vovó fala de irmãos há muito falecidos, do marido que está para chegar, além de mortos bem mais distantes no tempo, como os próprios pais e a irmãzinha de papai que ainda pequena morreu de pneumonia, coisa muito comum à época, fonte de muita emoção para o primeiro capítulo do *Laranjas*.

Vovó fala dos mortos como se eles ainda estivessem vivos, como se ainda estivessem por aí. Plum, por sua vez, sequer completou treze anos, mal começou a vida e não tem nenhuma experiência da morte. Não sabe o que pensar, o que fazer. Mais ou menos como eu.

— Fico toda arrepiada, Alfie. Ela fala como se eles fossem reais.

— E talvez sejam, Plum. Pra ela. Sei lá.

Então Plum sai para pegar o último trem com destino a Bansted e me deixa sozinho com vovó, segurando a mão dela até vê-la dormindo, mesmo sabendo que agora o sono pode chegar a qualquer hora, ou hora nenhuma, dia e noite se misturando cada vez mais.

Coloco canções antigas para ela ouvir, Sinatra, Dino e o pequeno Sammy em toda a sua glória, canções da década de 1950, cheias de vida e amor, esperança e alegria. E os fantasmas silenciosamente vão se agrupando em torno dela, os irmãos que já se foram, o marido falecido, a filhinha morta, os amigos do passado, a mãe, o pai, todos eles lentamente ficando mais reais do que os vivos.

Para minha surpresa, percebo que não quero ver chegar o dia do exame de Jackie. Cheguei a achar que ela tivesse despertado em mim uma renovada paixão pelo ensino. Mas é muito mais do que isso. O que Jackie despertou em mim foi aquele manso prazer que sentimos quando estamos na companhia de alguém de que gostamos, alguém que nos faz bem.

Ficamos ali, com nossos livros, às vezes falando, às vezes mudos, outras vezes discutindo como se a literatura fosse a coisa mais importante do mundo. Hoje percebo que passei a adorar cada segundo transcorrido na companhia dela. Lembro-me de quanto eu gostava disto: estar junto de alguém.

Jackie é minha melhor aluna. Esperta, curiosa, contestadora. Trabalha duro, tanto em casa como durante as aulas, e apesar de pegar cedo na limpeza, e largar tarde, jamais entrega os exercícios com atraso.

Mas é a primeira aluna que, desde que deixei a escola de ensino médio para meninos Princesa Diana, aparece na aula com um olho roxo.

— Que foi que aconteceu?

— Trombei num armário.

— Num armário?

— Meu ex-marido.

— Santo Deus, Jackie, você tem de ir à polícia.

— A polícia não está nem aí pra violência doméstica.

— Mas não é um caso de violência doméstica! Vocês não são mais casados!

— Jamie ainda não percebeu isso. Está sempre rondando a casa. Me seguindo.

— Ele procura a Plum?

— De vez em quando. Está mais interessado em quem está dormindo comigo do que na minha filha. Na nossa filha. Já disse um milhão de vezes que não estou dormindo com ninguém. Mas ele não acredita.

— Ele te agrediu porque acha que você está dormindo com alguém?

Jackie ri com sarcasmo.

— É do tipo ciumento, meu ex. Sempre se arrepende depois. Diz que me bateu só porque me ama. Porque fica louco de ciúmes. Acha que eu devia ficar lisonjeada. Lisonjeada por ter sido espancada, é mole?

— Com quem ele acha que você está dormindo?

— Bem...

Alguém toca o interfone.

— Não atende — diz Jackie.

— Não é ele, é? Ele te seguiu até aqui? Esse cara não é ciumento, é doido!

— Por favor, Alfie, não deixa ele subir. — Jackie parece realmente assustada. Nunca a vi desse jeito antes. O que me deixa furioso. Minha vontade é acabar com o sujeito.

— Não vou deixar ele subir.

— Ainda bem. É só a gente ignorar e...

— Sou eu quem vai descer.

— Alfie!

Disparo escadaria abaixo e logo me deparo com um vulto grande e escuro do outro lado das vidraças embaçadas pelo frio. Abro a porta e lá está ele: o ex-atleta que perdeu a luta contra a cerveja e os hambúrgueres, uma montanha de músculos escondida por outra de gordura. Deve ter sido bonito um dia: é alto, moreno, tem um quê de perigoso. Boa-pinta, senão bonito, quando ainda fazia misérias com uma bola de futebol. Mas agora é um homem amargo e mau. Lembra o pior tipo de segurança de boate, desses que torcem para que a gente apronte alguma.

O Jamie de Jackie.

Antes que eu possa dizer qualquer coisa, ele aperta os dedos cabeludos na minha garganta e me joga contra as latas de lixo enfileiradas na calçada. Esborrachado numa posição ridícula, não consigo esboçar nenhuma reação enquanto ele me acerta diversos golpes com a tampa de uma das latas reviradas.

Então me lembro do Pedra. Tenho certeza de que já vi alguém o atacar com uma lata de lixo antes. No SuperSlam de 98, talvez? Como foi mesmo que ele reagiu? Por mais que eu tente, não me lembro. Então só me resta continuar protegendo a cabeça com os braços, o traseiro latejando sob as calças.

— Fica longe da minha mulher, filho-da-puta! — grita Jamie, num sotaque londrino que raramente se ouve em Londres nos dias de hoje. — Pára de ficar enchendo a cabeça dela com essa bobagem de voltar a estudar! É você, professorzinho de merda, que está botando essas minhocas na cabeça dela! Se não estiver botando outra coisa também!

384

Mais uma vez ele despeja a tampa de lixo na minha cabeça, e o barulho é tal que os vizinhos aparecem à janela, preocupados sem dúvida, mas não o bastante para fazer outra coisa além de olhar. Jackie está pendurada às costas de Jamie, ensandecidamente socando as orelhas dele, causando mais estragos ao ex-marido, suponho, do que ele a mim.

— Você é muito burro! — ela diz. — Professores não dormem com as alunas!

O que nem sempre é verdade, claro. De qualquer modo, fico comovido com a reação dela, sem a qual essa luta não teria mais fim.

— Fica longe dela! — arremata Jamie, ofegante. — E pára com essa história de fazer ela pensar que é melhor que os outros!

Tão logo ele se afasta, Jackie me ajuda a levantar e a limpar os restos de ovo, pizza e *curry* que de algum modo ficaram grudados na minha roupa.

— Você um dia perguntou como era meu casamento — diz, apontando para Jamie, que a essa altura já vai longe, pisando duro com aquele seu jeito de "tá olhando o quê, meu irmão?". — Pois é. Agora você já sabe.

São milhares os casos de homens e mulheres que lutam bravamente contra o câncer, mas, no fim, a doença desfere seu golpe mais cruel. Rouba a identidade das pessoas, por mais valentes que elas sejam.

— Esta não sou eu — diz vovó, caminhando para o banheiro com minha ajuda. — Esta não sou eu.

Sente dores terríveis, a pobrezinha. Embora por tanto tempo tenha enfrentado a doença com humor e coragem, ela agora se vê sufocada por uma vida de constante e intolerável sofrimento.

Vovó nunca foi inclinada à autopiedade, ao desespero, ao medo; jamais se entregou a esses sentimentos sombrios que nos fazem sobressaltar a qualquer espirro. Mas agora começa a dar sinais de cansaço, ciente de que está diante de um inimigo imbatível, de que humor, valentia e estoicismo de nada valem quando só há um fim possível para este calvário.

O câncer lhe roubou as entranhas. O câncer lhe roubou a identidade.

Espero à porta até que ela saia do banheiro. Para diversas tarefas, papai e eu ainda dependemos da ajuda das mulheres: mamãe, Plum, Joyce, as velhinhas do condomínio. Nem ele nem eu entramos no banheiro com a vovó, não damos banho nela. Pelo bem dela, e pelo nosso também, uma espécie de modéstia prevalece mesmo a essa altura dos acontecimentos, quando a doença terminal não tem mais nenhuma restrição em dar as caras.

Mas hoje é diferente. Embora não tenha comido quase nada durante dias, sequer tenha dado mais do que goles de passarinho no suco da mesinha-de-cabeceira, vovó começa a gemer pouco depois de se deitar. Eu já havia apagado as luzes e voltado à sala. Pela angústia dos gemidos, algo terrível aconteceu.

Quando entro no quarto, ela está aos prantos, como se jamais tivesse suspeitado que as coisas pudessem chegar a esse ponto. Todavia, a julgar pelo cheiro no quartinho, constato que não são as dores incessantes do tumor que a afligem tanto. O cheiro vem da cama. Isso nunca havia acontecido antes. Como eu pude ser tão cego? E agora, o que fazer?

Apenas uma coisa. Procuro consolá-la dizendo que tudo não passou de um acidente sem importância, que ela não precisa se envergonhar. Mas quando levanto as cobertas e vejo sujeira por todos os lados — na camisola, na roupa de cama, nas mãos dela —, fico profundamente chocado e inseguro quanto à minha capacidade de lidar com a situação, de fazer o que tenho de fazer porque não há ninguém para fazê-lo em meu lugar.

É a angústia dela que me dá forças para seguir em frente, é a humilhação estampada no rostinho dela que ao mesmo tempo me fortalece e me corrói.

— Ah, Alfie, não consegui me controlar. Que vergonha, que vergonha... Olha só pra mim, Alfie, olha só pra mim...

Sou tomado de um amor tão grande por essa mulher que limpá-la me parece a coisa mais natural do mundo.

Difícil. Muito difícil. Mas natural.

Ajudo vovó a se levantar da cama, dizendo que não foi nada, que vamos dar um jeito nisso, eu e ela, juntos. No banheiro, ajudo-a a tirar a camisola imunda, a entrar na banheira. Abro a torneira de água quente. Durante todo esse tempo ela chora de vergonha, de constrangimento. É a primeira vez que a vejo nua. Esfrego sabão numa toalha molhada e, sempre buscando as melhores palavras de consolo, começo a limpá-la, lentamente, tomando o mesmo cuidado que um dia ela tomou para limpar o neto.

trinta e cinco

Zeng e Yumi estão diante da Churchill's, distribuindo folhetos. Ambos parecem diferentes. Acho que estão crescendo. Zeng está de terno, os cabelos geralmente desgrenhados — "depois do choque", dizem os outros alunos chineses — agora devidamente penteados por causa da entrevista que ele teve mais cedo numa faculdade próxima. Yumi parou de descolorir os cabelos porque logo vai retornar ao Japão, e o negro original começa a se impor ao louro fabricado.

— Como foi a entrevista, Zeng?

— MBA começa outubro. Muito importante pra fazer negócio na China. Mas vaga depende resultado de prova. Precisa saber inglês direitinho pra fazer MBA.

— Você vai tirar essa prova de letra, você vai ver. — E para Yumi eu digo: — *Look* novo, é?

— Vou trabalhar num escritório — ela diz. — Empresa grande em Tóquio. Não pode ter cabelo amarelo. Não em empresa de Tóquio. Louro nunca mais pra sempre.

Ela me entrega um panfleto, que à primeira vista parece idêntico aos panfletos da escola: bandeirinhas nas bordas, silhueta malfeita de Winston Churchill no centro. Mas neste, Churchill segura um baseado do tamanho de um sorvete, em vez do habitual charuto.

Karaokê de formatura
da Churchill's
Venha se despedir dos amigos

Na sala dos professores, Hamish e Lenny examinam o mesmo folheto.

— Maldito karaokê — diz Lenny. — Houve um tempo em que todas as festas de formatura eram numa discoteca.

— Ninguém fala mais discoteca, Lenny — eu digo. — Ninguém com menos de cinqüenta ou mais de dez.

— Ah, como era bom aquela *dirty dancing* sob as luzes estroboscópicas — ele rememora, ignorando o que acabei de dizer. — Rostinho colado nas músicas lentas... "Isso aí é um guarda-chuva no seu bolso ou você está feliz em me ver?" Uma delícia. Mas agora é tudo karaokê. Fazer papel de palhaço em cima de um palco, dando uma de Abba, acompanhando a bolinha que pula na tela. E no filminho, sempre um casal de patetas andando de mãos dadas na praia. Que graça isso pode ter?

— Mas o interessante — diz Hamish — é a popularidade que o karaokê tem nos países em que a expressão das emoções é vista com maus olhos. China. Japão. Todo o leste da Ásia. Pelas convenções sociais, ninguém deve externar seus sentimentos em público. Mas no karaokê, tudo bem.

— Ao passo que no nosso país — rebate Lenny —, pra externar os sentimentos a gente só precisa procurar um banheiro público e baixar as calças.

— Você vai, Alfie? — pergunta Hamish.

— Não sei.

— Está brincando! — diz Lenny. — Este homem é o ídolo do corpo estudantil! Todo mundo sabe o quanto ele é bom com o microfone!

Acho que não irei dar as caras na festinha da Churchill's, mas não pelos mesmos motivos do Libidinoso. Passei tempo suficiente em Hong Kong para me livrar dos pudores que tanto afligem meus compatriotas num bar de karaokê.

Mas receio que a noite será um longo adeus, um insólito velório para a juventude e a liberdade. Receio que em breve seremos todos louros nunca mais para sempre.

Observo meus alunos trabalhando em todos os tempos verbais que podem expressar o futuro. Presente simples, futuro perfeito, presente contínuo, futuro perfeito contínuo. Yumi e Zeng. *You go, you meet.* Hiroko e Gen. *You will have traveled, you will have met.* Vanessa e Witold. *I am starting. She is going.* Mas não Olga, que se foi, abandonou a escola, sumiu na cidade com o namorado. *Where are you going to go? What are you going to do?*

Percebo que vou sentir uma tremenda saudade dos meus alunos. De todos.

Eles ainda estão em aula, ainda os vejo todos os dias. Na verdade, com a proximidade da prova, eles têm sido mais assíduos do que jamais foram, e agora, em vez de faltar às aulas, faltam ao trabalho, seja no General Lee's Tasty Tennessee Kitchen, no Eamon de Valera ou no Pampas Steak Bar. Mas as conversas têm girado cada vez mais em torno de suas novas vidas. Sua passagem pela Churchill's International Language

School está chegando ao fim. Daqui a pouco eles se vão, e eu fico. Sinto saudades desde já.

Fico me perguntando se a rotina será sempre esta: ano novo, rostos novos, ano após ano, uma interminável sucessão de "sejam bem-vindos" e "boa sorte a todos".

Meus alunos estão felizes. Falam da volta para casa, dos cursos que vão fazer em Londres, das viagens para bem longe que farão. São jovens e têm a vida inteira pela frente. Tudo lhes parece uma grande aventura: estudos, viagens, empregos. No entanto, sinto o coração pesar quando os ouço falar dos novos projetos.

A gente se acostuma às pessoas e, de repente, elas se vão.

— Como é que vai ser? — pergunto a Jackie. — Sua vida de estudante. Quando você estiver lá, fazendo seu bacharelado, freqüentando a Universidade de Greenwich e tudo mais. Como você imagina que vai ser?

A aula terminou e ela arruma os livros, já gastos, para ir embora. O exame está próximo. Os dias, cada vez mais compridos.

— Bem, ainda não sei se vai ter bacharelado, né? Minha vaga na Greenwich depende do resultado da prova de inglês.

— Nunca vi ninguém estudar tanto feito você. Não precisa se preocupar, vai ter o resultado de que precisa. Mas não muda de assunto. Como é que você imagina a universidade? Já deve ter pensado nisso, aposto.

Ela ri.

— Só pelos últimos doze anos. Sei lá. Só sei que vou ser muito mais velha que os outros alunos. Já fui casada, tenho uma filha. A maioria provavelmente ainda manda a roupa pra lavar na casa da mamãe. E quando eles forem pras festinhas, vou para o trabalho. Não posso parar de trabalhar, você sabe.

— Mas acha que vai ser mais feliz?

— Tenho certeza disso. Vou estar fazendo o que sempre quis. Dando um rumo na vida. Na minha e na da minha filha. Vai ser muito interessante. Os livros, os autores, a troca de idéias, o convívio com pessoas que gostam de ler, que não têm vergonha de buscar uma vida melhor. Puxa, mal posso esperar.

Já estou até vendo: Jackie na universidade, transformando-se na pessoa que sempre quis ser, dando-se conta de que ainda tem tempo, de que é jovem e inteligente o bastante para tentar de novo, para colocar a vida nos trilhos outra vez. Vai ser ótima aluna. Dez anos mais velha que os outros, claro, mas muito inteligente para se destacar em qualquer ambiente. Ninguém para chamá-la de sebastiana, para fazer pouco caso do trabalho dela, pois todo mundo ali estará numa situação bastante parecida, ralando muito e ganhando pouco para pagar as contas no fim do mês. Vejo Jackie brilhando na sala de aula, levantando a mão sem medo, fazendo boas perguntas, despertando os professores cansados, inspirando os bons, escrevendo um ensaio sobre Carson McCullers que depois será lido diante da turma, os garotões se derretendo ao vê-la caminhar nas roupas coladas ao corpo. Ou talvez as roupas serão outras.

— Não quero perder contato — eu digo, o rosto ardendo em chamas.

— O quê?

— Não quero que você vá se afastando aos poucos.

— Eu? Me afastar de você?

— Não quero perder o contato, só isso. Não vejo nenhum motivo pra gente se afastar um do outro.

Ela me segura pelo braço, quase num gesto de piedade.

— Vamos ser amigos pra sempre — diz.

E então me dou conta de que a perdi mesmo antes de termos começado.

Vovó está fraca demais para continuar no apartamentinho branco. Obstáculos demais, pelo menos para ela. As escadas, a banheira, o isolamento da família. Um apartamento ótimo para os velhos, mas não para quem está morrendo.

Se fôssemos os Changs, tudo seria mais fácil. Sem qualquer debate, nós a levaríamos para um quartinho em cima do Shanghai Dragon e ali tomaríamos conta dela. Mas estamos espalhados pela cidade, sequer podemos ser considerados uma família. Papai, mamãe e eu, todos morando sozinhos, sem nenhum lugar adequado para receber vovó. Escadas demais na casa da mamãe, espaço insuficiente nos apartamentos alugados em que papai e eu moramos.

Queremos ser uma família de verdade. Honestamente. Mas fomos adiando as coisas, ocupados demais com outros aspectos da vida. E agora jamais seremos os Changs.

— Na China, filho crescido toma conta pais velhos — ouço Joyce dizer a mamãe. — Aqui é contrário. Pais velhos preocupa ainda com filho crescido. Tudo cabeça pra baixo neste país.

Avaliamos outras opções. Um asilo, mas vovó já está debilitada demais para isso. Uma clínica para doentes terminais, mas a idéia de abandonar vovó para que morra num lugar estranho é inconcebível. Pelo menos enquanto houver outra saída.

Poderíamos interná-la no hospital, mas vovó teme os hospitais mais do que à própria morte, ou pelo menos não faz muita distinção entre uma coisa e outra. Portanto, enquanto for possível ela será poupada de um leito hospitalar. Mesmo sabendo que vovó não come nem bebe quase nada, que precisa de cuidados constantes, o médico concorda que a internação não é o melhor caminho. Não sei se movido pela compaixão ou simplesmente pela escassez de leitos nos hospitais. Talvez as duas coisas.

No fim das contas, mamãe assume o comando e telefona para um fornecedor de um desses elevadores que podem ser acoplados às escadas, dizendo que fecha negócio imediatamente se o produto puder ser entregue já.

Decerto o tal fornecedor já está acostumado a essas chamadas de urgência — afinal, quem mandaria instalar um elevador de escada se não estivesse com urgência? —, e em poucos dias um técnico está na casa da mamãe, instalando algo parecido com os trilhos de uma estrada de ferro ao longo da escada. No topo desses trilhos ele instala uma espécie de cadeira ejetora, que nos faz lembrar dos filmes antigos de James Bond, ou daqueles filmes de guerra em que os pilotos escapam da tragédia no ultimíssimo segundo. A geringonça é abrutalhada, parece de difícil manejo, mas quando o técnico se acomoda na cadeira e aperta um botão, ela desliza lenta e silenciosamente, revelando-se a máquina mais delicada do mundo.

E mais tarde, quando vovó chega embrulhada no vestidinho de festa da Marks & Spencer (o branco salpicado de rosas minúsculas), pálida por causa da doença e de tantas semanas de confinamento, tão fraquinha que tenho medo de tocá-la, mostramos a ela a grande novidade, excitados, explicando as inúmeras vantagens do elevador como se ela fosse uma menina em noite de Natal, jovem demais para apreciar o presentão que acabou de ganhar.

Com todo cuidado, papai e eu a acomodamos na cadeirinha. Segundos depois, vovó ameaça tombar para frente, tão fraca que está em razão do tumor, da alimentação insuficiente, das semanas que passou acamada, e temos de ampará-la às pressas. Jamais tínhamos pensado nisto: que ela estivesse fraca demais para usar um elevador de escada.

Em seguida mamãe explica o funcionamento da máquina, do dispositivo que faz a cadeirinha subir e descer, ou parar imediatamente quando uma alavanca é abandonada, o que, em tese, evita qualquer possibilidade de acidente. Também mostra a pequena plataforma de madeira instalada no topo da escada, de modo que agora não há um único degrau a ser escalado. Não sei até que ponto vovó é capaz de absorver a enxurrada de informações. Nem de longe lembra aquelas velhinhas que a gente vê nos comerciais de elevadores de escada, sempre vestindo um suéter discreto, os olhinhos e as dentaduras brilhando de felicidade. Parece perplexa, como se nunca tivesse imaginado que sua vida pudesse conter tanta dor, tanto desconforto, tanto daquilo que ela chamaria de *exaspero*.

Mas, apesar de tudo, ela sorri para nos agradar, procurando ser uma boa hóspede, não fazer tempestade em copo d'água.

— Adorável — ela diz. O maior dos cumprimentos. Adorável.

Um tanto hesitante, vovó empurra a alavanca, e todos rimos bem alto, ela inclusive, ao mesmo tempo chocados e encantados com a máquina que entra em ação, carregando vovó lentamente escada acima.

E lá vai ela, um anjinho subindo aos céus no vestidinho de festa Marks & Spencer, sorrindo para nós porque a coisa é divertida, e é mesmo, mas principalmente porque não quer nos ver preocupados, porque, de fato, não quer fazer tempestade em copo d'água.

trinta e seis

— Esta não sou eu — vovó me diz pela enésima vez. Embora seja capaz de compreendê-la, sinto que nesta reta final vovó é exatamente a mesma de sempre.

Corajosa. Desprendida. Engraçada. Preocupada com todos, menos consigo. A velhinha que amo acima de todas as coisas.

— Cadê aquela moça?

— Que moça, vovó?

— Aquela simpática.

— Ah, *aquela* moça — digo sorrindo. Acho que ela se refere a Rose. — A Rose morreu, vovó. Lembra?

Ela balança a cabeça com impaciência.

— Não estou falando da Rose. Sei quem é a Rose. Nem da japonesinha. Sei que ela te deu um passa-fora. Estou falando da outra, daquela que tem uma filha, uma menina de olhos lindos.

— Jackie?

— É, Jackie. Vê se não deixa essa aí escapar. É uma boa moça.

— Tem razão, vovó. Jackie é uma boa moça.

— Quero ver você casado, Alfie. Quero ver você casado.

A gente fica achando que vai acompanhar o fim das pessoas queridas com uma espécie de horror, mas depois constata que só resta o amor. Porque, de algum modo, o horror passa, todos aqueles sentimentos sombrios provocados pela inominável crueldade do câncer, ou pelo menos vamos nos acostumando a ele. Mas o amor fica e se impõe ao medo, à tristeza, ao sentimento de perda, que é pior que qualquer outra coisa que existe no mundo.

Agora que não há mais diferença entre dia e noite, nós nos dividimos em turnos. Rendo papai às duas da manhã. Deve ser assim quando a gente tem um bebê, noites em claro, espantando o sono enquanto fazemos o que precisa ser feito. Teria sido assim comigo e com Rose, se tivéssemos tido a sorte de ter um filho juntos. Mas agora estou na outra ponta do espectro.

Não posso acreditar que vovó vai morrer esta noite. Decerto ainda vai agüentar por um tempo. Ainda é cedo demais. As dores parecem ter dado uma trégua, as dores inimagináveis que ela sente no flanco em razão do tumor. A medicação foi interrompida. Vovó está lúcida. Parece tranqüila.

Os cabelos estão entre o prateado e o dourado, depois da rápida tintura que mamãe providenciou para animá-la. As sobrancelhas estão certinhas, porque foi mamãe que as desenhou.

Vovó dá um suspiro e fecha os olhos.

Sentado numa poltrona ao lado da cama, luto contra o sono que insiste em me abater. Estou quase cochilando quando ouço a voz dela.

— Mãe... Pai... — ela diz.

— A senhora quer que eu...

— Minha mãe e meu pai.

— Como?

— Eles estão aqui.

— A senhora está bem? Quer que eu...

— Alfie?

— Estou aqui.

— Segura a minha mão, Alfie.

— Estou segurando.

— Você é um bom menino. — Ela incha o peito e exala lentamente, como se estivesse livre do medo, das dores, da vontade de ficar. — Está fazendo o que pode, não está? Acho que sim.

— Vovó? Quer que eu busque alguma coisa?

— Não preciso de nada. Obrigada, meu querido.

Não sei dizer se ela está dormindo ou não. A claridade começa a vazar entre as frestas. O breu impenetrável aos poucos vai se dissipando. Amanheceu. Mas como?

— Eu amo a senhora, vovó — digo engasgado, os olhos subitamente marejados.

Por que não falei isso antes? Por que fui esperar tanto tempo? Por que não falei isso a vida inteira?

Todos aqueles dias em que eu tinha outras coisas para fazer, aquelas vezes em que tinha outro lugar para ir. Eu poderia ter ficado ao lado dela.

Agradecendo a vovó por me amar.

— Agora não dói mais — ela diz baixinho, tranqüila.

— Que bom.

— Mas fica comigo.

— Estou aqui, vovó.

— Fica comigo, meu querido.

A escola não é muito diferente da Princesa Diana onde trabalhei. A garotada cruza o portão em grupos facilmente identificáveis: os valentões, as vítimas naturais e a grande massa intermediária de garotos e garotas que procuram parecer mais seguros do que de fato são, rindo e trocando pancadas com as mochilas puídas, ostentando uma arrogância que implora para ser tomada por auto-estima.

Mas a presença de meninas é o grande diferencial. Elas mudam a atmosfera, ionizam o ar. Algumas parecem crianças; outras são quase mulheres feitas, ainda jovens o bastante para envergar cabelos compridos e saias curtas, conscientes do poder que exercem sobre a turba de mancebos ao seu redor. Elas passam por mim, essas meninas, uma ou outra levantando a sobrancelha e rindo, aquilatando-me por um segundo antes de seguir em frente. Só então é que a vejo. Ela não pertence a nenhuma tribo.

— Plum?

— O que você está fazendo aqui? — ela diz, ruborizada da cabeça aos pés.

— Estou de carro. Vou te levar pra casa.

Plum me acompanha até o carro, ignorando a saraivada de comentários maldosos: "Arrumou um namorado, Ameixão?", "Descolou um coroa?" Entramos, mas não ligo a ignição.

— Por que você veio até aqui?

— Queria te dar a notícia pessoalmente.

— Que notícia?

— Vovó morreu.

— Morreu?

— De manhãzinha. Não queria que você soubesse por telefone. Sei que gostava muito dela. E ela também gostava muito de você.

Plum olha fixamente para o nada sem dizer palavra. Busco recurso nas fórmulas de praxe.

— Vovó estava sofrendo muito. Mas agora foi descansar. Está em paz.

Ela permanece calada.

— Além disso, teve uma vida longa. Sabe, a gente devia ficar agradecido pela vida que ela teve, e não triste porque ela morreu.

— Ela era a única pessoa que...

— Plum? Você está...

— Perto dela eu podia ser eu mesma. Sei que a mamãe quer que eu fique bonita. Que eu emagreça. Que arrume o cabelo. Essas coisas. E papai quer que eu seja mais forte. Mais durona. Que eu seja capaz de me defender sozinha. Que não leve desaforo pra casa. — Ela balança a cabeça. — E na escola todo mundo quer que eu morra. Todo mundo quer ver o Ameixão debaixo da terra, só isso. Mas sua avó era a única pessoa que me aceitava do jeito que eu sou, que não se importava. — Ela ri. — Acho que era a única pessoa que realmente gostava de mim.

— Sua mãe ama você. Puxa, Plum, você sabe disso.

— Mas amar uma pessoa não é a mesma coisa que *gostar* dela, né? Não é a mesma coisa que aceitar a pessoa do jeito que ela é. Amar é legal, eu acho. Mas não entendo muito dessas coisas. Pra mim já está bom se alguém só gostar de mim.

Há muito o que fazer.

Felizmente há muito o que fazer.

Vovó morreu em casa, e a polícia teve de ser chamada. Eles chegaram logo depois da ambulância, que acabou se revelando desnecessária, e do médico, que atestou a morte dela. Mas chegaram antes do pessoal da funerária, o agente e o ajudante que gentilmente nos convidaram a esperar na sala até que o corpo estivesse pronto para remoção. É estranho que vovó, depois de tantos anos sozinha no apartamentinho branco, tenha reunido tanta gente em torno dela depois de morta.

Papai e eu nunca passamos tanto tempo juntos. Vamos ao cartório para registrar o óbito, esperando mudos numa sala repleta de casais sorridentes prestes a registrar o nascimento de seus respectivos filhotes. Depois vamos até a funerária para escolher um caixão, decidir o número de carros do cortejo, tomar todas as providências para a cremação.

Tem mais. Na floricultura, optamos por uma coroa coletiva, bem grande, em vez de três menores para cada membro da família. Rosas vermelhas, as prediletas da vovó. Em seguida conversamos com o padre que irá conduzir a cerimônia fúnebre. Somos recebidos com frieza, porque vovó não era muito de ir à igreja, a não ser que tivesse um bom motivo, uma celebração qualquer, um belo casamento em que pudesse admirar a jovem noiva de branco.

Por fim passamos no apartamentinho dela. Embora tenhamos atravessado a burocracia da morte sem nenhum atropelo — fora o padre, todos se mostraram gentis e compreensivos, debitando nossos cartões de crédito com o que parecia ser uma genuína expressão de condolência, informando aonde precisávamos ir depois e o que fazer por lá —, não dispomos de nenhum roteiro que nos diga o que fazer na casa da vovó.

As quatro paredes brancas encerram testemunhos de uma vida inteira. Roupas, fotografias, discos, lembranças de viagens a Espanha, Grécia, Irlanda e Hong Kong. Papai e eu olhamos para todas essas coisas sem saber ao certo o que temos nas mãos: pequenos tesouros a serem guardados para o resto da vida ou um monte de quinquilharias destinadas ao lixo.

As coisas dela.

Minha vontade é guardá-las todas, mas sei que isso é absurdo, impossível. As roupas podem ser doadas a um asilo. Alguns móveis também. Decidimos que os discos ficam comigo, e as fotografias, com papai. Mas nem isso é tão simples quanto parece.

Papai abre um álbum de fotografias em preto-e-branco, de um tempo em que eu ainda não era nascido e, embora seja capaz de identificar os pais, os tios e as tias, todos ainda meninos, os sorrisos prenunciando os adultos que viriam a ser, ele não faz a menor idéia de quem sejam os outros, pessoas que ele nunca conheceu, cujos nomes jamais descobrirá.

As recordações da vovó. Dela e de mais ninguém.

Ainda é cedo para pensar em donativos, para decidir o que deve ser jogado fora. Outro dia, talvez.

Por enquanto, escolho apenas um objeto para guardar de lembrança. Um objeto que, para mim, resume muito bem quem foi minha avó.

Trata-se de um vidrinho de esmalte vermelho chamado Tentação. No frasco, uma pequena dedicatória: "PARA AS GARRAS DE UMA GATA". Pensando na minha octogenária avó pintando as unhas de vermelho com seu esmalte Tentação, abro um sorriso pela primeira vez no dia de hoje.

Adorável. Vovó era uma mulher adorável.

Apesar dos rostos desconhecidos, papai parece assombrado pelas fotografias. São muitas. Álbuns com ninfetas de bota plataforma na capa e fotos da década de 1970. Álbuns com pacatas vilas de pescador na capa e fotos dos anos 1940 e 1950. Caixas de sapato repletas de fotos coloridas já desbotadas. Fotos antigas em preto-e-branco, amareladas pelo tempo, em pesadíssimas molduras para serem penduradas à parede. Uma infinidade de fotos ainda nos envelopes em que voltaram da revelação.

Tantos casamentos, feriados, Natais, aniversários, tardes de domingo. Tantas vidas.

Papai encontra uma pasta de recortes. Recortes que testemunham sua trajetória profissional, desde as primeiras matérias que escreveu como jornalista esportivo até os artigos sobre o *Laranjas*, quando ele passou para o outro lado da notícia.

Papai parece comovido, tomado de uma espécie de modéstia. Não, ele parece perdido. Claramente nunca soube da existência desta pasta, nunca soube do orgulho que a mãe sentia por ele. Papai parece... não sei exatamente o quê. Envergonhado, talvez. Ou sozinho. Isto. Papai parece sozinho.

Então me dou conta de que nunca estamos verdadeiramente sozinhos neste mundo até perdermos nossos pais.

trinta e sete

Quando chego da cerimônia de cremação da vovó, encontro uma mensagem de Jackie no celular, dizendo para ligar com urgência. Hoje é dia de prova, tanto para ela quanto para meus alunos na Churchill's. Jackie parece nervosa, talvez porque esteja a um passo de realizar o grande sonho.

Mas não é nada disso.

— Alfie?

— Tudo bem com você? Pronta pra prova?

— Não vou fazer prova nenhuma.

— Como assim, não vai?

— É a Plum.

— Que foi que houve com ela?

— Fugiu de casa.

A prova para o certificado de nível avançado em inglês será realizada numa faculdade próxima à estação de King's Cross.

O lugar regurgita de alunos: alunos nervosos, alunos confiantes, alunos que já perderam toda a esperança. E além deles há Jackie, mais velha que todos, também aflita, mas por motivos diferentes, motivos de adulto que nada têm a ver com certificados ou diplomas, vestida com excessiva formalidade para um simples exame de nível avançado, esperando por mim no saguão.

O exame começa às três. Jackie só tem mais cinco minutos, mas sequer pensa nisso.

— Eles me ligaram da escola. Queriam saber onde ela estava. Depois vi a mensagem que ela deixou no celular. Disse que tinha ido embora. Ela fugiu, Alfie.

— Já tentou falar com o pai dela? Com as amigas?

— Não está com o pai. E amigas ela não tem. Agora que sua avó se foi.

— Vou encontrar a Plum pra você, OK? — Confiro as horas no relógio. São quase três. — Mas agora você precisa entrar. Rápido. Porque senão vai perder sua chance.

— Mas com que cabeça eu vou fazer essa prova? Como é que eu posso pensar nessas bobagens quando a minha filha está desaparecida?

— Ela vai voltar. Você não pode jogar tudo fora.

— Não me importo mais com nada disso. Certificado, Carson McCullers, poemas de homens velhos e tristes que não fazem a menor idéia do que seja o amor. É tudo culpa minha. Não sei onde estava com a cabeça. Essas coisas que a gente vinha estudando, as emoções de uma passagem dramática, aquele monte de... quanto desperdício de tempo! Chega a ser patético. Eu devia estar pensando mais na minha filha.

— Mas você não faz outra coisa além de pensar na sua filha!

— O que há de errado com a vida que a gente leva? Qual é o problema? É isso que eu gostaria de saber.

— Pára com isso, Jackie, por favor. Falar assim não adianta nada. Nem pra você nem pra sua filha. Anda. Entra nessa sala e faz o melhor que puder. Vou achar a Plum. Tudo vai dar certo, prometo.

— Só quero a minha menina de volta.

— Ela vai voltar. Agora vai, entra.

Ela planta as mãos na cintura.

— Está vendo algum cachorro por aqui? Quem você pensa que é? Com quem você acha que está falando? Não é meu marido, sabia?

— Eu sei, Jackie, mas agora vai.

Ela me encara como se de algum modo a culpa de tudo isso fosse minha. Minha, dos meus livros, dos meus amigos cínicos. Jackie está quase chorando, mordendo os lábios para fazê-los parar de tremer. Mas toma o rumo da sala de exame junto com os outros alunos, ainda me encarando com uma espécie de hostilidade lacrimosa. E então a porta se fecha atrás dela.

Saio à procura de Plum, ainda vestido para um funeral.

Vou para Leicester Square, o coração espalhafatoso e fétido do West End, e ando sem rumo pelo lugar, observando o rosto dos garotos agachados nas calçadas, recostados na entrada dos prédios, agrupados no parque. Plum não está ali.

Então vou caminhando pela Charing Cross Road até o Strand, por algum motivo o lugar predileto dos garotos de rua, e faço todo o percurso desde a estação de trem até o Hotel Savoy. Dúzias de adolescentes com seus sacos de dormir sob as marquises dos prédios. Mas nada de Plum.

Sigo para o norte, até Covent Garden. Muitos meninos nas ruas, mas apenas alguns visivelmente sem teto, arrastando os sacos de dormir pela *piazza*, ignorando os malabaristas, músicos e mímicos que tanto encantam os turistas mas que deixam os locais muito propensos a cortar os pulsos. Enquanto olho para um pateta cujo único mérito é a capacidade de ficar completamente imóvel, sem mexer um músculo sequer, chego à conclusão de que Plum pode estar em qualquer lugar. Talvez nem esteja em Londres.

O celular toca. É Jackie. Digo que ainda não tenho nenhuma notícia para dar, mas que ela não se preocupe, que volte a Bansted e espere até eu ligar.

Ela quer me ajudar a procurar pela filha, mas tento convencê-la de que um de nós precisa ficar em casa, junto do telefone, na hipótese de alguém ligar. A contragosto, ela concorda.

Naturalmente, pelo menos para mim, quero saber como foi a prova. Jackie se recusa a tocar no assunto. Insisto, e ela fica irritada, como se todo esse aspecto da sua vida — a vontade de estudar, o gosto pelos livros, a leitura de poemas e peças, a luta por um diploma — fosse a causa de todos os seus problemas.

Como se pudéssemos ser punidos por sonhar.

Quando o sol se põe, a cidade muda.

Os trabalhadores voltam para casa e os notívagos invadem o Soho, Covent Garden, a Oxford Street. Não consigo imaginar Plum por aqui, em meio aos cafés sofisticados, aos acessos de riso, às conversas vazias. Não combina com ela.

Então resolvo procurar nas estações, começando pela da Liverpool Street, onde chegam os trens de Bansted, e gradualmente atravessando a cidade. London Bridge, King's Cross, Euston. Todas as grandes estações da linha principal. Depois sigo na direção oeste. Paddington, Victoria. Nestas estações gigantes, os grupinhos de adolescentes munidos de mochila e saco de dormir estão por toda parte, mas não consigo distinguir os sem-teto dos que estão à espera de um trem. Mais tarde, próximo à meia-noite, o cenário fica mais claro. Os que vão voltar para casa vigiam os placares com os horários de saída; os que não vão voltar para casa, se não estão olhando para o nada, vigiam assustados os marmanjos que se escondem nas sombras à espera de dar o bote. Mas nenhum sinal de Plum nas estações.

Estou prestes a ligar para Jackie quando me dou conta de que não passei pela Saint Pancras, a estação vitoriana próxima a Euston que mais parece um bolo de Natal.

Não há nenhum motivo especial para que a Plum esteja lá, senão o clima de conto de fadas que os campanários, torreões e janelões arqueados conferem ao lugar. Um lugar onde tudo parece que vai terminar bem. Saint Pancras é uma estação bastante singular, diferente de todas as demais.

Como a Plum.

Além de diferente, a estação de Saint Pancras é menor que as outras, menos desumana e moderna, com dimensões mais próximas às de uma estação de trem dos subúrbios, como a de Bansted, do que às dessas catedrais desalmadas que abundam nas grandes metrópoles. Mas Plum não está aqui, claro. Já é tarde, e as pessoas começam a correr rumo aos últimos trens. Estou disposto a dar o dia por encerrado, telefonar para Jackie e dizer a ela para chamar a polícia, quando vejo o quiosque de fotos instantâneas.

Ao lado de um imundo par de tênis encontra-se um livro. O livro que dei a Plum: *Sinta o cheiro do medo, babaca*, do Pedra. Bato na lateral do quiosque e puxo a cortina. Lá está ela, ferrada no sono, os cabelos esparramados sobre o rosto. Chamo-a pelo nome, e ela acorda.

— Por que está vestido assim? — pergunta.

— Por causa da vovó.

— Ah.

— Sua mãe está muito preocupada com você.

— Eu já não agüentava mais. A barra pesou. Ninguém agüenta uma coisa dessas.

— Sadie, Mick e a turminha deles, não é?

— Ficou pior depois que você apareceu por lá.

— Sinto muito, Plum. Foi mal.

— Eles não paravam de zoar. Por causa do meu namorado coroa. O tio velho que eu arrumei. Ficavam falando: "E aí, Ameixão, onde foi que você conheceu ele? No asilo?" Falei que você era professor, e eles caíram na gargalhada. Mick falou que você parecia um professor que já tinha perdido as faculdades mentais. Entendeu? Professor, faculdade. Pois é.

— Otário. Nem sou tão velho assim.

— Eu sei. Você só é de meia-idade.

— Valeu, Plum. Valeu mesmo.

— Deixa pra lá.

— Sinto muito se dificultei as coisas pra você. Não foi essa a minha intenção.

— Tô ligada. Você só queria me contar sobre a sua avó. Foi legal. A culpa não foi sua. Se não fosse isso ia ser outra coisa. Qualquer motivo. Essa gente sempre tem um motivo.

— Pra onde você está indo, afinal?

Ela dá de ombros, tira os cabelos do rosto e espia o quadro de embarques como se realmente tivesse uma passagem no bolso.

— Sei lá. Qualquer lugar é melhor do que Bansted.

— No seu lugar eu não teria tanta certeza disso. Lá você tem uma pessoa que te ama. Lá é a sua casa, seu lar. Não é fácil encontrar outro lugar assim. Sei do que estou falando. Então, vamos voltar? Sua mãe está esperando.

Mais uma vez ela dá de ombros. Faz um beicinho e cobre o rosto com a franja.

— Gosto daqui.

— Gosta deste quiosque?

— Gosto.

— Está confortável aí dentro?

— Não é tão ruim assim.

— Verdade?

— Igual qualquer outro quiosque. Nada de especial. Agora pára de encher o saco.

Pego o livro aos pés dela.

— Ainda é fã do Pedra, não é?

— Claro.

— Estou começando a gostar desse cara também. Até que não é um modelo tão ruim assim pra juventude, pra uma menina como você. — Passo as páginas do livro, sacudindo a cabeça em sinal de aprovação. — Gosta daquilo que ele diz, sobre fazer a coisa certa?

— Acho bacana. Gosto mais das cotoveladas que ele dá no estômago da galera do mal.

— Certo, tudo bem. Mas o que você acha que o Pedra faria numa situação dessas?

— Como assim?

— Se as pessoas ficassem rindo da cara dele. O que o Pedra faria? Ia fugir e se esconder no quiosque de uma estação de trem? Ou ficar pra enfrentar a galera do mal?

— Peraí. Acontece que eu não sou o Pedra, né? Sou uma gordona que não serve pra nada, um zero à esquerda. E o Pedra é quase um Super-Homem. Por isso que é especial.

— Pois acho que você é muito melhor do que ele. Mais forte, mais corajosa.

— Coitado, pirou de vez.

— Você já teve de engolir muito sapo na vida, Plum. A separação dos seus pais. As brigas entre eles depois da separação. Sua mãe, que tem de dar um duro danado pra sustentar vocês. Mick, Sadie e todo o resto da galera. Você não teria atravessado tudo isso se não fosse corajosa. Pra mim, você é muito mais corajosa que o Mick e a Sadie juntos. No fundo, esses valentões são uns covardes, sabe? Além disso, você é uma menina boa, tem bom coração.

— Bom coração não serve pra nada. Tem um monte de bom-coração de olho roxo por aí. Atropelado por quem não tem coração.

— Não sei. Minha avó, por exemplo. A gente não gostava da vovó porque ela era capaz de atropelar as velhinhas do condomínio, né? Ou porque furava a fila do ônibus à base de cotoveladas. Não era por isso que a gente gostava dela, era?

— Acho que não. Então, como é que foi o... como é que chama? O enterro.

— A cremação. Foi legal. Quer dizer, na medida do possível. Muita gente apareceu. Gente que eu não via há anos. Na verdade foi como um sonho, todas aquelas pessoas conhecidas, reunidas no mesmo lugar. Também tinha gente que eu nunca tinha visto antes. Vizinhos e amigos da vovó. Puxa, como ela tinha amigos. Gente que gostava dela de verdade. Gostava, não, amava. Vovó era uma pessoa que inspirava o amor, sabe?

Flores por todos os lados. A gente mandou tocar o hino preferido dela, "Abide with me". E também uma música do Sinatra, "One for my baby".

— Música velha é tão deprimente...

— Mas o que você queria que tocasse numa cerimônia fúnebre? Um funk? Um rap? Foi legal. Você devia ter visto. Ia ter gostado também.

— Não gosto de funerais.

— É um jeito de a gente se despedir das pessoas.

— Também não gosto de despedidas.

— Ninguém gosta. Mas a vida é assim. Gente que vem, gente que vai. — Então me lembro do exercício com os punhos que George Chang havia demonstrado no parque, em que aprendemos a lidar com as mudanças que aparecem no nosso caminho, para o bem ou para o mal, e a encontrar coragem para nos tornarmos quem precisamos ser. — Olha, Plum. Você deve estar achando que é a única pessoa no mundo que já se sentiu assim, do jeito que está se sentindo agora. Mas tem muita gente na mesma situação. É muito mais normal ter medo, ficar triste ou se sentir sozinho do que ser como o Mick ou a Sadie. Ou o Pedra. Eles é que são a exceção, não você. Sei que pra você essa fase parece que não vai passar nunca. Mas pode ficar tranqüila, porque vai passar. — Afasto os cabelos do rosto dela e vejo as lágrimas. — Que foi, Plum? Que foi que houve?

— Sinto falta dela. Da sua avó.

— Eu também, Plum. Muita falta. Puxa, como você foi boa com a vovó... Tomou conta, facilitou a vida dela... Sabe, muita gente não seria capaz de fazer o que você fez. Especialmente na sua idade. Pode ter orgulho disso, Plum, pode mesmo.

— Fiz o que fiz porque gostava dela. Sua avó era muito engraçada. — Plum sorri pela primeira vez. — Nunca vi uma velhinha gostar de luta livre. Peça rara, sua avó.

— Ela também gostava de você. Via você de um jeito que essa turma de Micks e Sadies nunca vai conseguir ver. Via você do jeito que você é.

— Acha mesmo ou só está falando isso pra me tirar daqui?

— É exatamente o que eu acho. Olha, vem comigo. Vamos voltar pra casa.

— Será que a gente pode ficar só mais um pouquinho? Assim, sem falar nada?

— Por quanto tempo você quiser, Plum.

trinta e oito

O jardineiro neozelandês, ao que parece, anda arrastando uma asinha para os lados da minha mãe. Cá entre nós, fico pensando o que realmente se passa na cabeça do tal Julian — que espécie de nome é esse para um *kiwi* macho paca? — quando ele conversa com mamãe sobre como espantar os passarinhos ou cavoucar a terra em torno dos canteiros.

Passarinhos. Canteiros. Sei.

Estou de olho em você, *amigão*.

A primavera lentamente vai dando lugar ao verão, e Julian não pára de cumprimentar o talento de mamãe para a jardinagem, o conhecimento dela sobre os adubos orgânicos, sobre o sem-número de cuidados exigidos por cada estação.

Mamãe de fato sabe muita coisa sobre plantas, flores e tudo mais. E Julian é bastante respeitoso. Esse mérito ele tem. Se mamãe está tomando seu chazinho na cozinha, com Joyce ou comigo, ele jamais entra sem bater. A gente está lá, sentado em torno da mesa, e de repente ouve as batidinhas tímidas na porta já aberta. É o jardineiro, o corpo bronzeado estufando a camiseta de rúgbi preta, olhos lânguidos espichados na direção da mamãe.

— Esse sujeito anda xavecando a senhora? — pergunto um dia quando estamos sozinhos, mamãe e eu. — Esse tal de Julian?

Ela ri feito uma adolescente.

— Julian? Xavecando? Que diabos isso quer dizer?

— A senhora sabe muito bem. Conhece as gírias muito mais do que eu. Graças aos seus meninos da Nelson Mandela.

— Claro que ele não quer nada comigo. A gente conversa horas, só isso. Sobre o jardim.

— Ele fica olhando pra senhora.

— O quê? — Mamãe está adorando tudo isso.

— Como se tivesse uma *quedinha* por você, ou coisa parecida.

Essa história me deixa ao mesmo tempo feliz e apavorado. Feliz por ver que mamãe não morreu para o mundo. E apavorado ao imaginá-la saindo por aí com um *kiwi* experiente, louco para cavoucar as bordas do canteiro dela.

— Ele já te chamou pra sair?

— Sair? Pra jantar, ir ao cinema, essas coisas?

— É.

— Ainda não.

— Ainda não? Quer dizer então que a possibilidade existe. A senhora acha que qualquer dia desses ele vai chamar a senhora pra sair.

— Como é que eu posso saber?

— Mas quando você diz "ainda não", isso implica que a coisa vai acontecer, não implica?

— Acho que sim, filho.

— Tenho reparado no jeito que ele olha para você. — Será uma enxada no bolso da bermuda ou será que ele está feliz em ver minha mãe? — Tenho certeza que vai chamar a senhora pra sair.

Mamãe pousa as mãos sobre as minhas. Não está mais gargalhando como antes. Esboça um discreto sorriso e diz:

— Não precisa se preocupar, meu querido. Já superei essas coisas.

Ela não está falando de jantares e cineminhas. Está falando de sexo, romance, relacionamentos. Eu acho.

Porque quanto mais velho fico, quanto mais penso no assunto, mais desconfio de que a gente nunca supera essas coisas.

Não há dúvidas de que o apartamento do papai é o apartamento de um homem sozinho. Nada ali sugere o entrelaçamento de duas vidas. Lena não deixou nenhum vestígio.

Hoje passo para vê-lo pelo menos uma vez por semana. O lugar é meio apertado, e quase sempre vamos para o restaurantezinho chinês da esquina, onde eles realmente sabem fazer um pato laqueado e os garçons falam inglês com perfeição.

Olhando para os garotos de rosto chinês e sotaque londrino, fico achando que o mundo de hoje é uma coisa só.

Mas o apartamento do papai já não é mais o lugar triste que foi um dia. Certa vez perguntei a ele, papai, o que exatamente tinha dado errado na relação com Lena. Lena queria sair para dançar, e ele queria ficar em casa vendo golfe na TV a cabo, foi o que obtive como resposta. Agora não há ninguém para impedi-lo de ver golfe na TV. Não é muita coisa, não exatamente o que ele esperava da vida, mas algum valor isto há de ter.

Agora ele pode ouvir sua música no volume que quiser. Marvin Gaye e Tammi Terrell. Smokey Robinson and the Miracles. Diana Ross and the Supremes. Agora não há ninguém para chamá-lo de antiquado. "Baby, baby, baby, onde foi parar o nosso amor?" Ele adora tudo isso.

E passa horas vasculhando as caixas de fotografias que encontramos no apartamento da vovó.

As caixas de sapato e a coleção de álbuns despedaçados e encardidos: os dos anos 1940 e 1950, com vilas de pescador na capa, e os dos anos 1960 e 1970, com ninfetas de bota plataforma.

Alguns dos rostos nestas fotografias permanecem incógnitos. Outros são totalmente familiares. No entanto, mesmo os rostos familiares ainda guardam certo mistério, e papai passa horas tentando decifrá-los, imaginando que fim tiveram essas pessoas, perguntando-se como foi que ele próprio foi passar das ruas tumultuadas do East End a uma colina arborizada e tranqüila no norte da cidade. Nem tão tranqüila assim, graças a Smokey Robinson e às Supremes.

Ele ainda não voltou a escrever. Ainda não se resolveu a isso. Mas vendo-o cercado de tantas lembranças dos pais e da casa onde cresceu, tantos pedaços de uma vida que já se foi mas que não o abandonou de todo, uma vida que jamais o abandonará, suponho que muito em breve ele retomará a escrita.

Porque papai se deu conta de uma coisa: para seguir em frente, ele precisa voltar ao início de tudo.

Vejo George tão logo me aproximo do parque.

Ele está completamente sozinho. Nenhum farsante do glorioso mundo das finanças discursando sobre a redução do estresse ou a urgente necessidade de se pensar fora da caixa. Nenhum hippie de sandália, com tofu no lugar do cérebro, achando que vai compreender o Tao em dois dias. E nenhum

Alfie. Todos nós o abandonamos. Todos os narigudos cor-de-rosa cheios de boas intenções. George está tão sozinho quanto no dia em que o vi pela primeira vez.

Segura uma espada de dois gumes com fitas vermelhas e brancas penduradas no cabo. Demoro um instante observando-o praticar.

Subitamente ele levanta uma das pernas, passa a espada de uma mão a outra atrás das costas, gira o corpo com velocidade e graça impressionantes, passa a espada sobre a cabeça — as fitas se enroscam no pescoço por um breve segundo —, fica de joelhos e novamente se levanta, a espada encostada à garganta de um inimigo imaginário. Dá a impressão de que todos os movimentos são um só, de que a espada é uma extensão das mãos.

Seria ótimo se Plum estivesse aqui para vê-lo. De um modo que não consigo entender direito, acho que George Chang é tudo que ela tem buscado na vida.

O Pedra, gloriosamente transmutado em carne e osso.

Assim que George termina, vou ao seu encontro. Carregado de culpa. Talvez os outros possam abandonar o Tai Chi com a consciência limpa, eu não.

— Sinto muito por ter sumido assim — digo. — Tenho andado muito ocupado. Provas na escola, essas coisas.

Ele sacode a cabeça, mas sem nenhuma conotação de censura ou ressentimento, como se meu sumiço fosse a única coisa que ele pudesse esperar de um narigudo cor-de-rosa.

E enquanto o observo guardar a espada no estojo de couro, porque ninguém pode andar pelo norte de Londres com uma espada de dois gumes pendurada ao ombro, subitamente me dou conta do que me levou a querer tomar aulas de Tai Chi com este homem. Nada a ver com reduzir estresse, perder peso ou aprender a respirar. Nem com aprender a aceitar as mudanças, apesar de todo sentido que o *toi sau* conferiu a meu mundo, a minha vida, a meu futuro.

Eu queria ser como ele.

Mais nada.

Calmo, sem ser passivo. Forte, sem ser agressivo. Um homem de família, mas não um viciado em TV. Um coração decente dentro de um corpo saudável. Eram essas as lições que eu queria aprender com George, sabendo muito bem que não poderia contar com papai para tanto.

— Muito ocupado, eu também — ele parece ter lido minha mente. — Filho e mulher saindo de casa. Muita providência pra tomar.

Mal acredito no que acabo de ouvir. Se tive alguma certeza na vida foi a de que os Changs jamais se separariam. Além disso, sempre quis uma família assim. Indissolúvel.

— Harold e Doris vão sair do Shanghai Dragon?

George faz que sim com a cabeça.

— Doris acha que é violento demais, região por aqui. Muito bêbado. Fazendo pipi na rua, brigando. Casas muito bonitas, muito dinheiro, mas também muita gente vagabunda. Lugar ruim pra criar filho, pensa a minha nora. — Ele aponta o queixo vagamente na direção dos subúrbios. — Quer mudar pra Muswell Hill, talvez pra Cricklewood. Abrir restaurante próprio. Boas escolas pra Diana e William. Ninguém fazendo pipi na rua, ninguém ameaçando dar porrada.

Estou chocado.

— E o Harold concorda com tudo isso? Muswell Hill, escola nova para os garotos? Sair do Shanghai Dragon? Ele simplesmente concorda com tudo isso?

— O que ele pode fazer? Doris é esposa. Esposa a gente precisa ouvir. Aqui não é China.

— Mas deve estar sendo muito difícil pra você, George. Pra você e pra Joyce. Não só por causa do trabalho extra que vão ter no restaurante, ou da saudade que vão ter dos netos. É a família que está se esfacelando.

— Famílias mudam. Minha mulher e eu, a gente precisa entender. Meu filho, mulher dele, as crianças... família nova. Uma família separa e depois junta de novo como coisa diferente. Muswell Hill... Não sei. Nunca fui. Ouvi falar que é muito bom. Aqui pra mim também é bom. Mas pra eles talvez é melhor lá. Pra família nova deles.

George Chang mira ao longe como se pensasse nas ruas limpas de Muswell Hill, nos restaurantes chineses sem bêbados para ameaçar ninguém. Um futuro que mal pode imaginar. Então ele se vira para mim e sorri.

— Isso é a coisa engraçada sobre família — diz. — Mesmo a melhor família não é feita de pedra.

O karaokê da Churchill's se dá numa saleta alugada nos fundos de um restaurante japonês no Soho.

Meus alunos se acotovelam no cubículo sem janelas enquanto o proprietário do restaurante, que não é japonês, mas cantonês, liga os fios do aparelho de karaokê. Os alunos japoneses e chineses, Yumi e Hiroko, Gen e Zeng, devoram o cardápio musical à procura das canções que desejam cantar, enquanto Witold, Vanessa, Astrud, Imran, Hamish, Lenny e eu pedimos nossos drinques, imaginando um jeito de atravessar a noite sem maiores sofrimentos. Estamos num universo em que Take That faz parte do passado glorioso da música pop.

Yumi, Hiroko e Gen estão maravilhados com o cardápio repleto de *hits* japoneses, mas Zeng se ressente da ausência das grandes pérolas da música chinesa, sobretudo levando-se em conta que o dono do lugar é cantonês. Interpreta isso como uma humilhação nacional, algo equivalente à Guerra do Ópio, mas logo se reanima e canta uma inspirada versão de "Do it to me one more time", que para todos é bem melhor que o original de Britney Spears.

Os japoneses, essa tribo estranhamente reservada, cantam sem o menor pudor, e vejo que Hamish tem razão: o karaokê funciona como uma válvula de escape na distante sociedade deles, uma sociedade que reprime a livre expressão das emoções e ainda estimula as pessoas a engolir as próprias lágrimas.

Yumi tem uma voz bonita e poderosa; Hiroko não canta lá muito bem, mas carrega na emoção e reluta em passar o microfone para os outros. No fim, o microfone precisa ser arrancado das mãos dela. Yumi e Hiroko cantam juntas a bela "Can you celebrate?", de Namie Amuro.

— Madonna japonesa — explica Yumi.

— Muito comum em casamentos — completa Hiroko.

Nós, que não somos japoneses nem chineses, sequer chegamos perto da total desinibição dos asiáticos diante do microfone, mas depois de uma performance coletiva de "Knowing me, knowing you", do Abba, conseguimos relaxar um pouco. Lenny executa uma versão animada, para não dizer grotesca, de "Do ya think I'm sexy", de Rod Stewart, e Hamish canta uma versão de tal modo emocionante de "Small-town boy", do Bronski Beat, que até o Libidinoso se cala para ouvir. Então chega a minha vez.

Geralmente escolho alguma coisa do Elvis Presley para cantar nos karaokês. Com Elvis a gente pode abusar dos trêmulos de barítono e mandar um "Can't help falling in love", ou um "Always on my mind", ou um "Love me tender", sem medo de pagar um mico total. Elvis é fácil.

Mas hoje dou preferência a Sinatra e canto aquela em que o sujeito está no bar, já tarde na madrugada, e tem uma história que insiste em dividir com o garçom. "One for my baby."

Você não sabe, meu chapa,
Mas sou um tipo de poeta.

São versos que me fazem lembrar do sonho que acalentei num passado muito remoto, o sonho de deixar minha pequena marca neste mundo. Fazer o que papai havia feito antes de mim. Ser escritor. Em outra vida, outro planeta, era esse o meu sonho.

Não, penso com os meus botões enquanto observo o rosto radiante dos meus alunos. Não era um sonho.

Era um plano.

Jackie tira a prova de letra. Obtém uma das maiores notas. A vaga na universidade está garantida. Fico orgulhoso e ao mesmo tempo triste, porque agora não sou mais necessário.

Ela me convida para um jantar de comemoração, e digo que quem convida sou eu, que vou levá-la para jantar no Shanghai Dragon. Mas Jackie insiste, dizendo que o jantar é por conta dela e que vamos a um lugar no centro da cidade, um restaurante italiano em Covent Garden, onde supostamente tem música ao vivo. Chegando lá, constatamos que a música ao vivo representa um problema. Há apenas um acordeom, dois violões e um cantor cinqüentão, mas o barulho é infernal.

Os músicos caminham entre as mesas, cobertas com a tradicional toalha xadrez, e a plenos pulmões vão cantando "Volare", "In Napoli", "That's Amore". Mal conseguimos ouvir os próprios pensamentos. Mas essa noite é uma daquelas em que nada pode acabar com o nosso humor.

Jackie conseguiu seu certificado. Seu sonho está intacto.

— O que vai acontecer agora? — eu digo. Na verdade, berro.

— Vou fechar a Dream Machine — ela grita de volta. — Acho que já passei tempo demais de joelhos. Quando as aulas começarem, vou procurar alguma coisa de meio turno, alguma coisa que não atrapalhe os estudos. Depois eu me formo. — Ela levanta a taça de vinho tinto. — E vivo feliz para sempre.

— Quando vou ver você de novo?

Ela balança a cabeça, e de início acho que não me ouviu.

Mas ouviu, sim, perfeitamente.

Os músicos se aproximam da nossa mesa, fazem uma mesura e imediatamente começam a berrar um velho sucesso de Dean Martin, "Return to me", embora o cantor prefira dizer "Ritorna-me". Jackie e eu ficamos ali, olhando um para a cara do outro, sem poder dizer o que quer que seja por causa do barulho. E, de repente, ela cai na gargalhada, jogando a linda cabecinha para trás, rindo daquele jeito só dela, e logo começo a rir também. Mas louco para me livrar dos músicos.

— Ei, amigos — suplico em tom de brincadeira. — Ela é minha aluna. Sou professor dela. Por favor respeitem a sacrossanta relação entre professores e alunos, pode ser? Um pouquinho de silêncio? Só um pouquinho?

Mas eles não me dão ouvidos. Continuam a cantar "Return to me" como se fôssemos amantes. Amantes, não.

Mais do que isso. Como se estivéssemos juntos.

— QUANDO VOU VER VOCÊ OUTRA VEZ? — repito.

Mas os músicos haviam subitamente parado de tocar.

E, de repente, me vejo aos berros no silêncio sepulcral de um restaurante italiano.

trinta e nove

— Muita bebida, muita mulher e muita maconha — suspira Josh enquanto esperamos o embarque para Amsterdã. — Os bares malucos, o distrito da luz vermelha, os showzinhos de sacanagem... Uma última aventura antes de juntar os trapos com minha linda mulherzinha.

Nós nos encontramos no balcão da Bristish Airways na tardinha de sexta-feira, Josh, eu e uns dez colegas dele, estes ainda de terno, saídos do trabalho, excitados com o prospecto de passar a noite em Amsterdã para a despedida de solteiro de Josh.

Depois de um vôo de apenas quarenta minutos até o aeroporto de Schipol, fazemos o check-in no hotel e saímos às ruas, vagando pelas alamedas que margeiam os canais, os prediozinhos coloridos refletidos na água, bicicletas por todos os lados, bares exalando o cheiro enjoativo de haxixe e maconha.

Num primeiro momento tudo transcorre de modo bastante civilizado. Josh havia reservado uma mesa grande num ótimo restaurante indonésio, e lá jantamos. Os amigos falam muito, e alto, mas são simpáticos, diferentes dos advogados bitolados que eu temia, e o clima da noite é muito próximo daquilo que os holandeses chamam de *gezellig*. Aconchegante.

Mas o clima aconchegante vai para o espaço logo em seguida, depois do jantar.

— Você tem de conhecer esse lugar, Alfie — Josh me diz enquanto paramos os táxis. — Hoje você vai trepar até ficar cego, meu amigo.

— Será que isso é bom? Onde exatamente a gente está indo? Não estou gostando nada disso.

— Você vai ver — ele ri.

Nosso destino é um pequeno prédio setecentista com telhado de duas águas, situado numa rua tranqüila, ladeada de olmos. Casas-barco, razoavelmente grandes, pontilham o canal. Ouvem-se apenas as campainhas distantes das bicicletas. Estamos longe do barulho, dos bêbados e das prostitutas do distrito da luz vermelha. Mas nem tão longe assim, a julgar pelos dois armários de smoking plantados na porta do prédio.

— Senhores — eles aparentemente avaliam tudo de uma só vez: nossas roupas, nosso grau etílico, nossos limites de cartão de crédito. — Sejam bem-vindos.

Pagamos 150 florins apenas para entrar. Cerca de cinqüenta libras. O lugar é enorme. Decerto já foi uma casa de família no passado. Mas agora é algo bem diferente. De família, não tem nada.

Um sujeito de meia-idade, bastante educado, nos dá uma rápida preleção sobre as regras da casa e nos informa quanto teremos de desembolsar para subir até os quartos com uma das garotas.

— Josh — eu digo, puxando-o pela manga da camisa. — Isto aqui não é um bar. É um bordel.

— Ah, deixa de ser carola, homem — ele retruca. — Não se preocupe, hoje é tudo por minha conta.

— Mas eu não quero...

— Shhh. Hoje você vai se divertir. Em minha homenagem, está bem? Puxa, Alfie. Eu me caso na semana que vem. Você devia ficar feliz por mim. É a noite mais importante na vida de um homem. A despedida de solteiro.

Entramos num cômodo que poderia se passar por um salão vitoriano. Enormes cortinas de chintz emolduram as persianas das janelas. Nos sofás grandes e confortáveis, executivos conversam com moças de minissaia e rostos aparentemente esculpidos em granito, muito, muito maquiados.

Nada vitoriano, porém, é o bar no fundo do salão, do outro lado do qual um negro corpulento e careca nos examina sem nenhuma emoção. Na preleção de antes, fomos informados de que temos direito a alguns drinques de cortesia. E enquanto esperamos por eles, as moças de rosto de granito sorriem para nosso grupinho alcoolizado, jogando suas iscas.

Sorrimos de volta, tímidos e lisonjeados, como se nosso charme pessoal tivesse algum mérito na história, e logo elas vêm para o nosso lado, esparramando-se feito brotoejas, na maioria louras, uma ou outra asiática, negra ou indiana. Todas pedem champanhe. Caríssimo e muito gelado. Igualzinho a elas.

Consultando o cardápio, vejo que uma garrafa de champanhe tem exatamente o mesmo preço de uma hora na companhia de uma dessas moças nos quartos lá em cima. Quinhentos e cinqüenta florins. Mais de duzentas libras. Os amigos de Josh começam a abanar os cartões de crédito.

Sentada ao meu lado, uma jovem negra cruza as pernas compridas, solta uma baforada de cigarro no meu rosto e puxa conversa:

— Em que hotel você está? — No ramo da prostituição, o equivalente a *Qual é o seu signo?*

Dou um sorriso educado e me viro para Josh.

— Olha, não quero estragar sua festa, mas...

— Então não estraga.

— Isto aqui não é pra mim.

— Hoje você pode esquecer daquele seu salariozinho de merda, Alfie. — Josh exala um longo suspiro e acende um charuto enquanto a loura petrificada a seu lado me encara com o olhar vazio. — Já disse, hoje é por minha conta. — E dirigindo-se à minha consorte, emenda: — Você vai dar um trato legal no meu amigo, não vai, coração?

A garota sorri com absoluta frieza, como se quisesse comer Josh no café-da-manhã, partido em pedacinhos e misturado ao mingau. Ele não percebe. Ou não se importa. Aperta o charuto entre os dentes e nos abraça, a mim e à sua mariposa loura.

— Alfie, responde aí — ele diz. — Como é que você sabe que sua mulher morreu?

— Sei lá.

— O sexo continua o mesmo, mas a roupa acumula no tanque. Por falar nisso, como vai sua faxineira?

— Sabe de uma coisa? Você é muito engraçado.

— Ela ainda... como é que eu vou dizer... trabalha de quatro? Passando o rodo por aí? Esfregando o assoalho alheio?

— Não entendo o motivo de tanto ódio.

— Não é ódio, meu amigo. Nem conheço essa mulher. — Ele tira uma longa baforada do charuto caro. — Pra falar a verdade, nem faço questão de conhecer. Você não está pensando em ir com ela no casamento, está?

— Mas ela é igualzinha a você, Josh.

— Creio que não.

— Tudo o que ela quer é uma vida melhor. Subir alguns degraus na escada da vida. — Levanto a taça de champanhe como se fosse fazer um brinde. — Igualzinho a você. Meu amigo.

Apesar da penumbra no salão vitoriano, vejo o rosto de Josh se retesar.

— Que merda você está falando, cara?

— Você mudou de vida, não mudou? Foi pra escola, adquiriu uma bagagem que nunca teve antes. E agora anda por aí como se fosse o príncipe Charles. E não o joão-ninguém dos subúrbios que de fato é.

A expressão no rosto dele é a de alguém que vai partir para cima de mim ou desabar em lágrimas. Talvez ele faça as duas coisas.

— Por que você não some da minha vida, Alfie? Nem sei por que o convidei pra viajar comigo. Aliás, tinha certeza que ia precisar pagar a sua conta.

— Não precisa se envergonhar, Josh. Não tem nada de errado com o que você fez. — E é isso mesmo que eu acho. O que mais admiro em Josh é justamente aquilo que ele mais odeia em si próprio. — Você quis subir na vida. Progredir. Igualzinho à Jackie.

— Você sabe que fui pra cama com ela, não sabe?

Ouvindo isso, só me resta rir.

— Acho difícil, Josh. Quando foi que isso aconteceu? Quando fui ao banheiro na sua festinha de noivado? Sei que você é meio apressado, mas aí também já é demais.

Josh balança a cabeça com impaciência. As duas prostitutas lapidares se entreolham, já um tanto preocupadas.

— Não estou falando da Jackie — ele diz. — Mas da Rose.

Por um momento, não consigo raciocinar. E o momento se desdobra em outros tantos. Ainda não consigo pensar direito. Que história é essa agora?

— A minha Rose?

— A *sua* Rose — ele diz com ironia. — Rose nem sempre foi sua, seu pé-rapado filho-da-puta.

— Não vou admitir que você brinque assim com a Rose.

— Não estou brincando, meu amigo. Estou dizendo que comi a Rose. E não foi uma vez só. Não que ela fosse lá grande coisa. Muito melosa, a nossa Rose, com aquele nhenhenhém de amor, luar, essas coisas. Até você aparecer com essa sua carinha de cachorro sem dono e um buquê de flores, chamando ela pra um passeiozinho de barco naquela baía chinfrim.

— Você está inventando tudo isso.

— Comi a Rose naquele dia mesmo em que vocês se conheceram. No meu apartamento. Lá pelas seis horas. Depois a gente tomou um táxi até o Mandarim e tomou uns drinques. Você não sabia disso, não é? Ela nunca te contou, contou?

— Ele dá um trago no charuto, e a brasa reluz no escurinho do bordel. — Isso mesmo, a gente estava tendo um casinho entre colegas antes de você aparecer. Não durou muito. Um mês, mais ou menos. Quer saber? Você me fez um favor, camarada. Eu já não agüentava mais.

Minhas mãos alcançam o pescoço de Josh antes que ele possa tirar o charuto da boca.

E, de repente, me vejo cuspindo toda sorte de vitupérios, chamando Josh disso e daquilo, sobretudo de mentiroso, mesmo sabendo que ele está falando a verdade. Josh, por sua vez, vai ficando cada vez mais vermelho, os olhos arregalados, ardendo em brasa feito o próprio charuto.

O grandalhão careca sai de trás do bar e me agarra com os dois braços. Com impressionante facilidade, levanta meu corpo do chão e o carrega salão afora, abrindo caminho entre os boquiabertos amigos de Josh, as louras petrificadas e os incansáveis executivos, ainda gastando seu latim com mulheres que já ouviram a mesma ladainha um milhão de vezes.

Só toco os pés no chão outra vez quando o grandalhão me despeja na ruazinha de paralelepípedos em frente ao bordel, tão tranqüila quanto antes.

Volto a pé para o hotel, fecho minha conta e tomo um táxi para o aeroporto, a essa altura deserto, para esperar o primeiro vôo da manhã. Sei que Josh e eu jamais voltaremos a nos ver e que ele estará sempre equivocado a meu respeito.

Não importa que ele tenha ido para a cama com a Rose.

Importa, e muito, que ele não a tenha amado.

Jackie parece diferente.

Não à maneira de Zeng e Yumi. Não que ela tenha simplesmente amadurecido. É mais do que isso. Jackie se transformou na pessoa que sempre sonhou e planejou ser.

Nenhuma maquiagem, o que é uma grande novidade. Os cabelos estão mais compridos, presos num rabo-de-cavalo, as mechas louras começando a desaparecer. Ela está de jeans e camiseta, uma camiseta curta. Parece mais nova, mais casual, menos preocupada com a imagem que apresenta ao mundo. Mas ainda é a mesma mulher. Eu a reconheço imediatamente. Só pode ser ela.

Sentado num banco de madeira nos jardins da faculdade, vejo-a descendo os degraus de pedra do prédio principal na companhia de outros alunos, risonhos, falantes, muitos livros nos braços e nenhuma preocupação na cabeça. Daí a pouco, ela e um rapaz cabeludo se destacam dos demais.

Sinto um peso no coração quando ele a abraça pelos ombros sem nenhuma cerimônia, como se a abraçasse todos os dias desde sempre. É então que ela me avista e vem ao meu encontro, o cabeludo ainda a tiracolo.

Hesitante, o rapaz olha para ela e depois para mim. Talvez esteja sentindo um peso no coração também.

— E aí, como vão as coisas? — pergunto.

— Bem — ela diz. Ficamos nos olhando por um tempo, nenhum de nós sabendo o que dizer, e depois ela se vira para o cabeludo.

— *J'arriverai plus tard* — diz.

— *D'accord, j'y serai* — rebate o sujeito, relutando em se afastar. Jackie sorri e só então ele se vai, ciente de que nada mudou entre eles a despeito de quem eu seja, da importância que eu possa ter na vida dela.

— Namorado novo? — pergunto, tentando apagar da voz todos os sentimentos ruins.

— Só um amigo.

— Francês?

— Não dá pra esconder nada de você, né? É meu colega de turma. Ainda não te contei, mas mudei de graduação.

— É, não contou.

— Desculpa, Alfie. Quis telefonar, mas tenho andado tão ocupada...

— Entendo.

— Não estou mais fazendo inglês. Troquei para estudos europeus. Achei melhor. O país mudou tanto, né? Outro país, quase outro século. O mundo está ficando cada vez menor.

— E a Plum, como está?

— Está ótima. Tem gostado mais da escola.

— Ainda apaixonada pelo Pedra?

— Acho que está começando a virar essa página. As meninas mudam tanto nessa idade... Mais dia menos dia o Pedra vai ter o mesmo fim que a Barbie e o Ken. E com você, como vão as coisas?

— Tudo bem, tudo bem. A Churchill's continua lá, do mesmo jeito. Mas a turma é outra, um monte de caras novas. Uma garotada bem legal. Ainda não levei ninguém pra cama.

— Mas está pensando em levar.

— Não. Página virada, feito a Barbie e o Ken. Essa história de dormir com minhas alunas. Um beco sem saída, sabe? As coisas sempre terminavam no mesmo lugar.

— E que lugar é esse?

— O aeroporto de Heathrow. Mas estou legal.

— Ótimo.

— Bem, isso não é de todo verdade. Pra ser honesto, tenho andado meio solitário.

— Solitário?

— É. Tenho sentido saudades suas. E da Plum também. Daquela época em que a gente se via sempre.

— Ah, Alfie...

— Foi por isso que vim aqui. Não quero que as coisas mudem. Sei que algumas coisas precisam mudar. Mas não quero perder aquilo que a gente tinha.

— Mas também não pode impedir que a vida siga em frente, né?

— Hoje sei disso. Pode acreditar. Mas você não acha que a gente deve tentar preservar pelo menos as coisas boas? Até onde der?

— Nosso tempo já passou, Alfie. Não dá pra você pedir que eu abra mão do meu caminho agora. Não depois de tudo que conquistei. Eu não seria uma pessoa feliz. Você também não.

— Não estou pedindo pra você abrir mão de nada. Só quero uma última chance, Jackie. Uma última chance pra vida dar certo. Quero uma família também. Algum tipo de família. Não precisa ser aquele tipo velho de família, sabe? Pode ser do tipo novo. Qualquer tipo. Mas quero formar minha própria família. É muito triste essa história de todo mundo acabar sozinho, morando sozinho, sem ninguém. Muito, muito triste.

— E a Rose? Você se esqueceu dela assim, de repente?

— Nunca vou me esquecer da Rose. Nunca vou deixar de amá-la. Aprendi que a gente pode respeitar o passado, relembrar aquilo que passou. Pode até reverenciar os velhos tempos. Mas não pode viver nele.

— Então veio até aqui pra buscar seu futuro, é isso?

— Isso mesmo.

— Mas as coisas não funcionam assim.

— Não?

— Não. Pode ser que você esteja pronto pra uma relação séria, mas eu não estou. Quando a gente gosta mesmo de uma pessoa, deixa ela correr atrás dos próprios sonhos. Pode ser que depois ela volte pra gente. Se o sentimento for verdadeiro. Se tiver alguma importância.

— Então você acha que um dia pode voltar pra mim?

— Na verdade, a gente nunca esteve junto.

— Acha que... depois de se formar, de ter conhecido um monte de gente interessante, um punhado de gatinhos franceses, você vai sentir pelo menos um pouquinho de saudade de mim?

— Não é por aí. Saudade de você eu já tenho.

— Então qual é o problema?

— Sei lá. Um problema de *timing*, talvez.

— Só isso? Um problema de *timing*?

— Agora eu preciso ir, Alfie.

E então ela se vai. Desaparece na multidão de alunos, estes rostos radiantes que perseguem o futuro como se tivessem algum título de propriedade sobre ele.

Jackie sequer vira o rosto.

Mas não me importo. Estranhamente, não sinto nenhum aperto no coração. Como se tivesse voltado a ser o mesmo Alfie de antes.

Porque sei que, ainda que nunca venhamos a nos ver outra vez, Jackie trouxe de volta algo que eu acreditava haver perdido para sempre.

Jackie me devolveu a esperança.

E quem é que não precisa de pelo menos um pouquinho de esperança?

quarenta

Pouco depois de um ano, deposito alguns dólares de Hong Kong na surrada catraca que dá acesso ao porto e me misturo à multidão prestes a embarcar no Star Ferry.

O elenco original está todo presente, talvez ligeiramente mudado, de um jeito que não sei bem como definir. Vejo os jovens executivos chineses do Distrito Central, de camisas brancas e gravatas escuras, falando cantonês nos minúsculos celulares. As jovens profissionais de cabelos nigérrimos, saias curtas e bolsas Prada. Os velhinhos de olho na seção de turfe do jornal, conferindo os páreos previstos para as pistas de Sha Tin e Happy Valley. E eu.

Hong Kong também mudou. Não fisicamente, muito embora o cenário da cidade esteja sempre mudando em razão dos prédios constantemente demolidos para dar lugar a novos arranha-céus. É algo na atmosfera. Hong Kong já perdeu aquele perfume britânico que tinha antes. Agora é uma cidade estritamente chinesa. Ousada, confiante, sem nenhum apego ao passado. Não faz mais parte do meu legado. Se é que um dia fez.

Mas o amor que tenho por Hong Kong continua o mesmo. Ainda que a cidade não seja minha para amar. Amo Hong Kong e ponto final.

Subo à cavernosa área de espera e observo a velha barca verde e branca atracando no porto de Tsim Sha Tsi; ao fundo, os arranha-céus do Distrito Central e as encostas verdejantes do monte Victoria.

Tão logo embarco no Star Ferry sou tomado por aquela velha sensação de alegria misturada com tristeza. A sensação de pertencer ao lugar mesmo sabendo, no íntimo, que isso jamais acontecerá.

Vendo que a rampa será erguida em poucos minutos, tenho uma ligeira crise de pânico. Sei que é estúpido, mas fico achando que Rose ainda vai chegar a tempo de embarcar, escalar a rampa no ultimíssimo instante, exausta e linda, carregando a pesada caixa de documentos e pastas, rumo ao escritório em algum lugar de Alexandra House.

Mas é claro que Rose não aparece no último instante. Isso não vai acontecer. Eles recolhem a rampa, e sei, pela primeira vez com absoluta certeza, que terei de completar minha viagem sem ela.

Então eu a vejo, a moça e seu terninho de duas peças. No corredor, equilibrando desesperadamente uma caixa de papelão sobre uma das coxas, tentando não deixá-la cair. A luta com a caixa faz com que ela se incline levemente para frente e que os cabelos negros lhe escondam o rosto. Fico de pé e por um instante tenho a sensação de que estou prestes a falar com um fantasma.

— Com licença. Senhorita?

Ela levanta a cabeça, e só então percebo que é chinesa. De fantasma não tem nada. Deve ter lá seus vinte e cinco anos, embora a essa altura eu já tenha conhecido um número suficiente de asiáticas para saber que é impossível adivinhar a idade delas.

— Quer se sentar?

Por um segundo ou dois ela me encara através dos óculos de armação dourada e de repente abre um sorriso, concluindo que não apresento nenhuma espécie de risco.

— Muito obrigada — diz, com um sotaque da costa oeste americana. Estudou nos Estados Unidos? Pode ser. Mas também é possível que tenha adquirido esse sotaque sem jamais ter posto os pés fora de Kowloon.

O espaço é pouco, e eu preciso me arrastar para que ela se sente bem na pontinha do banco, acomodando a caixa sobre nossos joelhos. Observando os documentos e as pastas, pergunto:

— É advogada?

— Não — ela responde, ainda sorrindo. — Contadora. Quer dizer... treinando para ser contadora. E você? É turista?

— Escritor.

— É mesmo?

— Quer dizer, tentando ser escritor.

— Tentando?

— Quero escrever uma história sobre este lugar. Publicá-la... sei lá, em algum lugar. Mas sei que quero escrever sobre Hong Kong.

O sorriso agora denota uma espécie de orgulho cívico mais do que a gentileza de antes.

— Quer dizer então que gosta muito daqui.

— Não tem nenhum lugar parecido no mundo. Nunca teve e nunca terá. Hong Kong é onde o mundo inteiro se encontra, não é? É aqui que as coisas realmente se misturam.

— Já esteve aqui antes?

— Ah, sim. Já estive aqui antes. Mas parece que foi séculos atrás.

Dois velhos marujos cantoneses, magrinhos feito caniços, idênticos aos tantos outros que os precederam, desatam impassivelmente as cordas que nos prendem a Kowloon, a pontinha da China continental. A barca deixa o porto.

Sete minutos. É só o que dura a viagem de Kowloon até a ilha de Hong Kong pelo Star Ferry. Sete minutos. Sempre fico aflito com essa travessia perfeita, porque é rápida demais. Apenas sete minutos. Nunca há tempo suficiente para aproveitá-la como se deve.

Então o melhor é aproveitá-la o máximo possível, enquanto os míseros sete minutos se esvaem.

— Para quem você escreve normalmente? — pergunta a chinesinha.

— Eu? Pra ninguém. Pra mim mesmo, acho. Ainda não publiquei nada. E ninguém me pediu pra escrever sobre Hong Kong. É só uma coisa que preciso fazer. Sabe como é? Você às vezes não faz uma coisa só porque precisa fazer?

— O tempo todo — ela responde, rindo.

— A gente precisa de um pouquinho de esperança, não acha?

— Acho sim. A gente precisa de um pouquinho de esperança.

Terminado nosso assunto, olho através da janela aberta, o calor escaldante dos trópicos abrandado pela brisa fresca do mar aberto, e observo o tráfego no porto de Hong Kong. Os velhos juncos chineses e seus marujos de pés descalços. Um navio de cruzeiro tão grande quanto uma pequena cidade. Rebocadores, dragas, lanchas da polícia marítima, além das barcas modernas, de cores bem mais vivas que as da tradicional linha Star.

Estas, verdes e brancas, parecem pertencer a outra Hong Kong, à Hong Kong dos meus tempos, feito as estátuas da rainha Vitória, os coquetéis na cobertura do China Club, os passeios dominicais na lancha do escritório de Rose. Minha boa e velha Hong Kong, este lugar perdido em que as barcas da linha Star não pareciam anacrônicas.

Mas elas ainda podem ser vistas pela baía, ora em repouso, ora trabalhando, fazendo o traslado entre Kowloon e Hong Kong, a ponte entre o passado e o futuro. Ainda estão por aí, as barcas da família Star: *Day Star, Morning Star, Shining Star* e todas as demais, as estrelas dançantes de Hong Kong. Todas ainda por aí.

Então me lembro da vovó, dos suvenires que ela guardava das viagens de outras pessoas; de George Chang, exercitando-se sozinho do outro lado do mundo ao ritmo de sua música interna; de papai, vivendo sozinho no apartamento alugado, começando tudo outra vez. Também me lembro da mamãe e do homem que entrou na sua vida, o *kiwi* macho paca; de Jackie e do francesinho que queria se casar com ela; e de Plum, aprendendo a viver na própria pele, aprendizado que dura uma vida inteira.

E enquanto admiro o comovente horizonte de Hong Kong, um horizonte de vidro ouro e prata, penso na mulher que perdi, no passado que jamais voltará, e então preciso virar o rosto de modo que a chinesinha a meu lado não veja o que se passa nele.

Engraçado. A gente ama algo ou alguém, e, de repente, as coisas ou pessoas fogem, mudam ou se perdem para sempre.

Mas o amor fica. Talvez seja isso que defina a qualidade desse amor. Um amor incondicional, sem cláusulas de quebra de contrato, sem prazo de validade. A gente apenas ama, nunca pára de amar e sabe que nunca vai parar. Este é o amor verdadeiro: o amor que não pode ser tocado, subtraído, roubado. Cedo demais chegamos ao outro lado. Tão rápida, essa travessia. Uma viagenzinha simpática que sempre termina antes da hora. A chinesinha se levanta para desembarcar. Sorrimos um para o outro, e eu me pergunto o que ela vai fazer esta noite. Sei que haverá algum rapaz boa-pinta à espera dela em algum lugar da cidade, e fico feliz por isso.

— Boa sorte com sua história sobre Hong Kong — ela diz.

— Vou ficar torcendo pra que tudo dê certo.

— Isso, torce sim.

A chinesinha ergue a caixa pesada nos braços finos, dá um último sorriso e logo se mistura à turba de passageiros impacientes.

Olho pela janela mais uma vez. E, de repente, vejo as duas caminhando em meio à multidão que se acumula no Distrito Central na hora do almoço. Jackie e Plum.

Dezenas de sacolas de compra nas mãos, as câmeras fotográficas penduradas no pescoço, rindo juntas de alguma coisa.

Sorrio para mim mesmo. Em situações semelhantes, quando não sabem que estão sendo observadas, elas sempre parecem mais próximas do que duas irmãs, muito mais do que mãe e filha. Parecem as melhores amigas uma da outra.

Agora lá estão elas, Jackie e Plum, a caminho do terminal onde marcamos de nos encontrar. Ainda não me vêem, mas logo verão. E observando o rostinho delas atravessar a massa anônima de solitários, pessoas que jamais virei a conhecer, custo a acreditar que um dia pude achar possível uma pessoa ter amor demais na vida.

A barca enfim é atracada ao cais do porto, e só então me junto aos que esperam pela descida da rampa, todos, eu inclusive, já ansiosos para desembarcar. Sinto no ar um silencioso clima de expectativa, como o de alguém prestes a chegar em casa, ou de um bebê às vésperas do nascimento.

Este livro foi composto na tipologia Goudy Old Style,
em corpo 11,5/15,5, impresso em papel off-white 80g/m^2,
no Sistema Cameron da Divisão Gráfica
da Distribuidora Record.